[ 鹿 小 姐 书 系 ]

# 小甜蜜 3

薏米 著

江苏凤凰文艺出版社
JIANGSU PHOENIX LITERATURE AND ART PUBLISHING, LTD

**图书在版编目（CIP）数据**

小甜蜜. 3 / 薏米著. --南京：江苏凤凰文艺出版社，2020.2

ISBN 978-7-5594-4386-1

Ⅰ. ①小… Ⅱ. ①薏… Ⅲ. ①长篇小说—中国—当代 Ⅳ. ①I247.5

中国版本图书馆CIP数据核字（2019）第286390号

# 小甜蜜3

薏米 著

责任编辑 丁小卉
特约编辑 乔 木 石 慧
装帧设计 袁 芳 李映龙
责任印制 刘 巍
出版发行 江苏凤凰文艺出版社
出版社地址 南京市中央路165号，邮编：210009
出版社网址 http://www.jswenyi.com
印 刷 长沙鸿发印务实业有限公司
开 本 880mm×1230mm 1/32
字 数 280千字
印 张 10
版 次 2020年2月第1版 2020年2月第1次印刷
书 号 ISBN 978-7-5594-4386-1
定 价 38.80元

目录

So sweety

目录

So sweety

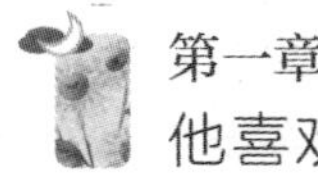

Chapter 1

# 第一章 他喜欢宠着她

婚期订下之后，顾家邀请的宾客名单也确定好了。苏安安在和顾墨成完成婚纱照的拍摄后，抽空把请柬送去慕家。因为慕老爷子认她做了孙女，所以这张请柬她要自己去送。

因为慕瑾瑜的事，慕老爷子搬回了慕家主宅。

苏安安按了慕家的门铃后，佣人开了门，看到是她，说："苏小姐，老爷和夫人正在招待客人。"

以前苏安安常来慕家，慕家人认得她，以为她是来找慕瑾瑜或慕夫人的。

苏安安晃动着手中的请柬，笑着说："我给老爷子送请柬。"

阳光下，请柬大红的颜色很显眼，走过来的苏华一眼就看到了。蒋媚跟在苏华身边，他们诧异于在这里看到苏安安，更让他们惊诧的是苏安安手中的请柬。

苏安安和顾墨成结婚的事，宁城整个上流社会都知道。有不少人一听苏安安要嫁进顾家，都赶着来巴结苏华。谁能知道，苏安安根本没有邀请自己的父亲。

苏华看到苏安安手中的请柬一愣，收回了视线。

"安安，好久不见。"蒋媚笑着同苏安安打招呼，看她的眼神里都是恨意和怨气。

苏安安走进慕家，她收起脸上的笑容，瞧了眼冷脸的苏华，然后径直往前走。

“安安，你怎么这么没有礼貌？”蒋媚被苏安安忽视，她走到苏安安的面前不悦地指责道，“不管怎样，我们都是你的亲人。你恨我没有关系，可他是你的爸爸。你结婚这么大的事，怎么不和自己的父亲商量？”

蒋媚替苏华打抱不平，不过是想刺激苏华，让苏华骂苏安安。

苏安安冷冷地瞥了一眼苏华，嘲讽道：“他是吗？”苏华不配做她的爸爸。

“你！”蒋媚转念笑了笑，“对啊，你现在是顾墨成的掌中宝，是顾夫人，你当然不会把你爸爸放在眼里。苏氏快没了，你巴不得和苏氏划清界限，怎么会让你爸爸和苏氏成了你的累赘？”

蒋媚的嘲讽，苏安安懒得和她争辩，她越过蒋媚往前走。

蒋媚被气得黑了脸。苏安安就快和顾墨成举办婚礼了，她的紫菡却快要在慕家混不下去了。

“苏安安，不管怎么说，我们都是你的亲人。”

苏安安停住脚步，微微偏过头，她看着脸色阴沉的苏华，开口说：“你们不配。”

“苏安安！”蒋媚被气得大吼，她还准备开口的时候，被苏华一句话堵住了嘴：“够了！回家！”说完，苏华转身，先一步离开了慕家。

苏安安走了几步，听着身后的脚步声远去，她回过身看到苏华的背影在眼前慢慢地走远。

苏氏的状况，苏安安知道。苏氏快没了，现在不过是在垂死挣扎。苏华似乎也认命了，没有再找她。

苏安安突然觉得苏华老了，他的背不再挺得那么直了。

苏安安跟着佣人进了慕家主楼，她一进门看到慕劲和慕夫人满脸愁绪地坐在那里，两个人在争执，为了慕瑾瑜和苏雅的事情。

刚才苏华和蒋媚过来，就是跟他们说这件事的。

慕老爷子呵斥着让慕瑾瑜和苏雅分开，慕瑾瑜认为自己不能对不起苏雅，做一个不负责任的男人。慕老爷子管不了慕瑾瑜，儿子在外都不消停，孙子他更管不了。只是对于慕氏的股份分配，老爷子心里有了新的主意。

慕劲和慕夫人担心的就是老爷子因为慕瑾瑜和苏雅的事偏向二房。苏紫菡虽然任性、脾气不好，可她和慕瑾瑜的婚姻整个宁城都知道。蒋家哪怕被顾墨成对付，但瘦死的骆驼比马大。苏雅比起苏紫菡，家世差了很多。他们说什么都不会同意慕瑾瑜和苏紫菡离婚，改娶苏雅的。

“看你教的好儿子！”慕劲愤怒地对慕夫人说道。

慕夫人嘲讽道：“有其父必有其子。瑾瑜这么快在外面找人，不是向你学的吗？”

“你简直无理取闹！”慕劲恼怒地说。

慕夫人也很气：“我说错了吗？”

“要是老爷子因为这件事把大权给了二房那边，够你哭的！到时候你别怪我翻脸无情。”慕劲威胁道。

经过苏紫菡和苏雅的事，老爷子对慕瑾瑜失望透了。

“要不是你当初嫌弃苏安安背后没人，瑾瑜怎么会和苏紫菡在一起！”慕夫人指责慕劲。

慕劲和慕夫人吵着，突然瞥见了站在客厅里的苏安安，顿时尴尬极了。

他们早就后悔选了苏紫菡做自己的儿媳妇。

苏紫菡进了慕家后，闹得慕家鸡犬不宁。安安的性子没有苏紫菡骄纵，如果是苏安安进门，现在家里根本不会闹得天翻地覆。

苏安安很庆幸慕瑾瑜出轨出得早，不然他们结婚后，慕瑾瑜这么花心，还不得把她气死！

“安安，你怎么来了？”慕夫人恢复笑容，走到苏安安面前，慕夫人刚想握住她的手寒暄，她就将手放下了，没给慕夫人靠近她的机会。

“瑾瑜刚刚还在大厅，我把他叫回来。”慕夫人以为苏安安是来找慕瑾瑜的。

苏安安挑眉，慕夫人对慕瑾瑜太有信心了，慕瑾瑜这种渣男，她躲都来不及。

见苏安安不屑的眼神，慕夫人嘴角的笑意僵住：“安安，瑾瑜和苏雅是被人陷害的。”

慕瑾瑜和苏雅第一次可以说是被陷害，那之后呢？

“慕夫人，我是来找爷爷的。”苏安安微笑地从包里拿出请柬，“爷爷在吗？”

她手里的请柬让慕夫人脸上的笑容挂不住了。

“安安，你什么时候和顾先生结婚？”慕劲过来问。苏安安现在是顾墨成的妻子，他们得小心翼翼地讨好。

顾墨成为了苏安安对蒋家出了手，把蒋家从宁城五大家族的位置拉了下去。这雷厉风行的狠毒，看得宁城其他家族更是忌惮顾墨成。

“元旦。”苏安安笑着回答，“爷爷在吗？”

话音刚落，慕老爷子已经从楼上下来了。佣人在苏安安进大厅的时候就上楼去叫慕老爷子了。

“安安来了。”慕老爷子看到苏安安，心情转好。

“爷爷，我好久没来看您了。”苏安安笑着说。上次看到慕老爷子还是在老爷子的寿宴上，因为她和慕瑾瑜的关系，她不想踏进慕家的门。这次自己和顾墨成结婚，她觉得该亲自来请老爷子参加婚礼。

“我是来请您参加我的婚礼的。”老爷子走到她面前，苏安安递过请柬，笑着说。

老爷子早就听说顾墨成和苏安安要结婚的事了。他打开请柬一看，立即露出了笑容，他开心地说：“好，好，好啊，我一定去。”他看了一眼旁边的慕劲夫妇，对苏安安说，“安安，陪爷爷到外面走走。”

“好。”

苏安安扶着慕老爷子出了门，到慕家的园子里走动走动。

慕老爷子和顾臻是同辈，苏安安本来该是慕家的孙媳妇，没想到最后成了顾臻的小儿媳妇。虽然顾墨成和苏安安的年纪相差有点大，不过他对她好是最重要的，哪像慕瑾瑜！

想到自己不争气的孙子，慕老爷子叹了口气。

“爷爷，心情不好？”苏安安问道。

慕老爷子为什么心情不好，苏安安知道，要是慕瑾瑜是自己的孙子，她也会被气死。

慕老爷子没有回答苏安安的问题，他看向不远处皱起了眉。

苏安安顺着老爷子的视线看去，苏紫菡正追着拿着手机要出门的慕瑾瑜。

“慕瑾瑜，你要去哪里？”苏紫菡拦住慕瑾瑜的去路，“你是不是要去找苏雅？”

慕瑾瑜厌恶地看着苏紫菡，对苏紫菡的纠缠他烦透了。苏紫菡的恶毒、任性和小白花苏雅一对比，慕瑾瑜选择了苏雅。

“刚才我不是已经跟你爸妈说了我不会和你离婚吗？你还要怎样？”慕瑾瑜冷冷地说。这是他的退让，慕瑾瑜心里是清楚的，他暂时不会和苏紫菡离婚。

“不离婚就行了吗？”苏紫菡气愤地拽住慕瑾瑜的衣服，“我不许你去找苏雅。慕瑾瑜，你是我的丈夫！”

慕瑾瑜冷笑："雅雅已经是我的女人了，你要我做一个不负责任的男人吗？"

苏安安勾起嘴角冷笑，慕瑾瑜对谁负过责任！

"慕瑾瑜！"苏紫菡气恼地喝道，"我不管，我不许你去找苏雅。慕瑾瑜，你结婚证上的女人是我！"

慕瑾瑜冷眼盯着苏紫菡："苏紫菡，放手！"他的嘴角嘲讽道，"我和苏雅在一起，不都是你自找的？要不是你想撮合雅雅和顾墨成，让安安被顾家抛弃，我怎么会和雅雅在一起？"

苏紫菡沉默，因为慕瑾瑜说的是事实。

"不是你算计雅雅想把她送给顾墨成糟蹋，我会阴差阳错地救了雅雅？"

"糟蹋"这个词，苏安安很不喜欢。苏雅和顾墨成两个人在包厢里，顾墨成都没瞧她一眼。

"不是我！"那边的苏紫菡着急地反驳，"我没有害苏雅。"

苏紫菡的辩解，慕瑾瑜可不会相信。慕瑾瑜生气地扯开她的手："够了！"

苏紫菡又快速抓住慕瑾瑜的衣服："瑾瑜，我求你了，你不要丢下我。是我错了，你原谅我一次好不好？"苏紫菡哭着哀求道。

知道苏雅和慕瑾瑜在一起，她闹也闹了，砸也砸了，连蒋媚和苏华都被请到慕家来了。可是不管她如何软磨硬泡，他都听不进去，他像是着了魔一样，说不能对不起无辜的苏雅。

他不会离婚，但也不会抛弃苏雅。慕瑾瑜的坚持，连慕老爷子都懒得管了，苏华和蒋媚拿他更没有办法。

"苏紫菡，松手！"慕瑾瑜对苏紫菡的哭泣没有动容，他用力地推开她，她脚下不稳，摔在地上。

慕瑾瑜冷冷地瞧了眼在哭的苏紫菡，厌烦地皱起眉头，转身就走。

"安安，还好你没有嫁给瑾瑜。"慕老爷子冷冷地说。看到这一幕，他对慕瑾瑜的失望更多了。

是啊，苏安安也由衷地觉得。慕瑾瑜这种人能背着她和苏紫菡在一起，那他日会也背着苏紫菡和别人在一起。他自私自利，考虑的从来是自己的感受。

"不然瑾瑜可就害了你了。"

老爷子的关心让苏安安感到温暖："爷爷，我现在过得很好。"她的脸上露出了幸福的笑容。

“墨成年纪比你大些，但是他会照顾人。”

“最重要的是他对我一心一意。”苏安安笑着接过慕老爷子的话，这是慕瑾瑜怎么都比不上的。

慕老爷子点点头，他看着眼前的景物，又想起了什么：“安安，如果有那么一天……如果我不在了……”慕老爷子的语气听上去很忧伤，“让顾先生行行好，给慕家人一口饭吃。”

苏安安一怔，老爷子的话让她很难受：“爷爷，慕家不会的。”

会不会，作为掌权者的老爷子很清楚。这么多年，他手握慕家的大权，没有确定继承者，不是两个儿子难以抉择，而是没有人可供他选择。原本他看中的是慕瑾瑜，觉得慕瑾瑜能力出众。但他没想到，慕瑾瑜人品不行。

“会的。”想到自己百年之后慕家的状况，慕老爷子冷冷地说：“安安，我收你做干孙女，有一部分原因是想你多帮忙看着点慕家。”

“爷爷，你收我做孙女的时候，还不知道我会嫁给墨成呢。”苏安安笑着反驳，“你放心，如果慕家有那么一天，我会让墨成照看着。”

听着苏安安这么说，慕老爷子放下心来。

慕家不可能再往上走，到了宁城五大家族的位置已经是极点了。之后，肯定会走下坡路。

慕老爷子和苏安安没有多聊，苏安安送老爷子回主楼，没在慕家多待。慕家除了老爷子，其他人她不想见，也不想聊。

苏安安走出慕家大门，看到门口等着自己的男人时愣了一下。

他怎么还没有走?

苏安安不解，她没有朝着他走去，而是走向了顾家的车子。

“安安，有空吗?我们聊聊。”苏华站在她背后。

苏安安的第一反应是拒绝，她不想和苏华说任何话，也没有什么好说的。她被苏华害得还不够惨吗?

“没空。”苏安安冷冷地说。

“安安。”苏华的声音变得冰冷，看苏安安如仇人一样盯着自己，他心里难受，解释道，“不是我送你去蒋家的。”

“有区别吗?”苏安安嘲讽道。

苏华无话可说。

苏安安冷笑："苏华，你有什么立场和我谈？你把我送人换取苏氏的利益时就该想到，我们两个之间的父女之情要断了。不，我们很早以前就不是父女了。"

在蒋媚和苏紫菡一次次欺负她，苏华反而处罚她的时候；在苏华只宠着苏紫菡，把她这个女儿当空气的时候；在苏华为了苏紫菡的幸福，逼她替嫁到顾家的时候……她和苏华之间，早就没有什么父女之情了。

"安安。"苏华有些难受，"就一会儿。"他的语气弱了许多，甚至像在哀求。

苏安安回过身，苏华两鬓的白发在阳光下显得特别扎眼。

"你妈妈有件东西在我这里，我想给你。"

妈妈的？苏安安想了想，应了下来："好。"

"得去苏家。"苏华嘴角抿出了笑容。

苏安安自己坐着顾家的车去了苏家。

没有看到蒋媚，苏安安跟着苏华上楼，奇怪的是苏华不是带她去书房，而是去了一间常年没有人住的房间。

这房间一直被苏华锁着，钥匙在苏华的手上，除了苏华和进去打扫卫生的佣人，没有人进过这间房间，连蒋媚也没有进去过。

苏安安知道，这是她妈妈何晴在世的时候住的房间。苏华背叛何晴后，何晴就搬到这间房子和苏华分开住。何晴死后，苏华就把这里给锁了起来。

苏安安看着房门被苏华打开，她迫不及待地进去，想看看妈妈住的房间是怎样的。

房间里，没有因为没人住而满是灰尘，相反，房间很干净、整洁。

苏安安进去的时候，就感觉到温馨。这里是妈妈住过的房间，这里有妈妈的气息。

窗台的桌上摆放着照片，苏安安惊喜地发现有她还在襁褓里被何晴抱着的照片，还有姐姐小时候的照片。这些照片里只有三个人，根本没有看见苏华。

姐姐说过，妈妈憎恨苏华的背叛，在知道苏华和蒋媚在一起后，就对苏华死了心。苏华的照片没有出现在房间里，是意料之内的。

苏安安打量着房间的四周，看着照片里微笑的何晴，她知道妈妈活着的话一定会很疼她的。

"妈妈，我要结婚了。"苏安安拿着何晴的照片笑着说道。

她偷偷把何晴的照片藏到包里，苏华看见了也没有制止，他从一个柜子里翻出一个盒子。

“安安。”苏华将盒子递到苏安安面前。

苏安安满眼疑惑地看着苏华，她打开盒子，是一套很漂亮的首饰，包括项链、手链和耳环，而且上面镶嵌着的宝石一看就价值不菲。

要是这套珠宝拿出去拍卖，肯定能卖不少钱，说不定能解苏氏的燃眉之急。可苏华没有这么做。

“这是你妈妈的。”苏华说道。

何晴家世很好，为了他离开家的时候，什么都没带，就带出来这套珠宝。不是珠宝多么昂贵，而是这是何晴出生的时候，她家里人专门让人给她打造的。

何晴家里每个女孩子一出生，都会定做一套珠宝，陪伴她们的一生。

苏华没有能力和实力给苏安安和苏若初定做昂贵的珠宝，这套珠宝他以前想留给苏若初的。要不是七年前的事，苏若初说不定已经结婚了。

“你结婚成家了，这套珠宝以后就交给你保管。”苏华淡淡地说。

一听是妈妈的东西，苏安安开心地接过来，她爱不释手地摸着。真好，她得到了妈妈的东西。

“谢谢！”苏安安对苏华笑道。

这是他们见面后，苏安安给苏华的第一个好脸色。苏华看着她的笑容有些发愣，苏安安笑起来的样子和何晴很像，比苏若初还像。

“嗯。”苏华问，“你在顾家……还好吗？”

苏安安一愣，这是苏华第一次关心她过得好不好。难道是上次蒋家的事让他愧疚了？良心发现了？她被苏华整怕了，苏华对她好，她只觉得怪异。

“嗯，顾墨成对我很好。”苏安安实话实说，“爸爸妈妈对我也很好。”她故意在“爸爸妈妈”四个字上加重了语气。

“好。”苏华冷冷地看着苏安安，想开口又不知道说什么，只能沉默。

苏安安拿了东西，没有什么想和苏华说的。父女间的感情被苏华一次次的伤害消磨光了。她低头摸着盒子里的珠宝出了房门。

苏安安迎面和蒋媚撞着，蒋媚眼尖，一下子看到她怀里盒内的珠宝首饰。

“苏安安，你拿了什么东西？”蒋媚声音尖锐，伸手去抢苏安安的盒子。

苏安安马上合上盒子往旁边走了几步。

“苏家已经被你害成这副样子，你还要从苏家捞走什么？”蒋媚瞧了眼那盒子里的首饰就知道东西价值不菲。这东西肯定是苏安安从苏家偷的！

“这是我妈妈的。”苏安安抱紧怀里的盒子，盯着蒋媚冷声说。

蒋媚一听是何晴的，愣了愣，再看看苏安安身后的房间，是苏华锁了十八年的房间，是何晴住的。

“你妈妈的？”蒋媚冷笑，“你妈妈有这么昂贵的首饰？那是我从蒋家带出来的。”

这么贵重的首饰怎么可能是何晴的？肯定是苏华给苏安安买的。苏华太过分了，苏紫菡出嫁时他就只买了套房，连苏氏的股份都没给紫菡。

“把首饰还给我。”蒋媚厉声说。

苏安安冷哼，嘲讽道：“蒋媚，你真是不要脸。”

“你个小浑蛋，敢骂我！”蒋媚恼了，举起手就要打苏安安，却看到苏安安仰起头盯着她。

“蒋媚，你最好打严重点儿，我好回去给我老公看。”

苏安安搬出了顾墨成，蒋媚哪里敢打下去。

“苏安安，你妈哪有钱买这么贵重的珠宝首饰？”蒋媚嘲讽道，“把东西还给我。”

苏安安冷着脸：“再说一遍，这是我妈妈的东西。难道这世上值钱的东西都是你蒋家的，不许我妈妈有吗？”苏安安不喜欢任何人看不起自己的妈妈，特别是眼前的蒋媚。

“对，值钱的东西确实不全是蒋家的，但绝对没有你妈妈的份。”蒋媚声音尖厉，何晴不过是一个平民百姓，而她可是蒋家千金。

想到何晴，蒋媚就恼怒起来，她伸手要去抢苏安安怀里的盒子。她手触到盒子的时候，耳边传来苏华的怒声：“你在干什么？”

蒋媚转身，看到苏华站在何晴的房门口，阴沉地盯着自己。

“阿华。”蒋媚露出笑意。

苏华没有理蒋媚，扭头对苏安安说：“安安，你先走。”

苏安安没有马上走人，她看着苏华，问：“东西是我妈的，对吧？”

蒋媚也盯着苏华看。

“是的。”苏华点头，“是何晴留下的。”

蒋媚惊讶地叫出声："怎么可能！何晴怎么可能有这么贵重的首饰？是不是你买给她的？"蒋媚质问着又否定了自己的想法。

何晴在的时候，苏氏是不错，但是还没有有钱到买那么贵的首饰的地步。那套首饰，蒋媚看了一眼就知道项链上的钻石全是顶级的。

"是何晴自己的。"苏华沉着声冷眼看着蒋媚，"怎么，她留下的东西你也想占为己有？"

话里满是嘲讽，当着苏安安的面，蒋媚难堪地低下头。

她接着又抬起头说："阿华，这些珠宝如果卖了，一定能够解救苏氏的危机。何晴的东西就是你的。"

苏安安听得一怔，蒋媚果然是想把妈妈的东西全部占为己有。

"安安，你不让顾墨成帮苏氏，可是你妈妈的东西就是你爸的，你没有资格带走。"

"闭嘴！"苏华沉着脸呵斥道，"安安，你先走。"

苏安安冷眼看了一眼蒋媚，转身下了楼。

"苏华，你这是什么意思？"蒋媚看到苏安安抱着盒子离开了苏家，生气地质问，"那是苏家的东西，你为什么让苏安安带走？这么多年，你把她的东西藏得这么好，是不是对她余情未了？"

苏华听着，脸上露出了冷笑："不是余情未了。"是他心里从来就只有何晴一个人。

他虽然身体上背叛了她，把她给害死了，可他的心从来没有停止过爱她。

"苏华！"蒋媚气愤地喊道，"你真是犯贱！何晴给你戴了绿帽子，你还爱着她！"

话一出口，苏华的脸色顿时阴沉起来。

"那套珠宝要给也该给紫菡，苏安安她根本不是你的女儿。"蒋媚大声地提醒着苏华这个事实。

苏华上前一步，朝着蒋媚的脸上打了过去："闭嘴！"

蒋媚被他打得脸颊发痛，她是千金小姐，虽然蒋老太太偏袒自己的哥哥，但是在蒋家没人敢欺负她，更别说打她。嫁给苏华后，她受尽苏华的冷落，每次提到何晴，苏华总克制不住情绪。

"苏华，我这么爱你，你为什么非要记着背叛你的何晴！"蒋媚愤怒地指责。她一边害怕着眼里满是寒意的苏华，一边提醒着苏华当初何晴的背叛。

“你忘了苏安安是何晴和其他男人的孩子？你帮别的男人养了二十年的女儿，现在还把苏家的东西给了那个野种，苏华你个孬种！你个没用的东西！你这么爱何晴，可她根本没把你当回事！”

蒋媚的话刺激着苏华，苏华握紧拳头，狠狠地打在蒋媚的脸上：“闭嘴！”

他的怒火不断攀高，脑海里是何晴嫁给他时幸福的笑容，是何晴知道蒋媚怀孕后失望和冷漠的表情，是何晴死前嘴角淡淡的笑意。

她恨他的背叛，所以她跟其他男人怀了苏安安。他知道自己错了，求她给他一个机会。可眼里揉不得沙子的她，不再爱他了。

苏华的拳头不断捏紧，压制不住的怒火随着他的拳头砸在墙上一并发泄出来。

蒋媚慌乱地站在苏华的身后，看着苏华的拳头上鲜血淋漓。

苏安安出了苏家，站在苏家院外瞧了一眼。

这个地方，她应该不会再来了。妈妈不在了，姐姐也不在了，苏家已经不是她的家了，也没有值得她留恋的人。

再也不见了，苏家！

苏安安打算上车的时候，耳边传来车子的鸣笛声，她扭头看到一辆黑色的轿车停在她的面前。苏安安认得车子是顾墨成的，她露出笑容看着车门打开，顾墨成从里面走出来。

“老公，你怎么来了？”苏安安走到顾墨成的身边，很自然地挽住顾墨成的手。

“我来接你。”顾墨成说着搂着苏安安的腰，一手帮她打开副驾驶座的门。

苏安安笑笑，她知道顾墨成是不放心她去苏家。

车子离开时，苏安安扭头看着远去的苏家，说：“老公，以后我不会来了。”

“嗯。”顾墨成应道。

“你说我是不是很过分？苏华怎么说都是我爸，可我的婚礼都没有邀请他参加。”

“不过分。”顾墨成安慰道，“安安，你高兴就好。”

苏华屡次伤害苏安安，是他自己把他们父女间的感情弄成现在这样子的，苏安安没有错。

听着顾墨成的话，苏安安笑出声，她知道，在他的心里，老婆最大，所以在他看来，她做什么都是对的。

顾墨成和苏安安的大婚整个宁城无人不知。为了给苏安安一场盛大的婚礼，给苏安安家的感觉，顾墨成带着苏安安出席了顾氏和徐氏合作的项目庆祝宴会。

宴会上，顾墨成上台祝词，他简略地说了关于项目的内容，之后，他在媒体镜头前宣布了他和苏安安将在元旦结婚的消息。

“我很开心，找到了一生的伴侣！”顾墨成在婚事上说的话多于之前的祝词，“我很爱我的妻子！”说起苏安安，顾墨成的嘴边浮现出幸福的笑容，“我会倾尽所有给安安一切，护她一辈子。”

幸福的笑容、温柔的话语，通过镜头传遍了宁城的每个角落，所有看到顾墨成说这段话的人，都看得出来这个男人是真的很爱苏安安。

苏安安很幸福，在镜头里的她笑意盈盈地看着台上的顾墨成。

躺在床上的苏若初看着这一幕，脸上露出了笑容，安安能幸福就好。

苏若初关上电视，从床上起来。随着她的动作，被子滑落在地，她裸着的上半身满是吻痕。

何晴曾经告诉过苏若初，不能像她一样执拗。可苏若初很执拗，特别是对待感情，认定了一个人，就像飞蛾一样，不顾危险地扑过去，哪怕前面是熊熊烈火。不然，苏若初怎么会为了一份爱情疯了七年。

她和何晴真像，眼里揉不进沙子。苏华背叛了何晴一次，不管苏华是不是被陷害，不管苏华心里是否还爱着何晴，何晴都不会再爱苏华。

所以昨天晚上，苏若初问霍笙：“你和她在一起过吗？”

她？霍笙和苏若初心知肚明。

霍笙洗好澡，从浴室出来，看到没穿衣服就站在地上的苏若初，皱了眉头。他瘸着脚走上前，将身上的衬衣脱掉披在了苏若初的身上。

苏若初是上帝制造的宠儿，她漂亮、聪明、身材完美。

苏若初转身，雪白的身子映入霍笙眼底，霍笙瞧到她身上的红印，知道昨晚他失态了。

“穿着。”他淡淡地说着，然后伸出手慢慢地扣着苏若初身上的衬衣。

她的衣服被他扯烂了，暂且让她穿着自己的。

“不穿不是更好。”苏若初噙着笑意，“省得你扯了。”这句话满是嘲意。

霍笙冷着脸，说：“你不该逃跑的。”

昨天苏若初竟然逃了，她又想离开他！

苏若初不认为自己逃走有错，霍笙恨她，她没有留下来的意义。而且安安要结婚了，她想去参加安安的婚礼。

她逃出了别墅，才发现霍笙这套别墅是在半山腰上，别墅外根本没有车子。她没走几步，就被开车赶来的霍笙抓住了。

霍笙很愤怒，他当场把她抓到车上，昏暗的车厢里，她被霍笙撕烂了衣服。

七年前的霍笙温柔、羞涩，绝对不会这么残暴地对她。

“我想参加安安的婚礼。”苏若初看着霍笙。

霍笙帮着她系好最后一个扣子，他的衬衣穿在苏若初的身上空空的。他碰了苏若初，才发现她瘦了很多，瘦得让他害怕。

她嫁的那个男人虐待她了吗？把她饿得这么瘦！

想到苏若初背着他和别的男人结婚，他的眸光沉了下去，他淡淡地说：“衣服等会儿就送来，你先将就着穿。”

“我就安安一个妹妹。”苏若初又说。

霍笙没有理苏若初，苏若初要去参加苏安安的婚礼，这是理所当然的事。只是苏安安嫁的男人是顾墨成，苏若初如果不想跟着自己，去求苏安安帮忙，顾墨成肯定会插手他和苏若初的事。

霍笙不想把苏若初让出去，她好不容易回到他身边，他囚禁她、折磨她，把恨意全部发泄在她身上，他不能让她就这么离开自己。

“若初，你逃不走的。”

“我为什么要逃？”苏若初昨晚是想暂时离开，去看看安安而已。她重申道：“我想参加安安的婚礼。”

霍笙淡淡地看着苏若初，他伸手去摸她的脸，苏若初移开头，不让他碰。

她不让他碰，他越要碰她，他的手捏着苏若初的脸，让苏若初看着他的眼睛。

苏若初的心又被撕开、变痛。不过，她的脸上露出了笑意，故作轻松地看着霍笙：“阿笙，你不要对我这么狠，不然我也会报复你的。”

霍笙一愣，轻了手中的力道。

昨晚之后，她就变怪了，怪得让霍笙没有安全感。

苏若初脸上的笑容更多了，她笑：“因为我是一个疯子。”

疯子？霍笙不以为然，他冷笑：“我也是！”

如果他再找不到她，他一定会疯的，如果找到她的时候，看到她和其他男人在一起很恩爱，他也会发疯。

“若初，你该庆幸，是你自己找上我的，而不是我发现你和你的丈夫一起回来的。”霍笙冷笑，他另一只手猛地将苏若初搂进怀里，“你得留在我身边，哪儿都不许去。”

“直到你腻了吗？”苏若初笑着问。

她记得在这个房间里，他们第一次见面时霍笙说的话。他说，是苏家害他瘸了脚，所以他要报复苏家、报复她。他留自己在身边，就是为了报复她当初的背叛吗？

霍笙沉着脸，没有回答，他低头吻住怀里的苏若初。

七年里，他无时无刻不在想苏若初。他没日没夜地想拥抱她、想闻她身上的气息。他太爱她了，也太恨她了。

一个吻结束后，霍笙摸着苏若初的脸，说：“这是你欠我的。”

是呀，是她欠他的，是她没有到他们相约的地方，还害霍笙被苏华打断了腿。

苏若初的心很痛，但是她没有像开始那样哭，她的嘴角噙着淡淡的笑意：“那我给你一个机会报复我！在我很爱你的时候，记得把我甩了，这样我一定会痛不欲生的。”

这句话听得霍笙心脏发痛，他看着笑靥如花的苏若初，总觉得她变得不一样了。和七年前的她不同了，和昨天的她也不同了。

“阿笙。”苏若初眼睛变亮，“你记着，我爱你，用自己的全部爱着你。我就像一只飞蛾，明知道你是那团会把我烧成灰烬的火，也要扑向你。”

苏安安和顾墨成的恩爱秀得让人羡慕，也让人忌妒。

他们的婚期很快就到了，苏安安不愿回苏家，慕老爷子提出让她从慕家嫁出去。慕老爷子收了苏安安做孙女，她也算是慕家人。

顾墨成随着苏安安，苏安安忍不住调侃：“老公，别人都巴不得自己老婆和旧情人划清界限，你就这么放心你老婆住在旧情人的家里？”

“他配吗？”顾墨成不屑。

慕瑾瑜不过是苏家给苏安安指定的未婚夫，根本不是苏安安的情人。

苏安安笑，顾墨成自信，也信她。

慕瑾瑜这种男人，她躲都来不及，怎么会想着和他有什么关系。而且，他现在被苏雅和苏紫菡两个人围着，没空搭理她。

最后，苏安安同意从慕家出嫁，不过不是慕家老宅，而是慕老爷子单独住的别墅。

结婚前一天，按照风俗，新郎和新娘不能见面。顾墨成天天晚上抱着苏安安睡觉，所以当他回到顾家没见着苏安安的人影时，心里顿时空落落的。

顾墨成一个人吃完饭后坐在沙发上抽着烟，也不知道该做些什么。

陈叔看着茫然的顾墨成，忍不住笑起来："先生是一天见不着夫人，心里就没底。"

顾墨成看着调侃自己的陈叔，没有反驳。

短短四个多月的时间，他和苏安安慢慢地走进对方的心里，把彼此当作最重要的人。他接受她的全部，包括她的本性，爱着她的优点和缺点。

"是的。"顾墨成抽着烟，慢慢地说，"真希望明天快点到。"

顾墨成能成功地接管顾氏，并且让顾氏发展得这么好，经历了不少风浪。可是比起明天的婚礼，那些更像是小风小浪。

顾墨成抽完了烟，掏出手机，看到苏安安发的微信：老公，我想你了。

小丫头的表白直截了当，听得顾墨成心动不已。他回复：安安，早点休息。

苏安安回复：不要！我好期待明天的到来。

顾墨成看着微信上苏安安发的笑脸，脑海里全是她。他认真地在手机上打了一句话发过去：等我娶你。

那边的苏安安没有回复，顾墨成等了会儿，正要问苏安安在干吗，苏安安的电话便打了过来："老公。"

苏安安柔柔的声音传进顾墨成的心里，他能想象出小丫头唤他的时候娇柔的表情。

"我睡不着。"苏安安说道。

这个晚上失眠的不仅是苏安安，还有顾墨成。

"安安，乖。"顾墨成说，"你明天就能看到我了。"

苏安安没有说话，她听着顾墨成的呼吸声都觉得幸福。想到明天就要做顾墨成的新娘了，她心里满满的都是甜蜜。

"老公，为什么我会这么幸福？"

"你会一直幸福下去。"顾墨成保证道，"不过，你再不早些睡，明天就做不了我漂亮的新娘了。”

“好。”苏安安不舍地挂了电话，“老公，你明天早点来娶我！”

苏安安就是一个恨嫁的女人，巴不得现在就躺在顾墨成的怀里。

顾墨成听着手机里的忙音，笑了笑，小丫头挂电话的速度真快，这一下子，他突然很想念小丫头了。

他无奈地拿着手机打算上楼休息。是得早点休息，不然明天怎么有力气抱小丫头。起身时，手里的电话再次响起，顾墨成没看号码，以为又是苏安安打电话过来了。

“不乖了？”顾墨成笑着说。

“墨成！”声音从很遥远的地方传来，顾墨成一愣，不知道对方是谁。是个女人的声音，听上去有些耳熟。

“墨成，是我，我回来了。”女人的声音很温柔，又唤了一声，“墨成！”

唤他“墨成”，又说“回来了”，顾墨成想了会儿，知道对方是谁了。他没有多说一句话，把电话给挂了。

是蒋柔！顾墨成突然想起在销金窟萧彦说的话。

他明天结婚，蒋柔突然打来电话说她回来了，是有人想阻止他结婚吗？

顾墨成冷着脸，给萧彦打去了电话。

明天顾墨成大婚，蒋柔拿着蒋老太太给的钱在商场里挑了一天，选了件粉红的礼服。

以前，她的皮肤很白，而且脸上没有瑕疵。墨成说她穿粉色的衣服最好看。

蒋柔开心地在镜子前试衣服，又将裙子烫得平整。

蒋老太太带着人进来，看到蒋柔一脸笑意地烫裙子，勾起嘴角冷笑：“你这是要穿着这身去顾墨成的婚礼？你打算在婚礼上惊艳四方，让顾墨成丢下苏安安，改娶你？”

蒋柔一愣，她的心里就是这么想的。她要穿着墨成最喜欢的裙子，去他的婚礼上把他抢回来。

“呵呵，你太高看你自己了。”蒋老太太指着蒋柔旁边的镜子，冷笑道，“你好好地照照自己，你可没有苏安安漂亮。凭你这张脸抢得了顾墨成吗？”

蒋柔听得难受，她见过苏安安的照片，也见过苏安安本人。是的，苏安安很漂亮，就连十年前的自己也没有苏安安漂亮，而且苏安安身上有一种青春活力，看着她就像看到灿烂的阳光，让人不由自主地被她感染。

“是，她比我漂亮，比我年轻。”蒋柔淡淡地说道，“可那又怎样？墨成最爱的人是我。我和墨成认识在先，这是苏安安比不了的。”

蒋老太太笑了，蒋柔总算把话说到点子上了：“确实！所以，你得好好利用这点，让顾墨成怜惜你。”

至于爱……顾家的男人一旦爱上一个人，就会倾尽所有，对其他女人视若无睹，这在顾臻的身上早已体现出来了。

蒋柔听着蒋老太太的话，她看着镜子里瘦削、干瘪的自己，不由自主地握紧了拳头。

“不，他爱我。”蒋柔重申道。

蒋老太太掏出手机，递给蒋柔，说：“他明天结婚，作为前女友的你是不是该打个电话过去祝贺一声？”

蒋柔回来后，给顾墨成打过一个电话，不过在深夜里她听到的是苏安安的声音。那之后，蒋柔没敢再打，她现在的容貌和身材更让她不敢出现在顾墨成面前。

蒋柔拿着手机，打通了顾墨成的电话，她怕再听到苏安安的声音。

电话接通，是顾墨成的声音，她欢喜地流下了眼泪：“墨成，是我，我回来了。”她激动地说着，然而电话那头沉默了会儿，紧接着电话就被挂断了。

在一旁坐着的蒋老太太看着愣住的蒋柔，冷笑道：“男人的心变得很快，苏安安年轻、漂亮，任何一个男人都会选她。”

“不会的。”蒋柔摇摇头，不甘心。

“绑起来。”蒋老太太突然说，然后她带着的人走到了蒋柔面前，将满眼疑惑地看着她的蒋柔绑了起来。

“你又要对我做什么？”蒋柔慌了，害怕地说道。

十年前，就是蒋老太太将她绑了送人的。

“放心，在你没有拆散顾墨成和苏安安之前，我不会把你送回去的。”蒋老太太笑着说，“明天顾墨成和苏安安大婚，我们蒋家得送一份大礼，感谢一下顾墨成最近对蒋家下的狠手。”蒋老太太眼神阴冷，嘴角噙着冷笑。

宁城很少有轰动全城的婚礼，顾墨成和苏安安的婚事传出去，整个宁城陷入狂欢，只要是顾氏旗下的酒店、商场、娱乐场所，都在大肆地搞活动庆祝。

苏安安一早便起来了，化妆师也早早地来了慕家。婚纱是在巴黎定做的，按照苏安安的尺寸和喜好改了一遍又一遍。

苏安安乖乖地配合化妆师，一个多小时后，镜子里的新娘漂亮动人，让在场的人惊艳。

“顾先生真是好福气。”

苏安安听过不少人说自己嫁给顾墨成是高攀。但在她看来，顾墨成娶了她是他赚了。她比顾墨成小，会撒娇，还会讨好老公。

“是的。”苏安安也不害臊。她满意地看着镜子里的自己，很期待顾墨成看到自己后的表情。

到了中午，顾墨成带着伴郎团过来接苏安安。陪着苏安安的伴娘是顾家的亲戚，年纪和苏安安差不多大，是顾墨成的侄女，她们两个一致认为顾墨成老牛吃嫩草。

顾墨成冲过伴娘的阻拦，捧着鲜花到了苏安安的面前。他今天的笑容比往常多很多，身边的人都看得出来，他是真的很爱苏安安。

因为很爱，所以他一大早就起来，迫不及待地催促着萧彦和韩龙逸去慕家。因为很爱，所以他在看到苏安安的时候，快步过去抱住了她。

“安安，我好想你。”顾墨成在苏安安的耳边说道。

顾墨成和苏安安被众人围在中间，大家起哄着让新郎亲吻新娘。

顾墨成深情款款地看着苏安安，低头吻了过去，苏安安看着眼前的脸，伸手抱住了他。

她终于成了他的妻子！以后的她是名正言顺的顾夫人，谁都夺不走她的老公。

出门前，伴娘发现苏安安的项链没有戴，顾墨成从伴娘手中拿过首饰盒，说：“我来。”

苏安安微笑地看着顾墨成打开盒子，等着顾墨成给她戴上项链。

项链很美，上面镶着的钻石一颗颗在阳光下闪着耀眼的光，顾墨成看到这条项链，一愣，这不是他给苏安安准备的那条。

“是我妈妈留给我的。”苏安安解释道，“我要戴着妈妈的首饰嫁给你。”

顾墨成拿着沉甸甸的项链，瞥见项链末尾的标志，这个标志很小，但是很清晰，顾墨成一下子看得出神。

“老公，怎么了？”苏安安问。

“没什么。”顾墨成走到苏安安的身后，替她扣好项链。

他的目光落在苏安安的耳边，她佩戴的钻石耳钉后面也有一个标志，再看苏安安的手腕上戴的是同系列的项链。

顾墨成收回视线，扳过苏安安的身子，温柔地看着她：“安安，你真漂亮。”顾墨成的眼里只有苏安安，他情不自禁地低下头，当着所有人的面吻苏安安。

旁边的人开始起哄，萧彦最闹腾：“顾墨成，要不我们腾个地方，让你们俩先洞房？”

顾墨成冷冷地看了萧彦一眼，萧彦识趣地闭上嘴，他无意地扭过头，看到韩龙逸眼睛直直地盯着苏安安看。

“你不想活了！”萧彦抬起脚朝着韩龙逸踢了过去。

韩龙逸回过头，不解地看着他：“什么？”

“你盯着苏安安看，眼珠子都要瞪出来了。”萧彦的声音不轻，传到了苏安安和顾墨成的耳朵里。

顾墨成朝韩龙逸看去，韩龙逸抿起角笑：“二哥，我对小嫂子没有那个意思。”

有没有那个意思，顾墨成知道，苏安安知道，韩龙逸心里更清楚。

刚才，他看着苏安安的侧脸，一下子觉得看到了苏若初。他在想，今天是苏安安的婚礼，作为姐姐的苏若初会不会出现？

她那么疼苏安安，一定会来的。韩龙逸想着能见到苏若初，抿起嘴角露出了笑容。

“傻子！”萧彦看到韩龙逸脸上傻兮兮的笑容，骂道。

最近的韩龙逸变成了纯情小男生，他约韩龙逸来销金窟吃个饭，韩龙逸也是一个人坐着，拒绝美女相陪。这家伙肯定是恋爱了！顾墨成结婚了，韩龙逸恋爱了，他还是黄金单身汉一个。他们被感情纠缠着，他倒是乐得单身，多肆意、多潇洒。

顾墨成和苏安安先去顾家老宅的新房里，结束了相关的仪式后，他们前往酒店迎接宾客。

婚礼的排场很大，宁城的权贵都邀请了，也有不是上流社会的，比如苏二叔一家。

苏安安邀请了苏二叔，她猜苏二婶和苏雅算计过顾墨成，应该没有颜面参加她的婚礼。显然，她低估了苏二婶脸皮的厚度了。

苏二叔是没有脸带苏二婶和苏雅去参加苏安安的婚礼的，他也坚决不同意。结果苏二婶在家里大闹，如果苏二叔不带她去参加苏安安和顾墨成的婚礼，她就和他离婚。

离婚？苏二叔心里早有这个念头了。只是离婚后，他的一双儿女都会被苏二婶带走。苏雅已经被苏二婶教成一个有心机的女人，儿子还小，读书的成绩也不错，他不能让儿子被苏二婶也毁了。

“好。”苏二叔无奈只能应下，“我带你去可以，但是你们得安分点。”苏二叔警告道。

苏二婶不以为然：“本来你就该带我去，我是你的老婆，你不带我去，还想带外面的女人去吗？”

对苏二婶的无理取闹，苏二叔不想搭理。

因为要去顾墨成的婚礼，苏二婶高兴极了，拿了苏二叔的钱去商场买衣服。要知道顾墨成和苏安安的婚礼在整个宁城是尽人皆知，能参加就是一种炫耀。

从上次“撮合”顾墨成和苏雅在一起失败后，苏二婶是没有这个念头了。不是不想，而是认清了现状。

她的雅雅和慕瑾瑜在一起了，这事顾墨成看到了，顾墨成根本不会要雅雅了。

都怪苏安安不肯帮雅雅的忙！

苏二婶觉得苏雅和顾墨成的事不成，都是苏安安的错。现在苏雅虽然和慕瑾瑜在一起，可是慕瑾瑜她不是很看得上，她想着借苏安安和顾墨成的婚礼，帮雅雅再挑一个好男人。

苏雅任由苏二婶帮自己折腾，去参加苏安安的婚礼，她是痛苦的。这场婚礼，她既想参加，又不想。虽然这段时间，她和慕瑾瑜的关系很好，可是看着慕瑾瑜，她老是想到顾墨成。

顾墨成这样的男人才配得上她！

她们到了酒店。酒店是顾氏旗下的，也是宁城最好的酒店。为了顾墨成的婚礼，酒店停业三天，专门招待宾客。

苏雅下了车，站在酒店门口看着来往的宾客，再看到大堂里微笑着和人寒暄的顾墨成，然后才是穿着婚纱、漂亮的苏安安。

她是那么爱顾墨成，安安为什么不肯成全她的爱情！苏雅冷着脸走过去。

“雅雅，多笑笑。”苏二婶注意到苏雅的心情不好，提醒道，“等会儿在宴会上，你给我眼睛放亮点。”

“我知道了，妈妈。”

“你总不能一辈子做慕瑾瑜的情人吧。”苏二婶低声对苏雅说道。

苏瑾瑜和苏雅在那件事后一直在继续交往，这件事苏二叔不知道，他怎么都没有想到，苏雅和慕瑾瑜两个人从那晚之后，就好到一起去了。苏雅心甘情愿做慕瑾瑜的情人。

苏紫菡也来了，她是跟着慕老爷子过来的。

苏安安的婚礼，苏紫菡是不屑来的。要不是苏安安，她和慕瑾瑜的婚礼上不会发生那么多事，破坏了她和慕瑾瑜的关系。不过，苏紫菡知道自己现在的敌人不是苏安安，是苏雅。

苏安安邀请了苏二叔，爱慕虚荣的苏二婶肯定不会放过这么好的机会。苏二婶来了，肯定会带着苏雅过来，她们还想着给苏雅找金龟婿。为了防止苏雅和慕瑾瑜又在一起，苏紫菡便跟着慕老爷子过来了。

来之前慕老爷子警告过慕瑾瑜和苏紫菡，今天婚礼上谁都不许生事，谁搞出了事，谁就滚出慕家。

慕瑾瑜清楚，自己在慕老爷子心里的地位大不如前。这几天慕夫人给他分析了慕家的形势，让他不要老是去找苏雅。为了事业，他待在家里，忍了苏紫菡好几天。可他早腻了苏紫菡，和她在一起的感觉没有苏雅好。而且苏雅的性子温顺，懂得怎么讨他欢心，这点让慕瑾瑜对她割舍不下。

酒店门口，慕瑾瑜看到化着淡妆，穿着露肩礼服的苏雅，双眸发亮，他目不转睛地盯着苏雅。

跟在苏二叔和苏二婶身后的苏雅看到慕瑾瑜投过来的眼神，露出了笑容。

这两个人当着苏紫菡的面眉来眼去，气得苏紫菡握紧拳头、脸色铁青。

慕老爷子看见慕瑾瑜盯着苏雅看，他没空、也没心思管他们的破事。

苏二叔看到面前等着他们的慕瑾瑜，也没给好脸色。

“叔叔好。”慕瑾瑜笑着唤道。他本该按照苏紫菡那边唤苏二叔“二叔”，可是他唤的是“叔叔。”

苏二叔沉着脸，哼了一声。

“雅雅。”慕瑾瑜深情款款地看着苏雅。

“慕瑾瑜。”苏紫菡冷冷地说。

慕家撞上苏二叔一家，不少人停下了脚步看着他们。

慕瑾瑜和苏紫菡的堂妹在一起的这件事早就沸沸扬扬传开了，再看到慕瑾瑜还盯着苏雅看，四周的人直摇头。

“紫菡姐姐。”苏雅对苏紫菡露出笑容，她脸上的笑容，和苏紫菡的一脸愤怒形成了鲜明对比。

“你怎么也来了？”苏雅故作不解，“安安不是没有邀请你吗？”

苏紫菡沉着脸盯着苏雅，她快步朝着苏雅挥了一巴掌过去，动作快得苏二婶和慕瑾瑜都没有拦住。

慕瑾瑜一见自己的新宠被苏紫菡打了，顿时拉下脸来：“苏紫菡，你又发什么疯？”

“她勾引我老公，我不该打她吗？”苏紫菡怒声反问。

慕瑾瑜冷冷地推开苏紫菡，温声关心着苏雅：“雅雅，你没事吧？”

苏雅含着眼泪，捂着被打痛的脸，摇头道：“我没事。”

苏二叔看不下去了，被围观的人指指点点，脸都被丢尽了。他哼了一声，谁都不搭理，走向酒店，给苏安安和顾墨成送礼去了。

“紫菡，你不要欺人太甚。”苏二婶说完，扶着苏雅跟在苏二叔身后进了酒店。

慕瑾瑜瞪了一眼苏紫菡，紧跟着进去了。

苏紫菡看着慕瑾瑜对苏雅的维护，恨恨地跺脚，她怕慕瑾瑜和苏雅又黏在一起，不得不跟进去。

笑了一整天，苏安安的脸都僵了，不过，今天她是真的开心。

慕老爷子过来，顾墨成和苏安安笑着打了招呼，老爷子将厚厚的红包递到苏安安的手里：“安安，祝你和墨成百年好合，早生贵子。”

最后四个字让一旁的顾老夫人笑开了颜，顾臻站了一会儿后有点吃不消，正坐在里面休息。

“谢谢，谢谢。”顾老夫人说着推了推在旁边无精打采的顾子铭，“臭小子，还杵在这里干什么？快点带慕爷爷进去。”

顾子铭忙得脚不沾地，明明顾家有很多佣人可以用，顾老夫人偏喜欢使唤他。算了，今天是二叔和苏安安的好日子，看在上次苏安安帮他忙的分上，他今天累点就累点吧。

“慕爷爷，这边请。”顾子铭笑着说。

慕老爷子看向顾子铭，顾家的男子个个长得出类拔萃，顾子铭是顽劣，但是经过磨难和风浪，迟早能挑起担子，再看自己的儿子和孙子……慕老爷子扭头瞥见和苏雅一起进来的慕瑾瑜，沉下了脸，比都没法比。

苏二叔跟在苏安安身后，将自己的红包递给苏安安。

苏二婶看着苏二叔递过去的红包，那厚厚的一沓分明不是她给苏二叔的那个。

“谢谢二叔。”苏安安说道。

顾墨成跟着苏安安说：“二叔，里面请。”

苏二叔跟着苏二婶往里走，苏二婶着急地扯着苏二叔的衣服：“你给她包了多少钱？”

苏二叔低着声音说了一个数，气得苏二婶伸手打了他：“这么多！你哪里来的钱？我不是让你少包点吗？”

苏二叔觉得丢脸极了：“好了，不要在这里吵了。”

他说完，苏二婶想了想：“算了，苏安安以后要双倍还给雅雅。”

这边苏二叔和苏二婶走后，紧跟着来的是慕瑾瑜和苏雅、苏紫菡。

他们在外面纠缠时，苏安安瞥了一眼。

“安安。”慕瑾瑜走到苏安安面前，他正盯着苏安安看时对上了顾墨成冰冷的脸，他愣了一下，没继续说话，转头走了。

苏紫菡看到慕瑾瑜走了，正要跟上去时，苏安安唤住她：“苏紫菡！”

苏紫菡扭头看着苏安安，不悦道：“你要赶我走？苏安安，不要以为你跟了顾墨成，就可以任意妄为。你作为女儿，结婚不请自己的父亲，真是不孝。”苏紫菡嘲讽道。

“嗯。”苏安安点点头，她的目光看向站在一旁盯着顾墨成的苏雅，这个苏雅对顾墨成竟然还没有死心。

“我是想提醒你，多同苏雅学习学习，不要动不动就生气骂人。”苏安安提醒道，“有时候掉上几颗眼泪，更让男人喜欢。”

“安安……”苏安安的话刚说完，苏雅就流出了眼泪，像受了很大委屈一样，一双水眸盯着顾墨成。

顾墨成的眼里只有苏安安，没看苏雅。苏雅自讨没趣，只能跟着苏紫菡往电梯口走去。

来的宾客不少，苏安安穿着高跟鞋脚酸，顾墨成看了下时间，担心苏安安累着了，让她去楼上的婚房休息，等宴会开始再进去。

婚房在顶层，苏安安一到房间就连忙将鞋子脱了。结个婚真是要人命，她累得只想躺下来睡一觉。

苏安安坐在床边，弯下身摸着自己的脚底，揉脚的时候，她听到房门被推开，没有在意，以为是伴娘进来了。

人一步步地走近，弯着身子的苏安安余光瞥见了白皙的小腿，她顺着往上看，在看到苏若初微笑的脸时，苏安安整个人怔住了。

“安安，今天的你很漂亮。”苏若初走到苏安安的面前，笑着说道。她很早就来了，一直躲在房间里等着苏安安一个人的时候。

苏安安缓缓站直身子，她看到眼前的苏若初，不敢相信这是真的。她走过去，脚步很慢，快走到苏若初面前时，她迅速握住苏若初的手。苏若初温热的双手告诉着苏安安，这不是梦，更不是幻觉。

“姐姐！”苏安安唤了一声，眼泪跟着跑出来，真的是姐姐！

“你是新娘子，可不能哭。”苏若初伸手抹去苏安安的眼泪，笑着说道。

苏安安自己动手抹着眼泪，笑了起来：“我看到你太开心了。”

这是苏安安收到的最好的新婚礼物。

她刚还在想，自己结婚了，姐姐和小芯都没有出现。现在，姐姐就在她面前，而且不是那个疯着的姐姐。

“傻丫头。”苏若初微笑着伸手摸摸苏安安的头发，“你呀。”语气里满满地都是宠溺。

七年前，苏安安才十二三岁，她还记着那时候的苏安安只到她的胸口，七年的时间过去了，安安已经和她一样高了。真的是物是人非。

“姐姐，你的病好了吗？”苏安安很担心。

苏若初笑着点点头：“好了。”她没有把可能会复发的事告诉苏安安，安安嫁人了，有自己的生活，她不能拖累安安。

“真好。”苏安安开心地抱住苏若初。

“姐姐，你见过墨成没有？他对我很好。”苏安安开心地拉着苏若初在床上坐下，她打算把苏若初介绍给顾墨成认识。

姐姐苦了那么多年，现在清醒过来，得让顾墨成帮姐姐介绍个很好的男人，对姐姐百依百顺的那种。

“见过。”苏若初笑笑，她见过顾墨成的照片，刚才也见到了顾墨成本人，“他对你好，就好。”苏若初笑着说，“安安，我相信顾墨成会好好对你的。”

她疯着的那会儿，苏安安在她耳边说了很多对顾墨成的感情，苏若初知道顾墨成会对安安很好很好。

“嗯嗯。”苏安安赞同地说，“姐姐，你等下和我一起去顾家。”苏安安挽住苏若初的手，撒娇道，“我不许你再离开我了。”

苏若初无奈地笑，妈妈死得早，苏华对安安又不好，她相当于苏安安的半个妈妈。苏安安开口说话时，学会的第一个词就是“姐姐”。苏安安在学校里受了欺负，也是她出面为苏安安讨回公道的。

一直到七年前，苏安安的每个生日都是苏若初陪着过的。现在，安安找到了照顾自己的男人，她也要退出安安的世界，让安安过自己的生活。

“我就不去了。”苏若初拒绝道，“我能看到你出嫁就够了。”

“为什么？”苏安安不解地问道。

苏若初笑。安安嫁的是宁城第一家族，这种名门重声誉，她给不了安安依靠，也不能让安安落人口实，让人知道安安有个疯过的姐姐。

“我还有事。”苏若初说，“安安，我找到阿笙了。”

苏若初虽然是笑着说这句话，可是苏安安从苏若初的眼里看到的不全是幸福。七年的时间，很多人、很多事都在变。

“他对你还是那么好吗？”苏安安小心翼翼地问。

苏若初抿嘴一笑，点头：“嗯。”

“姐姐……”

苏安安还想问下去，苏若初已经站起身子：“安安，你过得幸福就好了。你能幸福，姐姐就满意了。”

婚礼快开始的时候，顾墨成接到一个陌生电话。今天来的宾客很多，顾墨成怕打电话来的是宾客，所以没有多想接了起来。

电话那头的人冷笑着说：“顾先生，你最重要的人在我的手上！”

最重要的人？顾墨成的脑海里跳出来的是苏安安。

Chapter 2

# 第二章 那个人回来了

“安安？”顾墨成声音顿时冰冷。来的人太多，虽然他加派了人手，做好了安保工作，不代表就万无一失。他拿着手机，瞧了眼身后的韩龙逸：“去套房帮我看看安安在吗。”

韩龙逸应了声，转身走向电梯。

顾墨成再接起电话，那头传来男人冰冷的声音：“顾先生，你的记性真差！”

随即顾墨成收到一条短信，他点开，看到是蒋柔被绑着的视频，蒋柔脸上好几处淤青，她害怕地叫道：“墨成，救我！”

看到不是苏安安，顾墨成揪起来的心很快落了地。

“顾先生，我要一千万。我相信一千万对你来说是个小数目。”那边的男人冷笑道，“现在把钱送过来。”

一旁的萧彦看到顾墨成脸上的变化，凑了过去看到手机里的视频，笑着说：“有人想在你的婚礼上捣乱！”

真会挑时间给顾墨成打电话，人家都快要进宴会厅进行结婚仪式了，这会儿让顾墨成拿钱赎人，这不明摆了是给顾墨成和苏安安找事吗？

“不要打我了！”电话里传来蒋柔惊慌失措的声音，“墨成，是我！你救救我好不好？”蒋柔带着哀求的语气在电话里喊着。

离顾墨成很近的萧彦听到了里面的求救声，他笑着说：“顾墨成，救还是不救？不过是一千万，对你来说小意思！”

昨天晚上顾墨成给他打了电话，已经知道蒋柔被蒋老太太找回来的事。

顾墨成冷着脸看了一眼萧彦，然后他对电话里的人说道："告诉你背后的人，不要枉费心机做些无聊的事。"

"顾先生的意思是不救了？"

蒋柔的心猛地一沉，她不敢相信顾墨成会说出这样的话。

"墨成，婚礼仪式可要开始了。"萧彦抬起手腕看了时间，笑着提醒道。

"如果顾先生不救的话，我们只能把没用的废物给除掉。"阴沉的声音传来。

这是逼着顾墨成在做选择，而向来喜欢掌控一切的他，不喜欢选择。顾墨成没再多说一句，直接将电话给挂了。

萧彦接过顾墨成手里的手机，说道："蒋老太婆的心思真是恶毒！明知道你今天结婚，故意绑了蒋柔让你去赎人。"

今天的婚礼，顾墨成没有邀请蒋家，也做了安保工作防着蒋老太太对安安下手。

"一千万对你来说小意思，不过婚礼中走人可是大事。苏安安要是知道你为了初恋情人的事丢下她，她一定和你大闹。不对，应该是一生气直接把你这个老男人给甩了。"萧彦突然很想看苏安安和顾墨成吵架，谁让他们老是在自己这个单身汉面前秀恩爱。

顾墨成伸手理着自己的衣服，冷冷地说："进去吧。"

萧彦看着走在前面的顾墨成，跟了上去："你真不管蒋柔了？她可是你爱的人。"

顾墨成转身，淡淡地说："以前的。"

昨晚知道蒋柔回来了，还和蒋老太太在一起，顾墨成心里就有数了。

蒋柔早不回晚不回，偏偏在这个时候打电话给他，分明是联合了蒋老太太来对付自己和安安。

蒋柔，那是他的过去。她回来了，也不能改变什么。

他既然决定和苏安安结婚，就想过日后蒋柔回来了他该怎么做。再说蒋柔是蒋老太太的棋子，他不是心慈手软的人，更不是一个主意不定的男人。所以接到蒋柔被绑架的电话时，他没有半点怜惜，甚至觉得厌恶。

谁都不能打扰到他的婚礼，蒋柔也不行。

"真是心狠！"萧彦回道。

当年，顾墨成为了蒋柔和家里闹得厉害，还闯到蒋家去救人。这有了苏安安以后，顾墨成转身就把蒋柔抛在脑后了。

“顾墨成，我帮你去赎人吧。”萧彦嘴角露出坏笑，建议道，“身边多一个女人挺好的。”

顾墨成的脸立即沉了下去：“萧彦，不要挑战我的底线。”

萧彦无辜地耸耸肩：“你不想就算了。”

话是这么说，萧彦看着进去的顾墨成，从兜里掏出香烟，他懒懒地点燃烟，伸手招了大堂里守着的黑衣人。那是他的人。

“爷。”

萧彦抽了口烟，说：“找到蒋老太婆的位置。”

他太无聊了，顾墨成结婚了，韩龙逸有了心上人，剩他一个人无所事事。想来想去，找点事让顾墨成和苏安安吵吵架，还挺有意思的。

蒋柔听着电话里传来的忙音不知所措，那个打电话的男人看着屋子里坐着的蒋老太太。

“老夫人，现在该怎么办？”

顾墨成的决定，出乎他们的意料。

不过是一千万，顾墨成就算不来，也该命手下的人送过来。只要顾墨成出钱救了蒋柔，他和蒋柔又会扯在一起。这件事再传到苏安安的耳朵里，就算顾墨成对蒋柔没有了感情，也能够挑拨苏安安和他的感情了。

顾墨成太绝情了！

“你真是没用！”蒋老太太冷着脸，阴狠地盯着蒋柔。

她花了那么多心思把蒋柔找回来，蒋柔竟然成了颗废棋。

蒋柔害怕蒋老太太，她摇摇头，说：“老太太，墨成不会不管我的。”

为了让绑架更逼真，蒋柔被蒋老太太的人扇了无数个巴掌，她的脸被毁得难看，但是同时也能让男人疼惜。

“他连这点钱都不愿拿出来赎你，你在他的心里早没什么地位了。”蒋老太太打击着蒋柔，“蒋柔，你还是回到你该去的地方吧。”

听到老太太要把她送回去，蒋柔连连哀求：“老太太，我求你，不要送我走。”她突然想起了什么，眼睛一亮，慌乱地解释道，“顾墨成一定是知道你和我在一起，他看出来我们在演戏，所以不肯来救我。”一定是这样的。

蒋老太太看向身边的男人。

如果真是这样，顾墨成知道她找来蒋柔对付他和苏安安，所以他才没有掉进她设下的圈套。

蒋老太太看着泪如雨下的蒋柔，顿了顿，站起身走到蒋柔面前，轻柔地说："小柔，顾墨成如果不要你了，你就回家吧。"

蒋柔听懂了蒋老太太的话。她既然已经回到宁城，就要想尽一切方法回到顾墨成的身边。顾墨成和苏安安结婚了又怎样？是她和顾墨成认识在先，是苏安安抢走了她的男人。

"我知道了。"蒋柔应道。

和苏安安聊了会儿，苏若初起身要离开，她笑着看着漂亮的苏安安，伸手将垂在苏安安脸上的碎发弄到耳后。

"姐姐，你去哪里？"苏安安舍不得苏若初，伸手握住苏若初的手。

苏若初的手很瘦，让苏安安难受，她要把姐姐带回顾家，然后照顾姐姐，把姐姐养得白白胖胖的。

"你忘记我说的了？我找到阿笙了。"苏若初微笑着说，"他在外面等我。"

苏若初抱了抱苏安安："安安，你一定要幸福。"说完她松开了苏安安，转身走出酒店套房。

苏安安看着离开的苏若初，难受地跟上去，她才和姐姐相处了几分钟，姐姐就要走了。

苏若初也想留在苏安安的身边，但苏安安嫁了人，有自己的生活和家庭，她也有了阿笙。

苏若初走出房间，在走廊上撞上了韩龙逸。

韩龙逸听了顾墨成的话，来看苏安安。在看到苏若初时，他不敢相信，他加快脚步走过去，脸上露出了开心的笑容。

苏若初抬起头，看到的是一脸笑容的韩龙逸。

"苏若初。"韩龙逸说，"见到你真好。"他的眼里满是笑意。

苏若初扭开头，避开他的眼睛。

韩龙逸一激动，伸手握住苏若初的手："你去了哪儿？"当触到苏若初的手，又怕苏若初不高兴，把手缩了回来，"我找你很久了。"

韩龙逸的脸和耳根红了起来，每次看到苏若初，他的心就跳得特别厉害。羞涩的表情像一个情窦初开的少年面对自己喜欢的女人。

苏若初不敢正视韩龙逸眼里的爱意，她给不了韩龙逸什么承诺，所以不能给他希望。

“你不必特意找我。”苏若初抬起头，认真地看着韩龙逸，“韩医生，谢谢你之前的照顾。”

韩龙逸嘴角的笑意僵住，他是心甘情愿照顾她的。

“我找到阿笙了，我喜欢的那个男人。”苏若初一字一字慢慢地说，每一个字都痛得韩龙逸白了脸色。

韩龙逸谈过好几场没有结果的爱情，他不是什么纯情的男人，但是没有哪次像这次一样，喜欢到心好痛。看到她，他会不由自主地高兴。听到她说和喜欢的人在一起，他会难受心痛。

愣了半天，韩龙逸淡笑着说：“哦，是吗？那……”他该说“祝你幸福”的，可是看着苏若初，这句话卡在喉间。

苏若初一笑，说：“再见，韩医生。”

她从他的身边快步离开，他闻到她身上淡淡的香气，想伸手抓住她，伸出手又什么都抓不到。

她不喜欢他，更别说爱他了。

韩龙逸转身，看到苏若初走到走廊的尽头，有个男人出来搂着她的腰离开。男人很好看，和她在一起很配，不过男人是瘸着脚带着苏若初离开的。

“韩龙逸！”

韩龙逸和苏若初在走廊上的对话，苏安安都听了见。她提着婚纱站在房门口，长长的婚纱很不方便，不然早跑过去抱着姐姐不让姐姐走了。

“你怎么不追？”苏安安问。

喜欢就追，追到了才是自己的。

“她心里的人不是我，我追了有什么用。”韩龙逸苦涩地笑。

苏安安看着眼神里都是悲伤的韩龙逸，问：“韩龙逸，你真的很喜欢我姐姐吗？”

韩龙逸一愣，点了头。

“有多喜欢？”

“看到她那么瘦，我想把她养胖。”韩龙逸笑着说道。

苏安安一愣，这句话比起什么爱之类的话更让她感动。

“韩龙逸，如果可以，我希望姐姐和你在一起。”苏安安认真地说。

韩龙逸诧异，看着苏安安不解地问：“为什么？”苏若初好不容易找到阿笙，苏安安该祝福她和阿笙幸福才对。

“因为……”苏安安的目光看向苏若初和霍笙离开的方向，“我在姐姐的眼里没有看到幸福！”

是的，苏若初找到了阿笙，可是她没有因为找到阿笙而开心。

苏若初和霍笙走进电梯，霍笙问：“他是谁？”

“韩龙逸。韩家二公子。”苏若初伸手搂住霍笙的脖子，“怎么，吃醋了？”

霍笙看着笑得灿烂的苏若初，低下头直接吻住她的嘴，苏若初的下唇被他重重地咬着。

“若初，我不喜欢你和其他男人说话。”他是害怕，失去过苏若初一次，不敢再有第二次。

“你怕了？”苏若初笑道，“阿笙，那你可得看紧我。”苏若初踮起脚，轻吻了霍笙一下，“你要对我好些，再好些！不然我受不了你的欺负，就和别的男人跑了。”

霍笙听着脸色一冷，用力搂着她的腰：“我不许。”

苏若初笑着看着生气的他，丝毫不怕惹怒他。

他们说着话，电梯的门打开，进来的是打算上楼去找苏安安的顾墨成和萧彦。

“我去！”萧彦看到黏在一起的霍笙和苏若初，说道，“光天化日的，你们在干什么？”他说完，目光落在苏若初的脸上。

漂亮，好看！

顾墨成也顺着萧彦的视线看着苏若初。

苏若初对顾墨成笑，这是安安的老公。

“小姐，请问你贵姓？”萧彦无视霍笙冰冷的目光和苏若初搭讪。

苏若初没有理会萧彦，对顾墨成又点点头，随即霍笙搂着她的腰走出了电梯。

萧彦盯着苏若初的背影，勾起嘴角笑着评价：“真是漂亮，就是太瘦了。”比起他以前遇到的女人都漂亮。

顾墨成从哪里找的这么漂亮的宾客？就是她身边的男人看着也不是一般的角色。

他说完，扭头看向顾墨成，看到顾墨成也盯着苏若初离去的方向发愣，提醒道：“顾墨成，你是有妇之夫。这么盯着一个女人看，小心苏安安甩了你。”

顾墨成收回视线，没搭理萧彦，他看着萧彦要走出电梯，伸手拉住萧彦的肩头：“去哪儿？”

“追女人！”萧彦说道，美人身边的男人有点可怕，但是牡丹花下死，做鬼也风流。

顾墨成按了婚房所在楼层的按钮，冷冷地说道：“看我结婚。”

顾墨成是故意的，这是在虐单身狗！算了，他要找一个女人，有的是法子，不着急这一会儿，还是陪顾墨成结婚要紧。

顾墨成和萧彦出了电梯，就看到苏安安和韩龙逸两个人站在走廊上说话。

“韩龙逸，你胆子真不小。”萧彦故意调侃韩龙逸。

他知道，韩龙逸不喜欢苏安安，也不敢喜欢。

听到他的声音，苏安安抬起头，看着顾墨成慢慢地朝自己走来。

顾墨成看到她对自己露出笑容时，双眸不由自主地柔和下去。

“老公。”苏安安开口唤了一声，突然想到姐姐刚走，便问道，“你有看见我姐姐吗？”

顾墨成点头：“看到了。”说话间，顾墨成已经走到了苏安安面前。

“姐姐她不愿意在顾家住下。”苏安安失落地说。如果她每天能看到姐姐该多好。

“安安，你姐姐有自己的生活。”顾墨成知道她们姐妹情深，他安慰苏安安，“而你以后由我照顾。”

“嗯。”苏安安乖乖地点头。

“姐姐？”萧彦看着在秀恩爱的顾墨成和苏安安，问，“刚才的女人是你的姐姐？”

萧彦想起来了，苏安安的姐姐苏若初七年前是个出了名的美人，可那时候的他是个好男人。可惜，他投入花花世界的时候，苏若初已经嫁到国外去了，夫家好像姓傅。

不对，苏若初身边的男人瘸着脚，他的印象里姓傅的男人不是瘸子，他也没从傅家人口中听说姓傅的受伤腿瘸了。

“小嫂子，看在二哥的份上，把你姐姐介绍给我吧。”萧彦笑着说。

他的话一说完，得到两个人激动的回答。

“不可能！”

“不行！”

苏安安和韩龙逸两个人一前一后迅速拒绝。

苏安安反对在萧彦的预料当中，他这么个风流花心的男人，苏安安肯定不同意把她姐姐介绍给自己。但这个韩龙逸他反对什么？

萧彦扭头盯着韩龙逸看，突然想到了什么，笑了笑。

韩龙逸被萧彦看得发毛，他不悦地提醒道：“萧彦，别打若初的主意。”

“许你打，不许我打？”萧彦笑着说道。

韩龙逸冷下脸色，他很少生气，萧彦看他脸色不对，心里有数韩龙逸对苏若初起的是什么心思。可惜啊可惜，韩龙逸是在单相思。

“安安！”婚礼快开始了，顾墨成伸出手对苏安安说，“你愿意把手给我吗？”

苏安安笑着伸手过去，她的手被顾墨成的大手握住。

“老公。”她甜甜地说，“我愿意。我还要霸占你一辈子。”

顾墨成低下头笑着看苏安安，他牵着苏安安的手走向电梯，到宴会厅去。

他握紧手中的手，这之后，他要一辈子拉着她的手一起走。

苏安安是他的妻子，是他这辈子唯一的爱人。

酒店里，顾墨成和苏安安的仪式正式开始，司仪一开始提议由新娘的父亲牵着新娘进入场，这个建议被苏安安否定了。

她不需要苏华那个父亲！所以她可以自己慢慢地在红毯上走向自己最爱的那个男人。

酒店外面很安静。

苏若初和霍笙下来后，没有马上走掉。

她走到一半又折了回去，站在宴会厅外，看着苏安安走向顾墨成，看着顾墨成为苏安安戴上戒指，看着顾墨成温柔深情地吻苏安安。

苏安安，她的妹妹，终于找到了爱人，以后不需要她牵挂保护了。

苏若初看到最后，流了一脸的泪，她的手被身边的霍笙牵住。

霍笙看着哭了的她，什么都没有说，只是加重了力道握住她的手。

仪式结束，苏若初也就离开了。她出了酒店后直接上了霍笙的车，没有看到酒店外面坐在一辆车子里的苏华。

这是他小女儿的婚礼，可是苏华这个父亲没有资格参加。

他很早就来了，开着车停在酒店外面看着苏安安和顾墨成进酒店，又看着苏安安和顾墨成迎接宾客。他就像是一个外人看着别人结婚，那种感觉让他难受。

苏安安不是他的亲生女儿，可她是何晴的女儿，他也养了她二十年。

如果是以前，苏安安没有宴请他参加婚礼，他早就打电话质问骂苏安安了。蒋家的事发生后，苏华认识到他对安安心太狠了。他差点把安安毁了，毁在蒋家，毁在蒋盛旭的手上，所以苏安安没有请他这个父亲，苏华也没有资格去质问。

他原本打算开车离开酒店，却看到苏若初和霍笙出来了。霍笙瘸着脚，牵着苏若初的手。自己的女儿，苏华一眼就能认出来，况且苏若初是他最疼的那个。

苏若初失踪，苏华琢磨了很久她是怎么离开的！到后面苏华想到了一个可能性——苏若初是自己离开苏家的，她已经清醒了。这会儿看到苏若初上了霍笙的车，苏华更是肯定了苏若初的病好了。

病好了就好，她没事他也就放心，只是若初怎么还同那个男人在一起？被他害得还不够惨吗？为了他，疯了七年。

那个男人被自己打断了腿，一定恨苏家。

苏华心里很复杂，既想让苏若初过自己想要的生活，又担心她和霍笙和好再受伤。他放在车里的手机响起，苏华看到许久没有打来的电话号码，一愣。

怎么所有的事都挤在一起来了？所有的人，所有的往事好像没有被时间给掩盖住，一个一个，一件一件地拼命浮上水面。

“爸爸！”电话那头的男人唤了一声。

“你找我有什么事？”苏华沉着声音问，他的心里突然有不好的预感。

这个男人去了国外六年，现在突然打电话过来肯定是和若初有关。

“我听说若初的病好了，我打算回国看看她。”男人不是在同苏华商量，而是说出自己的决定。

苏华一怔，他是今天在酒店外遇到苏若初才知道苏若初的病好了，远在国外的这个男人是怎么知道若初的病好了的？

男人知道若初病好的事应该比他早很多！

“是谁和你说若初的病好了？”苏华冷声质问。

“爸爸，我安排好这边的事就回来。”他说，“若初既然病好了，我不能丢下她不管。”

这话听得苏华冷笑：“你已经丢下她六年了。”说完，苏华没再和他多说一句话，直接把电话挂了。

霍笙、这个男人，怎么全在一起出现了！

婚宴结束，顾墨成和苏安安送完宾客后回顾家，回去的路上天下起了雨，开始是小雨，等到了顾家时，雨大了起来。

车里顾老夫人也在，顾臻身体不好，一个多小时前就和顾子铭先回顾家老宅了。

到了地方，顾墨成先下车，然后撑着伞等着苏安安下来。

两个人在伞下相互握着手朝顾家走去，顾老夫人隔着车窗看着恩爱的他们，想到年轻时自己和顾臻也是这般好，不，她和顾臻的感情比顾墨成和苏安安要艰难很多。

看到自己的儿子终于得到了幸福，顾老夫人嘴角露出了笑容。就算现在陪着老头子走了，她对这个世界也没有什么挂念了。

雨很大，顾墨成撑着伞，大半的伞罩在苏安安的头上，到了顾家，他的半个身子都湿了。

陈叔比顾墨成早回来半个小时，他走过来将干毛巾递上。

这雨说下就下，还好白天天气不错，老天对顾墨成和苏安安还是厚待的。

“先生，我准备了些夜宵，你和夫人要用些吗？”

顾墨成没有接过毛巾，他的手一直握着苏安安的：“不用。”他掌心的热度传到苏安安的手中，然后一直延伸到心脏的位置。

顾墨成牵着苏安安的手往楼上的卧室走去，两个人没有说话，相伴着走着。

苏安安知道顾墨成急着带她上楼做什么，她的脸变烫，心里也期待着这个美好的新婚之夜。

“老公，你先去洗个澡。”到了卧室，苏安安推顾墨成进浴室。他淋了雨，不洗个热水澡会着凉感冒，而且她给他准备了一份惊喜。

顾墨成看着苏安安，低下头温柔地吻了下苏安安的唇，他轻柔的声音搅动着苏安安的心：“等我。”

苏安安看着顾墨成走进浴室，她摸摸自己发烫的脸，今晚的她特别的娇羞和紧张。

顾墨成洗好澡出来的时候，房间的灯已经调得昏暗，他看到床上躲在被窝里的苏安安。

苏安安用被子裹着身子，她的脸露在外面：“老公。”

顾墨成走过去，低下头看到被子外面露着她白皙的肩头。

小丫头在搞什么?

“老公。”苏安安又唤了一声，在顾墨成靠近自己的时候，她伸出手扑到顾墨成怀里，一双手搂着他的脖子。

顾墨成这才注意到苏安安身上穿的衣服不是平时的睡衣，而是……在昏暗的灯光下，白和黑的碰撞让顾墨成看得眼底一片灼热。

“老公，好看吗？”苏安安搂紧顾墨成的脖子，抬起羞红的小脸，娇声问道。

羞涩的表情，娇柔的话，无不在撩拨着顾墨成。

“好看！”他说了两个字，搂紧怀里的苏安安，低头就吻了过去……

雨又大了起来，窗外还打着雷，苏安安被雷声吓得直往顾墨成的怀里躲。

顾墨成抱住苏安安，轻声在苏安安的耳边说：“怕打雷？”小丫头天不怕地不怕，却怕老鼠、怕打雷。

苏安安摇头：“不怕。有你在我的身边，我觉得踏实。”

雷声响起的时候，她是故意往顾墨成的怀里躲的，她想抱紧他，也想一辈子被他抱着。这让她觉得很踏实，很有安全感。

“老公，我觉得自己好幸福。”苏安安看着外面被雨敲打着的窗户。

顾墨成给她的婚礼，让苏安安更明白抱着自己的男人一诺千金，他是一个有担当、有责任感、专一，会对她好一辈子的男人。

顾墨成没有说话，他只是抱紧苏安安，用自己温暖着她的身体和心。

过了一会儿，看雨看累了的苏安安转身，在昏暗的夜里，她的眼里只有顾墨成。

顾墨成看着调皮的小丫头，他的眼神变得温柔：“安安，再过一年我们就把证领了。”

“好！”苏安安笑着应道，“你惹了我，就是我的人，以后要是欺负我，我就跑掉。”

她话说完，屁股上挨了顾墨成一巴掌。

苏安安被打得委屈，嘟着嘴看着顾墨成。

小丫头脾气不小，和他生气，就喜欢甩头走人。

“出了任何事，都得同我商量，和我把事说清楚。安安，我娶了你，就不会离婚。”顾墨成正色道。

苏安安看到顾墨成眼里的不悦和认真，她点头：“好。”

正在这时，卧室的房门突然被敲响，紧跟着传来陈叔的声音：“先生，你睡了吗？”

顾墨成恼了，苏安安也不开心被打扰，她不悦地说：“陈叔今天太没有眼力见了。”

顾墨成觉得苏安安说得对，他下床冷着脸去开门。

门被打开，陈叔感觉到迎面扑来的冷意，这卧室的气氛比外面的还要冷。一个小时前，陈叔就想敲顾墨成的门了，但是怕打扰先生和夫人的好事，他等了等，以为过了这么久，先生和夫人应该好了。看到顾墨成绷着脸，陈叔觉得自己应该再迟些时候上来。

“什么事？”顾墨成的声音很冷。他和苏安安之间暧昧、温和的气氛一下子就被陈叔破坏了。

陈叔觉得自己真是该死，看着顾墨成的冷眸，他转身想走人。

“陈叔，有什么事说吧。”让陈叔说了走人，省得等下陈叔又上来找他们。顾墨成知道陈叔不是不识趣的人，肯定是有什么事发生，才上楼打扰他和苏安安的。

“先生，有个人在楼下等你。”陈叔说道。

顾墨成皱了眉头：“谁？”

陈叔抬起头看了眼里面的苏安安，他凑到顾墨成的面前，放低声音，说了一个名字。

顾墨成的眉头皱紧，他转身回到卧室，对苏安安说：“安安，我有点事，等会儿再来陪你。”

苏安安不乐意了，她不悦地瞪着眼睛，看得顾墨成一笑。

“乖。”他低头吻苏安安的额头。

苏安安不喜欢听“乖”字，顾墨成老是把她当成小白。

“你先闭上眼睡会儿。”

顾墨成走了，苏安安哪里有什么睡意，也不知道出了什么事，陈叔这么不懂事地打扰她和顾墨成。

苏安安睡不着，开了灯，扭头看到床头柜的手机。

为了调节今晚的气氛，苏安安不仅调暗了灯光，穿了性感的睡裙，还在屋里点着香薰。

她拿着手机，习惯地点开，惊喜地发现小芯给她发了微信，还给她发了一个大大的红包。

失踪多日的小芯终于出现了，让苏安安把顾墨成离开的事暂且抛在脑后。

顾墨成外面裹了件睡袍，跟着陈叔下楼。

大厅里的女人听到顾墨成下楼的声音，脸上露出了笑容，她痴痴地看着下来的顾墨成。

十年前的顾墨成还是二十出头的男孩子，青涩、帅气。现在的顾墨成举手投足间带着男人成熟的魅力，加上多年执掌顾氏，身上自然带着高贵的气质。

蒋柔看呆了，她的心扑通扑通地跳得厉害。此时的顾墨成透着慵懒，让人着迷。

“墨成。”看到顾墨成，蒋柔欢喜地露出笑容。

顾墨成下楼瞧了她一眼，坐在客厅里的沙发上，淡淡地问陈叔：“怎么回事？”

“先生，你们回来不久，蒋小姐就来了，她说要见你一面。”陈叔解释道。

陈叔让蒋柔进来，不是想破坏顾墨成和苏安安的关系，而是他知道，蒋柔见不到顾墨成，不会甘心。让蒋柔在外面待着，说不定她等得不耐烦在外面大吵大闹，吵了先生还好说，要是吵着了夫人……

陈叔不想顾墨成和苏安安为了蒋柔吵架，这样太不值得。再加上外面的雨太大，陈叔一下子心软就把人给放了进来。

“墨成，我回来了。”蒋柔走到顾墨成面前，流下眼泪。

顾墨成靠在沙发上，抬起头看着她：“你回来了和我有什么关系。”

他的语气冷淡伤人，让蒋柔心一痛。

“墨成！”她含泪看着顾墨成。

“陈叔，送客。”顾墨成说道，他不想苏安安看见蒋柔来了。

“墨成，你不要赶我走。”蒋柔哭出声，她整个人已经被大雨淋得湿漉漉的，看上去很可怜很狼狈，“我没有地方可以去了。”她说道。

回到宁城，她能去的地方只有顾墨成这里。蒋老太太把她找回来，就是利用她。她只有依靠顾墨成，才能重新开始生活。

“我回来了，不会再离开你了。”蒋柔走近顾墨成的身边，她单膝跪在地上，眼里含着泪盯着顾墨成。

顾墨成看着可怜凄惨的蒋柔，心里没有一丝的心软，反而更加厌恶起来。

今天是他和苏安安结婚的大日子，蒋老太太先是绑架了蒋柔，要他拿钱去赎蒋柔。现在蒋柔直接到了他的家，她们要做什么，是什么目的，顾墨成心里清楚。

“蒋柔，过去的事就过去了。”顾墨成淡淡地开口。

他如果还爱着蒋柔，就不会娶苏安安。顾墨成的心里很清楚，他早已经不爱蒋柔了。

“墨成！”蒋柔像是受到了很大的刺激，她抬起头，眼泪一颗颗地掉出来，“墨成，你不爱我了？我回来了，我不会再离开你了。”她紧张地握住顾墨成的手，“你原谅我好不好？我们重新开始好不好？”

顾墨成立马抽出自己的手：“蒋小姐，我结婚了。”他平静地起身对陈叔说，“陈叔，把人送出顾家。”

蒋柔摇摇头，她不相信昔日爱她的顾墨成会对她这么绝情。

“是不是我死了，你才会原谅我？”蒋柔哭着说。她知道，如果今天她走了，就不可能再进顾家了。

“如果是这样的话，墨成，我愿意为了你付出自己的性命。”蒋柔说话的时候，眼睛哀怨地看着顾墨成。

顾墨成沉着脸平静地看着蒋柔，他冷厉的眼神看得蒋柔猛地心慌。他为什么不阻拦她？还是觉得她只是在吓唬他？

蒋柔站起身：“墨成，我爱你。”说话间，她看了看客厅里雪白的墙壁，心一狠，闭上眼睛朝那里跑去。她不信顾墨成对自己这般地心狠，以前的他对她很好。

她人还没撞到墙上，被一道声音给制止了——

“老公！”楼上柔柔的声音传来，软绵绵的。

顾墨成心头一怔。

客厅里的人顺着声音看去，苏安安穿着和顾墨成同色系的睡袍站在楼梯口，笑着看着顾墨成。

陈叔看到苏安安出来，再看了看走到墙那边犹豫着撞还是不撞的蒋柔，他很后悔自己心软把人给放了进来。

“老公，你在和谁说话啊？”苏安安笑着对沙发上坐着的顾墨成说道。苏安安故意将自己的小腿从睡袍里露出来，引诱着顾墨成，更是给蒋柔看的。

客厅里的女人是谁，苏安安不知道。

她在房间给傅芯发了微信过去，傅芯没有回复，苏安安没有事做，就出了房间来找顾墨成。新婚之夜让她一个人睡，她睡不着。

苏安安刚出房间就听见了女人的哭泣声。

“是不是我死了，你才会原谅我？”

苏安安最讨厌别人动不动拿性命威胁人。她走到楼梯口，看到女人满脸是泪，加上身上被雨水打得湿淋淋的，很是可怜。

苏安安一下子很快地从女人的眼里看到了对顾墨成的爱意。

又是顾墨成的花花草草！

苏安安的心里顿时不爽起来，平时遇到黏着顾墨成的女人，她就很生气，这下人都跑上门了，还是在她和顾墨成的新婚之夜，她要是不做些什么，一个个都会以为她这个顾夫人好欺负，谁都想着法子勾搭她老公。

“老公。”苏安安娇羞地说，“你倒是快上来陪我啊。”

苏安安娇柔的声音、红润漂亮的脸和蒋柔被人打伤难看的脸形成了对比。

蒋柔看到年轻漂亮的苏安安，想起蒋老太太的话，是男人都喜欢年轻漂亮的，而不会选她。

顾墨成看着苏安安，他的视线落在苏安安露在睡袍外的小腿上。

“衣服撩那么高，腿不冷吗？”顾墨成说道。

苏安安笑笑，她把腿放回睡袍里：“老公，你说过今晚会一直陪我的。”苏安安故意把话说得暧昧。她和顾墨成结婚的事整个宁城都知道，这女人深更半夜找上门，分明是故意来找茬的。

顾墨成没有回话，不过他已经走过去用实际行动告诉苏安安，他马上就来。

“墨成。”蒋柔看着顾墨成转身走到了楼梯口，她哭着说，“你不能给我一次机会吗？难道真的要看我死了，你才会原谅我？”

苏安安脸上的笑容挂不住了，又拿死来威胁她老公！不对，这女的好像之前就和顾墨成认识，不然不会说什么“一次机会”“原谅”之类的话。

苏安安看向楼梯下的顾墨成。

管这女人是谁，她不能让女人夺走自己的老公。

苏安安话未出口，顾墨成先说道：“陈叔，送走。”

蒋柔等顾墨成开口说话等了半天，等到的却是让她走。

“墨成！”蒋柔眼泪掉得更厉害了，“你真的不爱我了吗？我们的誓言，我们的爱情你都不要了？”

顾墨成皱紧了眉头，抬起头看向楼梯口的苏安安。十年前他确实喜欢过蒋柔，但是十年的时间过去，他不爱了，蒋柔也变了。他现在最担心的是安安会因为蒋柔的话胡思乱想。

苏安安没有生气发火，她的脸上反而露出了笑容："老公，外面还下着雨呢。大雨天的把人家请出去不太好吧，而且现在又这么晚。"

苏安安的话让在场的人都怔住了，陈叔在想夫人是病了，在说胡话吗？

"夫人，我马上……"陈叔说道。

"陈叔，你安排一下，今晚就让这位小姐在家里住下来吧。"苏安安笑着说，"她是老公的朋友，也就是我的朋友。"苏安安说完，问顾墨成，"老公，你觉得我说得对吗？"

顾墨成看着脸上挂满笑容的苏安安，小丫头要做什么？

"老公，你就让这位小姐留下来住一晚吧！"苏安安撒娇道。

顾墨成走上来，伸手握住苏安安的手。她出来太久，冰凉的手让他有点生气，小丫头不是一个会吃亏的人，她留下蒋柔一定有她的道理。老婆说什么，他都觉得是对的。他应了她的话："好。"

如果苏安安不出现，顾墨成就会直接让陈叔把人赶出顾家。他讨厌别人拿性命威胁他做些不愿意做的事。

蒋柔听到顾墨成答应自己在顾家住下，便自动忽略掉她能住在顾家是苏安安提出来的。

顾墨成的心里一定是爱着她的，所以舍不得她受伤。

蒋柔脸上露出欣喜若狂的笑容，只要她继续在顾墨成身边，他一定会念起他们以往的情意，和她重新在一起。

她又想到了苏安安，虽然苏安安比她年轻、漂亮，但是她是顾墨成的初恋，顾墨成为了她十年来不找女人，这就说明她才是顾墨成心头的人。

苏安安和顾墨成回到房间，她不高兴地从顾墨成的手里抽出手，"哼"了一声，不理顾墨成了，好好的新婚之夜都被楼下的女人给破坏了。

顾墨成看着生气的小丫头，重新握住她的手："快躺床上去，手这么凉了。"

"你该去关心楼下的女人。"苏安安不悦地说。

顾墨成一笑，喜欢为他吃醋的苏安安。

要不是苏安安要留下蒋柔，顾墨成根本不想，他知道自己是有妇之夫，也清楚心里爱着的女人是谁。

“安安，你才是我的妻子。”顾墨成推着苏安安回到床上，他也跟着上床，然后才同苏安安解释蒋柔的事。

“我和蒋柔的事过去很久了。”顾墨成平静地说道。

苏安安抓到这句话里重要的字眼，那个女人果然是顾墨成的初恋，就是顾墨成十年前喜欢的人。

她一怔，顾墨成以为苏安安难受的时候，听到苏安安不客气地嘲讽了句：“顾墨成，你以前的眼光真差！”

顾墨成一愣，脑海里浮现出蒋柔哭着用死要挟他的场景：“好像是的。”

因为顾墨成上头有个优秀的哥哥，顾臻又厉害，所以十年前的他就是个混世魔王，中学也好，高中也好，他都是和萧彦、韩龙逸三个人混在一起，不是飙车就是打架。比起能力出众、做事稳重的哥哥，他经常被顾臻罚站。那个时候的他比现在的顾子铭还顽劣，是让所有长辈头疼的人。

高三的时候，他闯了祸，顾臻气得把他扔到部队里去了，跟着他去的还有萧彦。两个人从部队里回来，非但没有收敛性子，还比之前更张狂。他们在街头打架混日子，养了一堆人，跟在他们身后喊他们老大。

那是段年少风光的故事，在宁城的上流社会，没人敢惹顾墨成和萧彦。他们身后有顾家和萧家撑着，谁惹了他们，结局就是被他们养的那些手下暗中收拾。

就是这么一个不听话、做事冲动的顾墨成遇到了蒋柔。

蒋柔是蒋家老太爷和外面的女人生的女孩，像她这样的私生女不止一个。

蒋老太太善妒，为人阴狠，对蒋老太爷外面的那些女人恨得入骨。蒋柔的妈妈不过是蒋老太爷一时兴起的玩物，她以为自己有了孩子，就能进蒋家的门，结果她不仅没有进蒋家的门，蒋老太太还经常找人到她家里提醒着她见不得光的身份。

蒋柔在惶恐的环境里和自己的妈妈相依为命，她最想的就是成为蒋家的千金，拥有一个高贵的名门身份。她很努力，读书也很刻苦。

一个是成绩很好的乖乖女，一个是刚从部队里出来、在宁城大街小巷中呼风唤雨的大少爷。

一次意外，顾墨成救了被人欺负的蒋柔。蒋柔当时不知道顾墨成的身份，以为他不过是一个普通的混混，所以没有搭理他。顾墨成对蒋柔也没有多在意，女孩子在他看来都差不多，而且蒋柔没有让他一见钟情的资本。

顾墨成想起那时候的蒋柔，好像和现在有些不同。她柔弱，虽然被蒋家人迫害着，但是一直为她自己和她妈妈反抗着……

记忆太遥远，很多事顾墨成想不起来了。

就是想起来又怎样？他对蒋柔早已没了感情。

顾墨成揽着苏安安到怀里，目光柔和下来，看着没了笑意的苏安安，说：“我现在的眼光怎么样？是不是很好？”他问道。

苏安安的脸上露出一点笑意，把头靠在顾墨成的胸膛上厚脸皮地说：“那是！顾墨成，你捡到宝了。老公，你是我的，谁都抢不走。”

管那个女人是不是顾墨成的初恋，反正他已经是她的人了，谁想从她手中把人抢走，那都是做梦。

“是。”顾墨成笑了，伸手摸着苏安安的头发。

过了一会儿，他收起了笑意，正色对苏安安解释道：“安安，她叫蒋柔，是我以前的恋人。”

楼下的女人是顾墨成以前的那位，苏安安已经知道了。不过顾墨成这个解释是要消除苏安安心里的不悦，是告诉她过去的事。

“姓蒋？”苏安安诧异的是这女人的姓氏。

“是的。”顾墨成点头说，“她是蒋家老太爷的女儿。”

“私生女？”苏安安接过话。

顾墨成应道：“嗯。”

“蛇鼠一窝，蒋家真没一个好东西。”蒋家人差点要了苏安安的命，她恨透了蒋家。蒋媚也好，蒋盛旭也好，蒋老太太也好，都不是什么好东西。现在跑出来个蒋柔，更坏！

今晚是她和顾墨成的新婚之夜，蒋柔跑来破坏，心思真是恶毒。

顾墨成看着苏安安气愤的脸，笑道：“安安，不许生我的气。我知道她早就回来了，但是没有想到她会跑到家里来。”

苏安安看着顾墨成。顾墨成知道蒋柔回来了，但是他没有取消婚宴，更重要的是，这几天他们一直在一起。这说明顾墨成没有把蒋柔当回事。

“安安。”顾墨成还要再解释，苏安安打了个哈欠。

“老公，我好困啊。”苏安安的眼皮慢慢地合上，她顺势倒在顾墨成的怀里，“我们睡觉吧，那些小事明天再谈。”

她和顾墨成的兴致全被蒋柔给破坏了，现在的她困得不行。蒋柔和顾墨成的故事，她听不听也没有什么关系。

苏安安相信顾墨成不会为了蒋柔不要自己，一是她相信顾墨成，二是蒋柔真的不怎么样，长得不好看，还动不动要死要活的。以她对顾墨成的了解，他不会被蒋柔说动。

顾墨成看着怀里的小丫头说睡就睡了，抿着嘴角笑笑，将她抱紧也睡下了。

两个人之间多了一份默契，苏安安不追问他和蒋柔的事，做好解释准备的顾墨成只能以后再讲给苏安安听。她愿意听就听，她不愿意就让故事随风离开吧。

苏安安没有多问顾墨成和蒋柔的事，她从顾墨成的眼里已经看到了答案。顾墨成爱的人是她，她问了往事也没什么意义。

两个人之间的感情没有因为蒋柔的突然出现而产生裂痕，相反，他们相互抱在一起睡了场好觉。

第二天早上，苏安安醒得早，她是被饿醒的。她简单地梳洗后下楼，在楼梯上就闻到了香味。

苏安安走向餐厅时，陈叔看到她，眼神变得闪烁："夫人。"

"怎么了陈叔？"苏安安疑惑地问，然后她看到了厨房里忙碌的身影。

在厨房做早饭的蒋柔听到了下楼的脚步声，以为是顾墨成下来了。她端着手中的粥，笑着转过了身子："墨成，我做了早饭，都是你喜欢吃……"后面的话，在看到苏安安时没了声音，连她脸上的笑容也消失了。

苏安安倒是笑得开心："陈叔，我饿了。"

陈叔见苏安安没有生气，松了口气，提醒道："夫人，我马上把她赶走。"

"来者是客，陈叔，你怎么能这么没有礼貌？"苏安安笑着说。

这个女人敢在新婚之夜跑来找顾墨成，她这心里的气都还没有出，怎么能让她走！轻易地把人赶走，下次还会黏着她家老公。

苏安安坐在了餐座上。

陈叔把厨房里准备的早饭一份份端上来，蒋柔看了一眼在餐桌上坐下来的苏安安，目光幽怨地看向楼上。顾墨成怎么还没有下来？

"真香！"苏安安的目光落在蒋柔手里捧着的碗里，那是蒋柔一大早起来熬的香菇肉粥，她还做了顾墨成喜欢吃的牛奶面包。

“陈叔，我想喝粥。”苏安安嘟着嘴笑。

陈叔过去，直接抢过蒋柔手里的碗，蒋柔不愿意给，他也没有办法。

肉粥端到苏安安面前，她拿起勺子尝了一口。味道真的很好，比她在外面买的好吃。蒋柔的厨艺这么好！她想到自己的烂厨艺，觉得差别太大了。

“墨成呢？”蒋柔看着自己用心熬的粥被苏安安吃了，不由自主地捏紧拳头，就差上前去抢苏安安的饭碗了。但她忍住了，她怕自己在顾墨成心里的印象更差，她得忍着，最好是涨了苏安安的气焰，让自己处于劣势、委屈的位置。

苏安安抬起头，没有继续喝。虽然好吃，但这是要抢她老公的女人做的，她得有骨气点，不能再喝了。

“嗯，他昨晚太累，还在睡觉。”苏安安回道，这个“累”字故意说得暧昧。

蒋柔红了脸，又气愤苏安安的炫耀，她淡淡地说了一句：“苏小姐今年才二十出头吧？”

“对！”苏安安笑着说，“比你小了十岁。”

年纪和容貌是蒋柔不可能比得过的，蒋柔的脸上顿时染上了怒意。

“苏小姐年纪轻轻的，说出来的话一点脸皮也不要。”蒋柔嘲讽道，她愤怒的样子和昨晚在顾墨成面前哭诉的时候完全不同。

苏安安见惯了白莲花，不觉得害怕。对于这种女人，手段是一方面，最重要的是她们争抢的这个男人，如果男的站在自己这边，你就是斗不过她也没事。

如果遇到慕瑾瑜这种渣男，轻易就被小白花的眼泪给骗走了，那么再强势、再凶悍，得到的也只是慕瑾瑜的巴掌。

苏安安庆幸，自己的老公是顾墨成，一个全心全意对她，她做什么说什么他都觉得对的老公。

“怎么不要脸了？”苏安安笑着反问，“我和自己老公睡觉怎么不要脸了？”

苏安安脸上的笑意淡了下去：“睡自己老公是不要脸？那么觊觎别人的老公是不是压根就没有脸啊？”

蒋柔被苏安安说得一怔。

她看过苏安安的资料，之前在销金窟也故意去撞过苏安安。她觉得苏安安不过小姑娘一个，她妈妈又早逝，蒋媚这个继母对苏安安也不好，苏安安该是被欺负怕了，是个柔弱需要人保护的。就像当初的她，被蒋老太太欺压，虽然她会反抗，但是心里还是害怕蒋老太太的。她觉得，顾墨成再找的女孩子一定在性格上像她。

现在和苏安安交锋，蒋柔打心底觉得苏安安不好惹。

“还有，蒋小姐，请叫我顾夫人。”苏安安抿着嘴提醒道。她很讨厌姓蒋的一口一个“苏小姐”，不知道她昨天和顾墨成结婚了吗？

苏安安心里生着气，脸上却满是笑意。

“你还没有和墨成领证。”蒋柔不悦道，索性连“苏小姐”都懒得叫了。

“对。”苏安安吃着早饭，抬起头说，“我们没有领证。”她的笑意散去，“那又怎样？顾墨成已经是我的丈夫了！”

“苏安安，凡事会有变数。”蒋柔嘲讽道，“墨成会和你结婚，是因为我没有回来。”

苏安安看着自信的蒋柔，真恨自己没有早生十年，不然顾墨成的世界里哪里有蒋柔的影子。

“是吗？”苏安安冷笑，“昨晚我和我先生说，他以前的眼光真是烂极了。”听到顾墨成对自己的看法，蒋柔立即竖起耳朵，专心地听苏安安的话。她想，墨成肯定反驳苏安安的话了。

“你觉得他说了什么？”苏安安语气淡淡，“他说，年少不懂事，常作瞎了眼的事。不过，自从遇到我以后，他的眼光变得越来越好了，再也不会瞎了！”

蒋柔怎么会听不出苏安安话里的嘲讽和顾墨成的态度。

“不可能。”蒋柔不相信地摇摇头。遇到她，爱上她，顾墨成觉得自己瞎了眼吗？

“蒋小姐，我和墨成没有领证，是因为我还小。你说得也对，这期间肯定有变数。”苏安安说着嘴角露出了笑意，“说不定到那天，我已经有了孩子。”

怎么变，顾墨成都是她的丈夫。

听着苏安安赤裸裸的炫耀，蒋柔更恨了。

“嗯……怀了孩子，我肯定会变丑。”苏安安陷入一年后领证的事了，被蒋柔一说，到时候她很可能大着肚子拍结婚照。要不趁现在漂亮，先和顾墨成把结婚照给拍了？

苏安安看了一眼蒋柔，一笑：“不过，我再难看，还是比墨成小。”

比顾墨成小，就是比蒋柔小。

这话里的嘲讽，蒋柔还是听得出来。苏安安就是在嘲讽她年纪大。

“苏安安。”蒋柔被苏安安刺激得心里满是怒火，“墨成不是肤浅的人。”

苏安安的余光瞥见楼梯口处的衣服，她嘴角的笑意更浓：“老公，你怎么才起来？”

蒋柔也听到了下楼的脚步声，脸上的怒意瞬间消失，露出一张笑脸。她早上起来的时候化了妆，用高超的化妆技术把脸上的淤青给遮住了，但是粉底擦得多，怎么都没有苏安安漂亮、自然。

“墨成。”蒋柔期待地看着下楼的顾墨成。

顾墨成在楼上就听到了苏安安的话。

昨天苏安安开口留下蒋柔，他就猜到小丫头心里生气，不把蒋柔收拾一遍，是不愿意把人放走的，这么记仇的性子真是随了他。

对蒋柔，顾墨成原本没想过折腾她，怎么说都是以前的恋人，他们之间有过一段感情，做陌生人、各过各的日子就好。偏偏蒋柔要扰乱他的生活，让苏安安生气。初恋的感情再美好，也抵不过苏安安给的幸福。

顾墨成默许了苏安安收拾蒋柔。

他走到餐厅，无视蒋柔的存在，径直走到苏安安的身边坐下。

蒋柔看到顾墨成不理自己，眼眶里流出了泪珠，她又轻声唤道：“墨成！”

苏安安瞧见蒋柔的眼泪，为什么那么多人喜欢在男人面前流眼泪、装委屈？这样真的好惹人厌烦！

顾墨成没有回应蒋柔，惹得蒋柔眼里的泪珠掉得更厉害了。

她看着顾墨成对苏安安柔声细语，心里就像被刀子刮着一般痛。怎么会这样？墨成不可能变心的！他一定是气她当年背叛了两个人之间的感情，所以他娶了苏安安，故意对苏安安好来刺激她。

蒋柔自我欺骗地想着，她不想承认顾墨成对她没有感情了。

“老公，蒋小姐在叫你呢。”苏安安笑着提醒，她得让蒋柔对顾墨成死心，不然每天自家老公身边围着一个女人，她看着都烦。

顾墨成瞧了眼挂着眼泪的蒋柔，这和他记忆里的蒋柔是两个不同的人。

“老公，这是蒋小姐做的早饭，你尝尝看。”苏安安将桌上的香菇肉粥放到顾墨成的面前。

肉粥香气扑鼻，苏安安忍不住吞了口水，蒋柔的厨艺怎么这么好？

顾墨成看着苏安安发亮的双眼，他知道这个小馋猫又馋了，他也清楚她让他尝蒋柔做的肉粥的用意。

他端起粥，蒋柔的眼泪顿时止住，她屏住呼吸认真地看着在品尝肉粥的他。

因为从小和妈妈相依为命，她很早就会自己做饭，所以厨艺很好，十年前顾墨成就是尝过她的一碗面对她产生了好感。

蒋柔有信心，顾墨成会喜欢这碗粥，可惜粥被苏安安吃了一半。

味道是不错，不过……顾墨成放下碗，两个女人都在等他的回答。他别过头看到苏安安威胁的眼神。

让他尝，又要他说假话，小丫头故意在给蒋柔下马威。

“不错。”顾墨成说着手在桌底下握住苏安安的手，指腹摩挲着苏安安的手指。

苏安安听到他的话，脸顿时沉了下来。他怎么说了实话？

苏安安不悦地看着顾墨成，却看见顾墨成勾起了嘴角，他的眼底也染上了温柔的笑意，看得苏安安心跳加快。

外面的阳光射进餐厅，洒在顾墨成的身上，苏安安不由自主地看呆了，顾墨成不帮她对付蒋柔，还一大早用美色诱惑她。

蒋柔看到顾墨成和苏安安这样温馨的一幕，心里也不开心。

“老婆尝过的东西，味道都很不错。”顾墨成笑着说，他说得自然，说得温柔。

蒋柔一怔，心痛的感觉开始扩散到全身。顾墨成是故意的，他故意用苏安安来打击自己。

“嗯。”苏安安点头笑，这么说还差不多。

“再难吃的东西，安安尝过之后也很好吃。”顾墨成又加了一句，顺手从桌上拿起佣人准备的东西。

他心里清楚，蒋柔是外人，苏安安是他的妻子。问他要帮谁？他当然要帮自己的老婆啊！

苏安安笑笑，将桌上的香菇肉粥端起来：“可我觉得不好吃！”她盯着碗里的粥，狠了狠心，将碗连粥一并倒进了垃圾桶，“这么难吃的东西，真是碍眼。”

苏安安动作利索，陈叔很有眼力见，立马上前把蒋柔做的早饭全收拾到垃圾桶里。

碍眼的不仅是东西，还有蒋柔这个人。

“你们……”蒋柔看着自己忙了一大早的心血被他们扔进了垃圾桶，她出声阻止，可没有人理她。

“苏小姐，你这是在做什么？就算我做的东西不合你的胃口也轮不到你倒！”蒋柔气愤地指责。

“这是我家！”苏安安声音变得冷淡，她看着被自己气得又红了双眼的蒋柔，说，“蒋小姐，我刚才说了，你该叫我‘顾夫人’。”苏安安说完，扭头看向身边的顾墨成，“顾先生，你觉得我说得对吗？”

顾墨成的嘴角溢出笑容：“嗯，顾夫人。”

他眼里的柔情气得蒋柔握紧了拳头，

苏安安再看蒋柔，蒋柔没有像之前一样凄惨地掉眼泪了，她只是红着眼睛。

一个人的话能欺骗别人，但是一个人的表情和眼神骗不了。顾墨成不是在演戏给她看，他是真的对苏安安好，就像他现在给苏安安剥鸡蛋，很自然，很仔细。

“陈叔，送蒋小姐离开吧。”苏安安开口说，“顾家不欢迎你。”

蒋柔握紧双手，像没有听到苏安安的话，她的眼睛盯着顾墨成，她在等顾墨成的决定。她紧张极了，生怕真的和自己猜的一样，顾墨成对她没有感情了。

顾墨成吃好早饭，用纸巾擦拭了嘴，他站起身对安安说：“我送她走。”

苏安安愣了下，继而笑了起来，“嗯，好的。”

紧绷着身子的蒋柔听到顾墨成的话后，放松下来。

她没有听错吧，顾墨成说要送她，那是不是说，自己在他的心里也不是没有半点地位？蒋柔期待地看着顾墨成，嘴角有了笑意。

苏安安站起来，看着顾墨成说：“老公，早去早回。”她知道顾墨成肯定是有话要告诫蒋柔。

“嗯。”顾墨成应道，“我很快回来，你先换身衣服，等下我们一起去老宅看爸妈。”

苏安安听顾墨成说完，点头：“好的，老公。”她看着顾墨成，嘴角就忍不住上扬。

自己喜欢的人就在身边，苏安安幸福地笑了起来，她突然有想亲他的冲动，在她要快亲到他的时候，他却先一步亲了她的脸，他搂住她的腰，亲了亲她的嘴角。

有人看着，苏安安红了脸。虽然她故意在蒋柔面前耍威风、秀恩爱，可是顾墨成当着人的面吻她，她自己都不好意思起来了。

“乖！”顾墨成声音温柔，看着苏安安红着的脸，他舍不得离开她。

两个人依依不舍地看着对方，就是离开一会儿彼此都舍不得。

蒋柔被顾墨成和苏安安忽视，她松开的拳头又握紧了，冷着脸跟在顾墨成的身后离开了顾家。

顾墨成走后，陈叔笑着问苏安安：“夫人，你不怕先生和蒋小姐旧情复燃吗？”

苏安安正蹲下身子逗小白，她抬起头笑着说：“陈叔，我相信墨成。”这是一种发自内心的信任，她相信自己的魅力，也相信顾墨成的为人。

顾墨成和蒋柔上了车，陈叔安排了司机给他们开车。

陈叔是担心先生一糊涂做了傻事，夫人那么好的女孩子，先生可不能让她失望。

不过，顾墨成心里比陈叔更清楚。

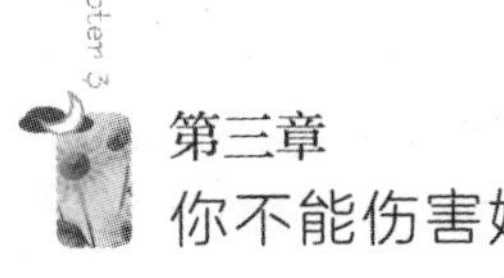

# 第三章 你不能伤害她

车里，蒋柔平静下来，她看着身边抽烟的顾墨成，说："我记得你以前也喜欢抽烟，这么多年，你的烟瘾是越来越重了。"

"嗯。"顾墨成冷冷地说，"你住在哪里？"

蒋柔自嘲地笑："其实我没有地方可以去。我妈妈前几年就死了，宁城没有我的家，我的家在哪里我自己都不知道。"

她回宁城之后，一直住在蒋老太太安排的地方。可是她这十年来的苦难是蒋老太太造成的，她完全是在委屈自己。她没有办法，除非和顾墨成重新和好。

昨天晚上，她被人送到顾家，她故意在外面淋了雨，想把自己弄得狼狈不堪。这样顾墨成看到她，起码会产生一丝怜惜，容她在顾家住下来。可是，他对她的态度很冷淡，她更没有想到的是苏安安的态度。苏安安让她在顾家住一晚，蒋柔心里清楚，苏安安为什么留她住下。

"对不起，我不该在昨天晚上来打扰你。"蒋柔苦涩地笑。她的试探，她的戏演得差不多了，再也不能自欺欺人了。

"我过来只是想看看你和她好不好，不是真的有心来打扰你们！"蒋柔说，"早上做的那顿饭，可能是我这辈子最后为你做的。可惜，被她倒了。"

顾墨成听出蒋柔话里对苏安安的责怪，他看着笑得苦涩的蒋柔："蒋柔，安安是我的妻子。我们的事已经过去了十年。"

顾墨成送蒋柔回去的用意就在这里。他不把话说得清楚，蒋柔就会一直缠着他，或者是苏安安。他不想自己被纠缠，更不希望安安遇到麻烦。

“我知道。”蒋柔听不下去了，眼泪流了出来，“墨成，十年来，我一直很想你。我不是故意不回来的，是蒋老太太她……”蒋柔含着眼泪解释，她回想着自己被蒋老太太害得如此凄惨，她就恨。

要不是蒋老太太插手她的感情，她和顾墨成不会是现在的结局，她现在可能是顾墨成的妻子，过着舒坦的生活。

“蒋柔，过去的事我不想提起。”顾墨成抽着烟，冷冷地说，“过去就是过去了，你该过好现在的生活。”

“现在的生活？”蒋柔笑了出来，眼里满是痛苦。要不是过得那么痛苦，她怎么会不要脸地在顾墨成的新婚之夜跑到他家里，去破坏他和苏安安的感情？

“我的生活已经过不好了。墨成，没有你，我的生活过不好。”蒋柔流着眼泪，伸出手想去抓顾墨成的手。

顾墨成看到，立即移开了手，他都不愿意被眼前可怜的蒋柔碰一下，现在，他心里非常清楚自己爱的人是谁了。

“蒋柔！”顾墨成盯着她，眼神冷厉，“你应该知道我是一个怎样的人！不管是谁动了我的人，我都会为她做主！”这句话里满是威胁，他在告诫蒋柔不要去打苏安安的主意。

蒋柔以为顾墨成肯亲自送她离开，他心里应该对自己还有些情意，哪怕是一点都好。但是听到了顾墨成这句话，蒋柔明白了，他是为了苏安安才送自己的。

“你怕我伤害苏安安？为什么不是苏安安怕我和你旧情复燃伤害我呢？”蒋柔反问，“苏安安不是什么好人！”

顾墨成抽着烟冷冷地看着蒋柔：“你不能伤害她。”

而苏安安伤害蒋柔，是蒋柔自找的。

蒋柔怔住，她没想到顾墨成会这样护着苏安安。

“我不需要安安柔弱或者太善良，我希望她有保护自己的能力，如果她没有，我给！”顾墨成沉着声音说，“所以，蒋柔，你懂我的意思。”

“苏安安可以欺负我，但是我不能去找苏安安的茬，对吗？”蒋柔嘲讽地笑。

顾墨成护苏安安竟然到了这个地步！

“为什么？”蒋柔气愤地质问，“墨成，我当初离开你是被逼的，你连一个解释的机会都不给我吗？在你结婚前，我给你写过一封信，当年的事在信里我都和你解释清楚了。你是不是没有看到？肯定是苏安安把信给藏起来了。”

蒋柔越说越激动，她回来了，顾墨成却不爱她了，她不想接受这个事实！

“没有必要解释。”顾墨成冷声道，“蒋柔，我再说一遍，我爱的是苏安安。”

“因为她比我年轻，比我漂亮？”蒋柔质问道。男人都是一样，喜欢年轻、漂亮的。

顾墨成承认这点，但是世上比苏安安漂亮年轻的多的是。他爱了就是爱了，他爱她什么？

“我爱她的所有。”包括她的年轻，她的漂亮。

顾墨成的话毫不留情地打着蒋柔的脸，蒋柔心痛地捏紧自己的衣服：“墨成，如果没有苏安安，我们是不是还有机会？”她不甘心。

顾墨成抽完最后一口烟，说：“没有。”回答得直接、果断，蒋柔问他这个问题的时候，他的脑海里瞬间跳出这两个字，“就算没有安安，我也不会爱你了。”

他十年来不找女人，不单单是被蒋柔伤害了。这些年顾臻的身体不好，他作为顾臻唯一的儿子，不得不挑起顾氏的担子，给顾臻和顾老夫人一个保护罩。

小时候都是父母罩着他，他也得为他们撑着天。所以他一直忙着事业，忘记了谈情说爱，也没有那个心情。可能他就是等着遇到苏安安吧。

蒋柔听完顾墨成的话，控制不住地哭了出来。她昨晚跑到顾家来就是一场笑话，顾墨成已经不爱她了。那么她该怎么办？在蒋老太太看来她成了一颗废棋。她是不是又得回到那个地方，受着她那个名义上的丈夫的打骂？蒋柔不想，她更不想失去顾墨成。

顾墨成掏出了支票：“你的日子并不好过，这些钱你留着用吧。”支票递到蒋柔手里，二十万对顾墨成来说不算什么。

蒋柔拿着支票，笑着听到顾墨成说：“希望以后你不要打扰我和安安的生活。”

蒋柔嘴角的笑意淡了下去，她看着顾墨成，眼泪一颗颗地掉下来。她自嘲地笑了笑：“我真的太自以为是了，我以为我回来同你解释清楚十年前的事，你就会原谅我。原来都是我自己一厢情愿。顾墨成，你不爱我了，再也不爱我了。”

顾墨成没有回应，他看到前面的公交站牌，让司机停下。

“这里的公交车能到你想去的任何地方。”顾墨成淡淡地说道，这是在赶蒋柔下车。

蒋柔看着面无表情的顾墨成，想起他在苏安安面前时露出的温柔笑意，心痛了起来。她看着顾墨成，没有再哭着唤他、求他，她的脸上反而露出了笑容，说：“墨成，再见！祝你幸福！”说完，蒋柔打开车门下了车。

她才下车，车子就掉头从她的身边离开。

蒋柔看着远去的车子，勾起嘴角含着眼泪笑。

顾墨成，你对我太狠了！

她走到了公交站牌，将顾墨成给的支票放进包里，然后拿出手机给蒋老太太打了个电话：“我被赶出来了。”

那头的老太太没有生气，她好像料到了这个结局。

“苦情戏演了，眼泪也掉了，可是顾墨成根本没有动容。”蒋柔冷冷地说。

绑架要顾墨成拿钱，到她被扔到顾家，都是蒋老太太安排的戏。

“你打算回家还是继续留在宁城？”蒋老太太问道。

蒋柔一笑，蒋老太太明知道她最怕的就是回到那个“家”。

“宁城。”蒋柔说了答案，挂断电话后，坐在公交站牌等着蒋家的车子来接她。

顾墨成说，让她不要去打扰他和苏安安的生活。她怎么可能不去打扰，顾墨成过得那么幸福，而她每日都生不如死！既然他不爱她，那谁的日子都别想舒坦！

苏安安换了身衣服没过一会儿，顾墨成就回来了。她笑着扑到了顾墨成的怀里，喊了一声“老公”，然后踮起脚吻顾墨成。

顾墨成刚才吻得她的心乱跳，她也得把顾墨成吻得脸红起来。

顾墨成搂住她的身子，反吻回去，她有些喘不过气来，伸手推开了他，她呼吸到新鲜空气，缓了缓，说：“不玩了。”

顾墨成笑笑，伸手刮了刮她的鼻子：“安安，以后她要是来打扰你，跟我说。”

“你帮我揍她吗？”苏安安故意问。

顾墨成认真地点头：“嗯。”他说着抱住了苏安安，“谁都不能欺负你。”

有顾墨成这句话，苏安安心满意足：“老公，她要是招惹你，和我说，我帮你揍她。”她仰着头，一脸笑意地看着顾墨成。

“嗯。”顾墨成笑着应道，他松开苏安安，“我上去换身衣服，等我会儿。”他们要出门去顾家老宅吃饭。

苏安安点点头，走到客厅去看电视。一旁的陈叔见顾墨成单独上楼，他跟了上去。

二楼的走廊上，顾墨成知道陈叔有话和自己说，他停了脚步，回头看着陈叔。

“先生。”陈叔唤了他一声，说了一件事，“你和夫人办婚礼前，我收到过一封信，是蒋柔寄来的。”

顾墨成听完，脸上很平静，没有什么大的反应：“我知道了。”

“先生，对不起，我把这封信给扔了。”

顾墨成顿了顿，问：“安安有看到吗？”

“没有！”陈叔回道。他私自把先生的信给扔了，先生不怪他，反而关心苏安安有没有看见。

“那就好。”顾墨成看着疑惑的陈叔，又说，“陈叔，你做得对。我不希望任何人破坏我和安安的生活。有了她，我很知足！”

如果，有个他们的孩子，就更好了。

陈叔看着进房间换衣服的顾墨成，嘴角露出了笑容。先生是真的很爱夫人，他担心的那些事是多余的。

顾墨成和苏安安两个人到顾家老宅时，顾臻和老夫人已经在客厅里等着他们了。本来他们该去苏家，不过苏安安不认苏华这个父亲，连婚礼都没有邀请他们，回门这件事就算了。他们就随意些，直接回了老宅陪顾臻和顾老夫人吃饭。

顾子铭最近也老实了，知道顾墨成带着苏安安回来，没有出去鬼混，陪着顾臻夫妇等顾墨成和苏安安。

“你们怎么才来？”躺在沙发上的顾子铭嚷道。

苏安安脸皮薄，红了脸，顾墨成牵着她的手走到顾臻和顾老夫人面前。

“你给我闭嘴！”顾老夫人对顾子吼道。

顾子铭被骂得憋屈，顾家是越来越没有他的位置了。要不是看在苏安安之前仗义救过他的分上，他才不会一大早在家里乖乖等他们回来吃饭。

“爸爸、妈妈。”苏安安跟着顾墨成走到二老面前，开口唤道。

顾臻点点头，顾老夫人脸上笑开了花：“安安，你以后就真的是我们家的人了。外面有人欺负你，你就回来告诉我，我帮你出气。”顾老夫人伸手拉住苏安安的手对她说道。

苏安安想到顾老夫人带着她去砸了蒋老太太的宴会，点点头：“好的，妈妈！”

“子铭，还不过来叫二叔、二婶。”顾老夫人看着躺在沙发上的顾子铭，说道。

顾子铭看了苏安安一眼，叫顾墨成“二叔”可以，叫苏安安“二婶”……不行，不行！

苏安安比他还小！

“奶奶，她比我小，我叫不出口。”顾子铭拒绝。

“你个臭小子，你叫不叫！”顾老夫人气恼道。

顾子铭看了一眼顾墨成，说道：“奶奶，二叔老牛吃嫩草，找了个比我还小的，你让我怎么叫人二婶？”

顾墨成的脸色沉了下来，拿他和苏安安的年纪说事，他最不愿意听了。

“辈分不能乱。”顾墨成的意思是，顾子铭这声“二婶”必须叫，“晚辈给长辈敬个茶，也不是过分的事。”顾墨成又加了一句。

顾子铭顿时从沙发上坐起来，不会吧，还要给苏安安敬茶！二叔真的是不能得罪！

顾墨成声音淡淡地又说：“下跪这种……”

顾子铭一听“下跪”两个字，连跑到厨房拿了杯水，走到了苏安安面前：“二婶，请喝茶。”

苏安安看顾子铭无奈的样子，开心地接过杯子：“乖，子铭！”

顾墨成看着苏安安喝下茶，对顾子铭说道：“下跪这种事，就免了。”

顾子铭的脸色因为这句话变得难看起来，他这是被二叔给耍了。

两个人办了婚礼，计划着等苏安安放寒假的时候去度蜜月。

苏安安想去的地方很多，想趁着寒假好好地玩玩。所以在苏安安放寒假前，顾墨成需要将顾氏的事安排妥当。

顾墨成前脚一离开老宅去顾氏，顾子铭就想趁机逃出去，然后去网吧玩游戏，一听顾老夫人叫住他，他脸色顿时变了：“奶奶，我今天有事要出去。”

顾老夫人才不信顾子铭的话，硬是把他拉回来：“不准出去，不然别叫我奶奶。”

顾子铭无奈，向顾臻求救更是白搭。

前一天是顾墨成大婚的好日子，第二天和顾墨成称兄道弟的萧彦的销金窟被警察给查封了！

销金窟被扫荡当天，萧彦接到手下的电话，骂出了声：“哪个胆子这么大，敢举报我？”

“是顾先生。”

听到顾墨成的名字后，萧彦没了气焰。宁城里，他和顾墨成的关系最好，他也服顾墨成。

萧彦忍不住骂了一句，肯定是顾墨成查到是他把蒋柔救出来，然后把她送到顾家门口去的。

“爷，我们现在该怎么办？”

要是以往，他绝不会善罢甘休。但这次是顾墨成做的，萧彦只能认栽。

“没了就没了，爷有的是钱，再开一个就是。”萧彦懒懒地说。挂断电话后，他躺在床上无趣地抽起烟来，他的烟瘾没有顾墨成那么重，开始时，他也不喜欢抽，年纪大了，倒是喜欢上这个玩意儿了。过了会儿，他就直接掐灭不抽了。他拿起手机给顾墨成打了电话过去。

“怎么一大早就动怒？”萧彦开口笑着说，“该不会是昨晚苏安安把你踢下床了吧？”

“萧彦，你不要玩得太过火了。”顾墨成沉着声音警告道。要不是两个人关系好，他怎么可能只是端了销金窟？

“我这不是为了你和苏安安好吗？”萧彦笑着问，“蒋柔还在你那儿吗？”昨晚是他找到蒋柔被关的地方，然后把蒋柔给顾墨成送过去的。他想看看，顾墨成在旧情人和妻子面前到底选谁？

“已经走了。”顾墨成冷冷地说。

萧彦一愣，继而露出笑容：“顾墨成，你真没有让安安失望。”

顾墨成做事果断直接，他向来清楚自己要的是什么，不像萧彦。

“萧彦，你要是觉得无聊，就去找个女朋友，不要没事找事打扰我和安安的生活。”

"谁让你们秀恩爱刺激我的！"萧彦不满地说。

顾墨成声音冷淡："都是你自己招来的。"

萧彦心脏的位置突然痛起来，他有多久没有感到过心痛了，又有多久没有人和他提起那件事了？

"萧彦，不要再没事找事。"顾墨成说完把电话给挂了。

萧彦听着电话里的嘟嘟声，再看着四周雪白的墙壁，安静的房间突然让他不舒服。他还是喜欢醉生梦死的生活、喧闹的环境、嘈杂的声音，这样的生活才能让他充实。

他恢复了平时吊儿郎当的样子，起床穿了衣服打算出门。他不能让自己空下来，不然得被顾墨成和苏安安的幸福生活给刺激到。

苏若初和霍笙虽然重逢，但是他们之间远没有七年前那么甜美。

有些人过了七年能够相守在一起，有些人一旦分离了就不再是彼此的唯一，感情的事谁都不明白到底出了什么问题，为什么会变成这样，许是缘分没到吧。

苏若初最近老是梦见七年前的事，梦见她去找阿笙，在他们约定的地方没看见阿笙。她嘴里一直喊着"阿笙、阿笙"，可就是没有看到阿笙的人影。

霍笙被苏若初的梦话吵醒，他看着慌乱叫着自己名字的苏若初，连忙握住她的手："若初，我在这里。"

苏若初睁开眼睛，看到眼前的男人紧张地看着自己，她猛地推开他："你不是阿笙！"看到被她推倒的霍笙，苏若初愣住了。

"怎么了？"霍笙起身，没有责怪苏若初，他将她抱在怀里，"若初，做噩梦了吗？"

苏若初回过神来，看着霍笙说："我梦见你不要我了。"

霍笙一笑："我怎么会不要你。"他找了她七年，终于把她找回来了，他怎么会不要她！

"阿笙，你还和以前一样爱我吗？"苏若初问。

霍笙点点头："是的，和以前一样爱。"

面对这样的苏若初，霍笙恨不起来。他的腿是苏华打断的，他应该恨苏家、恨她，可是当她出现在他眼前，他才发现他没有办法恨她。

霍笙将身上满是冷汗的苏若初抱在怀里："若初，我不会再让你走掉的。"

苏若初没有回应，她仰着头看着温和的霍笙。她找回了阿笙，可是为什么她觉得她的阿笙还是丢了呢？

因为连连噩梦，苏若初没有睡好，第二天她起得迟，起来的时候霍笙已经不在床上了。随后她听见水声从浴室里传来。

这几天苏若初和霍笙在一起，可是她对现在的霍笙一无所知。这让她心里更加不安和慌乱。

床头柜上的手机响起，苏若初还没有手机，更别说属于自己的电话号码了。响起的手机自然是霍笙的，苏若初看了一眼。

霍笙的电话苏若初不感兴趣，她一开始没有想接电话，但是看到手机屏幕上显示的名字后，她伸手拿了起来。

安琪。

屏幕上显示着一个女人的名字。

何安琪，因为她是何妈的女儿，和自己年纪相仿，所以苏若初从小把她当作最好的朋友。在苏家，一个是安安，一个就是何安琪，她掏心掏肺地对待。可她没有想到，她当作好朋友、好闺蜜的何安琪会在她最困难的时候，在她背后捅了一刀，还将她爱的男人抢走了。

“笙哥。”电话接通，那头传来女人柔美的声音。

苏若初拿着手机靠在床上，她对电话里的何安琪笑着说：“抱歉，我不是你的笙哥。”

笙哥？这个称呼比她的“阿笙”还显得亲切。

七年前，何安琪可不敢这样在她的面前叫霍笙。

何安琪再喜欢霍笙，那时候也没有在她的面前显露出来过，每次她们在一起谈论起霍笙，她叫“阿笙”，何安琪叫的是“霍笙”。

闺蜜偷偷地喜欢自己的男朋友，苏若初没有发觉。当时的她眼神真的好差，人也蠢。何安琪那么喜欢阿笙，她竟然没有发觉。直到她被苏华关进顶楼，何安琪过来看她，她才知道，自己和阿笙不能在一起，是何安琪搞的鬼。

何安琪听到苏若初的声音，一愣，她没有想到霍笙身边有女人。

“你是谁？笙哥呢，他在哪里？你让他接电话！”何安琪顿时激动起来，在电话那头气愤地质问苏若初。

何安琪越激动，苏若初越是慢悠悠地回答：“他在洗澡。”

一句话刺激得何安琪更加生气，苏若初猜测此刻的何安琪一定气得脸色发红。

“洗澡？”何安琪的声音响了起来，“你们……”她想了想，觉得不可能。这些年霍笙为了苏若初没有碰任何一个女人，苏若初又在苏家的顶楼关着，这是怎么回事？难道，她不在霍笙身边的时候，有人捷足先登？

“我们昨天晚上在一起。”苏若初笑着说，“前几晚，我们也一直在一起。”

何安琪握紧手中的手机，不相信苏若初的话。她觉得不可能，霍笙不可能碰其他的女人。她再平静下来，细细地回想着电话里女人的声音，突然觉得声音耳熟。

“苏若初？”何安琪不确定地唤道。

苏若初没有回答她的问题，而是笑了笑将电话挂了。

何安琪越是着急想知道她是不是苏若初，她越是不想说出来。果然，何安琪的电话又打了过来。

苏若初看着手机，铃声持续地响着，她将手机调成静音模式。她就是要让何安琪着急！

苏若初敢肯定，明天何安琪会杀过来。

从她清醒过来的那刻起，她就准备好对付何安琪了。何安琪害她被苏华关了七年，这笔账，她不能不算！还有何妈！她把她们当作亲人，她们却一次次地害她。

霍笙出来时，苏若初正好把他的手机放回床头，她看着洗好澡出来的他，下了床。

霍笙好看，要是腿没瘸会更完美，七年的时间让他成了一个内敛、冷静的男人。

“怎么了？”霍笙看苏若初走到自己面前，问道。

苏若初一笑：“刚才有电话找你，我嫌铃声太吵，把你的手机调了静音。”

“哦。”霍笙应道。

“阿笙，我看了一下，是何安琪的电话！”她说话间，伸出手指摸着霍笙的胸膛，“这么多年，你对她是什么感觉？”

一个女人在自己最好的时间都陪着一个男人，就算这个男人不爱她，对她的感情一定是不同的。

“若初，”霍笙握住苏若初的手，强调道，“我没有碰过她。”

之前在车里，苏若初就问过他。霍笙没有，从来没有！

“我知道。”苏若初说道，“那你对她是什么感觉？”

无论如何，这七年来是何安琪陪在霍笙身边。对霍笙来说，何安琪把最好的年华浪费在他的身上，而苏若初背着他嫁给了别人，这是区别。霍笙哪怕心里爱着苏若初，对何安琪也是充满着内疚，甚至在内心深处怨恨着苏若初当初的背叛。

“若初，安琪陪了我这么多年，我回应不了她的感情，我对她很抱歉。”霍笙握着苏若初的手，“你陪我一起补偿她，好吗？”

苏若初笑着摇摇头：“不好。”补偿何安琪？那谁来补偿她疯了的七年？

苏若初说完，霍笙皱了眉头，他看着笑意盈盈的苏若初，又想到昨晚被噩梦吵醒的她。

白天和黑夜的苏若初，就像是不同的两个人。

“若初，你变了。”霍笙说，“以前的你可不会动不动就诱惑我。”他将苏若初抱到床上去，苏若初看着身上的男人，伸手摸着他的脸。

“阿笙，我爱你。”她温柔地又说了一句。阿笙，你不能背叛我！

爱情就是霸道的，容不下第三者。

苏若初、何安琪，到底谁才是爱情里的第三者！

苏若初原来以为何安琪明天会赶到霍笙这里，没有想到她来得这么着急，当天晚上就到了。

何安琪来的时候，苏若初和霍笙刚好在吃晚饭。

何安琪拎着行李箱，开门的人认得何安琪，对霍笙笑着说：“先生，何小姐来了。”

这个助理跟了霍笙多年，他认得一直跟在霍笙身边的何安琪，但是没有见过苏若初，苏若初在霍笙这里几日，霍笙不在的时候她没有得到过他的好脸色。

何安琪将行李箱放在门口，着急地走了进去，她先看到的是霍笙：“笙哥。”

霍笙皱着眉头，看着她：“你怎么来了？”

“妈妈身体不舒服，我过来看她。”何安琪找了理由。

她说完，听到餐桌那边传来女人的声音：“阿笙，我要吃虾，你替我剥。”女人的声音比何安琪的要好听温柔，听得男人的心都被融化了。

站在何安琪身后的助理低声对何安琪说：“何小姐，那个女人老是黏着霍先生。”

何安琪听到女人的声音，觉得耳熟，她再往前走了两步，看到苏若初一脸笑意地看着自己。

苏若初！

何安琪一怔，不相信自己看到的女人是苏若初。妈妈不是说苏若初一直被关在苏家顶楼吗？她怎么出来了？她的病好了？还是阿笙知道她为了他发疯的事？

何安琪手脚顿时冰冷，心里一片慌乱。她恐惧得连脚步都迈不开，不敢向前走向苏若初。

苏若初是不是把当年的事和霍笙说了？霍笙要是知道苏若初发疯的事和她有关，别说是爱她，理都不会搭理她的！

何安琪脸色苍白，又听到苏若初娇声对霍笙说："还要蘸上醋！"

霍笙连一个"不"字都没有说，他认真地把虾剥好，沾上了醋放进苏若初的碗里。苏若初夹起来慢慢地吃着，她看着傻站在那里的何安琪，嘴角的笑意更浓。

"安琪，吃过晚饭了吗？"霍笙问道。

"瞧安琪的脸色，肯定没有吃。"苏若初笑着说，"她和何妈的关系那么好，担心何妈的身体，吃不下饭吧。"

苏若初说完，何安琪肯定苏若初的病好了。苏若初的病好了，为什么妈妈没有打电话和她汇报？更没有和她说苏若离开苏家的事？

霍笙来宁城找苏若初，何安琪知道，所以在霍笙来时她打电话给何妈要何妈看紧苏若初，苏若初一有风吹动草就打电话给她。现在苏若初突然出现在她的面前，她手足无措了。

"若初。"何安琪慢慢地试探道，"你的身体好了？"

苏若初没有回答，倒是霍笙紧张起来："你的身体怎么了？"

霍笙的话让何安琪松了口气，看来霍笙还不知道苏若初七年来被苏华关在顶楼的事。

"没，我之前听妈妈说若初得了点风寒。"何安琪着急地抢在苏若初前面说道。

苏若初笑笑，没有解释。

何安琪不明白苏若初为什么没有和霍笙说她疯了的事，难道是怕霍笙嫌弃她疯过？

一定是这样的！哪个男人接受得了自己的妻子曾经是个疯子，指不定以后生下的孩子也是个疯子。

何安琪想到这里松了口气。苏若初一定是怕别人知道自己疯了的事，就算霍笙不介意，霍笙的家人一定是极力反对的。

霍笙有今日的成就和地位，是霍家人心里最大的骄傲，他们怎么会允许霍笙娶一个疯子，把优秀的霍笙给害了。

“笙哥，你什么时候找回若初的？”何安琪问。

苏若初先一步说：“阿笙，我还要吃虾。”

霍笙放下筷子，又给苏如初剥起虾来。

苏若初喜欢吃虾，但是很讨厌剥。以前，霍笙就常给苏若初剥虾，他们两个吃饭，会点一份虾，一份蔬菜。霍笙负责剥虾和吃蔬菜，苏若初就只管吃虾。

霍笙剥得仔细，这么久的时间过去，剥虾的动作依然娴熟，甚至比七年前剥得更快。何安琪知道，霍笙这些年吃饭有个习惯，每次饭桌上必定有一盘虾，他不吃，只剥。剥了一盘后，谁都不许吃，就倒进垃圾桶里。

这是为了苏若初。

何安琪看着一声不吭、认真为苏若初剥虾的霍笙，脸色白了又白，放在餐桌下的手不由自主地握紧，她气得将指甲掐进了手掌肉里。她赶得急，没有吃东西，这会儿看着满桌的饭菜很饿，但是看见苏若初，她已经没什么胃口了。

霍笙更像是没有看到她似的，只顾着为苏若初剥虾，没叫她吃饭。

霍笙的助理看不下去，拿了碗筷过来。

苏若初那女人就像个妖精，她没有出现的时候让霍先生日思夜念，她出现后更是缠着霍先生，让他什么事都顾不上。

“安琪，你的脸色不太好，是不是饿坏了？”苏若初故意问。

霍笙这才抬起了头看向了何安琪：“安琪，你吃完晚饭后，我派人送你去你妈那里。”

何安琪一愣，她低下了头，眼顿时红了。

自己陪在霍笙身边六年多，可是还不及一个七年来没有在霍笙面前出现的苏若初。她以为再等个一两年，在自己三十岁前一定能嫁给霍笙的，可是现在苏若初突然好了，还坐在霍笙的面前，和霍笙撒娇。

“安琪，你不想去吗？”苏若初问，“你刚才不是说何妈病了？”

何安琪是为了看看霍笙身边的女人是谁，她并不是来看何妈的。霍笙让她去何妈那里，她怎么会愿意？

“你留在这里住不是不行，就是晚上我怕我和阿笙会吵着你睡觉！”

苏若初笑着说。

何安琪手中的筷子握不住，掉在了桌上，被苏若初气得掉下了眼泪。

“不要脸！”一旁的助理听不下去，骂了一句。

苏若初笑笑没有反驳，霍笙的脸顿时阴冷，他声音变得严厉，对助理说：“出去！”

何安琪没等助理离开，她猛地站了起来，“是我碍了你们的眼，我这就走。”说完已经转身离开。

她走到门口，听到了霍笙的声音：“安琪。”

何安琪停住脚步，脸上顿时露出了笑意，她正抹去眼眶边的泪珠，偏过头时，听到霍笙淡淡地说：“你的行李箱不要忘记了。”

霍笙话音刚落，苏若初忍不住笑出声。

何安琪的脸色更白，她低着头快步拿起客厅里的行李箱，急匆匆地离开了霍笙的屋子。

离开的不仅是何安琪，还有助理。

霍笙看着在笑的苏若初，苏若初本来就漂亮，笑起来的时候更让人着迷。

“把人气走了，满意了？”霍笙问道。

苏若初收住笑容，点点头：“满意极了。”

“今晚你的表现不错！”她倾向霍笙，在他的脸上亲了一口。

霍笙抓住她的手，没有让她离开：“那你的表现？”他看着苏若初的眼神变得灼热，“就亲这么一口？”

“阿笙，你什么时候变得这么斤斤计较了？”苏若初调侃道。

霍笙看着苏若初，没有立即回答，他慢慢出声：“若初，变的人岂止我一个？”

他话里的意思苏若初故作没有听懂，她笑了笑，任由霍笙搂住她、吻她。

苏安安元旦过后就回学校上课了。

她和顾墨成的婚礼轰动宁城，回到学校的她成了宁城大学人人谈论的对象。有人羡慕，有人忌妒，也有人为了瞧苏安安一眼，故意一大早到她上课的班级等着。

苏安安来学校的时候阵仗很大，顾墨成特意派了多辆车子保护她。坐在车里的她扭头看向车窗，后面一辆又一辆的车子看得她自己都觉得吓人。

顾墨成怕她受人打扰，或者遭人暗算。可是这也太夸张了吧！

因为这排场，苏安安的名字很快地传遍校园网络，本来别人就对她是顾墨成的妻子这件事很好奇，这会儿，让人更好奇的是苏安安长什么样子。

苏安安不喜欢被人跟着的感觉，其实大家也就起劲几天，过不了多久新鲜感也就过去了。

一连几天的大排场接送过后，和苏安安预料的一样，大家对她的兴趣没有之前浓厚了。

苏安安结婚后第一次在学校里遇到苏雅。

苏雅是坐着慕瑾瑜的车来上课的，苏安安看到两个人下了车，慕瑾瑜还吻了苏雅的脸，这幕苏安安都受不了，别说是苏紫菡了。苏紫菡再不好，可苏雅也不是什么好东西。

慕瑾瑜没有看到苏安安，他和苏雅吻别后，一脸笑意地上车离开。

慕瑾瑜真是个渣男，他既没有和苏紫菡离婚，也没有放弃苏雅，认为自己对两个人都负责了。

苏雅转过身，看到身后跟着保镖的苏安安。

苏安安带着一群保镖来上课，这件事苏雅想不知道都难。苏安安让人羡慕，也让她痛恨。要不是苏安安，她不会选择跟着慕瑾瑜，她该跟的人是顾墨成。

苏雅正打算从苏安安身边走人，苏安安开口唤住她："苏雅。"

苏雅诧异，往常苏安安压根不想搭理她。她也懒得在苏安安面前装柔弱，她走过去，说："什么事？"她抬起头，看着苏安安漂亮的脸蛋，想起苏安安穿着婚纱嫁给顾墨成的情景。

"慕瑾瑜是不会娶你的。"苏安安冷冷地说。

苏雅不屑道："我没有要他娶我，我也没有想过！"她纯粹是找个男人陪自己玩。

苏安安对苏雅的回答一点都不吃惊，她想到在她的婚宴上，苏雅和慕瑾瑜两个人找了个包厢偷情还被苏紫菡当场抓获的事。

苏雅想借着和慕瑾瑜偷好，让苏紫菡大闹婚礼现场，以此来阻止苏安安和顾墨成的婚礼。没想到顾墨成根本没有多给苏紫菡她们闹婚礼的时间，在苏紫菡和苏雅吵起来的时候，他就直接让人把苏雅、慕瑾瑜和苏紫菡三个人赶出了酒店，她们要闹，到酒店外去闹。

苏雅现在看到苏安安，就想到自己被顾墨成赶出婚礼现场的那幕。要不是苏安安，她会被顾墨成针对吗？

“安安，我和瑾瑜哥怎样你管得着吗？”苏雅嘲讽道，“不会是你心里喜欢着瑾瑜哥，想脚踏两条船吧？你要是真喜欢瑾瑜哥，我打电话让他过来，给你们两个制造相处的机会。”

苏安安不由得对苏雅刮目相看，或者说，之前的苏雅在别人面前都是装的。苏雅从来不是一个柔弱的角色。

“破坏别人的家庭很好玩吗？”苏安安冷冷地说。

因为自己的家是被蒋媚和苏紫菡毁了的，苏安安对第三者没有任何好感。不管苏紫菡和自己的关系怎样，苏雅介入苏紫菡和慕瑾瑜之间这种行为，就让苏安安看不惯。看不惯的事，她就忍不住插手，就当她多管闲事吧。

“是好玩！”苏雅手伸进衣服口袋里，“是她自己没用，管不住慕瑾瑜！慕瑾瑜喜欢我，是我的能力。”

苏安安一愣，苏雅插足别人的婚姻，竟然还能把话说得这么冠冕堂皇。

“苏紫菡有本事把慕瑾瑜困住啊，别让慕瑾瑜天天往我这里黏，我对他也烦着呢。”苏雅嘴角勾起一抹笑意，她看着苏安安，“苏安安，不要以为你身后有顾墨成护着，你就可以随意欺负人。”苏雅指嘴角没了笑意，眼里多了怨恨。

顾墨成才是她喜欢的男人，是她这辈子要的男人。慕瑾瑜算什么？她跟慕瑾瑜在一起，完全是觉得有个男人黏着自己，讨好自己的感觉很好。她也想让顾墨成看看，他不爱她，她能把苏安安以前的未婚夫玩弄在手掌中。

苏安安听着这话觉得莫名其妙，再过了会儿，她看到又折回学校的慕瑾瑜，心里明白了。

刚才苏雅肯定给慕瑾瑜打了电话，慕瑾瑜以为自己欺负了苏雅，就赶了过来。慕瑾瑜下车，苏雅红着眼睛，然后转身站在原地对走来的慕瑾瑜流眼泪。

这演技绝对赶超在学表演的苏紫菡。苏紫菡太笨了，遇到一个厉害会装的苏雅，她根本不是对手。这以后，苏紫菡在慕家和慕瑾瑜这里肯定是要吃不少的苦。

苏安安看着哭着的苏雅，再看看哄着苏雅的慕瑾瑜，她转身走人。

自己也是，因为看不惯就去警告苏雅，算了，苏紫菡对她不好，她还是别给自己找麻烦，过好自己的小日子吧。

苏安安转身就走，苏雅愣住。她把慕瑾瑜叫回来，就是想慕瑾瑜出面骂苏安安，就像他打骂缠上来的苏紫菡一样。可是苏安安现在转身就走，身后还带着保镖，她想上去演苦情戏也不敢。而且慕瑾瑜看苏安安离去的眼神里，满是迷恋和不舍。

“瑾瑜哥，刚才安安说，我插足你和紫菡的婚姻，我觉得她对你还是有感情的。”苏雅柔着声音说，“要不我帮你联系安安，让你们谈谈吧？”

要是在之前，慕瑾瑜肯定觉得苏雅的主意很好，但是他缠了苏安安几回，得到的都是她的冷漠和不屑。慕瑾瑜心里清楚苏安安对自己是什么意思。

“不用了。”慕瑾瑜看着怀里含着眼泪、楚楚可怜的苏雅，柔声说，“雅雅，我有你就够了！”

口是心非的话听得苏雅心里不屑地冷笑，她明明讨厌慕瑾瑜，可是又舍不得把他还给苏紫菡，有人宠着的感觉很好。

今天是何晴的忌日。苏安安趁着下午没有课，独自一人去了墓地。

顾墨成说要跟着去拜祭过世的丈母娘，不过他被顾氏的事拖住了，会迟些去墓地，顺便接苏安安回来。

苏安安撑着伞到了何晴的墓地，抬起头看到墓碑前坐着的苏华，怔住。

苏若初没有疯的时候，都是她带苏安安来的。苏若初疯了后，苏安安只好一个人过来拜祭何晴。

她小时候不懂事，求苏华带她去看妈妈。苏华听到何晴的名字就立即沉下脸，一把将她推倒在地。他不喜欢任何人提到何晴，特别是苏安安。

苏安安和苏华相关的记忆，就一个词——糟糕！苏华厌恶她，甚至用她来换取苏氏的利益。

苏华抬头时也看到了苏安安，他背过身伸手抹了眼泪。

苏安安没有理他，连自己的婚礼都没有请苏华，别说是现在看到他了。她蹲在何晴的墓碑前烧了纸钱，再默默地同何晴说话。

姐姐说过，如果妈妈活着，一定不容许别人欺负她。

苏安安小时候很羡慕别人有爸爸，有妈妈。而她妈妈早早就没了，剩下的爸爸也成了苏紫菡的爸爸，对她根本不好。很多时候，被苏华打骂时她都很想问他：苏华你到底是不是我的爸爸？别人的爸爸都是把自己的孩子当作掌上明珠，为什么她的爸爸只会骂她、打她？她做任何事，在苏华眼里都是错的。

苏安安渐渐长大了，看多了苏华的偏心，见识了苏华的自私，再到苏华把她送去顾家，这个问题苏安安懒得去问了。心冷了，问那些话还有什么意思？

苏华看到苏安安自顾自地拜祭完，一个字都没对他说。他看着墓碑上何晴的照片，再看看苏安安。

母女两个真的很像，也是因为像，苏华看着苏安安就想到何晴，然后想到何晴的背叛。

他和蒋媚在一起是被人陷害的，何晴硬是不听他的解释，怎么都不肯原谅他。他也是受害者，为什么她要那么固执，不肯给他一个回头的机会？

“苏安安。”

苏安安拜祭完后打算走人，苏华开口唤住了她。

苏安安微微撇过头看着苏华，淡淡地问：“有事吗？”

“你现在连爸爸都不屑叫了？”苏华冷声问。

苏安安发笑：“你配吗？”

他们两个一说话，除了吵架也没有什么好说的。唯一一次处得愉快是她结婚前，苏华带她回去拿何晴的东西。

苏华脸色苍白，沉着声音说：“对，我确实不配。”

他让苏安安代替苏紫菡去顾家，后面又想用苏安安换取苏氏的利益，他这样的父亲连自己都觉得渣，根本不配做苏安安的父亲。所以苏安安结婚没有请他去，苏华也没有去争过。

他不配！

但是，苏氏快完了，苏华觉得该和苏安安算一笔账了。

“你不认我这个父亲，我没有什么好说的。”苏华站起身看着苏安安的侧脸，后面的话他顿了顿，没有立即出口。他慢慢地，一字一字地发出声音：“安安，给我两千万！”

这句话说完后，苏华没有再多说，他的手不由自主地握成拳头。这次过后，他和苏安安两清了。

苏氏的状况，苏安安清楚得很。她没有那么想要苏氏完蛋，所以昨天才和顾墨成提过，能不能想法子救一救苏氏。她讨厌苏华，但是苏氏是妈妈创建的，是妈妈的心血。

“两千万？”听到苏华的话，苏安安冷笑道，“爸爸，我哪有那么多的钱？”

苏华正色道：“你嫁给了顾墨成，两千万对顾氏来说是小意思。安安，苏氏需要两千万。”

苏氏快完了，但是苏华还在苦苦支撑，他还是不想宣布苏氏破产。苏氏破产其实就他一句话的事，苏华不愿意说出口，他在想尽办法救苏氏。为了苏氏，他把家里值钱的东西都给当了，名下的房产除了现在住的那套，其余的都卖了。卖了家产，只是为了救活苏氏。

也因为这件事，蒋媚和苏老太太同他大闹。

苏华是固执的，他十几年来心里只有一件事——把苏氏经营好。但是他不是一个很好的生意人，苏氏在他手中越来越惨。霍笙对付苏氏后，顾墨成又出手对付了蒋家，没有蒋家的苏氏完得更快了。

能救苏氏的只有苏安安，苏华想，自己和苏安安的关系已经这么僵了，不如利用最后的一层关系，换取救苏氏的钱财。

“两千万！”苏华重复道，“给了两千万后，我和你没有任何的关系。”

苏华提出自己的交换条件，苏安安以为自己听错了，她扭头冷眼看着苏华：“爸爸，你在说什么？”

苏华已经做了对不起她的事，他没有想过对她好，反而要和她解除父女关系，换取两千万。

苏安安冷笑，真是个笑话！

她来墓地看到苏华在何晴的墓碑前哭的时候，苏安安还在想，苏华对何晴是有感情的，对自己应该也有。不管怎样，她身上流着苏华的血，她和苏华是父女。可是苏华一开口就是用两千万和她断绝父女关系。

苏安安又笑了笑：“我为什么花两千万和你断绝父女关系？”

苏华做了这么多伤害她的事，断不断绝关系有什么区别？反正在她的心里，她不会承认苏华是自己的父亲了。

苏安安说着，抬起脚往前走。

“安安，我养了你二十年，你不该把我养你的钱还我吗？”

她整个人怔在原地，不相信苏华说的话。她转身，冷冷地说：“你再说一遍。”

苏安安的眼神很冷，看得苏华心里慌乱发痛。

这是何晴的女儿，却不是他的。他为什么不能利用她，最后再拿一笔钱去救活苏氏？

“安安，你的亲生父亲不是我！”苏华的声音清冷，像是冰锥一样朝苏安安的心上捅，捅得她的心汩汩冒血，然后碎裂。

“你不是我的女儿。”苏华声音淡淡，他慢慢地走向苏安安，“你妈妈背着我和其他男人生了你。”提到这件事，苏华整个人的脸色都因为气愤和怨恨变得难看起来。

“不可能！”苏安安几乎是第一时间反驳苏华的话，“妈妈不可能背叛你。”苏安安恼怒地重复。

她没有见过何晴，看到的只是何晴的照片，但是这么多年，从苏若初的口中苏安安知道自己的妈妈是一个坚强、有毅力又太执拗的女人。

妈妈既然爱着苏华，就不可能背叛他。就算苏华背叛了她，她也不会在婚内出轨找其他男人。

“我也不想相信。”苏华淡淡地说，“但是，你确实不是我的女儿。你是她的，不是我的。”苏华提起这件往事，没有人比他更痛苦苏安安不是自己的亲生女儿这件事。

“你刚出生的时候，我是那么欢喜。我以为我和她之间有了一个你后，我们的关系能得到缓和。我爱她，不想因为其他人的事破坏了彼此的感情。可是为什么？她背叛了我！”苏华说着，声音冷厉起来，“我都想好了，不认苏紫菡，不和蒋媚有所牵连，哪怕是蒋家用权势压我。为什么她要背着我和别的男人好？”苏华的脸上染上了恨意，他步步走向苏安安，苏安安被他阴沉的脸色吓到，不由自主地向后退去。

“妈妈不会背叛你的！你有什么理由怀疑她？”苏安安质问道，她突然间想起这些年的事。

苏华对她的不好，苏老太太一口一个地骂她“野种”，还有姐姐。姐姐没疯之前在苏华面前维护她，苏华打她时，姐姐挡在她的面前，说：“你对得起妈妈吗？”

难道她真的不是苏华的女儿吗？还是苏华被人给欺骗了？

苏安安不相信何晴背叛了苏华！

“没有证据我会乱说？”苏华冷笑，“安安，这些年我对你好不好你难道自己没有感觉吗？”

苏华看着脸色惨白的苏安安，嘴角嘲讽的笑意更浓：“何晴死的时候你还很小。你知道吗？我从医院回到苏家的第一件事是什么？”苏华回忆起很久以前的事，心在发痛。

“我把你给扔了！”

苏华淡淡地说着，看到苏安安眼里的震惊时，他笑了起来，跟着眼眶里掉出了眼泪。

“如果不是若初跟着我把你给找回来，你已经没了！如果不是她用自己威胁我把你留在苏家，你也有可能在孤儿院里生活着。”

苏华的话苏安安不想听。这些年，她当然感觉到苏华对自己的不一样，但是她不敢往深处想。谁愿意承认自己是个野种，她连自己的父亲是谁都不知道。

苏华对苏紫菡很好，对苏若初更好，唯独对她，残忍到没有人觉得他是她的爸爸。

“你要是我的女儿，我会让你放弃和慕瑾瑜的婚约到顾家去吗？作为一个父亲，是舍不得自己的女儿受苦的。我关若初多年是不想她步你妈妈的后尘，我让紫菡嫁给慕瑾瑜，是因为她喜欢慕瑾瑜。而你呢苏安安，你不过是运气好。”苏华冷笑着说，“你还觉得我是你的爸爸吗？”

不用苏华说得那么清楚明白，苏安安想起二十年来他对自己做的事也信了。

苏华看着僵在原地的苏安安，以为她还是不信，继续残忍地说着一个个的事实。

“你跟了顾墨成，我不管你和他过得好坏，我只是用你从他身上得到利益。顾墨成撤资了，我就把你送到其他男人那里去……”

“闭嘴！”苏安安听不下去，眼睛酸涩至极，她严厉地喝道，“苏华，你给我闭嘴，不许再说了！”

她知道，什么都知道，为什么要把真相撕裂给她看，不能让她自欺欺人吗！妈妈早就死了，喊了这么多年的爸爸不是亲生的，他一直在利用她。

苏华看着激动起来的苏安安，心里也不好受。

他扭头看向旁处，不断地告诉自己，这不是他的女儿，是何晴和别的男人的。自己养了她那么多年，她是时候报答他了。

“你信了吗？”苏华硬下了心肠，淡淡地问苏安安。

苏安安忍着想哭的冲动，眼睛怔怔地看着苏华：“你真的好残忍！好狠！”就算她不是他的女儿，可他为什么要这么对她，她有什么错！

“安安，给我两千万。”苏华看着苏安安，平缓了心绪，开口说道。

苏安安没有回应，她看着他，抿着嘴角冷笑起：“我不会给的！苏华，你死心吧。你既然不是我的爸爸，我更不会要顾墨成拿钱出来帮你。”苏安安拔高音量，继续说，“你不是我的爸爸，我为什么要拿钱给你？”苏安安说完，愤怒地瞪着苏华。

“为什么？”苏华冷声反驳，“我养了你二十年，你吃我的，用我的，难道不该把钱还给我吗？苏安安，做人可得有良心！”

良心？苏安安冷笑，苏华对她没有心，她为什么要对苏华有良心，她一分都不会出的。

她打算转身离开的时候，旁侧传来男人冷清的声音：“要多少？”

苏安安和苏华争执得太厉害，没有注意到旁边走来的顾墨成。苏华的那些话，顾墨成每个字都听到了，他看着苏安安笔直地站在那里，忍着大哭的冲动，他心痛。

他的安安，他的妻子被她名义上的父亲这么欺负着！

“顾先生！”苏华扭头看到冷着脸走过来的顾墨成唤了一声，他看到顾墨成走到苏安安面前，伸手把苏安安的手握在手心。

苏安安的手很冰冷，冷得顾墨成加重了力道握紧，给她些温暖。

“两千万是吗？”顾墨成淡淡地问。

苏华看着顾墨成对苏安安的关心，安安在苏家过得不好，但是老天对人是公平的，给了她一个好丈夫。安安有顾墨成的照顾，何晴地下有知也能开心了。

“不，四千万！”苏华想到岌岌可危的苏氏，把价格提高了些。

苏安安冷笑地看着苏华，他的脸在她眼里放大，让她恶心极了。

“不，你一分钱也别想拿到。”苏安安冷冷地盯着他，说，“苏华，他不会给你一分钱，你死了这条心吧！”

苏华没有生气，他看向顾墨成，问道：“顾先生，安安在你的心里值不了四千万？也是，你是顾墨成，有的是年轻的女孩子追着你，等着安安年纪大了，她在你的心里就什么都不是了。”

苏安安握紧顾墨成的手，抢先一步说：“苏华，你不用故意挑拨我和顾墨成的关系。你以为世界上的男人都和你一样的渣！有了钱就抛弃为你生儿育女的妻子，跑去找个有钱又漂亮的女人！”

苏安安一说完，苏华激动地反驳道：“我没有！我从来没有想过和何晴离婚，也没有想过背叛她。”他说着说着，放轻声音，“是她们害了我。”

他想起当初是怎么和蒋媚搞在一起的，就那么一次，还是被人设计的。在知道他和蒋媚发生关系后，他心里很害怕，所以他对何晴加倍地好，生怕她知道自己和蒋媚的事。那以后，他尽量避开蒋媚，没料到的是蒋媚怀了他的孩子。

他知道蒋媚怀孕的时候，除了害怕还是害怕。他害怕何晴生气，更害怕眼里容不下沙子的她会和自己离婚。

“我爱的是你妈妈。”苏华加重了语气。

苏安安冷笑：“是吗？苏华，你养了我十八年，吃你的，住你的，但是我值不了四千万，你要的太多了。”苏安安淡淡地说，“我最多也就值个五百万。但是苏华，我们不会给你一分钱，你一个子都别想得到。”苏安安说话的时候，身子在颤抖。要不是顾墨成握着她的手，她一定会晕过去。因为伤心，因为激动，因为悲痛！

顾墨成看着情绪很不稳定的苏安安，他心痛地看着她，柔声安抚：“安安。”他本来想为她出头处理苏华要钱的事，但是她握住他的手，是让他交给她自己处理。

“老公，我们回家吧。”苏安安靠在顾墨成的怀里，抬起头对他轻声说道。

顾墨成看出苏安安很累，也知道她现在很难受，他搂着她的腰，声音轻柔地说：“嗯，好。”

苏华看着顾墨成带着苏安安离开，软下声音，求道：“安安，看在你妈妈的分上给我两千万吧。我不能让苏氏在我的手中破产，那是你妈妈的心血。”

苏氏没有何晴，根本不会存在。

苏安安知道，但是妈妈死了，苏氏和妈妈也就没了关系。她往前走了几步，停住脚步转身微微地扭着头，余光瞥到苏华的鞋子。

“苏华，你口口声声地说爱的是我妈妈。可是你在她的墓前对她的女儿说那么多残忍的话，逼她的女儿拿出两千万，你不怕她从地下爬出来找你算账吗？”苏安安冷冷地说完后，和顾墨成离开了。

雨已经停了，苏华看着墓碑上对自己微笑的何晴，他蹲下身子伸手摸着照片上的笑颜。

“何晴，我是为了苏氏才向她要两千万的。你会理解我的，是不是？”

他自言自语地说着，其实他心里很清楚，何晴恨他，在她死前，她多余的话都不愿意和他说，只留下一句话照顾好她的女儿。

她的话他一直很听，所以她走后，他对若初很好很好。至于苏安安，他没有办法对她和别人生的女儿好。

车厢里很安静，苏安安一言不发地坐在后座。顾墨成知道她心里难受，他握着她的双手沉默着。

她不想说，他就陪着她。

苏华不是安安的亲生父亲，顾墨成并不觉得很意外。从他知道苏安安在苏家被苏紫菡打，再到她在苏家被人算计差点被蒋盛旭糟蹋，那时候他就怀疑了。

有哪个父亲能看着自己的亲生女儿被人欺负，有哪个父亲在女儿出事的时候不护着她，反而怪罪她闯祸害了自己。

“老公！”在顾墨成怀里的苏安安突然抱紧顾墨成的腰，低声说，“我好冷！”

顾墨成让司机把暖风打开，司机看了一眼车子的空调，暖风已经打开，而且开到了最大。

不是苏安安身体冷，是她的心寒了。

“为什么他要这么对我？就算我不是他的亲生女儿，他也不能对我这么心狠！他养了我二十年，就是一条狗他也该养出感情来了。”苏安安眼泪一颗颗掉下来。

她伤心苏华不是自己的亲生父亲，更伤心的是苏华这些年对自己的伤害。她养着小白都舍不得打，她在苏华眼里难道连条狗都不如吗？

“安安。”顾墨成看着怀里哭得伤心的她，说，“我会一直在你的身边。”

顾墨成很少说情话，可他每说一句都是发自内心，没有半点虚假。

苏安安没有回应，她只是更用力地将顾墨成抱紧。

“老公，你抱紧我，我还是好冷。”她轻声说，眼泪在眶里打转，顺着脸颊滑落下去。

顾墨成抱着她，吻轻轻落在苏安安的额头上：“我在，不怕。”天塌下来也有他顶着，他是她的丈夫，也是她的依靠。

因为顾墨成的话，苏安安感到一阵暖意，她抬起头，看到顾墨成眼里的担忧，她抿起嘴角笑：“我庆幸自己遇到了你。”

不然，她的情绪不会恢复得这么快。因为顾墨成的一句“我在，不怕”，苏华不是自己亲生父亲这个事实，没有那么让她难以接受了。

不管怎样，有顾墨成这个男人在背后撑着她。

苏安安伸手抹去眼里的泪珠，她坐直身子，看着顾墨成，说：“老公，我不伤心了。”为了苏华这样无情无义的人伤心，她对得起担心自己的顾墨成吗？

她的嘴角挤出笑容，告诉顾墨成她没事。

顾墨成伸手摸了摸苏安安的脸，他轻柔地说了一声：“傻丫头，伤心难受不需要忍着。你不用压抑，也不用在我的面前装开心。在我怀里好好地哭。哭完以后我带你去吃好吃的。”

顾墨成话音刚落，苏安安就大声哭了出来，这次哭泣不是完全因为苏华，最主要的是因为顾墨成。

苏安安是不幸的，被苏华一次又一次地利用，她又是幸运的，遇到了顾墨成这么好的男人。

哭到最后，她情绪平复了许多，从顾墨成的怀里抬起头对他说：“老公，我今天想吃西餐，你说了请我吃好吃的。”

顾墨成看着她红红的眼眸，勾起嘴角笑了起来。

和苏安安在一起，他总能在她身上找到快乐。这种快乐就像电流，猛地闯入他的心田，让他更想宠怀里的小丫头。

“好。”顾墨成笑着应道。

他很少笑，遇到苏安安后，嘴角处总是忍不住抿起笑容。

苏安安想，顾墨成肯定不知道自己笑起来很好看，他这张脸真的太能招惹桃花了。苏雅、蒋柔，全是他招来的。不过，再怎么招桃花，他也只能是她的。

苏安安抬起头，她的嘴凑过去，在他脸上盖了自己的唇印。

顾墨成没让苏安安吻完走人，他搂着苏安安，吻住她的嘴。

顾墨成说到做到，带苏安安去西餐厅吃牛排。

苏安安点了牛排后，又要了甜品，她看了看顾墨成，低下头看着菜单上的红酒吞了口口水。

“我要这瓶红酒。”她瞥了眼没有反应的顾墨成。

顾墨成没有说话，她就当他同意了。苏安安笑着把菜单递给服务员，因为点了红酒，心情顿时好起来。

她是一个很容易满足的人，一顿饭、一瓶红酒就能把她糟糕的情绪赶走。别人对她好，她会对别人加倍地好。她很好养活，也很容易满足。

顾墨成知道苏安安点了红酒。贪杯的家伙刚把从萧彦那里拿的红酒喝完，就惦记上外面的了。

苏安安这点小喜好顾墨成不反对。她喜欢喝就喝，反正他在她的身边，有他看着，她不会出事。但是，如果苏安安单独和别人吃饭喝酒，顾墨成会生气。

他不放心她，不想她出一丁点儿的意外。

在等牛排和红酒端上来的期间，苏安安高兴地看着顾墨成。因为哭过，她的双眼还是红红的，看得顾墨成心疼。

苏华的事，他必须替苏安安解决。

苏华不愿意认苏安安这个女儿，那么他不会再让苏华出现在她的面前。不管是谁欺负了她，他都会替她讨回来，就算苏华真的是她的亲生父亲。

不过，这个世上没有亲生父亲会对自己的女儿无底线地利用，甚至无耻地向女儿要四千万的养育费。

但凡苏华对安安好些，他都不会让苏氏马上完蛋，反而会出手帮助苏氏。

顾墨成想着怎么替苏安安出气的时候，抽出了烟盒，抽出烟，想点燃时，顾墨成看了一眼在玩手机的苏安安，想到了顾老夫人的话："墨成，你打算什么时候要孩子？如果有了孩子，你千万不能在安安面前抽烟！"

孩子？顾老夫人急切地盼着，顾墨成心里自然也很期待。

不过，他得把烟瘾戒一戒了，烟抽多了，伤的不再是自己，还有孩子。在孩子没有来之前，他得少抽些，他要和安安有一个健康的孩子。

苏安安抬起头，奇怪地看着顾墨成把香烟放回口袋里。他喜欢抽烟，而且抽得狠，苏安安没有多说他。她知道习惯了抽烟的男人，让他不抽，他一定很难受。

"老公，你不抽烟了吗？"苏安安问。

顾墨成看着她说："最近不抽了。"他将烟盒推远些，见不着了，想抽的念头就没有那么重了。

"为什么？"苏安安不解地问。

顾墨成没有回答，而是看着苏安安勾起嘴角笑。

"你不抽烟会很难受吧？"苏安安很奇怪顾墨成突然间决定不抽烟了，不过最近几天顾墨成抽烟的次数是比往常少了。

“不抽也好，对你的身体不好。”

“嗯。”顾墨成应声，他笑着盯着苏安安看，看得苏安安心跳加快、脸色发红。

“老公，你不要盯着我看。”苏安安红着脸说道。

顾墨成一笑：“我不盯着你，盯着谁看？”

苏安安的心跳得更快了，她不由自主地挪了位置，坐到顾墨成的身边：“老公，你只能盯着我看。”她凑到顾墨成的身边，故意在他的耳边吹了口气。

顾墨成看她的眼神变得灼热，这个小丫头！

“不许现在撩我。”顾墨成一把搂紧要回座位的苏安安，他声音轻柔说，“不然，我……”

苏安安懂他的意思，红着脸把顾墨成推开，然后坐回自己的位置上。

两个人的甜蜜不仅彼此能感觉到，旁人也看得出他们很恩爱。

红酒端上来时，苏安安的双眼一下子就亮了，她盯着红酒，直接拿到自己面前。

“需要我打开吗？”服务员询问道。

苏安安抬起头，话未出口，在看到服务员时愣住了。

吃惊的不仅是苏安安，还有苏安安对面的顾墨成。

Chapter 4

# 第四章 我来替你收拾残局

在服务员端着红酒上来的时候，顾墨成就看到来的人是蒋柔。

“蒋柔！”苏安安看到是她，突然觉得她真是阴魂不散。还是说，蒋柔在这里工作是凑巧?

“墨成！”蒋柔看着顾墨成，唤着顾墨成的名字。

“真是凑巧！”她说话时，嘴角处勾起一抹苦涩的笑意，帮苏安安打开了红酒。

“你们慢用！”说完，蒋柔转身离开。

苏安安看着离去的蒋柔，再回头看看顾墨成：“她怎么在这里？”

苏安安觉得这个蒋柔和在顾家见到的那个很不同。在顾家的那个蒋柔十句不离顾墨成，而现在，蒋柔用心工作，好像真的把她和顾墨成当作普通的客人。

“她想通了？不再缠着你了？”苏安安问道。虽然是这样，但是苏安安总是觉得哪里不对劲。

顾墨成没有说话，他给苏安安倒着红酒。

紧跟着，蒋柔又把牛排给端上来了：“你们的菜齐了，请慢用。”

“蒋柔！”蒋柔走的时候，顾墨成开口唤住她，“你怎么在这里？”

他给了她二十万，她可以拿着钱离开宁城去任何一个地方，据他的了解，她在宁城待着对她自己没有好处。

“我说了，自己没有地方可以去。”蒋柔声音淡淡地说，“所以在宁城随便找了份工作。”她看了眼在切牛排的苏安安，“我没有跟着你们，你们在哪里吃饭我怎么能预料到。”

这解释很对，顾墨成和苏安安来这里吃饭是临时决定的，蒋柔不知道。

“墨成，我只想你过得幸福，你幸福我就满足了。”

苏安安突然不想吃了：“既然你觉得墨成过得幸福就好了，为什么你还要在我们面前晃悠？”苏安安不客气地说。

她不喜欢蒋柔，她对缠着自己老公的女人喜欢不起来。

蒋柔被质问，一愣，眼睛红了起来，她没有多为自己解释，说了一句“对不起”，然后转身走人，随即她的嘴角划出了一抹嘲讽的笑意，苏安安这样无理取闹，一定会惹顾墨成生气。

蒋柔走到拐弯处，她停下脚步，偷偷地看向用餐的顾墨成和苏安安。

令她气愤的是顾墨成没有和苏安安生气，他正在替苏安安把盘子里的牛肉切成一块一块的，而苏安安的心情恢复得很快，又和顾墨成有说有笑起来。

他们两个人根本没有因为她的出现坏了好心情。

蒋柔沉下了脸，她握紧了拳头，很不甘心，口袋里的手机跟着响了起来，她接了起来。

“怎样？”那头的蒋老太太问。

蒋柔看着那边笑得幸福的顾墨成和苏安安，嘴角处噙着冷意：“他们在吃饭。我想过不了多久，这里的老板就会把我辞掉。”蒋柔淡淡地说。

“这不是更好！”蒋老太太不觉得奇怪。

顾墨成护苏安安护得这么紧，蒋柔又在他们的面前晃悠，他怎么会不处理蒋柔。

“给了你接近顾墨成的机会，这么名正言顺的机会，也能让你再演场苦情戏啊。”蒋老太太冷笑道。

以前没有觉得蒋柔厉害，把人找回来后，她发现她和蒋柔很合拍。

蒋柔是太怕回到那个家，所以赖在宁城和她合作。

蒋老太太想着，挂了手机。

蒋柔很清楚顾墨成是个怎样的男人，他既然和苏安安结婚了，就不会轻易和苏安安离婚。她不太可能插足到他的婚姻里，让他重新爱上自己更是很难。

可是，她不甘心让顾墨成和苏安安幸福下去，她过得这么难。这些年她一直想着他，他为什么转身爱上了别人？为什么不能再等一等，等她回来呢？

她只能像只苍蝇一样盯着顾墨成和苏安安，不停地出现在他们身边，让他们心烦，让他们没有办法过舒心日子。最好能因为她，顾墨成和苏安安之间闹点矛盾、产生分歧，这样一来，她就能进入顾墨成的生活，关心他，让他重新爱上她。

蒋柔手里捏着手机，转身看向正在说笑的顾墨成和苏安安，她的嘴角露出冷笑。

顾墨成和苏安安很有默契地把偶遇蒋柔的事抛在脑后，他们是来吃饭的，不是来给自己添堵的，不管蒋柔出现在这里是故意还是无意，都和他们没有关系。

只要不招惹到他们，苏安安懒得搭理。

苏安安将一大瓶红酒喝了下去，她脑袋晕眩，站起来摇摇晃晃的。

“苏小姐，你没事吧？”耳边传来蒋柔的声音。

苏小姐？苏安安听到这个称呼，推了蒋柔一把，然后蒋柔顺势倒在地上。

“苏小姐，你喝多了。”倒在地上的蒋柔说，她没有多说话，但是在旁人看来就是苏安安在发酒疯，把好心扶她的蒋柔给推倒了。

苏安安看着起身的蒋柔，她笑笑，顾墨成已经走到她的身边，她倒在他的怀里。

“老公，她叫我苏小姐，我不喜欢这个称呼。她是故意的，她还想把你从我身边抢走。老公，她想拆散我们，故意扮成服务员在你面前晃悠。”苏安安在顾墨成怀里嚷着，她再看着一脸委屈的蒋柔，说，“你不要白费心机了，我老公不喜欢又老又丑的女人。”

骂蒋柔“狐狸精”她都不配！

顾墨成扶稳苏安安，蒋柔委屈地看着顾墨成，解释道：“苏小姐喝多了，她误会了。”

“是顾夫人。”顾墨成冷冷地盯着蒋柔，“不要再让我从你的嘴里听到‘苏小姐’这个称呼！她是我顾墨成的妻子，是顾夫人！”

蒋柔一怔。她不过是叫了句“苏小姐”，他就这么冷漠地威胁她。

“我只是适应不了，才叫她苏小……”后面的话还没有说完，苏安安已经从顾墨成怀里钻出来，抢起巴掌朝蒋柔的脸上打去了。仗着喝醉了，仗着有老公撑腰，她就是想打蒋柔。她说：“你再叫我一声苏小姐试试，我打死你！”

蒋柔捂着被苏安安打痛的脸颊，眼泪跑了出来，她含泪看着顾墨成。

顾墨成根本没有看她，他上前搂住苏安安，唤了一声："安安。"

苏安安应了一声，然后乖顺地窝在顾墨成的怀里。

"墨成，她怎么可以随意打人？"蒋柔委屈地看着顾墨成。

"她喝醉了。"顾墨成搂着苏安安，淡淡地说。

蒋柔不甘心地拦在苏安安面前，苏安安睁开眼睛看着她，心情很不好地喝道："让开！"说话间，又要伸手打她。

蒋柔只得让开，她原本想打回来，在看到顾墨成冷冷的眼神时，她的手根本就抬不起来。最后蒋柔只能看着顾墨成扶着苏安安离开了餐厅。

她捏紧拳头，她好恨！

苏安安凭什么打她！顾墨成为什么一点旧情都不念，这么护着苏安安？他们越是烦她，她越是要和蒋老太太联手，让他们的日子不得安宁。

苏安安任由顾墨成扶着她出了酒店，外面的风吹来，让有些醉意的她打了个哆嗦，她往顾墨成的怀里躲了躲。他的怀抱真是温暖，让她抱得更紧，一点都舍不得离开。

"安安，你抱得我喘不过气来了。"头顶传来顾墨成的声音。

苏安安赶紧松开他，抬起头看着顾墨成，除了脸红、身上满是酒味，她那双清亮的眼里瞧不出一点混沌。

苏安安的酒量顾墨成是清楚的，一瓶红酒下去，她不至于醉得发酒疯，再说她也没喝完一瓶。她只是看不惯蒋柔，故意借醉意打蒋柔巴掌。

"老公。"苏安安柔声地主动认错，"你生气了？"

"嗯。"顾墨成故意沉着脸，见着苏安安小心翼翼地看着自己，他不由自主地勾起嘴角，"我气你什么？"

苏安安看到顾墨成嘴角的笑意，她跟着笑了起来。她还以为顾墨成气她装醉把蒋柔给打了，看着顾墨成眼里的笑意，她知道顾墨成根本没有生她的气。

"我还以为你生气我把人给打了。"苏安安笑道，然后她踮起脚伸手搂着顾墨成的脖子。

顾墨成看着一脸笑意的苏安安，他才舍不得骂她。

蒋柔突然出现，她那点心思瞒不过他的双眼，不管蒋柔做什么，他都站在苏安安这边。所以蒋柔被安安打了，也是白打。

"老公。"苏安安盯着顾墨成深邃的双眸看着，嘴角的笑容更浓了，"就知道你最宠我！"说完，她快速地吻了顾墨成的脸。

苏安安身上的酒味闯入顾墨成的鼻间，在苏安安吻完想要撤离时，顾墨成一把将她重新拽到怀里。

“安安，我警告过你的。”顾墨成压低声音看着苏安安。

苏安安被他盯得心跳加速，本就发烫的脸更热了。

“老公！”她柔柔地唤了一声，想推开靠过来的顾墨成，却被顾墨成搂得更紧了。夜色下，顾墨成搂着苏安安在街边角落亲吻着。

以前的顾墨成绝对不会做这种事，遇到了苏安安，他的稳重，他的成熟被他抛之脑后，一心想的都是疼她、爱她、宠她。

一个缠绵的吻结束后，顾墨成松开了苏安安，他眼含笑意看着被自己吻得直喘气的苏安安，说：“我们回家。”他牵着苏安安的手，脚下的步伐快了起来。

苏安安任由他牵住自己手，跟着他的脚步朝他们的车子走去，苏安安低下头看到路灯下他们的影子，两个影子一前一后地移动。她抬起头看到顾墨成的后背，就是这个后背为她遮风挡雨，给了她幸福和欢乐。

她愿意被他的大手牵一辈子，愿意为他生个孩子，和他一直幸福下去。

两个人到了顾家，下了车后很有默契地往房间去。顾墨成压着苏安安倒在床上，一边亲吻苏安安，一边空出一只手伸向床头柜。

苏安安以为他要去床头柜拿东西，连忙阻止道：“老公，我不要。”

顾墨成一愣，刚开始没有听懂苏安安在说什么。

苏安安推开身上的顾墨成，翻身压住他，她看着身下的顾墨成，俯下身放轻声音在他的耳边说：“老公，我想给你生个孩子。”

她想给顾墨成生孩子。

顾墨成笑笑，他将自己腕上的手表解开，放在床头柜上。

他身上的苏安安顿时脸红起来，原来他是想把自己的手表放到床头柜上。

“你坏死了！”苏安安娇羞着声音说了一句。

顾墨成却因为她的话，心情很好，他噙着笑意问：“刚才你说什么？”

苏安安生气道：“你不是听见了吗？故意取笑我！”

“我想再听你说一遍。”顾墨成柔下声音，深情地看着苏安安，“我好像听到你说，你想给我生孩子！”顾墨成的双眸让苏安安脸红心跳起。

苏安安故意不悦地说："我没有！你听错了。"她放柔声音，俯身贴向顾墨成，将她的嘴凑到顾墨成的耳边，"不过，我很期待能有个自己的孩子。"

真诚的告白远比情话更诱人，顾墨成深深地看着苏安安，他伸出手摸着安安的脸，从她的眉毛、眼睛，然后是鼻子，最后目光落在苏安安的嘴上，他柔声说："安安，我是多么幸运，能遇到你！"

苏安安主动低头吻过去。她才幸运，遇到了顾墨成这么好的男人！

苏安安很期待自己如果真有了宝宝，是什么样子？是男孩还是女孩？长得最像谁？

她对未来憧憬着，因为太过幸福，所以美梦肆无忌惮地做着，幻想着。她知道自己的梦不会破碎，因为身边的男人是顾墨成。

顾墨成爱苏安安，不是嘴上说说的，他是她的丈夫，所以要让苏安安衣食无忧，不为任何事烦心。

衣食无忧，这点顾墨成已经做到了。所以，他的重点是帮苏安安扫除那些烦心的事，比如苏华。

苏安安嘴上虽然没提起苏华的事，但是顾墨成知道她不好过。不管苏华是不是苏安安的亲生父亲。

她一出生就在苏家，就认苏华是爸爸，突然间苏华说她不是他的女儿，又屡次利用安安，她心里怎么会不难受？

顾墨成带着人去了苏家，没和苏安安说。

苏华正在和蒋媚烦心苏氏的事，苏老太太也在。

老太太会过来，是怕苏华为了个苏氏，把家里的财产全给抵押出去，包括现在苏二叔住的那套房子。

因为苏老太太跟着苏二叔一起住，苏华给老太太买了房子住，苏二婶厚着脸皮也搬了进去，她一直想着等以后把这房子从苏华的名下划到苏老太太那里，然后再到苏二叔名下。她的计划很好，可是还没有实行，苏氏就面临破产危机，苏华将名下的财产变卖，想拯救苏氏。

苏二婶和苏老太太不管苏华卖多少财产，总之不能把他们现在住的地方给卖了，因为苏雅和慕瑾瑜的事，苏二婶不好意思上门，就让苏老太太盯着。

顾墨成来的时候，苏老太太正在客厅里看电视，她听到苏华拿着手机给银行打电话要贷款，她竖起耳朵听着。

何妈一脸慌乱地进来，蒋媚皱了眉头看着她，恼怒地说："你慌慌张张地做什么？"

刚结束电话的苏华看过来，何妈还没开口，就有人从苏家的大门走了进来。

进来的不仅是顾墨成一人，还有他身后的一群人。

又来砸苏家？

看到顾墨成的时候，苏华和蒋媚心一抖，他们想起了顾墨成上次带着人过来打苏紫菡的事。苏紫菡脸上的十个巴掌，让他们想起来就怕。

"顾先生！"苏华还算镇定，他看到顾墨成的时候，下意识地看了一眼他的身后，并没有苏安安的身影。

"安安呢？"苏华问了一句。

顾墨成没有回答苏华的话，他自顾自地进去，然后在沙发上坐下。

苏老太太原本在沙发上坐着，她没有见识过顾墨成的手段，看着顾墨成阴沉的脸和全身散发出的气势，也不由自主地从沙发上站起身子，把地盘让给了顾墨成。

这么好的男人竟然是苏安安的老公！苏老太太心里不悦起来，他也不知道怎么回事，看不上雅雅！雅雅可比苏安安好多了。苏安安不过是何晴和外面男人生的野种，她看着就碍眼。

"佟律师！"顾墨成开口，瞧了眼身后站着的律师。

佟律师上前，将手中的协议递到满脸疑惑的苏华手上："顾先生希望你在上面签字！"

顾墨成靠在沙发上，瞥了眼接过协议的苏华，他习惯性地掏出烟，然后点燃，烟头正往嘴里塞去，猛然间想起苏安安的话。

她说，想给他生个孩子！

顾墨成的嘴角露出一抹愉悦的笑意，他将手里面的烟捏灭，再把烟盒放回口袋里去。再忍忍，等着安安生了孩子他再抽烟。

苏华看着手中的协议，愣住了。

蒋媚凑了过去，看到协议上的字眼，立即出声叫道："苏安安竟然要和你解除父女关系！"

"什么！"苏老太太跟着叫嚷道，"那个野种要和你断绝父女关系？苏华，你真是养了只白眼狼！"苏老太太气愤地说。

提出解除关系的不是苏安安，是苏华。苏华想从苏安安手中得到四千万，算是他对苏安安这些年的抚养费。

四千万！苏华在苏安安身上四百万都没花到。

“苏安安太过分了。”蒋媚恼怒地说，“她结婚不请你这个父亲也算了，现在还带着律师上门要解除你们的关系。就算她不是你的女儿，你也养了她这么多年。她嫁了高门后，知道苏氏不行，急着和我们撇清关系！”蒋媚在苏华的耳边继续挑拨着。

苏华看到这份协议的时候，整个人愣住了。他想起在何晴的墓碑前，他因为走投无路对苏安安说的话。

“是安安的意思？”他抬起头，看着坐在沙发上沉着脸的顾墨成。

顾墨成冷声说道：“你觉得呢？”

虽然苏安安不是他的女儿，可是他养了这么多年，虽然他不喜欢苏安安，可是看到这份协议的时候，他的心很痛，很难受。

“我不签！”

顾墨成看着苏华的表情，鄙夷地冷笑。

不要苏安安的是他，现在来装什么痛苦和不舍的。

“签了吧。”顾墨成淡淡地说。

蒋媚看了看苏家客厅里顾墨成的人，顾墨成这是仗着人多顾家势力大，逼苏华签下这份解除协议。

“顾先生，我们苏家养了苏安安二十年，想解除也是可以。”蒋媚出声说道。

顾墨成看了看苏华。苏华和蒋媚果然是夫妻，说的话都差不多。

蒋媚话音刚落，苏老太太急着接过话来：“对的，苏安安不是我儿子的亲生女儿，可是我们养了她那么多年，这些费用怎么算？”

苏老太太从苏二婶口里知道顾墨成的家世，知道他很有钱。她说话的时候，眼珠子转了好几圈：“顾先生，你既然是苏安安的老公，得替苏安安把抚养费付了。养孩子可是很贵的，而且苏安安那么会花钱，你怎么都得给我们几百万吧。”苏老太太提到钱就激动起来。

“几百万？”顾墨成冷笑，他沉下了脸看着嚷着要钱的苏老太太，“我顾墨成的妻子就值几百万吗？”

“嗯！”苏老太太听到这话，顿时懂了里面的深意，她两眼冒着光盯着顾墨成。

“安安对我来说是无价的。”

用他的全部身家换苏安安都不算什么！只是，要他给苏华他们几百万或几千万，他不情愿。就是要给，他也得闹得苏家鸡犬不宁，让他们为了钱争个头破血流。

顾墨成对付人，喜欢慢慢来。

“四千万！”顾墨成冷冷地看着苏华，嘴角抿出了嘲讽的笑意，“你签字，我给你四千万！以后安安和你们苏家没有半点关系，她不再是你苏华的女儿。”

顾墨成把话说得清楚明白，听得苏华心头一怔。

顾墨成提出的条件不正是苏华在何晴墓前说的条件吗。现在顾墨成答应了，他却犹豫起来，不想签了。签了之后，苏安安就不是苏家人，不是他的女儿了！

顾墨成的话也让蒋媚和苏老太太一脸的喜色，四千万是笔巨款，真是天上掉下了馅饼。

在苏氏面临经济危机的时候，蒋媚还在担心，蒋家落魄了，苏氏破产了，她以后和苏紫菡可怎么办好？现在好了，顾墨成送来四千万，以后苏氏没了，她和紫菡也能高枕无忧，不愁吃穿。

苏老太太心里想的和蒋媚差不多。

苏二叔一家靠的是苏华，没有苏华，他们住不上别墅，苏老太太过不了舒服的日子。老太太舒服了这么些年，不想再过以前的苦日子，她知道苏氏不行后，担心得要命。她连连催促着发愣的苏华，说：“苏华，快把字给签了。”苏华拿了四千万后一定要分她一千万，不，是两千万。她可是他的妈妈，苏华不答应也不成。

蒋媚也推了把愣住的苏华，说：“阿华，四千万啊！你快点把字给签了。”

苏华还是拿着协议愣愣地看着，顾墨成的人把笔递到他的面前，他看了一眼，没有接，然后说了一句：“我不签。”

苏华的样子在旁人看来倒像是顾墨成逼着他和苏安安断绝父女关系的。他的拒绝，顾墨成没有当回事。要钱的是他苏华，不想要的也是他。现在由不得他选择，他必须签，签了以后和苏安安解除父女关系。

“苏华，你傻了是不是？”苏老太太听到苏华拒签，恼怒地说，“苏安安又不是你的女儿，你和她没关系就没关系了。”

苏老太太很气愤，蒋媚也是。蒋媚听到老太太说“苏安安不是你的女儿”这句话时，她的脸色一变，跟着恢复过来，对苏华说：“阿华，妈妈说得对。现在苏氏出了事，这笔钱拿到手就能帮得到苏氏。”

蒋媚说是这么说，可是她一点都不想苏华在把钱投到苏氏里。

“你把安安叫来，让她自己同我说。”他们让他签，苏华执拗地不肯签。他要见苏安安，问问苏安安，自己养了她这么多年，她就是这么对待自己的父亲的。

顾墨成冷笑，看着苏华要打电话给苏安安，顾墨成嘲讽道，“你的电话安安接不到。”

是的，苏安安把苏华的号码放到了黑名单里，她是不会接苏华电话的。就算苏华用别人的手机给苏安安打了电话，她听到是苏华的声音，也会马上挂断。

苏华听得心里发痛，他空着的手握成了拳头。

“我养了她二十年！”他喃喃地说。

顾墨成无视他脸上的悲伤，嘲讽道：“二十年？你有把她当过自己的女儿吗？我突然在想，如果安安真的是你女儿，你会不会为自己曾经对她做的事后悔呢？”

这句话让一旁的蒋媚脸色瞬间苍白，她看着顾墨成，微微摇了摇头。顾墨成不可能知道苏安安的身世，那件事她做那么隐秘，而且已经过去了二十年。

“签了，四千万拿走。”顾墨成严厉地说，“不想签？”他嘴角勾起冷意，他带着的人已经走到了苏华面前。

这是在威胁苏华。苏华主动签了，四千万马上给他。苏华不肯签，顾墨成也有办法让他签。但如果是顾墨成逼他签的，结局就不一样了，苏华会失去即将到手的四千万。

苏老太太和蒋媚着急死了。

苏老太太直接抡起拳头砸向苏华：“苏华，你快点把字给签了。”

蒋媚跟着说道：“阿华，快点签了吧。”她把笔塞到了苏华手中。

苏华抬起头，悲痛地看了一眼顾墨成。

这字，他不签也得签。

字在苏老太太和蒋媚的注视下签好了，苏华看着协议上的名字，突然间全身被抽走了力气，他无力地跌倒在地上。

他确实想要四千万，但是没有想过真的和苏安安断绝关系。他这些年是对苏安安很不好，也曾经把苏安安给扔了。但是他没有告诉苏安安，在把她丢了后，他就后悔了，是他主动带着苏若初把她给找回来的。把她找回后，他抱着在襁褓里哇哇哭的她，对苏若初说：“爸爸以后都不会把安安丢了。”

他恨苏安安，但是心里又不舍得把她丢了。

蒋媚和苏老太太看着苏华的名字出现在协议上，笑着看向了顾墨成。

“顾先生，你看？”

和顾墨成想的一样，给苏华四千万对苏家来说不是好事。

鸟为食亡，人为财死！

四千万的支票塞到了苏华的手里，在地上的苏华愣愣地接了过来，他看着顾墨成站起身子走人。

“以后你如果再敢打扰我的妻子，我会报警处理。”顾墨成丢下一句话后离开了苏家。

顾墨成一走，蒋媚和苏老太太立即把苏华给扶了起来，她们扶的不是苏华，是苏华手中的四千万。

“阿华，我们快些去银行把钱存到自己的账号里。”蒋媚建议道。

“是啊，是啊。”苏老太太跟着附和道。

苏华看了一眼手里的支票，没有理会她们。

“华儿，我最近手头紧，你能不能给我些钱花花？”苏老太太又说了一句，她看着那张巨额支票双眼就移不开。

刚才蒋媚就知道苏老太太打的是什么主意，现在顾墨成走了，钱已经到了苏华的手里，她怎么会允许这笔钱被苏老太太拿去。

“妈，之前阿华不是给了你几千块吧，这还是几天前的事。”蒋媚提醒道。

苏老太太沉下脸，谁要那几千块，她要的是四千万！四千万！那可是四千万！

“怎么？我问我儿子要点钱花花也不行吗？”苏老太太不悦地说道。

蒋媚没有嫁给苏华的时候，苏老太太看着她是名门千金的份上，觉得蒋媚好，能帮着苏华，帮到苏家。都过了二十年了，蒋家也不行了，苏老太太看蒋媚不顺眼起来，再说现在蒋媚要同她抢四千万。

“妈，你要花钱，我们当然肯了！但是你千万不要打四千万的主意，这笔钱是顾墨成给阿华的。”这钱以后得留给她和紫菡，绝不能被苏老太太给骗去。

“他是我的儿子，他的钱就是我的。”苏老太太不满地说道。

苏华没有心思听她们吵架，这笔钱是他用他和苏安安的父女关系换来的。

“闭嘴！”他吼道。

苏老太太和蒋媚跟着把嘴闭上，两个人冷沉着脸，彼此看彼此不舒坦了。苏华没再搭理她们，直接上了楼。

苏老太太看着苏华上楼，没有多待，直接转身走人回苏二叔家里去了。她得回去和苏二叔、苏二婶合计合计，怎么才能让苏华把四千万分他们一半。

蒋媚看苏老太太走了，马上掏出手机给苏紫菡打电话，她得让苏紫菡回来和苏华哭诉，最好让苏华把一半的钱转到紫菡名下。

顾墨成离开苏家后，在车里接到苏安安的电话。他看着来电显示，嘴角扬起笑容。

“安安。”和苏安安通话，他的声音就会不由自主地轻柔起来。

“老公，你去了哪里？”苏安安娇柔地问道。她今天放假在家，得了空就到顾氏来看顾墨成，可是到了顾氏，顾墨成的助理告诉她顾墨成出去了。

“怎么了？”顾墨成问道。他想调侃苏安安，问她是不是想自己了。话还没出口，先听到苏安安说：“老公，我想你了。”

小丫头的直白，顾墨成很受用。

“我给你做了午饭，现在在顾氏。”电话里，苏安安说。

“顾氏？”顾墨成一笑，“你来给我送饭！”

“安安。”顾墨成想到苏安安那堪比顾老夫人的厨艺，笑了笑，“你做的饭菜好吃吗？”

苏安安听出了话里的嫌弃，不高兴了。这顿饭她可是烧了很多遍，一大早就起来忙了，烧得难吃就倒掉，是自己尝过不错才送来的。

“好，等我过来！”顾墨成笑着应道，嘴里说着不敢吃苏安安做的菜，不过心里很期待她做的是什么。

苏安安挂断电话后在顾墨成的办公室里安心等他回来。助理进来给苏安安端了杯水，这是自家夫人，他当然得讨好。从顾先生对苏氏和蒋家出手看得出来，得罪了顾夫人，比得罪顾先生还惨。

顾墨成很快回来了，到了顾氏，遇见他的人都看出顾先生今天心情不错。他们先是奇怪，再听到知情人说顾夫人来了，也就不奇怪顾先生为什么心情大好了。

顾墨成走进办公室，看到苏安安坐在沙发上玩着手机游戏，他站在她的面前，眼睛温柔地看着她。

苏安安抬起头，看到回来的顾墨成，脸上立即露出笑容。

“老公。”她甜甜地唤了一声，跟着站起身拉着顾墨成到餐桌前，“我给你做了好吃的。”这顿饭，苏安安做得很用心。

苏安安给顾墨成做吃的，完全是受了蒋柔的刺激。蒋柔的那碗香菇肉粥让苏安安意识到，她得学点厨艺，不然拴不住老公的胃。

“做了什么？”顾墨成笑着看苏安安打开了饭盒。

“胡萝卜炒牛肉、红烧排骨。”苏安安介绍着自己做的菜，顾墨成看着饭盒里的菜，排骨貌似焦了，牛肉貌似切得大块了些，他想应该能吃吧。

这应该比顾老夫人烧的好吃吧……顾墨成突然想到了顾臻，不管顾老夫人做的是什么，有多难吃，顾臻都会二话不说地吃下去，而且他不仅自己吃，还会命令着他的儿子们吃。

顾墨成觉得自己是步了顾臻的“后尘”。

“老公。”苏安安唤了一声，拉回了顾墨成的思绪，“你不敢吃？怕我下毒啊？”

顾墨成一笑，看着面前的小丫头。

“你别说就是有毒，你也会吃的。”苏安安不悦地抢在顾墨成之前开了口，“你放心，我尝过味道才送来的。我做了好几遍。”

苏安安是要强的，也是不认输的。她做一遍就尝一次，不好的就重做，确定味道可以了才过来的。

看着苏安安认真的表情，顾墨成坐在餐椅上尝了起来。

确实和苏安安说的一样，味道虽然不怎么样，但还是可以下口的。这是苏安安做的，不管味道怎样，顾墨成都喜欢。

他很能理解当初顾臻面不改色地尝顾老夫人熬的汤，还说不错。因为，那是妻子用心给丈夫准备的，味道不好，但是让人心里很甜。

苏安安看顾墨成吃得开心，便坐在他的身边看着他吃。

“老公，确实不错吧？”苏安安急着想从顾墨成的嘴里听到夸她的话。

“嗯。”顾墨成点头，伸手拉过苏安安的手，苏安安顺势坐到他的大腿上，窝在他的怀里。

顾墨成低下头无意间看到苏安安手指上的红印，他瞧了眼，看着在笑的苏安安。

“被烫伤了而已。”苏安安无所谓地说，“我马上用冷水冲过，没什么事。”而且她皮厚着呢，这点小伤不算什么。

苏安安的无所谓和她眼里的笑意刺痛了顾墨成的心，顾墨成发现自己舍不得让她受一点的伤：“以后不需要给我做饭，家里有佣人。”

苏安安摇摇头：“我喜欢！我喜欢给自己老公做饭。”她说着快速地亲了一下顾墨成。

顾墨成一愣，小丫头又不安分了。

“老公，我不一定每天都有时间为你做饭，但是我希望你能尝过我做的，喜欢上我做的。”苏安安微微笑，“我觉得那样才有家的味道。”她最想要一个家，顾墨成给了她，所以她要更珍惜。

“不过，每次我做饭后，你要洗碗。”苏安安笑着又加了一句。

顾墨成看着怀里的苏安安，伸手温柔地摸着她的头发。他真的好幸运，得到一个这么好的老婆。

“好不好？”苏安安问道。

顾墨成点点头，认真地说：“好！你做饭，我来收拾你的残局。”

这个“残局”不单单是指着刷碗整理厨房，也是替苏安安收拾她收拾不了的残局。

顾墨成的话让苏安安脸上笑开了花，她往顾墨成的脸亲过去。她越来越喜欢亲顾墨成了，每次看到他，她就忍不住想亲他。

心里甜蜜的不仅是苏安安，还有顾墨成。

顾墨成想起苏家的事，他带着苏安安到了办公桌前。

桌上放着苏华签了字的那份父女关系解除协议，顾墨成拿出来，递给苏安安看，他有点怕苏安安难受。

苏安安看到苏华的字后，心里一痛，当着顾墨成的面红起了眼睛。

“安安。”顾墨成唤了一声。

苏安安抬起头看着他：“你刚才不在顾氏，是去了苏家？”

“嗯。”

苏安安看着顾墨成，不知道说什么好。她难受是因为苏华签了名字，更是因为顾墨成替她去了苏家。顾墨成知道她不愿意去苏家，也知道她心里不想要苏华这个父亲。他什么都替她做了，事事为她考虑。

“老公，我上辈子一定拯救了地球。”苏安安含着眼泪开着玩笑。

顾墨成一愣，伸手抹去她的眼泪。

苏安安自己也抹着泪珠，老公对她这么好，她应该每天过得开开心心的，不该哭的。

“老公，把笔给我。”苏安安红着眼睛，对顾墨成露出笑容。

顾墨成“嗯”了一声，把桌上的签字笔拿给苏安安，苏安安没有半点的犹豫就在协议上签上了自己的名字。

苏华对她这个女儿屡次的利用，从小到大又对她不好，这样的父亲，苏安安没有一点的不舍得。

签下名字后，她和苏家没有了关系，也不是苏华的女儿。至于她的亲生父亲是谁，苏安安没有那么在意。

因为她已经拥有了自己的家，顾墨成给的家已经足够让她感到温暖和幸福，其他的人和事影响不了她如今的幸福。

“老公，我签好了，其他的事你会替我处理的，对吧？”苏安安问。

顾墨成摸着苏安安的脸，她脸上的笑意看得他的心暖起来，没有回答苏安安的问题，而是靠过去吻住苏安安的唇。

缠绵入骨的吻结束后，顾墨成才回答了刚才的问题：“嗯。你放心，有我在！”

苏安安知道，只要有顾墨成在她身边，就没有人敢欺负她，她遇到再大的困难也能顺利地度过。

她爱面前的这个男人！

这么多年来，苏华对她做的唯一一件对的事，就是用姐姐逼她替苏紫菡来了顾家，嫁给顾墨成。

“老公，我们先吃饭。”苏安安笑着走到顾墨成身边，扭头快速地亲了顾墨成的脸。

顾墨成被她突袭，想把人抓回来惩罚，她已经快他一步到了餐桌前。他看着坐下吃饭的苏安安，嘴角处勾出了一抹笑意，他温柔地看着属于他的女孩。

苏家因为四千万闹得鸡飞狗跳，没个安宁。

顾墨成的目的就是让苏家为了这点钱大吵大闹，就是要让他们知道安安的钱不好拿，更用不掉。

在苏华犹豫着要不要把所有的钱投进苏氏的项目里时，苏老太太带着苏二婶到苏家讨钱来了。苏二婶和苏老太太来之前，蒋媚已经打了电话把苏紫菡叫回来了。

苏紫菡对四千万没什么兴致，从小锦衣玉食的她没有受过贫穷的苦，苏家的状况如何，苏紫菡也没有那个概念。

她感兴趣的是苏二婶去苏家。

“阿华，紫菡现在在慕家的日子不好过，她刚才还说，慕夫人嫌苏家没钱，要瑾瑜和她离婚。不如，你给些钱给紫菡，让她在慕家的日子也好过些？”蒋媚劝说道，见苏华没有理自己，她连忙扯着苏紫菡，让苏紫菡开口。

“爸爸。”苏紫菡唤了一声，她的脸上还印着慕瑾瑜打的巴掌印。慕瑾瑜真是浑蛋，她不过说了一句苏雅的不是，他就打她。

苏华抬起头看到了苏紫菡脸上的印子，他淡淡地说：“紫菡，你还是把婚给离了吧。趁还年轻，以后你再找个其他男人。”苏华劝道。

听到“离婚”二字，苏紫菡的眼泪掉了下来。

“我不要！”她执拗地说，“我不能离婚，不能如了慕瑾瑜和苏雅的愿！”

苏紫菡不肯放弃慕瑾瑜，苏华见自己说了没用，也没再多说下去。

“阿华，你这里反正有四千万，给紫菡一些吧，让她放着傍身。”蒋媚见苏华扯远了话题，又开口把事拉到钱上。

给苏紫菡？苏华现在不想给。就是要分钱，也得把若初叫回来一起分。

苏华最看重的是苏氏，然后是苏若初。苏若初被他关了七年，成了个疯子，可在他心里依然有很重的分量。

蒋媚刚准备继续劝说，苏二婶和苏老太太就来了。

看到不请自来的苏二婶和苏老太太，蒋媚当场黑了脸。

苏雅和慕瑾瑜的事发生以后，这是苏二婶第一次来他们家。

为了苏雅的事，苏华和蒋媚去找过苏二婶几次。第一次，苏二婶躲起来不见他们。第二次，苏二婶说，是慕瑾瑜被雅雅给迷住了，要怪就怪苏紫菡自己没有用！

苏二婶的话气得蒋媚火冒三丈，遇到苏二婶这样的无赖泼妇，蒋媚只能原路返回。

“你给我滚出去！”蒋媚指着苏二婶说，“你竟然还有脸进我们家的门！”

苏老太太不悦地反驳蒋媚：“什么脸不脸的，自家兄弟串个门不行吗？”

苏老太太回到苏二叔家里一提起四千万，苏二婶的两只眼睛顿时发亮了。她丢下手中的活马上带着苏老太太过来。

苏二叔不愿过来，那笔钱是顾墨成用来解除苏家和苏安安关系的，苏华有脸签字收下，他没有脸要。不过，苏二叔的话向来在家里的三个女人心里没有一点的分量。

“是啊。”苏二婶接过苏老太太的话，“大嫂，你也太过分了，这是我大哥的家，他都没有开口赶我们走，你有什么权利？”

“这么说，我有权利？”苏华冷着脸看着苏二婶，“紫菡受了这么多的委屈，你不打算给个说法吗？”

苏二婶怕苏华，听苏华问起自己苏雅和慕瑾瑜的事，她尴尬地笑笑。好在苏二婶的眼里只有发光的四千万，脸皮什么的她没有。

“大哥，我哪里是不愿意和你谈啊！你们上次来的时候，我正好不在。”苏二婶赔笑，“再说孩子间的事，做大人的插不了手。雅雅她也不想和慕瑾瑜在一起，是慕瑾瑜非要黏着她。”

“二婶，是苏雅不要脸地缠着瑾瑜的。”苏紫菡忙说道。

“怎么是苏雅的错？”蒋媚看到苏二婶嘴角的笑意，冷笑，“紫菡，是你自己没有本事，管不住慕瑾瑜，怎么能怪雅雅呢？”

苏二婶得意地笑笑：“这可是你说的，不是我！”

苏华冷着脸看过去，苏二婶收敛了些，站在她身边的苏老太太伸出手肘推了推她，提醒苏二婶快点进入要钱的正题。

“苏华。”苏老太太先开了口，“顾墨成拿来了四千万，你打算怎么花？”

蒋媚嘲讽道：“我们家的钱怎么花和你们没有一点关系！”

“怎么没有关系！”苏二婶跳起来，“这是大哥你的亲妈，我老公是你的亲弟弟。倒是你蒋媚！你要是哪天和大哥离婚了，就只是前妻，和他没有半分关系。”

“前妻？”蒋媚严厉道，“我是他的妻子，和他离婚也能分走他一半的财产。”

这句话是事实，但是苏华听着心里很不舒服。

“阿华，这些年，你养着他们，给他们买房子，给苏雅他们买衣服付学费。给了钱之后，他们还来害你的女儿。”蒋媚说着红了眼，“紫菡真是可怜，被自己的堂妹抢了丈夫，她二婶还有脸上门问我们拿钱。”

苏华冷眼看向苏二婶。

苏二婶想笑又笑不出来，只好看向了身边的苏老太太。

“阿华。”老太太开口说，“四千万你打算怎么花？”

苏老太太说完，在场的人都看向苏华，安静下来等苏华的回答。

“你们觉得怎么花才好？”苏华没有回答她们，他冷笑着反问道。

听完苏华的话，蒋媚立即看向苏紫菡，而苏二婶和苏老太太相互看着。

“阿华，之前我说给紫菡一笔，你觉得怎样？”蒋媚先开口。

苏华已经坐在沙发上，他掏出烟慢慢地抽着。

“紫菡有了钱，在慕家也不会受人限制。如果她以后真的被……”蒋媚说话的时候看了苏二婶一眼，“狐狸精给害得离开慕家，也有钱傍身，不会被人害得孤苦伶仃，没有人照顾。”

蒋媚说后半句话时，眼眶已经泛红。她看着苏紫菡被慕瑾瑜打了的脸颊，心疼极了。

苏华抬起头看着蒋媚，又看看围着自己的苏老太太和苏二婶，笑了笑：“紫菡，你要多少？”

对钱没有概念的苏紫菡没有反应过来，蒋媚先替苏紫菡回答道，“可以的话，给紫菡一千万吧。一千万买套好点的别墅就差不多了。不过我会替紫菡盯着的，让她拿着这些钱做些投资。”

蒋媚话音一落，苏二婶和苏老太太就激动起来。

“一千万？苏紫菡是嫁出去的女儿，给她钱不就相当于给了外人吗？”

“嗯。”苏华冷冷地应道，他已经抽完了一根烟，不自觉地打开烟盒继续抽第二根，“你说得对，我得给紫菡留点钱傍身！”说完，苏华的眼神更冷了。

见苏华把一千万给了苏紫菡，苏老太太和苏二婶坐不住了。

“苏华，你得给你妈留点钱，不然以后你只有被人欺负的份！”苏老太太坐到苏华的身边，她伸出自己那双满是皱纹的手覆在苏华的手背上。

苏华冷瞧了眼，眉头皱了起来：“妈，你也要一千万？”苏华冷笑着问。

苏老太太看到苏华眼里的寒意，心里一颤，可是为了钱，也就没了怕意：“苏华，你爸爸死得早，我一个人把你们兄弟带大不容易。现在你有了钱，不能把你妈我给忘了。”

苏老太太早年丧偶，带着两个孩子确实辛苦，苏华一直记着苏老太太的辛苦。就是因为记着，他才很孝顺苏老太太，以至于他和何晴走到了那种地步。

想到死去的何晴，苏华看老太太的眼神更冷了："妈，我这些年给了你不少的钱吧。"

"这……"苏老太太一笑，苏华给的那都是小钱，没剩下多少。再说，比起四千万，那点钱算什么，她继续道："阿华，我老了，身体老是这里不舒服哪里不舒服的，也不知道能活几年……"

"既然活不了几年，要钱来做什么？"蒋媚嘲讽道。

苏老太太的脸色跟着沉了下去，她瞪着蒋媚，对蒋媚，老太太是越来越看不惯了。

"阿华，你听到了吧，你媳妇刚才对我说的话。以后她还指不定会对我做什么事呢，苦命的我辛辛苦苦把你带大，你就任由你媳妇欺负我？"

这句话，苏华突然觉得耳熟，他好像记着很久前，老太太指着何晴对他委屈地哭。

当时他做了什么？

好像是把何晴骂了顿，说她看不起老太太。其实哪里是何晴看不起老太太，而是苏老太太觉得何晴没有家世，配不上苏华。

老太太哪里知道，一直以来是他配不上何晴。

"嗯。"苏华抽完一根烟后才开了口，"妈，你养大我不容易。"

苏老太太和苏二婶脸上瞬间多出了笑容。

给了苏老太太钱，就要给苏二叔一家钱了，这个事苏华早就知道了。

蒋媚听到苏华应下给老太太一千万，连忙出声阻拦："阿华……"

苏华没听蒋媚说话，而是看向苏二婶，问："你也来问我要钱？"

苏二婶笑。刚才苏华给了苏紫菡一千万，又应下苏老太太的一千万，他手中还有两千万，那么分给她们家一千万也不过分。

"大伯。"苏二婶讨好地对苏二叔笑，"这么多年，多亏你们对我们一家子的照顾。我也不好意思问你拿钱。"苏二婶笑意更浓，嘴里说着不好意思，两只眼睛早就滴溜溜地转了起来，"不过，小峰现在十五岁了，再过几年他要找工作讨媳妇。"苏二婶说，"你帮帮小峰。"

提起小峰，苏老太太跟着说："是啊，阿华，小峰娶媳妇是大事，你是他的大伯不能坐视不管啊。你给他一千万，必须得给他一千万。"

一旁的蒋媚冷笑出声："小峰又不是阿华的儿子，凭什么他掏钱给小峰娶老婆！"

她说完，苏老太太立即不悦了。

苏华没有说话，他继续抽着烟，就在他们商量着怎么分他手里的四千万时候，他已经抽了三根烟了。

苏华听着他们的话，突然觉得很可笑！他人还没有死呢，他们就在他面前争吵着分他手里的四千万。当他死了！

“大伯，怎么样？”苏二婶紧张地看着苏华，给不给钱不是由蒋媚说了算，要看苏华。

“爸，苏雅抢了瑾瑜，你不要把钱给他们。”苏紫菡听不下去了，她急着道。

苏二婶和苏老太太的脸色大变：“大伯，苏雅的事和小峰不能放在一起说。”

“是呀，小峰是我们家唯一的男孩子，苏家传宗接代就靠他了。”苏老太太加了一句。

苏华把手中的烟又抽完了，他抬起头看着蒋媚母女，又看看另外边的苏二婶和苏老太太。

“你一千万，她一千万，我再还个债一千万，这手里可就没钱了。”苏华勾起嘴角冷嘲热讽，“我只能给你们其中一个，不如你们商量下，这笔钱给谁好？”

苏华冷笑，看看她们为了自己手里的钱吵到什么地步。

让苏华没想到的是，为了一千万，她们竟然大打出手。

苏老太太和苏二婶之间没有任何的问题，她们的钱都是留给苏峰的，问题是蒋媚那边。

“紫菡是阿华的亲生女儿，你儿子是吗？”蒋媚绝不能让苏华的钱进了苏二婶的口袋里去，便宜了苏二叔一家。

“亲生女儿？”苏二婶嘲笑道，“谁知道是不是呢？一个不是了，另外一个也可能不是。”

她说完，蒋媚脸色惨白：“你胡说什么！”蒋媚严厉地喝道，她忙看向苏华，解释道，“阿华，你不要听她胡扯。”说完，她又冷冷地对苏二婶说，“你女儿不要脸地勾引紫菡的丈夫，现在还想让阿华掏钱给你儿子娶老婆，你真的是做梦！”

苏二婶也气恼，走到蒋媚的面前说：“我儿子是苏家唯一的男孩子，怎么花不了大伯的钱了？有本事你生个儿子出来！”她说着就伸出手推了蒋媚一把。

蒋媚穿着高跟鞋，身子不稳地向后倒去，苏紫菡见蒋媚被苏二婶打了，也冲过去推了一把苏二婶：“你敢打我妈！”

苏二婶向来不是好惹的人，她怎么会轻易被人欺负。

三个人很快就扭打成一团。

一旁的苏老太太看着着急，想过去帮着苏二婶，可是见着他们三个人打得厉害，只能干着急："阿华，快让她们住手！"

苏华大口地抽着烟，没有理苏老太太，而是看着扭打在一起的三个女人说："谁打赢了，一千万我给谁！"

她们是他的妻子，是他的亲人，却都盯着他的钱。他人还没有死，分什么钱！

听到苏华这句话，苏二婶更狠地打蒋媚和苏紫菡，蒋媚不会任由苏二婶白白地打，也是用尽全身力气打回去。

她们打得苏家的佣人都看呆了，最后苏家来了警察。

是苏华报的警，他不想看到她们！

四个人被带到了警局，警局的人认出苏紫菡和苏二婶。她们上次在酒店里因为慕瑾瑜和苏雅就打过一次了。

笔录做完了，她们等着家里人来接自己。

苏华肯定是不愿意来接苏紫菡和蒋媚的，苏紫菡只好给慕瑾瑜打了电话，她还没开口，慕瑾瑜就说自己很忙，没空和她多说。蒋媚只好打电话给蒋家那边。

她们四个人在警局等人的时候，苏雅来了。

苏二婶一看到自己的女儿来了，再看到跟在苏雅身后的慕瑾瑜，更是挑衅地看着苏紫菡和蒋媚。

蒋媚的心猛地发冷，刚才苏紫菡打慕瑾瑜的电话，她人就在旁边，听见了慕瑾瑜冷冰冰地说很忙。他很忙？是忙着来警局接苏二婶吧。

原本压抑下去的怒火，在看到苏雅和慕瑾瑜出现时，蒋媚和苏紫菡又气起来了，特别是苏紫菡。

慕瑾瑜一进警局，先是看到苏二婶，刚开口叫了一声"阿姨"就看到了一旁的苏紫菡和蒋媚，他当场怔住了。

苏雅说苏二婶出了点事，让他陪着她来警局一趟。苏紫菡打来电话，慕瑾瑜以为她又催促着自己回家，所以他就推掉了。

"妈！你也在。"慕瑾瑜向冷脸的蒋媚打招呼。

蒋媚冷哼一声，嘲讽道："这声妈，你是喊错人了吧。"

蒋媚的嘲讽，慕瑾瑜故作听不见，他继续说："妈，你和紫菡怎么也在警局？"

慕瑾瑜的眼神落在被打得满是伤痕的苏紫菡身上，他的眸色顿时冷了下来，看苏紫菡除了厌恶就没有其他的感情，再加上旁边的苏雅穿着白色的裙子，整个人纯美俏丽得很。两个人一比较，慕瑾瑜自然偏向苏雅。

“苏紫菡，你怎么把自己搞成这副样子？”慕瑾瑜冷声质问。

苏二婶嘲讽地笑：“她和我打架了。”

“什么！”慕瑾瑜一听，以为苏紫菡是为了苏雅和自己的事去找苏二婶，他黑着脸斥责着苏紫菡，“你怎么对长辈下手？快点和阿姨道歉！”

“慕瑾瑜！”苏紫菡气愤地吼，“你是眼瞎了吗？是她把我打成这样。”苏紫菡生气的同时，还心寒。

“紫菡姐姐，你怎么伤成这样子？”苏雅进来的时候就看到了苏紫菡的样子，她心里高兴，但是脸上还是装作很关心苏紫菡的样子。

苏紫菡听到苏雅的话，恨得直咬牙：“苏雅，你给我闭嘴！”这个苏雅比苏安安更让她讨厌，她巴不得冲上去打死苏雅！

苏雅不怕苏紫菡打过来，她聪明地往慕瑾瑜身后躲。

慕瑾瑜一把抓住苏紫菡的手，冷冷地说：“这里是警局，你发什么疯！”

看到慕瑾瑜这么护着苏雅，苏二婶得意死了：“瑾瑜，快送我和你奶奶回家吧。”

蒋媚冷眼看着慕瑾瑜，她倒想看看慕瑾瑜会不会想起把她和苏紫菡也带走。

还算慕瑾瑜有些良心，他说：“妈，我也带你回去吧。”

“瑾瑜！”苏二婶开口想说不许带蒋媚，苏雅在她说出来前推了她一把。

警局的人过来，告诉慕瑾瑜只能带走一方。也就是说，慕瑾瑜要不带走苏紫菡她们，要不带走苏二婶。

这件事是顾墨成前两天就交代过的，说如果苏家内部打起来，不许把人一起赎出去。

“瑾瑜，先送我奶奶回家吧。”苏雅聪明地提到苏老太太，“奶奶她年纪大吃不消。我想紫菡姐姐也是很心疼奶奶的。”

送苏老太太，不就相当于送苏二婶回去。

苏紫菡看到慕瑾瑜点头，怒火顿时直冲脑门，她的手被蒋媚握住了。

“瑾瑜你如果忙，不如我打电话给老爷子，让他派人来接我们。”蒋媚把慕老爷子给抬了出来。

慕瑾瑜知道自己和苏雅的事惹得爷爷对他意见很大。他本来不以为然，觉得慕家除了自己有些能力，二叔家的堂弟比不过自己。不过看着老爷子将慕氏的权力交到了二叔那边，他和顾劲都怕了。顾劲让他这段时间收敛点，听蒋媚要给慕老爷子打电话，他怎么能让自己来警局接苏二婶的事传到老爷子耳朵里去。

“那妈妈，我先送你和紫菡回去。”慕瑾瑜说。

苏雅脸上的笑意淡去，慕瑾瑜看出她的不悦，说：“雅雅，等我过来。”他交代了一声，带着苏紫菡和蒋媚离开。

蒋媚离开时，走到苏二婶身边说道：“你女儿只能做小三，一辈子都上不了台面。”

这句话刺得苏二婶难受，她一直想苏雅嫁个有钱人，做个豪门太太，可是雅雅跟了慕瑾瑜……

苏紫菡和蒋媚离开后，苏雅从苏二婶和苏老太太那里得知顾墨成给了苏华四千万，他们去苏家要钱。

提到了顾墨成，苏雅心里难受。慕瑾瑜和顾墨成没法比，顾墨成随便一出手就是四千万，让慕瑾瑜拿出个四百万都得过问慕老爷子。

“妈，你们真是笨！”苏雅说道。一千万由苏紫菡拿走，给了苏紫菡不就是给了慕瑾瑜，最后还不是到了苏雅的手里。

经苏雅一点拨，苏二婶和苏老太太懊悔极了，她们怎么没有想到这层！

慕瑾瑜送苏紫菡和蒋媚回苏家，转身开着车回警局接苏雅，苏紫菡忙拉着慕瑾瑜，不让他走。

慕瑾瑜和以前一样，直接甩开她，说了一句：“苏紫菡，你能不能别任性，雅雅和你奶奶还在警局。”说完后，他上了车离开。

这次蒋媚没有劝说苏紫菡追上慕瑾瑜，从慕瑾瑜为了苏雅一次次地伤害苏紫菡，蒋媚就知道这样的男人给她女儿带来的只有伤害。

“紫菡，这段时间在家里住下吧。”

“妈妈，不行，我要回慕家！我不能看着苏雅那个浑蛋把瑾瑜哥勾走了。我一定要让瑾瑜哥回到我的身边。”

看到陷入魔障的苏紫菡，蒋媚摇摇头，叹了口气。

“妈妈，你帮帮我吧。”苏紫菡哭着说。

蒋媚握着苏紫菡的手，难道要用当初对付何晴的那招，给苏雅在外面找个男人？

苏雅不是何晴，看着柔柔弱弱的，对付男人却很有手段。想拉回慕瑾瑜，只有让苏紫菡快些有个孩子。

四千万，苏华谁都没有给，他在蒋媚和苏二婶她们被送去警局时，直接把一半的钱投到了苏氏里面。

钱进去就是打水漂，苏华比谁都清楚。

还有一半，他留给苏若初。

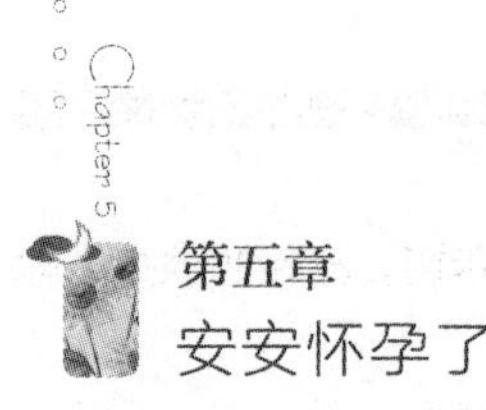

Chapter 5

# 第五章 安安怀孕了

生活有些无聊，苏若初每天在霍笙的别墅里无所事事。她站在窗前看着外面的蓝天，想出去走走，可是霍笙不放心她一个人出去，应该说不敢。

找了七年，他才把她找回来，要是让苏若初一个人走，她又没了，他去哪里找她？

卧室的门被人从外面打开，霍笙没有回来，苏若初听着高跟鞋踩在瓷砖上发出的碰撞声，她很清楚来的人是谁。

霍笙刚出去，何安琪就来了，她真的是迫不及待。

何安琪走到苏若初面前，她冷冷地瞪着苏若初，苏若初这个疯子怎么就没有死在苏家顶楼。

在她愤怒地瞪着苏若初时，苏若初转过了身。

苏若初的美惊艳过很多人，包括何安琪。

七年的时间过去，苏若初还是那么美，美得何安琪想用刀狠狠地在那张脸上划几刀。

何安琪看苏若初的眼里全是恨意，就是这么张漂亮的脸蛋迷惑了那么多的男人，包括霍笙。那时候，是她何安琪先遇见的霍笙。最后和霍笙在一起的，却是她苏若初，就是因为苏若初漂亮！

“苏若初，七年了，你怎么没死呢？”何安琪恶毒地说道。

苏若初笑。没疯之前，她对何安琪那么好，把何妈当作自己的长辈看待，真是没有想到她们两个联合起来在背后捅她一刀。

“你都没有死，我怎么能先走一步！”苏若初笑着接过何安琪的话。

何安琪的脸色顿时变了，她不喜欢苏若初，从来都不喜欢。苏若初对她好，那是苏若初自己的事，她不需要。

外面的阳光很好，阳光照在苏若初的脸上，她原本就漂亮的脸蛋在阳光的照耀下，美得刺眼。

因为妈妈在苏家打工，她很小的时候就认识苏若初。苏若初漂亮、聪明，在苏若初面前，何安琪就像一只丑小鸭。

不，她连丑小鸭都算不上，丑小鸭长大后会变成白天鹅。可白天鹅永远都是苏若初，她像是苏若初身边的陪衬，漂亮、聪明的苏若初压得她喘不过气来。

在学校看到霍笙的第一眼，何安琪就喜欢上这个白净好看的男人。她费尽心思地接近霍笙，却没有想到苏若初先她一步和霍笙交往了。

最珍爱的东西被最讨厌的人抢走，何安琪怎么能不恨！她还得装作对霍笙没有感觉，每天听着苏若初在自己耳边说着霍笙怎么对她好、她和霍笙去哪里玩、做了什么事……

何安琪受不了，仇恨的种子很快扎到心底去，等她反应过来的时候，她已经恨苏若初入骨了。

苏若初和霍笙分开，有她的功劳。

“苏若初，你知道你现在像什么吗？”何安琪看着笑颜如花的苏若初，目光里露出阴狠的笑意。

苏若初抿着嘴笑，没有回答何安琪的话。

“你就像一只金丝雀，一只被人锁在笼子里，只能靠男人养着的金丝雀，你没有自由，你的价值只是供人欣赏！”

何安琪的话很对，苏若初逃出了苏家顶楼，住在霍笙这里，成了霍笙一个人的金丝雀。她想出去，霍笙都不许。

何安琪的话让苏若初的心发痛，不过，苏若初的脸上没有露出痛苦的表情。她知道何安琪就是在等着看她痛苦的表情，亲者痛，仇者快，这种事不是苏若初喜欢做的。

“那又怎样？”苏若初笑着说，“你想做阿笙的金丝雀，阿笙也不要。”

苏若初故意说得轻描淡写，语气里满是不在乎，听得何安琪怒火上涨。

“苏若初，笙哥不过是被你这张脸给迷住了！”何安琪恼怒道。

“笙哥？叫得真好听！”苏若初笑笑，七年前，何安琪暗恋霍笙，这件事何安琪从来没有和她提起过。她跟何安琪谈起霍笙，何安琪唤的是“霍笙”，哪里像现在一口一个“笙哥”，听得苏若初满心不舒畅。

“安琪，你在他身边有七年了吧？”苏若初随意地靠在窗台上，眼里含着轻屑的笑意看着何安琪。

何安琪不喜欢苏若初这种轻蔑的眼神，她猜到了苏若初要说什么。

“七年里，你勾引过他多少次？”苏若初笑着问，她看到何安琪的脸色变了。

“有成功过吗？”苏若初继续追问，“他是不是没有碰过你？”

苏若初嘲讽的笑容刺痛着何安琪的心，何安琪发颤的双手紧紧地握在一起。

“苏若初，只要你不出现，笙哥就会和我在一起。”

这次，霍笙来宁城对付苏华，来之前，何安琪求霍笙放下苏若初。霍笙当时想了很久，回了她一个“好”字。要不是苏若初突然出现，笙哥就同意放下苏若初，和她在一起了。

“何安琪，你真是没用。”苏若初继续嘲讽，“我都把阿笙让给你七年了，你怎么还没有把他搞定。”

何安琪脸色惨白，严厉地对苏若初喝道：“你闭嘴！”

苏若初的笑容看得何安琪恨极了：“苏若初，你不要得意！笙哥不会要你的，更不会和你结婚！”说着，何安琪笑出了声，“对，笙哥不会要你的！苏若初，你个疯子！你是个疯子，哪个男人会娶一个疯子！”

听到“疯子”两个字，苏若初嘴角的笑容淡了下去，她愣愣地看着笑得得意的何安琪。

“我是个疯子。”苏若初轻轻地说，她看向窗外，她一个疯子，哪个男人敢要！

她的病不知道会不会复发，不知道会不会有一天又疯了！阿笙会不会害怕？他会不会守着一个疯子过一辈子？

未知的将来让苏若初害怕，因为她的病，她害怕拖累在乎的人，包括苏安安。

“阿姨好不容易等到笙哥出人头地，她不会接受一个疯子做她的儿媳妇的。”何安琪接着笑道，她口中的阿姨，指的是霍笙的妈妈。

苏若初继续沉默着，霍笙的妈妈，那个温柔的女人，她和阿笙在一起的时候，霍妈妈对苏若初不错。但是，这世上没有一个母亲能接受自己的儿子娶个疯子吧!

“苏若初，你刚才不是很嚣张吗？你怕了！”何安琪得意地说。

苏若初怕的不是何安琪的威胁，怕的是在意的人的看法，她扭过头看着何安琪。

“那你去同阿笙说我是疯子的事啊。”苏若初一步步走向何安琪，“你告诉他，我为了爱他，把自己整疯了。在苏家的顶楼里被我爸爸关了七年。再告诉他，我会疯了，有你一半的功劳。”

苏若初逼得何安琪步步后退，何安琪听着苏若初的话，慌乱地说：“苏若初，你在胡说什么？你疯了和我有什么关系？”

“是吗？”苏若初已经走到何安琪面前了，何安琪最后人已经贴到了墙壁。

“何安琪，没有关系吗？”苏若初冷笑。

何安琪看着眼底尽是冷意的苏若初，心里猛地起了惧意。难道真的是人疯过的关系，为什么她觉得现在的苏若初变得令人害怕。以前的苏若初不是这样的!

“苏若初，你不要血口喷人。”何安琪压着心里的慌乱，说道。

苏若初不屑地笑笑，早就知道何安琪不会承认自己疯的事和她有关。苏若初转身背对何安琪，继续看着窗外的景色。比起何安琪，外面的花花草草好看多了。

“苏若初，你是个疯子，笙哥知道后只会怕你。”何安琪威胁道。

苏若初不在意，如果何安琪要告诉霍笙，随意。

看苏若初不理会自己，何安琪气得恨恨地咬牙。

何安琪嘴上说要让霍笙知道苏若初疯了的事，心里面比苏若初还害怕霍笙知道这件事。她在霍笙身边待了快七年，比谁都清楚霍笙到底有多爱苏若初。霍笙知道苏若初为自己疯过，他只会对苏若初愧疚，更不会放开苏若初了。而她也就更没有机会了。

“苏若初，你觉得我没有办法对付你了是吗？你觉得笙哥真的那么在意你吗？”何安琪冷笑着问，她脑海里跳出一个念头，何安琪抬起自己的手，朝着自己的脸狠狠地打去。

清脆的巴掌在安静的房间里很响，都说苏若初疯了，何安琪才是一个疯子。苏若初转过身瞧了她一眼后，又继续看窗外的景色，根本没有把何安琪放在眼里。

何安琪打得自己的脸发痛，后面的几个巴掌在苏若初的无视下打得轻了些。

苏若初，你给我等着！

霍笙回来了，房间里的何安琪听到动静后，瞧了眼苏若初，又往自己的脸上打了一巴掌，苏若初扭头瞧到何安琪挑衅的笑意，再看着何安琪红着眼睛，哭着跑出了房间。

苏若初想，她自诩聪慧，怎么从前就没有发觉何安琪演技了得？打起自己来手劲一点都不轻，把那张原本就不怎么好看的脸蛋打得更肿了！

想到何安琪那张被自己打残的脸，苏若初笑了出来。何安琪不知道，人都喜欢漂亮的东西，她把脸打坏了，霍笙会疼惜，但也会看着很不顺眼。

门外很快传来何安琪的哭声："笙哥，若初不相信我和你之间是清白的。"

哭戏也不错！

苏若初站在窗口把何安琪和霍笙的对话听得一清二楚，她理了理自己的头发，转身走向房门口。

何安琪想演，她奉陪。

苏若初在家，霍笙一办完事就往回赶，他如死水般的心情因为苏若初激起一层又一层的涟漪。人还没走到苏若初的房间，就听到里面传来了哭声。

霍笙以为是苏若初哭了，顿时慌得加快了脚步，走了几步，他看见捂着脸冲出来的何安琪。

何安琪一看到他，就要扑到他的怀里哭泣。

霍笙想到了爱吃醋的苏若初，往旁挪了挪，何安琪扑了个空，一愣，哭得更厉害了，紧接着她把挡在脸上的手挪开。她温柔地看着霍笙，哭出了声："笙哥！"

何安琪的半张脸被打肿，霍笙怔住了。

"怎么回事？"霍笙问道。

"若初她……"何安琪又哭出声来，"笙哥，若初她以为我和你……我同她解释了半天，她就是不信，误会我们之间有什么！她一激动就把我给打了。"

何安琪哭着偷偷地看了霍笙的脸色。

霍笙冷着脸，眼睛看向房门口。

"对不起，笙哥，是我让若初误会了我们的关系。"何安琪继续哭道，“如果她打我几下能让你们的关系恢复到以前，我也高兴的。”

何安琪的话说得真让人感动，霍笙说：“我等下再同若初解释。”

何安琪一愣，霍笙竟然没有生苏若初的气，而是怕苏若初误会，要跟她解释。

这是重点吗？重点是她被苏若初打了好不好！

“嗯。”何安琪压下心里的怒火，含着眼泪说，“笙哥，我知道了。你和若初能和好，我受些委屈没事。”

何安琪的话，苏若初实在是听不下去了。苏若初带着笑意走了出来，直接走到霍笙面前，轻声说：“阿笙，你回来了。”

霍笙盯着她，没说什么，他的视线落在苏若初的手上。

苏若初顺着他的视线看向自己的手，霍笙是信了何安琪的话，觉得她把人给打了。男人果真是偏向弱者的。

何安琪也注意到霍笙的视线，她一喜，嘴角处勾了一抹笑意，紧跟着她走向苏若初：“若初，你要相信我和笙哥的关系，我们是清白的。”

“没有关系，你干什么一口一个地唤他‘笙哥’。”苏若初看着霍笙，“笙哥，对吧？”苏若初笑着问向霍笙。

霍笙没有说话，他看着苏若初。

“我叫习惯了。”何安琪放轻声音解释道，“若初，就算我这么叫笙哥，你也不能怀疑我们之间有什么。”何安琪挤出眼泪，“你更不该打我！”

苏若初扭头看着哭得满脸是泪的何安琪，她走向何安琪：“我打你？”

何安琪心里一慌，她怕苏若初当着霍笙的面说出事实，抢先说：“若初，你连打了我都不敢承认吗？”

“打过了，我一定会认的。”苏若初说，“不过，你口口声声说我打了你，如果我不打你几下，不是被你冤枉了吗？”说完，苏若初没有给何安琪时间反应，举起手朝着何安琪的脸打了过去。

何安琪被突如其来的巴掌给打蒙了，她忘记反抗。

“若初！”霍笙出口，伸手将苏若初拉入怀里。

苏若初看着阻止自己的霍笙，她笑了笑。

霍笙信了何安琪，是这样吗？

霍笙握住苏若初的手，他看向何安琪，淡淡地说：“安琪，我让小凡送你回去。”

小凡是霍笙的助理。

"笙哥！"何安琪叫了一声，她不甘心霍笙都没有指责苏若初，就要赶她走。他难道没有看到苏若初嚣张地打了自己吗？

不过，何安琪没有质问出声，她得忍着。

何安琪不甘心地转身下楼，下楼时她听到身后传来霍笙轻柔的声音。

他问苏若初："手痛吗？"

就这么轻淡的三个字，重重地撞击着何安琪柔软的内心，她不敢相信自己听到的，她停下了脚步，看到霍笙正握着苏若初的手。

何安琪突然觉得自己的脸好痛好痛，她突然明白过来，刚才霍笙看苏若初的手，不是责备苏若初打了自己，而是心疼苏若初打了她那么多的巴掌，手一定很痛。

笑话，真的是一个笑话！

何安琪受不了霍笙对苏若初的关心，她忙转身快步下了楼，何安琪的脚步很急很重，故意闹出大的声响打扰说着话的霍笙和苏若初。

"我打了她，你打算怎么惩罚我？"苏若初笑着问霍笙。

霍笙没有说话，眼睛淡淡地看着她，然后他低下了头，目光再一次落在苏若初的手上。

"手痛吗？"

苏若初一怔，没有说话，任由霍笙牵着她的手走进房间。霍笙的脚一瘸一拐地走在前面，看得苏若初难受。

读书的时候霍笙除了家里穷，其他方面都很优秀，他长得好看，穿着白衬衣就像个温雅公子哥儿。

七年一梦，苏若初印象里的阿笙已经不是原来的模样。

当他握着她的手问她"手痛吗"时，苏若初觉得这才是对她好的阿笙，才是她心甘情愿为他痴狂的阿笙。

"若初，我和她不是你想象的关系。"霍笙解释道。

苏若初看着他，一直以来没有问霍笙他和何安琪的关系，在很多事上，苏若初都能看透，唯独感情，但凡她对感情看开些，也不至于为了阿笙把自己折腾疯了。

"哦。"苏若初淡淡地应了一声，她抬起头看着霍笙，"那是什么关系？"

每次看到苏若初，霍笙的心跳就会加快。他第一次见到苏若初的时候，虽然被她的容貌惊艳，但是心里并不喜欢风头过甚的她，甚至觉得富家千金身上大小姐脾气很重，他远离着她。

那个时候会选择远离，是因为霍笙知道在看到她的第一眼，自己向来平稳的心绪被她给带动起来了。他害怕爱上和自己不是同一个世界的苏若初，不过，他最后还是爱了。

“她救过我的命。”霍笙解释道，他伸手摸着苏若初的脸，瘦削的脸让他奇怪，国外那个男人没把她养好吗？他记得那个人仗着家里有钱，追若初追得紧，对若初很好。

想到苏若初和那个男人的事，霍笙眼神变得冰冷。

“她没有救过我的。”苏若初回道，何安琪没有救过她，反而害得她在苏家关了七年。苏若初看得出来阿笙对何安琪很感恩。

七年了，阿笙没有爱上何安琪，但是何安琪对他的意义肯定是不一样的，他们之间一定经历过共同的往事，在那段记忆里没有她苏若初。缺失的七年，是任何人都补不回来的。

“若初。”霍笙看到苏若初的脸，无奈地说，“这份恩情，我慢慢还。”

“你打算把自己送给她来还恩情？”苏若初推开霍笙，走到了窗台边。

霍笙不悦，他走到苏若初身后，拉她到自己的怀里：“胡说什么？”

苏若初笑。

霍笙一怔，冷声问道：“若初，你很想我和她在一起？你想离开我？”霍笙想到苏若初要离开自己就慌了，“若初，你哪儿都不能去，你只能在我身边。”

霍笙霸道的话让苏若初想到何安琪那句金丝雀，她看着霍笙，嘴角处露出苦涩的笑意，“阿笙，我在你心里是什么？”

霍笙看着认真的苏若初，声音轻柔起来：“你是一颗毒瘤！”

毒瘤？

“一颗漂亮的毒瘤，在我的心里扎了根、发了芽，怎么拔都拔不出来！”

苏若初听得难受，霍笙对她来说何尝不也是一颗毒瘤。偏偏这个毒瘤让她不惜一切地想把它给留住，哪怕身体被毒瘤害得再痛，她也舍不得割下。

她扭头看向外面。

她不说话，霍笙也不说话，在一旁陪着她。

过了许久，脚站得不舒服的霍笙听到苏若初说：“阿笙，我想出去走走。”

霍笙将她搂到怀里，看着她漂亮的眼睛，低头吻了她的嘴。

“好！”

萧彦这段时间郁闷死了，得罪顾墨成的后果远不止销金窟被封，萧彦给顾墨成打电话，在电话里说尽了好话。

“要什么，我送你！”萧彦习惯性地问道。

顾墨成冷笑。

萧彦听出顾墨成话里的怒意，笑了笑：“得，你家小丫头要什么，珠宝？还是房子？”

顾墨成不喜欢任何人打他老婆的主意，萧彦不是打主意，但是送东西的做法让顾墨成很不喜欢。

“好吧，你告诉我，你想要什么？”萧彦讨好不了顾墨成，很伤脑筋。

顾墨成没有回答萧彦的话，他正在商场巡视，身后跟着顾氏几个经理，还有负责商场的各大经理。

当顾墨成的目光落在前面柜台前，在推荐化妆品的女人身上，他拿着手机脱口而出一个女人的名字：“蒋柔！”

“蒋柔！”手机那边的萧彦听到这两个字，立即急了起来，“顾墨成，你原来都是装的，表面上对苏安安专情，心里还想着蒋柔！”

顾墨成沉默着，继续盯着在微笑介绍着化妆品的蒋柔。

除了上次在餐厅里遇到蒋柔，这是第二次。到底是凑巧，还是蒋柔有意到顾氏名下的商场，和他偶遇？顾墨成更相信是后者。

对蒋柔，顾墨成竟然能一眼看出她的用心，没有被她的表面迷惑。可能是他不爱蒋柔了，更可能是因为他爱着苏安安，对别有用心接近自己的女人都能一眼看穿。

“帮我查一下蒋柔这十年里的事。”顾墨成对电话里的萧彦说道。

萧彦一愣，以前顾墨成还单着的时候，他开玩笑说帮顾墨成把蒋柔给找回来，顾墨成是冷冷地一口拒绝，压根不想去打听蒋柔的下落。现在是什么情况？

难道蒋柔回来了，她在顾墨成面前哭诉了几回，顾墨成想到了蒋柔的好，嫌弃起苏安安的任性，就想和蒋柔和好了？

萧彦不管顾墨成是不是听见了，不悦地骂了一声。他是无聊，把蒋柔送到顾家，让顾墨成烦心，可是他讨厌朝三暮四的男人，就连他都从来没有同时勾搭过两个。

“顾墨成，蒋柔没有苏安安好，你别做傻事。”萧彦劝道，“蒋柔十年前怀着目的接近你，在你面前演戏，她不是真的爱你。”

十年前，蒋柔是听了蒋老太太的话去接近顾墨成的，在顾墨成陷进去时，又把顾墨成一脚踹开。这样的女人，对顾墨成有几分真心？

“你是傻了吧？苏安安对你这么好，你感觉不到吗？”萧彦越说越气愤，他这个人永远和别人对干。

顾墨成和苏安安好的时候，他又看得不舒服。顾墨成要打探蒋柔十年来的过往的时候，他又看不顺眼。

“看在你还知道安安是真爱我的分上，你把蒋柔送到顾家的事我就不同你计较了。”

萧彦一愣，诧异自己听到的。他刚才说了一顿好话没用，现在骂了几句顾墨成，顾墨成倒一口气原谅他了。

“顾墨成，你查蒋柔不是因为还喜欢她？”

“我眼光有那么差吗？”顾墨成淡淡地反问道。

“以前你眼光确实挺差的。”萧彦说了一句事实。

顾墨成没有生气，继续说蒋柔的事：“查到她的资料，马上传给我。”

“你想对付她？”萧彦问道。

很少有男人会对付自己的初恋情人，大都是巴不得保护着娇弱的初恋情人。

“一只苍蝇老在眼前晃，你不心烦吗？”顾墨成冷冷地反问。

萧彦笑笑：“确实！”

不过，顾墨成竟然把蒋柔比作苍蝇，看得出来他的心里对频繁出现的蒋柔是厌恶至极。

蒋老太婆和蒋柔以为只要经常出现装装柔弱，就能得到顾墨成的一点怜惜，他们只想到顾墨成是个专情、痴情的男人，但没想到他也是绝情的。

爱就得深爱，不爱就是不爱，没有半点的虚假。

顾墨成挂了萧彦的电话，继续巡视着商场，他有意在珠宝和护肤品专柜多逗留了一会儿，给苏安安挑了首饰和护肤品。

他喜欢给苏安安买东西，也喜欢看到苏安安开心的笑容。

苏安安容易满足，只要是他送的，她都会很开心。

想到苏安安，站在柜台前选好礼物的顾墨成不由自主地抿嘴笑了起来。

蒋柔离顾墨成买东西的柜台不远，看到顾墨成往自己这边来的时候，以为顾墨成是冲着自己来的。她今天化了妆，因为这段时间休息足够，吃得又好，皮肤不再蜡黄，整个人看上去和前段时间不一样了。

蒋柔以为顾墨成注意到她的转变和漂亮，想过来和她说话，当顾墨成走来时，她连忙笑起来，嘴里的“墨”字刚出口，就眼睁睁看着顾墨成往旁边的柜台走去了。

他的眼里似乎看不到蒋柔这个人，她盯着笑着挑礼物的顾墨成，心一下子痛了起来。

那礼物一定是送给苏安安的，瞧着顾墨成给苏安安选的钻石耳钉，真是漂亮。自己十年前和顾墨成交往，那时的顾氏大权在顾臻手上，顾墨成没有进入顾氏，更没有掌管顾氏。顾墨成没有钱，他们在一起的时候，他送她的礼物不过是廉价的路边货。

如果顾墨成那个时候已经掌管了顾氏，她肯定不会受蒋老太太的威胁，和他分开。

蒋柔难受地看着顾墨成，目光再落在顾墨成手里的盒子上，那里面的东西原本是她的，苏安安现在的幸福生活也应该是她的。

蒋柔恨顾墨成，恨苏安安，恨蒋老太太。

顾墨成在商场里没和蒋柔说一句话，更没有看蒋柔一眼。

蒋柔正想着下次去哪里和顾墨成偶遇，商场的经理就走过来说将她辞退。蒋柔不仅不难受，反而抿起嘴笑起，她等的就是顾墨成无故把她辞退。

蒋柔连忙朝着顾墨成离开的方向跑去，她在商场入口的大厅里看到顾墨成，蒋柔慢下了脚步，理了理自己的衣服。

“顾先生！”蒋柔喊了一声，前面的顾墨成并没有停下脚步。

蒋柔急着又喊了一声，有不长眼的下属听到有人喊顾墨成，好心地提醒着顾墨成：“顾先生，有位小姐在叫你。”

顾墨成听见蒋柔叫他了，他是故意不想搭理的，他继续往前走。

蒋柔快步跑到他的面前，张开双手拦住顾墨成的去路。她跑得气喘吁吁，看着沉着脸的顾墨成，她说：“顾先生，我什么错都没有犯，你为什么要辞退我？”

辞退蒋柔？他的手段没有那么下作。蒋柔在他眼底晃悠，不就是等着他生气，然后把她给赶出商场，这样一来她有机会在他的面前哭诉了。

顾墨成把蒋柔看得太清楚了。

辞退蒋柔，完全是商场负责人的主意。

顾墨成在和萧彦打电话的时候，商场负责人就跟着他身后，听到了他和萧彦的对话，作为一个聪明懂事的下属，商场负责人马上打人电话，把蒋柔给辞退了。

蒋柔不知道是商场负责人的主意，就算是，她也觉得是顾墨成的主意。

“墨成。”蒋柔看着沉着脸的顾墨成，她痴迷地看着眼前的男人，不由自主地走近，“你不能这么对我！”

顾墨成看着她，也没有回应蒋柔的话。

“我没有想过打扰你的幸福生活，我只是想在宁城找份工作，这样也不行吗？我知道你怪我十年前离开你的事，可是那件事是蒋老太太害的，她拆散了我们，还把我卖给别人。”蒋柔提到自己十年来的遭遇哭了出来。

顾墨成没出声，站在那里冷眼看着蒋柔。

蒋柔以为顾墨成对她心软了，她连忙想把十年来的遭遇都告诉顾墨成，这样一来，顾墨成一定会同情她的。

话还没有开始说，顾墨成就从她旁边离开了。

“墨成。”蒋柔含着眼泪又上前拦住顾墨成的去路，“我需要这份工作！我只是想在宁城混口饭吃，你就是恨我，难道不能看在以往的情意上对我手下留情吗？我已经远离了你的视线，你还要我怎样？”

顾墨成冷着脸，他不发话，身后跟着的人不敢出声。

喜欢顾先生的女人很多，但是他们还是第一次遇到有女人大着胆子挡住顾先生的去路，在顾先生面前哭诉。再听女人的话，好像顾先生和她之前有过一段什么。

“商场里的保安都是坐着吃干饭的吗？”顾墨成终于开口，说的第一句话不是和蒋柔说的。

身后的商场负责人听到顾墨成的话，赶紧去叫保安将蒋柔赶走。

蒋柔被顾墨成忽视了不说，还被保安架着赶出了商场。她看着冷着脸的顾墨成，觉得自己不认识他了。现在苏安安又不在，为什么他不能对她好些？

蒋柔恨恨地看着顾墨成，突然间意识到自己这段时间花尽心思在顾墨成面前出现，制造一个又一个偶遇，根本没有什么用。她就像一个路人，被他漠视。

她该怎么办？用以往的那点情意根本不能让顾墨成多看她一眼，顾墨成不多看她一眼，她又怎么破坏顾墨成和苏安安的感情？

蒋柔有一种深深的无力感，她恐惧搞不定顾墨成的结局，蒋老太太一定会把她送回那个可怕的家里去的。

顾墨成没有因为蒋柔影响了自己的心情，就像蒋柔自己想的一样，他把她当作一个路人。

商场二楼，苏若初将一楼大厅里顾墨成对蒋柔的情景看在眼里。

安安真是幸福！世上能有几个男人能漠视自己的初恋情人？顾墨成是个难得的好男人，安安跟了他，没有不幸福的理！

她看向一旁打电话的霍笙。霍笙今天陪她出来逛逛，在商场里，苏若初老早就看到了顾墨成。

顾墨成是安安的老公，加上顾墨成本身散发着不容人忽视的光芒，她一下子就看到了，因为想到了苏安安，她也看了很久。

“若初。”霍笙挂了电话过来，看着苏若初还在朝着顾墨成离去的方向发愣，他不悦起来，“别的男人有这么好看吗？”

虽然霍笙清楚苏若初看顾墨成完全是因为想念苏安安。但是霍笙仍然不太开心，他不喜欢苏若初盯着别的男人看。

“自然是好看。”苏若初笑着说。

顾墨成本来长得就好看，而且专情的男人更好看。顾墨成又极为专情，除了安安，对别的女人都避而远之，就这样的男人怎么能不让苏若初多看几眼。

“阿笙，你要是顾墨成多好！”苏若初说了一句，霍笙沉下了脸。

苏若初是希望霍笙和顾墨成一样，对何安琪也能这么绝情，把何安琪赶得远远的。不过，霍笙不可能，何安琪和蒋柔不同。何安琪死心塌地地跟了霍笙七年，还救过霍笙的命。

“若初。”霍笙握住苏若初的手，沉声说，“我不是顾墨成，你也得喜欢。”

男人在感情上的智商为零，在意的只有女人心里有没有他。

苏若初笑笑：“走吧，我们回去吧。”说着，她扯开霍笙的手，要往前走。

霍笙见她甩开自己的手，赶紧上前重新拉住苏若初。他将人拉到怀里，顾不得大庭广众，直接吻了苏若初的嘴。

“若初，你是我的，只能是我的。”霍笙宣示自己的主权。

他爱苏若初，爱到骨子里去，但是也正是因为太爱了，他很怕再次失去苏若初。

苏若初朝他笑，任由霍笙揽住她的腰，离开了商场。

蒋柔不来破坏他和苏安安的感情，他可以忽视她。如果她对安安做了什么，他绝对不会轻饶蒋柔。

顾墨成巡视完商场后，差不多是下午四点多，这个时间苏安安的课也快上完了。顾墨成没有回顾氏，他直接让司机去了宁城大学。

大学外停着不少豪车，顾墨成低调的黑色豪车无疑不怎么起眼，起眼的是顾墨成车子的车牌，有钱人也未必买得到，是身份的象征。

苏安安今天很疲倦，上课老是打瞌睡，眼皮都睁不开。她很奇怪，昨晚睡得早，也没有和顾墨成做什么，怎么人这么累。

在接到顾墨成的电话后，她出了学校。上车后，她没精打采地叫了一声“老公”，然后就靠车座上闭上了眼睛。

顾墨成伸手将她拉入怀里，抬起一只手摸了摸苏安安的额头。

“老公。”苏安安感觉到顾墨成的手放在自己的额头上，她睁开眼睛无力地唤了一声，“我没有发烧。”她有没有感冒发烧，她自己知道，“就是有点困，我睡会就好了。”

看着苏安安疲倦的样子，顾墨成不忍心吵她，把她搂在怀里，说：“睡吧，有在我。”

苏安安看了一眼顾墨成，又合上了眼睛。

这一觉睡到很晚，到了顾家，也是顾墨成出来把苏安安抱上楼的。苏安安醒来以后已经是晚上七点了，她感觉很饿，也许是睡得太久的缘故，苏安安下来吃的饭菜也比平时多了一半。

顾墨成看着奇怪，想陪苏安安去医院看看。

苏安安一口拒绝，说什么都不肯去医院：“老公，我没事的！”苏安安吃着东西，和顾墨成说，“可能最近忙着考试太辛苦了。”

快要放寒假了，寒假前学校里安排了期末考试。

“安安，你不舒服一定要同我说。”顾墨成不放心地交代。

一旁的陈叔也很担心苏安安，劝说她去看医生。

“陈叔，你多弄些吃的给我，我就舒服了。”苏安安笑着说道。

顾墨成无奈，宠溺地看着在吃东西的苏安安，真是一只小馋猫。

萧彦很快就把蒋柔十年来的资料传给顾墨成了，在蒋柔出现在宁城的时候，萧彦就派人去找了。他就等着顾墨成开口，原本想让顾墨成求自己的。

“资料发你电脑了。”萧彦给顾墨成打了电话。

顾墨成翻身下床，看了一眼睡着的苏安安，轻手轻脚地到了书房。

对于背叛过自己的人，顾墨成不可能还爱着，所以蒋柔过去的十年与他无关。要不是蒋柔突然出现，顾墨成为了保护自己和苏安安，他不会去查蒋柔的生活。

电脑上资料打开，顾墨成大致地浏览了一遍，有些震惊于蒋柔的遭遇。

蒋老太太的专制阴狠，上次苏安安在蒋家的事，顾墨成就见识过了。没想到她会这么狠地把蒋柔随便卖了，不管怎么说，蒋柔都是她蒋家的人。

看来他要防得最多还是蒋老太太。

蒋柔又一次失败，之前的失败都猜到了结局，可是一连三次在顾墨成身上扮弱都起不了一点作用，这让蒋柔感觉到挫败。

顾墨成和苏安安就像铁壁铜墙，她闯不到他们的生活里去。如果她再不能挑起顾墨成和苏安安的矛盾，蒋老太太就会没了耐心，然后，她是不是会被蒋老太太送回那个可怕的家里？

蒋柔一路上胡思乱想，走到了蒋家大门口。她没有进去，看到蒋家门口叫嚣的男人时，连忙躲在一旁。

男人穿着棉袄，三十多岁，因为常年经受风吹雨打，脸上干枯发黄，但是他的眼睛里满是愤怒，和蒋家人推搡着，力气不小的他把蒋家佣人给推倒了。

“把我老婆还回来，不然我把你们这里给烧了！”

蒋柔清楚，这个男人是真的会不管不顾地把这里给烧了。

她害怕地看着还在大喊大叫的男人，不敢出来露面。等蒋家人把男人轰走之后，蒋柔才去敲开蒋家的门。

“老太太，他怎么找到这里来了？”蒋柔一进门就着急地问蒋老太太。

蒋老太太正烦心着蒋盛旭的事，看到蒋柔冲自己质问，不悦地皱了眉头。

蒋盛旭腿上的伤好了之后，就出门找女人了，看中了一个名门千金，还是和以前一样，当场把人把抓到包厢里，吓得千金小姐哭个不停。

那姑娘从小被父母捧在手心宠着，她被蒋盛旭强行拖走，她家里人愤怒，要蒋家给个交代，顺便报了警把蒋盛旭给抓走了。

蒋家没了以前的地位，蒋盛旭还以为蒋家厉害，进了警局后一口承认了所作所为。他以为，有蒋老太太在，没有什么是摆不平的。

他大错特错了，在顾墨成的授意下，千金家里要告得蒋盛旭去坐牢才肯罢休。

蒋老太太烦心死了，她就这么一个宝贝孙子。

"老太太，是不是你把他找来的？"蒋柔见老太太没理自己，接着问。

老太太冷眼看着蒋柔，要不是蒋柔没用搞不定顾墨成，她会没有办法救蒋盛旭吗？

"蒋柔，谁给你胆子这么对我说话的！"蒋老太太生气道。一个个都敢对她顶嘴，蒋柔也敢。

蒋老太太打量着一脸丧气的蒋柔，冷冷地问："怎么了？见到顾墨成了？"她给蒋柔安排了不少的工作，目的都是和顾墨成偶遇。

"嗯。"蒋柔说，"他把我辞退了。"

"辞退了？"蒋老太太笑，"给了你机会，你可以趁机让他对你产生怜惜。"

蒋老太太希望蒋柔为了自己的工作去据理力争，让顾墨成另眼相看。事实上，顾墨成没有。

她们以为顾墨成和那些男人一样，所以次次失败。

蒋柔摇摇头："他不怜惜我，更不会同情我！"

蒋老太太眉头皱紧，难道她花费时间和精力把蒋柔找来，是错误的？男人对自己的初恋情人不都是存着不一样的感情吗？

"嗯。"蒋老太太应了一声，她现在最在意关心的还是自己孙子的安危，监狱那种地方，她孙子怎么吃得消！

蒋老太太决定去顾家老宅一次，再去求求顾臻，让他看在过世的蒋老爷子的分上。

“老太太，你能帮我把他赶走吗？我不想见到他。”蒋柔说道。

这个“他”，蒋老太太当然知道是指蒋柔现在的老公，也是当初蒋老太太替蒋柔选的男人。

蒋老太太不喜欢小三生的女儿，对蒋柔也只是利用。在蒋柔和顾墨成分手后，老太太见她没了用处，就把蒋柔卖到乡下去。她觉得自己对蒋柔不错，给蒋柔找的是个年轻力壮的男人，而不是那种糟老头。

蒋柔不是没试过从那个男人家里逃走，可是男人厉害，打起人来更狠。她每次逃走被他找回来，迎接她的就是一顿毒打。她被打得多了，不敢再逃走，也就隐忍着安下心来和男人过日子。

如果蒋老太太不派人来找她，她再不甘心，一辈子也就那样了。

蒋老太太没有应下蒋柔的话，她看着蒋柔，说：“你再这么没用下去，只能和那个男人一起回去。”

蒋老太太话音刚落，蒋柔的脸上多了惧意：“老太太，求你不要！”

她怕，她真的很怕回到那个地方。不单是被打，还因为和那个男人过日子很穷，什么都没有。哪有在宁城舒坦，哪有比做顾墨成的女人更有吸引力！

“我怀疑顾墨成查了你的事才把那个人给你找过来的。”蒋老太太又说。

蒋柔一愣，顾墨成把那个男人找来，是要害死她吗？他就算不爱自己，怎么能这么狠心？蒋柔想着，眼里迸发出怒火和恨意！

韩龙逸一大早就接到了顾墨成的电话，顾墨成说最近苏安安不舒服，想请他帮忙看看。

韩龙逸一口应下，想到苏安安这会儿还在学校上课，他趁着得空去了学校。

到了宁城大学，韩龙逸将自己那辆破旧的桑塔纳停好。他的桑塔纳停在一群豪车中间，特别显眼，韩龙逸倒是不在意，车子能开就好。

韩龙逸拿出手机打算给苏安安打电话，电话刚掏出来，看到一辆车里走出来的女人。

韩龙逸顿时愣住了，他有段时间没看到苏若初了，想打探她的消息，又怕打扰她的生活，没想到这么凑巧在宁城大学门口遇到了她。她是来看小嫂子的？

“你不用跟着我！”苏若初对送自己来的男人说道。

霍笙有事离开宁城，让他的助理叶凡照顾她。苏若初没事做，更不愿意整天待在房间里，她想出来呼吸新鲜空气，顺便看看安安。叶凡寸步不离地跟着她，说是照顾，在苏若初看来，更像是监视。

“霍先生吩咐过不能让苏小姐出意外。”叶凡冷冷地说，真不明白，姓苏的除了长得漂亮，其他没有一处比得上温柔善良的何小姐。何小姐跟在先生身边七年，照顾先生和先生的家人。

“随你！”尾巴甩不掉，苏若初就当他是影子。

苏若初不知道去哪找安安，她只知道安安在宁城大学读书，好在她七年前为了照顾安安，放弃了景城最好的大学，改留在宁城大学读书。七年没有回来，单一个学校大门的改变，就知道这几年的世界变化有多大。

“苏若初！”

苏若初正打算进学校去找苏安安，身后传来韩龙逸的声音。她回头看到韩龙逸一脸笑意，有些傻气。

“好巧！”韩龙逸笑着走到她的面前。

“嗯。”苏若初笑，“我来找安安，你知道她在哪里吗？”苏若初问。

韩龙逸回道，“我也是来找她的，我有她电话。”韩龙逸看到苏若初，心情马上大好起来。

他边看着苏若初，边给苏安安打电话。但苏安安的手机关机了，打不通。

怎么会关机？韩龙逸心里觉得奇怪，他看着身边的苏若初，不由自主地着急起来。

他又给顾墨成打了电话过去：“二哥，是我。小嫂子在学校里吗？我过来看看她！”

顾墨成回道：“她今天考试，可能这会儿在考场里。”

“哦。”韩龙逸应了一声，然后挂了电话。

韩龙逸笑着看着苏若初：“小嫂子最近期末考试，这会儿在考场里呢。”韩龙逸看着苏安安失落地点点头，不知道该说些什么。喜欢的女人就在面前，韩龙逸显得无措。

“要不我们在附近找个地方等小嫂子？”韩龙逸建议道。

苏若初想了想，拒绝道：“不了，我还有些事，过几天再来吧。我先回去了。”

韩龙逸喜欢她，苏若初清楚，她不能接受，也接受不了，所以和韩龙逸少些联系，这样，对谁都好。等过段时间，韩龙逸找到其他女孩子，自然会把她给忘记。

韩龙逸看着苏若初转身要离开，想到了什么，说道："苏若初，你等我会儿！"

苏若初不解地看着韩龙逸，她看韩龙逸把自己的手机递过来："这手机我刚买不久，你拿着用吧。里面有小嫂子和二哥的电话，你想小嫂子的时候可以联系她。"

这份心思和仔细，苏若初很感动。

在宁城，她最想念、最牵挂的就是苏安安。

她没有安安的电话号码，上次去参加安安的婚礼，走得急，忘记问她要了。韩龙逸的手机苏若初很想收下，她拿了过来。

韩龙逸只是想为苏若初做些事。

"你能把安安的号码找出来吗？"苏若初问道。

手里的是智能手机，对于一个疯了七年、和外界隔绝的苏若初来说，她不会用这款手机。

韩龙逸告诉着苏若初怎么打开手机，找到通讯录。

苏若初在里面找到安安的电话后，对身后的叶凡说："有纸笔吗？"

叶凡看苏若初和韩龙逸在一起，心里更加鄙夷苏若初，长得漂亮一看就是会勾引人的狐狸精。他冷声说："没有。"就是有他也不想给苏若初。

"手机有吧？"苏若初没在意他的态度，又问道。

叶凡淡淡地说："有。"

"帮我记个号码。"

苏若初说完，叶凡不甘愿地掏出手机帮苏若初记下苏安安的号码。他等苏若初念完后，故意把其中一个数字改了。

"韩龙逸，谢谢你。"苏若初把韩龙逸的手机还了回去。

韩龙逸笑："这个手机你拿着用吧，也方便联系小嫂子。"

"不用了。"苏若初拒绝道，看着眼里只有自己的韩龙逸，她加了一句，"阿笙给我买了。"

她撒谎了，霍笙还没有给她买手机，她不接受韩龙逸的东西，也是间接地告诉韩龙逸自己和霍笙的关系。

说完，苏若初上了车离开。

韩龙逸失神地看着苏若初坐的车子离开，人离开后他才反应过来，自己忘记问她的联系方式了。再转念一想，苏若初连他的手机都不愿收下，怎么会告诉她联系方式？

她一定是怕阿笙生气。

韩龙逸再在学校外面等了会儿，后面接到了顾墨成的电话，顾墨成说安安考完试了，让他在学校附近的咖啡馆等苏安安。

苏安安到咖啡馆，看到韩龙逸一脸落寞地坐在那里，面前饮料一口都没喝，她好奇地问："失恋了？"她问后，心想韩龙逸不就早失了恋？

韩龙逸抬起头，看着苏安安，说道："你姐姐刚才来了。"

"姐姐来了？她人呢？"苏安安着急地问。

"她有事走了。"

"走了？"苏安安顿时失落起来，她掏出手机想给姐姐打电话，可她发现自己没有姐姐的联系方式，连姐姐住在哪里都不知道。

"我把你的手机号码给了她。"

苏安安听到韩龙逸说这话，脸上露出笑意，这样也好，她等着姐姐来联系自己。总比两个人在宁城，不知道什么时候能见到面好。姐姐要是在霍笙那里受了欺负，会打电话告诉她。

苏安安放下心来，拿着菜单，不由自主地点了一桌吃的。她早饭吃得挺多的，怎么会饿得那么快？

东西上来，韩龙逸看着一桌吃的，愣了一下。

"有点饿。"苏安安笑笑。

"你吃得完？"韩龙逸问了一声。

苏安安不悦道："当然！你是不觉得我胖了？"苏安安瞪着韩龙逸。

苏安安莫名的怒意让韩龙逸怔住。

苏安安这几天吃得多，唯一怕的就是长胖，女孩子最怕胖了。

"没！"韩龙逸看着面前的苏安安，想到顾墨成说最近她不舒服。

苏安安脸色红润，精神也可以，除了能吃，他没有瞧出她哪里不舒服。突然间，韩龙逸想到了什么，嘴角抿出了笑容。

苏安安从学校回来，一进顾家就看到顾墨成。

嗯？顾墨成怎么这么早回来？她进去唤了一声"老公"。

顾墨成看到苏安安回来，起身走到她面前，问道："见到韩龙逸了吗？"

"嗯。"苏安安点点头。

“他有说什么吗？”顾墨成问。

苏安安回想着，想到什么的时候脸色不好看了。

看到苏安安没了笑意的脸色，顾墨成以为韩龙逸说她身体情况不好，心里一紧：“怎么了？”

“他说我太能吃了。”苏安安不高兴地说。

顾墨成一愣，抿嘴笑了出来：“贪吃的小丫头。”

苏安安与他四目相对，不由自主地到了他的怀里去：“老公，你说我最近是不是胖了？”她把顾墨成的手放到她的腰间，让顾墨成摸摸看。

顾墨成摸了一把，没摸出什么肉来，倒是摸得他热起来，偏小丫头还没有发觉，一个劲让他摸仔细了。

顾墨成情不自禁地吻住苏安安的嘴，他低声在她耳边说道：“回房间，我好好地摸。”

苏安安的脸色烧了起来，任由顾墨成抱自己上楼。

他们一进房间，看到房间里的大床，苏安安就有了睡意。不过，她看出顾墨成的兴致很好，还是先陪老公再睡吧。

顾墨成将苏安安放在床上，人要压过去时，口袋里的手机响起。

这个时候被电话打断，顾墨成的心情烦躁起来，他掏出手机，看了一眼是韩龙逸，接了起来：“怎么了？”

韩龙逸隔着电话听出顾墨成的不悦，猜到顾墨成这会儿在做什么，着急地提醒道：“二哥，你以后得忍着！”

“什么？”顾墨成没有听懂。

“小嫂子嗜睡又贪吃，我怀疑她可能是有了。”

有了？

顾墨成脑海里重复着这两个字，心里一片凌乱。

“她可能怀孕了，你这段时间不要碰她，前三个月同房对孩子有影响。”韩龙逸交代道。

他话刚说完，顾墨成就把电话给挂了。挂断电话后，顾墨成愣愣地拿着手机。

有了？安安有了？

他脑海里重复着这两个字。

苏安安看着顾墨成坐在床边发呆，奇怪道：“老公，怎么了？”她坐起身子，伸手搂住顾墨成。

顾墨成看着苏安安，压下了心里的欲念，说：“安安，我们去趟医院。”得马上去医院检查，确定结果。

“医院？”苏安安一听，还是和以前一样反对，“我不去。”

“安安，听话。”顾墨成轻声劝说，他摸着苏安安的脸，“乖！我陪你一起去。”

这件事不能拖，越早确定越好。

苏安安看到顾墨成眼里的紧张和担忧，胡思乱想起来，今天韩龙逸来看她是顾墨成安排的，刚才的电话也是韩龙逸打来的。不会是自己得了很严重的病吧？

苏安安害怕起来，她握着顾墨成的手，点点头：“好。”

顾墨成让陈叔安排车子去医院。

虽然已经过了下班时间，但医院是韩龙逸的地盘，来的时候，顾墨成给韩龙逸打过电话，韩龙逸已经安排好了。

苏安安看着针头，心里一颤。为什么要抽血检查？她得了什么病？不会是什么白血病之类的吧？

苏安安越想越怕，扭头看着顾墨成严肃的表情，没敢多问。她撩起衣服乖乖地配合护士抽了血。

在休息室等结果时，苏安安忐忑不安，她掏出手机想玩游戏，可是压根没心情。她走出房间，看到在走廊角落里抽烟的顾墨成。为了怀宝宝，顾墨成已经有段时间没抽烟了，他现在又抽起来，是不说明自己的身体出了状况，他很担心？

顾墨成忍不住抽了根烟，回来时，看到苏安安擦拭着双眼，坐在里面哭了起来。

“安安。”顾墨成唤了一声。

苏安安抬起头看着他，原本收住的眼泪又掉了出来。

“怎么了？”顾墨成过去，担心地问道。

苏安安起身扑到他的怀里，抽泣着说：“老公，我是不是得了很严重的病？”

想着自己年纪轻轻就得了不治之症，苏安安就很难受。她才刚得到幸福，还没有给顾墨成生孩子，还没有和他白头到老。

顾墨成一愣，看着满脸是泪的苏安安，笑了笑。他太过紧张，把小丫头吓到了，让她胡思乱想起来。

顾墨成把苏安安拉离自己的怀抱，他说：“安安，我身上烟味重。”

苏安安疑惑地看着顾墨成，烟味重就不让她抱？以前顾墨成不会这样的！是不是出了什么事？

苏安安想着，不管不顾地扑到顾墨成的怀里去："老公，我真的生了很重的病吗？你告诉我，我挺得住！"她说着，紧紧地抱着顾墨成不肯放手。

顾墨成抿着嘴笑，他又把苏安安拉出自己的怀抱："等下再抱。"看着苏安安眼眶里的泪，心情很好地笑了起来。

都快做妈妈的人了，还动不动就掉眼泪。

"安安，你之前老是犯困想睡，我不放心让韩龙逸过去看你，他说……"

苏安安紧张起来，紧紧地盯着顾墨成。

"他说，你可能有了！"

有了？苏安安一愣，开始没听懂，之后她重复着"有了"两个字，猛地脑海里跳出一个想法："老公，我可能有宝宝了？"

苏安安说着，泪又从眼眶里跑了出来，看得顾墨成又觉得好笑又是心疼。

"老公，我真的怀上宝宝了？"苏安安开心地叫了出来。

顾墨成看着她又哭又笑，勾起嘴角笑了笑："应该是的！"

"太好了。"苏安安高兴起来，伸手想去抱顾墨成，想到顾墨成刚才抽了烟，身上的烟味很重，她连向后退了一步，"老公，你走远些。"

顾墨成笑，刚才恨不得抱着他不放，这下知道自己有了孩子，就马上把他推开。

他自动地向旁边走了几步，看来以后还是不能抽烟，二手烟对胎儿的影响更大。不过，烟瘾上来时，真难受！

顾墨成和苏安安等着检查结果，过了十来分钟，验血结果出来了。和韩龙逸预料的一样，苏安安真的怀孕了。

这对顾墨成和苏安安来说是天大的喜事，他们一直来期待着孩子，这就来了。

两个人回去时，坐在副驾驶座上的苏安安抿着嘴笑个不停，和顾墨成说着该给孩子取什么名字？要买哪些东西？

顾墨成的开心没有显露在脸上，但是心里一样的甜蜜。

他很幸运，遇到了苏安安，和她相爱，现在他们两个人又有了爱情的结晶，没有什么比拥有一个幸福美满的家庭更让人满足的了。

到了顾家后，陈叔迎上来，他原本很担心安安的身体状况，看到苏安安脸上的笑容，肯定了她没有事。

“陈叔，明天让人把房间里的东西全洗一遍，还有安安想吃什么就给她买什么。”

顾墨成交代着，又说了些卫生间地砖滑之类的小事。

陈叔看到顾墨成脸上幸福的笑意，再联想他吩咐的话，很快明白过来是怎么回事了。

“先生，孕妇饮食方面得注意些，有些东西不能吃。”陈叔笑着说。

苏安安听着低下了头，怀孕后，红酒肯定不能喝了，还有螃蟹什么的都不能碰。怀胎十月真是一个幸福而又痛苦的过程。

“好。”顾墨成应道，“陈叔，你看着安排吧。”把安安交给陈叔照顾，顾墨成放心。

陈叔继续提醒道：“老宅那边，先生该打个电话说一声，让老爷子和老夫人开心开心。”

顾墨成看了时间，这会儿老夫人和顾臻没有休息。

电话是老夫人接的，顾墨成说：“妈，您安排一下，我和安安打算请宁城大学的校长吃个饭。”

顾老夫人不解，好好的，请校长吃什么饭?

“不会是安安在学校里闯祸了吧！”今天校长还过来看顾臻，没听他提起啊，他还说安安读书成绩好，人也懂事聪明。

“不是。”顾墨成笑着说，“安安之后要休学，所以先和他打个招呼。”

“休学！”顾老夫人紧张起来，“安安怎么了要休学？”

顾老夫人担心苏安安的身体。

顾墨成说：“妈，安安怀孕了。”紧接着，顾墨成听到电话里佣人慌乱的声音，然后是顾臻接过了电话。

“你和你妈说了什么？”顾臻生气地质问。打个电话，韩嫣竟然晕了，还好佣人就在旁边，这么大的年纪晕倒摔在地上，指不定会摔到哪里!

“你让妈先坐下休息休息。”顾墨成说。他应该明天早上再打电话的，这电话一打，今天晚上顾臻和顾老夫人怕是睡不着了。

“爸，你也找个地方坐下来，我怕你听完也要倒。”顾墨成说道。

顾臻不屑，他什么事没见识过，再大的打击都受得了。

“到底什么事？”顾臻没好气地说。

"爸，刚才我陪安安去了医院，安安怀孕了。"

手机那头没了顾臻的声音，过了半天，顾臻反应过来，问："真的？"

"嗯。"

"好，好！"顾臻连说了两个好字，然后将手里的电话挂断了，他得平静下心情。

大儿子死后，留下一个顾子铭。顾臻和顾老夫人这么多年的心愿就是想顾墨成结婚。

顾墨成和苏安安结婚后，他们又盼着苏安安能和墨成生个孩子。特别是顾臻，他身体不好，很怕自己活不到安安怀孕，活不到孩子出世。这会儿听到顾墨成的话，顾老夫人怎么会不激动？他又怎么能不紧张！

顾老夫人醒过来之后的第一件事就是打电话给苏安安。电话里她问苏安安最近的反应，听到苏安安说胃口很好，就是想睡，她就放心了。

怀胎十月这个过程，只有经历过的女人才知道其中的痛苦。做妈妈真的不容易。

顾老夫人又说了些让苏安安注意的地方，她很不放心，有些话是重复地叮嘱着。

苏安安知道顾老夫人在意她肚子里的孩子，老夫人说什么她都应下。后面顾墨成把苏安安的手机拿过来，告诉顾老夫人安安困了。

顾老夫人二话没说就把电话给挂了。

这个晚上，苏安安睡不着。知道自己怀孕的时候，她是开心，然后是紧张。

顾墨成也是，他们初为父母，对未来憧憬的同时，还有担心。

顾墨成把睡不着的苏安安搂在怀里，吻了苏安安的额头，说了一句："谢谢！"

感谢安安来到他的身边，感谢安安爱上他，感谢安安为了他怀孩子。

苏安安看着他，在黑暗的夜里，她的眼里只有顾墨成一个人。

顾墨成说谢谢她，她也要谢谢顾墨成。没有他，她不知道原来谈恋爱，不需要痛彻心扉，每天都是幸福快乐的。

苏安安比苏若初幸福多了，她遇到了顾墨成。顾墨成给她宽容，给她温暖，一直以来他都走在苏安安的前面，为她遮挡风雨，等她长大懂事。

她没有经历过苏若初那种为了爱而心痛到发疯的感觉，更没有因为爱情煎熬难受。她的世界里除了幸福就是满足。

Chapter 6

# 第六章 遇到你是我的幸运

苏若初从叶凡手机里把安安的号码抄到本子上。

叶凡冷笑着看着，当看到苏若初改正了他记的错误号码时，他一怔，这个女人明明自己记住了号码，还要他记一遍，存心针对他！

叶凡心里不爽，在苏若初上楼后，掏出手机给霍笙打了电话，将苏若初和韩龙逸碰到的事歪曲了些告诉霍笙。

霍笙不在身边，苏若初很早就睡了。她没有事可以做，电视里没有她感兴趣的节目。

半夜时，她身边的位置突然凹陷下去，苏若初的睡眠很浅，一下就被吵醒了。身后一双手伸过来，她一怔，被吓到了，正要反抗时那双手伸到她的腰间，将她揽到了他的怀里。

“阿笙。”苏若初唤了一声。

霍笙抱着她，闻到她身上的味道，他绷了一天的弦才放松下来。

不知道为什么，才离开她一天，他就很想见她，所以他连夜从虞城赶了回来。直到把苏若初抱在怀里，他才觉得踏实。

“回来了？”苏若初问道。

“嗯。”霍笙应了一声，将苏若初抱紧。

“你妈妈的病好些了吗？”苏若初问，霍笙离开宁城是去看他妈妈的。

“好些了。”

霍笙他和妈妈相依为命多年，他脚瘸了后，也是霍妈妈照顾着他。

夜里很静，苏若初听着外面的风，问：“阿笙，阿姨不喜欢我，是吗？”

霍笙没有马上回苏若初的话，他的嘴吻到苏若初的耳垂，柔声说：“没有。”

苏若初知道，霍笙撒了谎。

霍妈妈不喜欢苏若初！苏华狠心地把霍笙的腿给打瘸了，心疼霍笙的霍妈妈怎么会喜欢苏若初。

“是吗？”苏若初没有戳穿霍笙的谎言。

霍笙抱紧苏若初，脑海里想到叶凡在电话里说的话。

上次苏安安结婚，他在酒店见过韩龙逸。

韩家公子出身富裕，长得仪表堂堂，并不比他逊色。更主要的是霍笙从他的眼里看到对若初的爱。韩龙逸知道自己和苏若初的关系，但还爱着若初，霍笙知道他肯定是很喜欢若初。这让霍笙害怕起来，他失去过苏若初一次，不敢再失去第二次。

“若初。”霍笙问，“你今天去了哪里玩？”

闭眼休息的苏若初听到霍笙的话，很自然地想到了叶凡。叶凡对她的敌意，苏若初现在不傻，能清楚地感觉到。

“去了宁城大学。”苏若初说，“我想看看安安。”

“见到了吗？”霍笙问道。

苏若初转过了身子，“没有！”她看着霍笙，伸手摸着霍笙的脸，笑了起来，“阿笙，你还想问我什么？”

她的语气冷了起来：“问我是不是见到了其他人？对，我在大学门口见到了韩龙逸，还和他聊了一会儿。”

整日待在这里，苏若初待得腻烦了，就像在苏家顶楼里，她只能通过一扇窗子看到外面的景色。她想出去，想过自在不被限制的生活。

“若初！”霍笙不明白苏若初为什么突然间生起气来。

苏若初烦躁起来，想推开霍笙，却被霍笙紧紧地拽住双手：“若初，你气什么？”

苏若初看着霍笙的双眸，使劲地抽出自己的手，在没有胜算的情况下，她放弃了挣扎，就任由他抱着自己。

“没什么！”她压制了怒火，合上眼睛，不想和霍笙多说。

霍笙看着苏若初什么都不说，他也烦躁起来。

七年的时间，变的不仅是他，还有苏若初。

叶凡在电话里说说韩龙逸对苏若初很好，苏若初还对韩龙逸笑。霍笙听着心里是很难受，但他把叶凡的另一句话听到心里了。

叶凡说，韩龙逸送了个手机给苏若初，不过苏若初嫌太旧就没要。

手机？这是霍笙没有想到的。他听完叶凡的话，在家里用完晚饭后，立即赶到手机店给苏若初买了个手机，然后开车带了回来。

他虽然不喜欢苏若初和韩龙逸接触，也不喜欢苏若初和其他男人多聊，可韩龙逸送手机给她，让霍笙自责起来。

他没有看到苏若初身上有手机，她一定是很想和安安联系才跑到宁城大学去的。霍笙想发火，看到睡去不搭理自己的苏若初，将她松开了些。

“睡吧，有什么事明天再说吧。”开了这么久的车，霍笙也感到很累，他抱着苏若初很快地睡去。

苏若初听到他的呼吸声，睁开了眼睛，伸手摸着眼前的霍笙。

刚被苏华关进顶楼时，苏若初还没有疯，她身上有张阿笙的照片，她每天都摸，后来被何安琪抢走了，何安琪当着她的面把照片剪烂，并且告诉她，阿笙和他的家人不会再要她了。

第二天苏若初醒来时，霍笙已经不在身边。她扭头看向床头，看到床头柜上放着一部崭新的手机。

苏若初怔住，她拿起手机，看到手机下压着一张纸条，纸条上写着：对不起。

苏若初拿着纸条，想到昨天晚上和霍笙置气，她将纸条折好放在了床边的柜子里。和阿笙有关的东西，她都喜欢把它们放好存起来。

苏若初把纸条放好后，拿过了手机研究起来。她不会用这种智能机，不过对照说明书，苏若初没有觉得难。

一条短信跳了进来，联系人显示着“阿笙”。

霍笙早上起来时把自己的名字存进了她的手机里。

“喜欢吗？”

“嗯。”苏若初回了个字过去。

阿笙送的礼物，她喜欢，而且手机是她现在最需要的。她走不开这栋别墅，但是能用手机联系到安安。

霍笙的电话紧接着打过来：“喜欢吗？”

苏若初接着霍笙的电话，笑道：“这个问题我刚才回答了。”

霍笙听出她心情不错，想象着苏若初的笑脸，心情不由自主地变好：“我不喜欢别的男人送你礼物！”霍笙说，“如果要送，由我来送。”

苏若初听到霍笙在宣示自己的主权，她笑：“我想要什么你都给吗？”

“嗯。”霍笙一口应下，苏若初听出他的认真。

她握着霍笙送的手机，说：“谢谢。”

“若初，你我之间不需要说谢谢。”霍笙不喜欢这个词，一个“谢谢”让他觉得自己和她的距离很远。

苏若初正要说什么，听到霍笙那边传来何安琪的声音：“笙哥，你在和若初打电话吗？”

苏若初皱了眉，他一大早离开是和何安琪在一起。

霍笙感觉到苏若初的不开心，解释道：“我妈的身体最近不太好，今天住了院。”他和何安琪在一起，是因为霍妈妈住院的缘故凑巧撞在一起了。

苏若初以为昨晚霍笙回来是因为他妈妈没事了，没想到不是的。他这样，很辛苦。

“阿笙，今晚你不要回来了。”苏若初心疼霍笙。

霍笙虽然很累，但是看到自己在意的人，并不觉得累。一个妈妈，一个苏若初，是他这辈子最在意的人。他看了一眼身边的何安琪，走到一边和苏若初单独说话：“若初，我们重新开始吧！”

苏若初没有马上应下，问：“阿笙，你恨我吗？”

苏若初记得自己刚找上霍笙的时候，他说自己恨她，因为她和苏家，他脚残了，变成如今的模样。

霍笙沉默，没有爱哪来的恨。

“若初，来虞城吧。”霍笙说。

苏若初走到窗边。离开宁城去虞城就意味着她要放弃所有，没有家人，没有保护伞，去虞城过着寄人篱下的生活。

霍笙身边有何安琪，霍妈妈不再喜欢她。在虞城她要面对的不仅是爱情的甜蜜，还有重重的困难和折磨。

“阿笙，你会保护我吗？”

“会！”霍笙没有丝毫的犹豫。

听到霍笙的答案，苏若初没有多加考虑，她说：“好，阿笙你带我走吧。”

她疯的七年里，想的就是阿笙找到她，把她带走。现在他说要带自己走，她怎么会不答应，天涯海角她都愿意随他去。至于未来，她无法确定好坏。只是爱了，她就会倾尽所有去爱。

“嗯。”霍笙握着手机，他听到苏若初的笑声，嘴角的笑意浓了起来。

霍笙挂断电话后，准备回到病房，被何安琪挡住了去路。

“笙哥，你真的要把若初带到虞城来？”何安琪眼里的深情霍笙忽视不了。

“嗯。”霍笙点头。

“阿姨现在不喜欢苏若初。”何安琪提醒道，“你不要忘了，你的腿是因为苏若初失去的，是她爸爸把你的腿打折了。”

霍笙知道，也很清楚。所以他去报复苏氏，可是得到了苏若初后，他的恨被对苏若初的爱慢慢地取代了。

“笙哥，你爱若初只是因为你心里不甘心。她七年前抛弃你嫁给了别人，所以你费尽心思把她找回来。现在你已经得到她了，玩过了就放手吧。”

何安琪这句话说完，霍笙的脸色黑了下来：“安琪，我知道自己在做什么！我以为自己是恨她的，以为自己得到了就会放手。但是，我得到了就不可能再放手，我要她！”霍笙把话说得很明白。

何安琪流下眼泪：“笙哥，你和她在一起不会幸福的，阿姨也不会同意的。你放手，对你、对她都好。你不要忘了，苏若初她已经结婚了，她是个有夫之妇。”

霍笙一怔，心里的痛楚突然间扩散开来。

一直以来，他回避着苏若初结婚的事实，他没有问过苏若初这七年来的事。他不去问，不是不在意，是他害怕知道她这七年里和那个男人是如何相爱、相好！

“笙哥，苏若初要是爱你，她不会嫁给别人，也不会和那个男人结婚。”何安琪故作气愤地说。

何安琪很清楚这七年里苏若初到底在哪里。何安琪不明白为什么苏若初没和霍笙说她疯过的事。她是怕说出来之后，霍笙不要她吧？是的，说出她是疯子的事，就算霍笙要她，霍妈妈也不会同意。

“好了。”霍笙生气地说，“安琪，这是我的事，你不用多说。”

他看着眼泪掉得厉害的何安琪，声音淡淡说：“安琪，谢谢你这些年的陪伴，我给不了你想要的。”

这句话七年来霍笙说了很多遍，何安琪愿意等。

以前是知道苏若初在苏家顶楼关着，她不怕等不了。现在呢？苏若初回来了，她凭什么等下去！哪怕等到头发白了，霍笙未必会回头看她。

霍笙说完，朝病房走去。

苏安安怀孕的消息把顾臻和顾老夫人高兴坏了，两个人一大早到了顾家。

苏安安起床后，顾老夫人看到苏安安穿着拖鞋在楼梯上，责怪起顾墨成来："墨成，你得在家里铺地毯，要是把安安摔着了可怎么办？"

顾老夫人招手让苏安安下来，开心极了。

"不用了，家里的地板不滑。"苏安安觉得铺地毯没有必要。

"听妈的。"顾墨成说道，将苏安安拉到怀里。现在最要紧的是保护好肚子里的孩子。

苏安安听顾墨成的话，朝他笑着点头。

苏安安这一下成了所有人心里的宝贝，出个门得一群人跟着。她不喜欢这个待遇，和顾墨成说了半天，顾老夫人开了口，让顾墨成平时不用派人老跟着，不过她要陪着苏安安去产检。对顾家人来说，苏安安怀孕是喜事，也是件大事。

去医院产检时，苏安安在车里接到了苏若初的电话，陌生号码进来，苏安安犹豫了一下接起来。

"安安。"声音一出口，苏安安立即辨认出来是苏若初，她欢喜地唤道："姐姐。"因为接到苏若初的电话，苏安安开心极了。

"你在哪里？"苏若初问，她想离开前见见安安。

"去医院……"苏安安话没说完，那边的苏若初紧张起来："安安，我现在马上过来。"

"姐，我没事的。"苏安安解释道，她只是怀孕了。不过姐姐来看她，苏安安要当面把这个好消息告诉她。

苏若初很快赶到了，苏安安跟着顾老夫人在医院门口等她。

顾老夫人坐在车里打着瞌睡，知道来见苏安安的是她姐姐。顾老夫人睡了小会儿，她睁开眼睛时正好看到前面的车里出来一个很漂亮的女人，然后看到苏安安跑过去抱着漂亮女人喊"姐姐"。

看苏安安跑得很快，顾老夫人紧张起来，下了车朝苏安安和苏若初的方向，说："安安，你不要跑，不要摔着了。"

"哦。"苏安安回头应了顾老夫人一声，转身欢喜地握住苏若初的手，“姐，我快想死你了。”苏安安说着抱着苏若初不放。

苏若初无奈，宠溺地看着抱住自己的苏安安：“你个丫头，嫁人了还像个小孩子。”

“在姐姐面前，我一辈子都是小孩子。”苏安安说。

苏若初笑，安安说得没错。她抬起头看到车边的老太太紧张地看着苏安安，苏若初朝顾老夫人笑笑，她猜得没错的话，那位是顾墨成的妈妈——顾老夫人。

看得出来，顾老夫人对安安很好。

安安在顾家过得好她就放心了，不然她不想自己离开期间，安安无人依靠，被别人欺负。

“安安，我要离开宁城了，你照顾好自己。”苏若初说着，视线移到了苏安安的肚子，“还有自己的宝宝。”

苏安安一愣，她还没有告诉姐姐自己怀孕的事，姐姐就已经猜到了。

苏安安来医院，加上刚才顾老夫人紧张地让她不要跑，苏若初猜安安肯定是怀孕了，不然脸上怎么会笑得那么甜。

安安是幸福的，找到一个好老公，还有一对好公婆。

“姐姐，你要去哪里？”苏安安松开苏若初，紧张地看着她，“你是不是要跟着你的阿笙走了？姐，你不要跟他走！”苏安安害怕地握住苏若初的手，“你为了他，已经把自己弄得够惨了。”

“安安。”苏若初抿嘴笑，“我知道自己在做什么。”苏若初说着，嘴角的笑容变得苦涩。

她何尝不知道自己跟着霍笙去虞城会遭遇到什么，但明知道结局，她还是一意孤行。

苏若初的性子太像何晴了，爱了就拼尽一切去爱，除非遭遇到背叛，才会对那个人死心。不然只要有一点能在一起的可能，就会努力。

“安安，你还好不像我。”苏若初欣慰地说，“不是每个人在感情上都那么顺利，能遇到顾墨成这么好的男人。你和顾墨成好好过日子就行了。”

安安幸福了，她没有那么多的顾虑，就算把自己折腾得再惨也不怕。

苏安安看着这样的苏若初心疼极了，她刚从疯癫中清醒过来，可是对爱情还是执迷不悟。这样的苏若初如果遭遇打击，又怎么能撑得住。

“我害怕。”苏安安看着苏若初，红了双眼，“要是阿笙对你不好怎么办？”

苏若初笑：“真是个傻丫头，如果他现在对我不好，我怎么会跟他去。”

现在确实是好。

“真的？”苏安安追问，“那个阿笙对你和以前一样好吗？”

苏若初点点头。

可就算这样，苏安安还是不放心。

“安安，让我去过自己的生活。”安安有了自己的生活，她也要放开了。

苏安安看着苏若初，突然间觉得苏若初离开宁城和自己有关，她握着苏若初的手说：“姐姐，不管怎样，我会养你一辈子的。”

苏若初红了眼，她抿着嘴角勉强地笑笑，伸手摸着苏安安的脸，“安安，照顾好自己！再见。”

苏安安舍不得苏若初走，看着苏若初上了车，她走上前，隔着车窗唤了一声“姐姐。”

苏若初微笑着对她招招手，示意她回去。

车子启动，苏安安看着车离开，想追上去又想到自己肚子里的孩子，停了脚步。

坐在车里的苏若初通过后视镜看到掉着眼泪的苏安安离自己越来越远，她的心揪了起来。

安安长大了，她总得放手，让安安过自己的生活。她一个疯子，只会拖累安安。

苏安安回到顾老夫人身边，老夫人见着她哭了，问：“安安，怎么了？”

“姐姐走了。”她说。

顾老夫人叹了口气，劝道：“安安，你姐姐去过自己的生活，你得为她高兴。”

苏安安摇摇头，她很担心姐姐会发病，到时候远在虞城的姐姐会怎样？阿笙会不离不弃地照顾姐姐吗？

苏安安满满的都是担忧，她含着泪看着顾老夫人，说：“我姐姐为了一个男人疯过，你们怕吗？”

苏安安没头没脑的话听得顾老夫人一头雾水。安安的姐姐疯过？看着很正常啊。

苏安安说完，自己先进了医院。顾老夫人跟上去，安安姐姐的事，她等会儿问墨成。

顾老夫人年纪到底是大了，一到医院就坐在休息室里打起瞌睡来。

因为苏安安怀孕才一个多月，要做B超，需要涨尿，便到医院的开水间里喝了不少的水，顾老夫人睡着了，苏安安等得无聊就四处走了走。

医院里很多人，苏安安不喜欢来医院，她讨厌这里消毒药水的味道。

她走到较为安静的地方，隔壁就是楼道。隔着一扇门，楼道里传来说话声，苏安安开始没有注意，听了几句话后，发现说话的声音很像苏二婶。

苏安安好奇，楼道的门没有关紧，她透过门缝看到苏雅和苏二婶站在那里说着话。

苏二婶很气愤，一个劲地骂苏雅没用。

苏二婶向来很宝贝苏雅，认为苏雅是天底下最好的女孩子，没有男人会不喜欢她。怎么这会儿苏二婶会生气地数落苏雅？

“你说，现在该怎么办？”苏二婶骂完后，淡淡地问苏雅。她好好的一个女儿被慕瑾瑜糟蹋了不说，现在还怀上慕瑾瑜的孩子了。

“孩子，你是要还是不要？”

苏安安一愣，苏雅竟然怀上了慕瑾瑜的孩子！

苏雅没有说话，低着头一声不吭，她握紧了手中的验孕单子。

“雅雅。”苏二婶看苏雅不说话，劝道，“把孩子打掉吧。你还小，不能被这个孩子拖累了！”

苏二婶向来不喜欢苏雅和慕瑾瑜在一起，不知道为什么苏雅一意孤行硬要和慕瑾瑜一起。现在苏雅有了慕瑾瑜的孩子，苏二婶快烦死了。

苏二婶很担心苏雅的未来，她希望苏雅把孩子打掉，把这件事瞒下来，再让苏雅和慕瑾瑜分手。

“妈！”苏雅抬起头，认真地说道，“我要把孩子生下来。”

听到苏雅说要生下慕瑾瑜的孩子，苏安安一愣。

除了慕瑾瑜，谁都知道苏雅是不喜欢慕瑾瑜的。她选择和慕瑾瑜在一起，更多的是因为她喜欢慕瑾瑜捧着她的那种感觉。

“什么？”苏二婶顿时恼了，“雅雅，你糊涂了？你是怎么回事？慕瑾瑜不是个好东西！”苏二婶气恼极了，“你把孩子打掉，还有机会找到好男人。但你要是生下这个孩子，以后你的人生就完了。”

哪个豪门会要个有孩子的女人？

“妈，你觉得我把孩子打掉，就能嫁个好人家吗？”苏雅说着露出自嘲的笑意，“不可能了。从我和慕瑾瑜在一起时，就不可能再找好人家了。”

苏雅和慕瑾瑜在包厢里的事，顾墨成特意让媒体大肆地报道过，苏雅不可能如苏二婶的愿找个名门公子嫁了。以前苏雅还是个不经人事的小姑娘，现在的她……

苏雅说完，苏二婶一怔，她不愿意承认自己的雅雅被毁了，还一直做着豪门梦。

“我可怜的雅雅。”苏二婶大哭起来。

不知道走了什么霉运，苏华那里的钱没有捞到，雅雅又怀了慕瑾瑜的孩子。

“都怪苏安安。”苏二婶哭着骂，“要不是她不肯把顾墨成让给你，你也不会被慕瑾瑜给害了。”苏二婶越说越伤心，把所有的错都推到了苏安安身上。

这种话，苏安安听得多了，对苏二婶的极品无话可说。

苏雅听着苏二婶的话，眼里充满了恨意。

“我要生下这个孩子。”她继续说，“因为安安和顾墨成，我不可能再嫁什么好人家。我虽然不喜欢慕瑾瑜，但是慕家有钱，我有了他的孩子，能不能做慕夫人还不一定呢。”

“雅雅。”苏二婶惊讶道，“你要慕瑾瑜和苏紫菡离婚？”

苏雅一笑，低头摸着自己的小腹：“孩子总需要一个爸爸。而且苏紫菡上次做了流产手术后，很难怀孕。慕家人一定很想要个孩子，我这会儿有了不是更好？”

苏二婶看着苏雅：“雅雅，你可考虑好了？”能嫁给慕瑾瑜也可以，就怕苏雅最后生下孩子，还是在外面做小。以后苏雅老了，慕瑾瑜转身把她给忘了。那雅雅和孩子就糟糕了。

苏雅点点头。她不能和顾墨成在一起，和哪个男人一起都差不多。如果能进慕家，做慕夫人也可以。她就是要告诉顾墨成，他不要她，有的是男人为了她和自己的妻子离婚。

“妈，打掉了孩子，我一样找不到好人家。”苏雅又说。

苏二婶想了想，叹了口气：“听你的。”她转念想到苏二叔，交代道，“雅雅，你怀孕的事先不要和你爸说。”

苏二叔迂腐，知道苏雅和慕瑾瑜在一起后，气得看到她一次就骂她一次。如果他知道她怀了慕瑾瑜的孩子，还打算用孩子逼慕瑾瑜和苏紫菡离婚，肯定会打死她。

苏雅点点头，和苏二婶达成一致。

楼道门外的苏安安听了他们的谈话，觉得苏雅比苏紫菡更让人厌恶。

苏雅真是自私，明知道苏紫菡和慕瑾瑜结婚了，还要破坏别人的婚姻。不过苏雅和苏紫菡的事，苏安安不想参与，她现在最重要的是照顾好自己肚子里的宝宝。

顾墨成回来时，看到苏安安朝自己快步走来，客厅里坐着顾老夫人和顾臻。他们在等顾墨成回来吃晚饭，打算用过晚饭后再回老宅去。

“老公，我今天做了B超，宝宝还好小。”苏安安开心地说道。

顾墨成被苏安安脸上的笑容给感染了，苏安安的检查结果韩龙逸已经告诉他了。

“我去楼上把单子拿给你看。”苏安安笑着又说道。

“嗯。”顾墨成应着，走到了客厅里。

顾老夫人看到苏安安上了楼，招手让顾墨成坐在她的身边。

“墨成，今天在医院门口，我和安安遇到了她姐姐。”顾老夫人轻声说道，不时看向二楼，“安安说，她姐姐疯过。”

“我知道。”顾墨成不等顾老夫人再问，“妈，安安很好。”

看着自己儿子这么帮苏安安，顾老夫人没什么好说的。她就随便一问，顾墨成就拉下脸不高兴她说安安姐姐发过疯的事。

他是怕她介意苏若初的疯癫影响了安安？她没有那么迂腐，安安是安安，苏若初是苏若初。她很识趣，闭上了嘴，又看了看旁边看电视的顾臻，她抿起嘴角笑了笑。

父子俩真是一个德行，听不得其他人说妻子的半点不好。

“对了，墨成。”顾老夫人想到今天B超检查出来的结果，开心地说，“安安真是厉害，一怀就给你怀了两个。”

在听到医生说安安肚子里怀的是双胞胎之后，可把老夫人给开心坏了，她当场笑出了声，还凑到电脑屏幕面前研究。可是胎儿还很小，顾老夫人没从上面看到什么。不过医生说苏安安怀了两个孩子，那肯定是错不了。

安安真是墨成的福星，这一怀，就是两个。等这次生完孩子，让成成再加把劲，又怀两个，过不了几年她就有很多的孙子孙女了。

想到很快就有孙子孙女围着自己转，顾老夫人就忍不住偷乐。

这件事，顾墨成已经知道了。苏安安的B超结果一出来，他就接到了韩龙逸的电话，跟他说了这个好消息。之后，萧彦又打电话来了。

可怜的安安还想着亲自告诉顾墨成这个好消息，没想到一个个的早就已经恭喜顾墨成了。

苏安安拿着单子从楼上下来，她心里开心，在知道自己怀的是双胞胎的时候，她觉得很神奇，自己平坦的小腹里竟然住着两个小生命。再过九个月左右，她就可以看到他们了。

“老公。”苏安安快步下楼，心里满满的都是喜悦和幸福，“你看。”苏安安把B超单递到顾墨成面前，她不知道韩龙逸早把图片发给顾墨成了。

顾墨成看到苏安安开心，还是装作什么都不知道的样子。

“两个。”苏安安睁着满是笑意的眼睛，站在顾墨成面前就像孩子求表扬一样。

顾墨成认真地看着，从苏安安手中拿到单子和韩龙逸发过来的图片是两回事。

他和安安的孩子。他看着，目光不由自主地柔和起来。

“老公，他们好小好小。”苏安安抬起头，笑着看着顾墨成。

顾墨成被她的笑容感染，直接忽略了盯着他们看的顾老夫人，情不自禁地将苏安安搂在怀里，吻了一下。

苏安安注意到顾老夫人识趣地扭过头同顾臻说话，她不好意思地红了脸：“老公，爸爸妈妈还在。”

“他们看不见！”顾墨成轻声说。

“对，我们什么都看不见，也没有听见，你们继续。”顾老夫人接了一句，惹得苏安安的脸更红了。

“不过墨成，这前三个月你可得忍着。不对，不对，安安怀了两个，你一年内都给我忍着。”顾老夫人看自己儿子这么宠着苏安安，到了晚上，肯定会忍不住把人给吃了。

苏安安被顾老夫人说得红了脸，她从顾墨成怀里出来，说：“我饿了。”

一家人围在一起吃晚饭的氛围很温馨。苏安安怀孕了，让两个老人家心里都开始期待孩子的出生，尤其是顾臻。

“快过年了，墨成，你们还要出去吗？”顾臻突然问。

本来顾墨成打算趁苏安安放寒假，也就是过年前后带她出去旅游度蜜月。现在安安怀了孕，头三个月最是不稳，而且安安一下子怀了两个。

“在考虑。”顾墨成回道。

顾臻说：“留在家里吧，陪我过年。”顾臻原本想说，陪他过最后一个年，在看到顾老夫人的目光时，把“最后一个”四个字吞进了肚子里，没有说出口。

他们两个这么多年的夫妻感情，顾老夫人怎么会不懂顾臻的心思。

“我告诉你，今年过完年，明年还得一起。你起码得等安安生七八个孩子。”顾老夫人恼道。

在吃饭的苏安安听到顾老夫人说要她生七八个孩子，呛得直咳嗽。

顾墨成连忙把水递给苏安安，苏安安喝了一大口下去。

“安安。”顾老夫人不好意思地说，“安安，你慢慢吃。”她是想让顾臻多活几年，没有真的要苏安安生很多。生孩子是顾墨成和苏安安的事，他们愿意生几个就几个。

“哦。”苏安安应了一声，低着头继续吃自己的饭。

“爸，妈，吃完饭我派人送你们回去。”顾墨成说。

顾老夫人看到他们夫妻两个恩爱觉得很欣慰。她是年过半百的人了，什么时候顾臻去了，她也就走了。顾墨成有了自己的家、自己的孩子，这对她和顾臻来说，很满足。

顾臻和顾老夫人走后，苏安安洗完澡，就拿着B超单看个不停。她看着单子上面的图片，就忍不住笑。

顾墨成从书房过来，看到苏安安拿着个单子看了半天。他过去，从身后把苏安安搂到怀里。

苏安安习惯地靠在顾墨成怀里：“老公，我好开心。”她笑着抬起头，看到顾墨成温柔的目光，不由自主地仰着头吻了他一下。吻到了顾墨成，苏安安更开心。

“安安，对不起。”顾墨成道歉道。

苏安安不解，疑惑地看着顾墨成。

“今年不能陪你去度蜜月了，等明年，好吗？”他不放心苏安安出去。

“没事。”苏安安摇摇头，丝毫没有受影响，“在家里陪爸妈一起过年挺好的。”

苏安安的不在意让顾墨成更加疼惜她了：“安安，遇到你，是我的幸运。”

苏安安经常对顾墨成说“你真好”，顾墨成也想对苏安安说“你真的很好”。从得到她，他就开始拥有了全部。

“老公，蜜月什么时候都可以。过年还是待在家里陪爸爸妈妈比较好。”苏安安喜欢一家人团聚在一起的感觉，因为那样能感到家的温馨。

“再说，我和你在一起，每天都是蜜月。”苏安安说着情话。

顾墨成心里很甜，他将小丫头搂在怀里，陪她聊天。

苏若初离开宁城的前一天，她给苏安安打了电话。苏安安想去送送她，被她拒绝了。她让安安过好自己的生活，不用管她。

苏安安怎么能不管，苏若初是她的姐姐，是她除了顾家以外最在乎的亲人。

苏若初还向苏安安要了苏华的电话号码，她和苏安安打完电话后，又给苏华打了个电话。

苏华从顾墨成手上得到了四千万，应该是好事，可就是因为这四千万，家里闹得没个安宁。

蒋媚要钱，苏老太太要钱，苏二婶也要钱。她们全冲着他口袋里的钱来，他恼火起来，直接把四千万扔进了苏氏。结局和蒋媚、苏华预料的一样，钱进去就没了。

苏华还想靠这笔钱赌一把，可是钱一丢进去，联系了个项目，又是血本无归。

顾墨成早就等着他投钱到苏氏，只要苏华找人合作，重新经营苏氏，他就能让苏氏亏损。

顾墨成的钱，有那么好要吗？而且这钱还是苏华用苏安安换的。

苏华没了钱，没了苏氏，已经很烦了。更烦的是苏老太太带着苏二婶天天到他家里来，问他要抚养费。

苏老太太的偏心加上苏二婶的泼辣，闹得家里没个安宁。

接到苏若初的电话，苏华正从家里逃出来。

“苏华。”

苏若初的声音苏华一下就听出来了，他忙问：“若初，是你吗？你在哪里？你的病好了？”

苏若初淡淡地说：“苏华，你对得起妈妈吗？”

她连“爸爸”都不想喊，苏华这么对安安，不配做她的爸爸。

“若初，我知道我把你关了七年，对不起你。”苏华以为苏若初恨他，是因为自己把她给关了七年。

“你答应过妈妈会照顾好安安的。”苏若初怒声道，“你是怎么照顾她的？”

被苏若初质问，苏华想到和自己没了关系的苏安安，心里痛了起来。

拿了安安换了四千万，他后悔吗？

苏华不清楚，苏安安不是他的女儿，四千万，是他赚了。

“若初，我养着她，供她读书，怎么没照顾好她？”苏华反问。

苏若初冷笑道：“苏华，你不怕妈妈从地底下爬出来找你算账吗？她为了你，放弃千金小姐的生活，从景城跟着你到宁城受苦，你就是这么对她的？安安和我一样是你的女儿，你为什么信别人不信妈妈？”

苏若初越说越气，对苏华更是恨。苏华以后一定会后悔的！

苏华顿了顿，苏若初这么骂他，他没有很生气，因为这是他的女儿。苏安安不一样，她是何晴和别的男人生的。

“若初，我和安安做了亲子鉴定，结果告诉我她不是我的女儿，你让我怎么信！”苏华叹了口气，“这么多年，我看在你和你妈妈的分上，把她养大，这还不够吗？”

苏若初没有回苏华的话，她冷笑道：“爸爸，你会后悔的！一定会的。”

苏华不把苏若初的话放在心上：“我和安安已经断绝了父女关系，她不是我的女儿了。”

苏若初一愣，她没有听安安提过这件事。

如果苏若初知道苏华是为了四千万，和苏安安断绝了父女关系，她一定气得不会再认苏华这个父亲。

何晴死的时候，苏若初懂事了。何晴对她说过，安安是她的亲妹妹，要她好好地照顾安安。苏若初一直把何晴的话记在心里，也信何晴的话。

“我要离开宁城了。”苏若初接着说道。

苏华一听，顿时知道苏若初要去哪里：“你要和他走？若初，你疯了！”为了个男人，和他闹成现在这样，又把自己给折腾疯了。

“我不就是个疯子吗？”苏若初冷笑道，“你不要忘了，我疯了七年。”

七年是什么概念，苏若初最清楚不过了。

她会疯，不完全是因为找不到阿笙，也不完全是因为何安琪，还因为苏华当初的阻拦，以及他不顾她的意愿，将她嫁给别的男人。

“若初。”苏华软了声音，“听我一回，你和他不可能。”

苏华知道，自己说什么苏若初都听不进去。苏若初的性子像极了何晴，当初何晴也是不顾家里的阻拦，执意和他走，甚至和家里的父母断绝了关系。

苏华不想苏若初步何晴的后尘。

“苏氏出问题，很大一部分原因是他在背后搞的鬼。我把他的腿打断了，他恨我入骨。若初，你是我的女儿，他恨我，也会恨你，这是事实。”苏华听苏若初没有回答，着急地再说，“若初，你跟他走，就是把自己推入地狱。好，就算他还爱你，不介意苏家对他做的事。那他家人呢？我记得他是单亲家庭，他跟他妈妈相依为命。他妈对他一定是寄予厚望，我把他腿打折了，他妈能原谅苏家，原谅你吗？”

苏华的分析很有道理，可苏若初不想听。

“都没有去，怎么知道是不是地狱？”苏若初淡笑着说。

就算是地狱，那又如何？她如果不能和阿笙在一起，她该去哪里？

“若初！”苏华见苏若初听不进自己的话，着急地说，“他会把你害死的。”

“爸。”苏若初唤了一声，“你当初不阻止我们，该多好！”

或许，她不会疯七年，或许她不会把自己搞到如今的地步。

苏华心里猛地一阵地痛，他突然想到了苏安安。

苏安安遇到的如果不是顾墨成，而是一个很坏的男人，是不是安安也会成第二个疯子？

“你是你，阿笙是阿笙。你为什么非要觉得所有男人有了钱后就会变得和你一样自私？我爱阿笙，七年前爱，现在也爱。你不要再阻止我了。”苏若初淡淡道。

苏华听出苏若初的执着，他再劝下去也没用，他想到了国外那个男人打来的电话。他想告诉她，她的丈夫要回来了，但是话到嘴边又没有说出口。这门婚事是他逼着她结的，和她说的一样，是他把她逼疯的。

“安安怀孕了。”苏华想着的时候，听到苏若初又提起了安安。

“真的？”苏华心里一喜。

苏若初对苏华正色道：“不要去打扰安安的生活，是你不要她这个女儿的。”

苏若初的话听得苏华难受。

“你照顾好自己，我挂了。”苏若初说完这句话后，挂断了电话。

苏华再打过去，他的号码被拉入了黑名单。

苏安安把他的号码拉黑了，苏若初也是，他一下子失去了两个女儿，不，是一个，苏安安不是他的亲生女儿。

过年前下起了雪。苏安安怕冷，裹着羽绒服从车里出来。明天就是除夕夜，她把买的年货带到顾家老宅来了。

年底，顾氏更忙，陪顾臻和顾老夫人的工作就落在苏安安身上了。她下了车，司机从车里把东西一袋袋地提进老宅里。

这场雪比以往的都大，昨天晚上又下了一会儿，通往老宅正楼的路上只有几个鞋印子，望过去，四周白茫茫一片。

苏安安往里走。她穿着雪地靴，靴子踩在雪上发出嘎吱嘎吱的声音。下雪时，天不怎么冷，雪一停就冷了很多，风吹得苏安安把脑袋缩在帽子和围巾里。

现在要是顾墨成在身边多好，她能使劲地往他温暖的怀里躲。

走到一半，苏安安听到正面传来了脚步声。她没在意，以为是佣人出来拿东西。人走到她面前，停下了。

“东西在车里。”苏安安说着抬起头，看到的却是蒋老太太那一张皱巴巴的脸。

蒋老太太经历了蒋氏没落的打击，精神没以前好了。

“苏安安。”蒋老太太脸上的笑意像一条潮湿阴暗处的毒蛇，看得苏安安全身发毛。

“听说你怀孕了。”蒋老太太说着视线往苏安安的肚子上看去。

苏安安下意识地摸了摸自己的肚子，没有搭理蒋老太太。

蒋老太太是为了蒋盛旭的事来求顾臻的，她来了也不止一回了。但顾臻没有答应帮她，蒋盛旭害的是自己的儿媳妇，他要是帮了蒋老太太，不说顾墨成和他闹，顾老夫人也得和他拼命。

蒋老太太只能离开，想着自己的孙子这个牢是坐定了。出来时她看到了苏安安，怎么能不恨！

“下雪天路滑，你怀着身孕可得走稳，不然就一尸三命了。”蒋老太太的话里满是狠毒和威胁。

苏安安怀双胞胎的事，顾老夫人欢喜得逢人就说，蒋老太太想不知道都难。

苏安安脸色冷了下来，她正要反驳时，一个雪球朝蒋老太太砸了过去。雪球砸中了蒋老太太的脸，她惊叫出声。

“老太婆，对我小婶子尊敬点！”

顾老夫人知道安安来了，叫顾子铭出来帮她拿东西。游戏玩得好好的他不情愿地出来，刚出门他就听到蒋老太太说的话，顿时怒上心头，抓起地上的雪，捏了个大雪球朝着老太太就砸了过去。

蒋老太太的脸被砸得冰冷，她指着顾子铭骂道：“没爹娘教的东西！”

顾子铭又团了个雪球，双手来回抛着，他冷笑道：“老太婆，你再说一句话试试。”

蒋老太太看顾子铭又朝自己砸过来一个雪球，连忙抱头快步躲开，结果脚下不稳，她重重地摔了一跤。

苏安安和顾子铭笑了出声。

“你当我们顾家没人是吧，敢在顾家的地盘欺负我小婶子！”顾子铭冷声道。

倒在雪地里的蒋老太太恨恨地看着顾子铭，骂道：“小畜生！”

“生”字刚出口，蒋老太太又被顾子铭手中的雪球砸中了，雪球刚好砸在她的脸上，痛得她叫出声。

“你们顾家人……”她一边骂着，一边连忙从地上爬起来，然后被蒋家的人扶着快步离开了顾家老宅。

苏安安看着这一幕笑了，要不是她现在怀了孩子，她也一定要拿起雪球狠狠地砸过去。

苏安安到现在都没有忘记蒋老太太对她做的事。这么狠毒的老太婆，必须得好好收拾。

“再敢在我们顾家威胁人，我揍死你！”顾子铭冲着蒋老太太的背影喊道。

苏安安走到他面前，拍拍他的肩，说：“乖！你这么保护我，我会和你二叔说的。”

顾子铭不屑道：“我这是在维护顾家的尊严！”他的视线落到苏安安的肚子上，怎么看她都不像是怀孕的人，“怎么你的肚子还这么扁？”

苏安安笑：“我两个月都没到，肚子大起来还早呢！”

“哦。”顾子铭应了一声，顾家所有人对苏安安肚子里的小家伙们很是期待。

苏安安跟着顾子铭进屋，一进客厅，顾老夫人就迎上来将暖手袋递给她：“外面冷吧。”

“谢谢妈妈。”苏安安笑着接过。

“刚才怎么回事？”顾老夫人问顾子铭，外面的动静她听见了，下雪天地上太滑，她想出去看看，顾臻不允许。

“蒋老太婆在门口欺负小婶子。”顾子铭回道，“我教训了她一下。”

一听苏安安受了欺负，顾老夫人激动起来：“她太过分了。”说话间，她看向顾臻，顾臻假装看不见。

“下次不许她进我们家的门，不然不知道她还会怎么害安安和安安肚子里的孩子！她孙子的破事，你别管。”

顾臻点头，回了个“嗯”。蒋盛旭的事，他就没想过掺和。

蒋老太太从顾家老宅狼狈地出来，她停下脚步，转身恨恨地看着老宅。顾家的人，她没有一个不恨的。

想到苏安安现在怀了身孕，蒋老太太嘴角勾起阴冷的笑意。孕妇出了事，可是大小都难保。

老太太走到自己的车旁，她的贴身管家帮她开了车门：“老太太，那个男人又来蒋家闹了。”

蒋老太太冷冷地说：“蒋柔呢？”

“她可能看到那男人在，没敢回蒋家。”

蒋柔被找来的男人弄得心慌意乱，她不但没继续去顾墨成面前晃悠，连蒋家都不敢去了，找了个地方躲了起来。蒋老太太想到没用的蒋柔……一个个的都是废物！

“把那个男人给我带到蒋家来。”蒋老太太说道。

“老太太，那个男人有严重的暴力倾向。”管家提醒道。

蒋老太太冷笑了一声，道：“我又没有抢走他的老婆，怕什么！”抢他老婆的不是她，是顾墨成。

“好。”见蒋老太太执意这么做，管家不再劝下去，应了下来。

在嫁给顾墨成前，苏安安对过年没有多大的感觉。

苏华不喜欢她，蒋媚和苏紫菡排挤她。姐姐没有疯的时候，她还能在苏家感受到温暖，姐姐疯了后，她在顶楼陪着姐姐安静地吃年夜饭，楼下是苏紫菡和蒋媚的说笑声。

苏安安不喜欢过年，因为在苏家没有家的感觉。

今年对苏安安来说很不一样，她嫁人了，找到了自己爱的男人，还有了宝宝。

下午四五点钟，顾家就做好了年夜饭，顾墨成也回来了，顾臻让家里的佣人都坐上桌子，围在一起过年。

满桌的菜看得苏安安嘴馋了，让她更馋的是桌上的红酒。她下意识地摸了摸自己的小腹，扭开了头。

顾臻心情很好。顾家人少，也没个孩子在身边闹。以往顾墨成很忙，晚上七八点才回来吃饭，顾子铭一到晚上就去外面玩，没有一次像今天这样家里人都坐在一起开开心心地吃顿饭。

“爷爷，红包呢？”顾子铭伸手问顾臻讨红包。

顾臻和顾老夫人早把红包备好了。

顾臻又拿了三个红包递给苏安安，餐桌上苏安安最大。以往过年，苏安安只收过苏若初的新年礼物，再就是苏二叔偷偷给的红包。

苏安安接过顾臻手里的红包，开心地笑。

顾子铭眼红苏安安，不开心地说：“爷爷，你太偏心了。”

顾臻没有回答，顾老夫人说：“安安现在是三个人。”

顾子铭被说得无话反驳，又听顾老夫人建议道：“你带个女孩子回来，你爷爷也给你两个。”

顾子铭比苏安安大一岁，交女朋友很正常。不过，顾臻和顾老夫人一致认为顾子铭性子浮躁，谈女朋友不过是玩玩。

“那算了。”顾子铭说，“我现在不找。”

顾臻和顾老夫人以为顾子铭是打算性子沉稳了再找，满意地点点头，顾子铭看着给苏安安夹菜的顾墨成，说：“我要向二叔学习……我要四十岁才结婚，到时候我也找个二十出头的小姑娘。”

顾子铭话音刚落，坐在他身边的顾老夫人就用手中的筷子敲了他的头：“好的不学，偏学坏的。”

有几个能像顾墨成这么幸运，在三十一岁时遇到了苏安安，然后两个人相爱、结婚、生子。

顾子铭不以为然，顾墨成好的、坏的，他都要学。

苏安安笑笑，她看着身边给自己夹菜的顾墨成，满心的温暖。

一顿饭下来，大家聊得很开心，所有人沉浸在欢声笑语中。

吃完晚饭，苏安安陪顾老夫人看了会儿电视，眼皮很快又在打架了。怀孕的人特别容易累，苏安安很困，上楼去休息了。

顾墨成和顾子铭守在电视机前看春晚，他们今晚要通宵，等到十二点时放烟火。

苏安安是被烟花的声音吵醒的，她睁开眼，看了一眼时间，已经过了十一点半。再过二十多分钟，就到明年了。

苏安安找了件羽绒服把自己裹起来，下楼看顾墨成和顾子铭放烟花。她走到外面，看到顾子铭正捂着耳朵去点鞭炮。

外面很冷，寒风吹得苏安安的脸冰冰的，她看到顾臻也站在外面看顾墨成和顾子铭。她走过去，喊了声“爸爸”。

顾老夫人累了，睡着了，顾臻睡不着，没把她叫醒。看着孙子和儿子在闹，心情很好，听到苏安安唤自己，他扭过头看了苏安安一眼，目光落在她的小腹上。

“你们以后要照顾好奶奶啊。”顾臻说着再抬头看着苏安安，“如果我走了，你们得帮我拦着她，别让她这么早随我去了。”

苏安安一怔，眼眶红了，她说：“爸爸，你会长命百岁的。”

这种话，顾臻不相信，自己的身体他比谁都清楚。

“她嫁给我，都没有好好地享福。现在墨成成家了，你们又有了孩子，你们得劝她留在世上好好地享享福。”顾臻笑着说道。

“安安，你帮我这个忙！”顾臻声音淡淡的。

苏安安看着他，心里很是难受。顾臻和顾老夫人的感情很好，好得苏安安很羡慕。苏安安不知道该说什么。

顾臻笑笑：“天气冷，你快些进去吧。”他说着，拄着拐杖先一步往屋里去了。

苏安安看着顾臻的背影一步步地离开她的视线，怔住了。她和顾墨成相差十一岁，将来老了，顾墨成会不会比她先走一步？如果是那样，她会不会也会像顾老夫人一样早早地下了决心陪他去？

苏安安发着呆，顾墨成什么时候走到她身边的，她也不知道。她被顾墨成抱在怀里，他温暖的怀抱让苏安安回过神来。

顾子铭还在点鞭炮，满天是绚烂的烟花。

苏安安在顾墨成怀里转了身子，看着顾墨成，笑道：“老公，新年快乐。”

如果真有一天顾墨成病倒在床，要先她而去，她一定会跟着他去的。不过，在这之前，她要和顾墨成好好生活。

苏安安依偎在顾墨成的怀里，烟花看到了十二点，客厅的电视机里传来春晚主持人的声音，然后十二点的钟声敲响。

她看着天空绚丽的烟花，许了个心愿——她和顾墨成下辈子也要在一起。

十二点时苏安安收到了不少的祝福短信，有一条是很久没有联系的傅芯发来的。

生活其实很简单，就看一个人要什么。爱情或是钱财。

苏若初为了爱情，追随霍笙去了虞城，过年这天是她和霍笙两个人一起过的。

霍妈妈如苏若初所料不喜欢她。霍妈妈拒绝见她，苏若初也没有主动到霍家去惹霍妈妈的厌恶。她准备一个人吃点东西然后睡觉，霍笙却赶了回来。

霍笙是在乎她的，去霍妈妈那里吃了顿饭后，立即赶过来陪她。

霍妈妈和他一样是恨苏家人的，不同的是霍笙爱苏若初，他对她的恨在看到她的时候，被他藏到了内心深处。

年夜饭吃了一半，何安琪给霍笙打了电话，是苏若初接的。

何安琪说霍妈妈住院了。霍笙没了吃饭的兴致，带着苏若初赶到了医院。

因为过年，医院里不像以往有那么多人，很少有霍妈妈这样大年夜里被送进医院里的。

苏若初把家里的饭菜打包过来，霍妈妈连筷子都没动一下。

何安琪提着自己在外面酒店买的菜进来，霍妈妈很喜欢，当着苏若初的面津津有味地吃了起来。

苏若初被排挤，她倒是不怕被霍妈妈冷落，她怕的是霍笙抗不住家里的压力，把她甩了。

从她来虞城开始，霍妈妈没有对苏若初说过一句话。苏若初说什么她都充耳不闻，然后当着苏若初的面和何安琪聊天。

既然霍妈妈不想理她，她也不再找话题讨好霍妈妈。她爱阿笙，可是她不知道怎么和霍妈妈相处。

去外面拿药的霍笙回来，看到苏若初被排挤到了一旁，他心里也不好受。

他带苏若初回来时，和霍妈妈单独聊过，说了自己对她的感情，劝妈妈试着接受她。

霍妈妈对苏家很有意见，苏华打断了霍笙的腿，心疼儿子的霍妈妈怎么会不恨。见自己的儿子放弃了陪伴他们七年的何安琪，而选择了一个嫁过人的苏若初，霍妈妈更厌恶苏若初了。

厌恶是一点点形成的，要再让霍妈妈喜欢上苏若初也不是一两天的事。

苏若初出了病房，走到安静的走廊里一个人待着。

十二点时，霍妈妈睡着了，霍笙从病房里出来，在医院的走廊上看到了苏若初。

苏若初抬起头看着天空，她正拿着手机，看到苏安安发过来的新年祝福短信。

霍笙过去，在烟花的绚丽中看到苏若初嘴角的笑容。他将苏若初搂在怀里，说了一声："新年快乐！"

新的一年即将开始，霍笙不敢再把他好不容易找回来的苏若初弄丢，他想好好地待她。

也有在大年夜里被打的人，比如蒋柔。

蒋柔知道自己那个家里的男人找过来了之后，她便躲了起来，不敢去顾墨成面前晃悠，生怕被那个男人逮住。要不是蒋家那边打来电话要她去吃个年夜饭，蒋柔是不会从小旅馆里出来的。

她走到蒋家门口，看了一眼四周，确定没男人的身影后才出去的。只是她一出现在蒋家大门口，一个人突然上来拽着她的头发就朝着她打去。

蒋柔猛地被打，第一个反应就是打她的是那个男人。她连忙要挣脱，男人抓紧了她的头发，嘴上骂："臭婆娘，让你不回家！让你出来偷人！"

男人下手的力道很重，打得蒋柔蜷缩在地上，她护着自己的头，尽量让自己缩成一团，不被他打中要害。

等打得差不多了，蒋家的大门才打开，出来的蒋家人从男人手中把蒋柔救了进去。

蒋柔恐惧地抖着身子。她最怕的就是这个男人找过来，他是怎么知道自己在这里的？真的是顾墨成吗？

蒋老太太看着被打得满脸是血的蒋柔，忍不住叹气："顾墨成到底要针对我们蒋家人到什么地步啊！为了个苏安安，他已经害得盛旭坐牢了。"

蒋盛旭的牢是坐定了，蒋老太太求助无门，只能眼睁睁地看着自己的孙子坐牢。顾家那边，顾臻根本不愿出手相助。

蒋老太太恨透了顾家人，更恨顾老太太和苏安安。

她的话，蒋柔听进去了。那男人找来，一定是顾墨成做的。顾墨成怕她影响他和苏安安的生活，就狠心地把那个男人找来带她回去。

蒋柔心痛，她也恨顾墨成和苏安安。

“你看你，都被打成这样子了。苏安安怀了孩子后，成了顾家人手里的宝。”蒋老太太故意提了一句，嘴角的笑意快速划过。

春节期间，顾家来访的人不少。虽然顾家人丁不盛，但是势力庞大，旁系或其他家族会趁机带着礼物上门拜访。今年顾墨成又在老宅待着，来顾家的人就更多了。

顾老夫人心情好，他们上门，她应酬着，说一两句话后就把话题转到苏安安身上，有意无意地炫耀着苏安安肚子里的孩子，苏安安怀孕的消息很快就传遍了名门贵族圈。

顾墨成结婚后，宁城的萧彦和韩龙逸更受其他小姐喜欢了，比起萧彦，她们更喜欢韩龙逸。

因为肚子里的孩子，苏安安收了不少礼物，远在景城的徐家，在知道她有了顾墨成的孩子后，还特意打造了一套珠宝送了过来。珠宝设计得大方、简单，项链上还刻着她的名字，她很喜欢这套珠宝。

顾墨成瞧了珠宝一眼，顿时觉得眼熟，有些事他虽然没有查，但是两套珠宝的设计风格相似，加上他知道些徐家的事……他没有把自己的猜想告诉苏安安。她的身世如何他没有兴趣，顾墨成只知道她是他的妻子。

过完了寒假，苏安安不仅收了一堆礼物，身材还圆润了。别人怀孕初期会有强烈的孕吐反应，她倒好，看着东西就想吃，特别是蛋糕。她每天尝着新鲜的奶油蛋糕，怎么可能不胖！

苏安安意识到自己圆润了，但是她饿得太快，不吃更是难受。顾老夫人也担心她饿，每天让佣人炖补汤给她喝。

苏安安在蛋糕和补汤的滋补下，脸圆了不少，她开始担心七八个月后自己的模样了。

因为在顾家老宅吃了睡、睡了吃，时间很快地过去了。开学时，苏安安还是想去读书，她打算读完上半学期之后，再回到家里养胎。

顾墨成知道她在家里待着也无聊，也就随了她，每天安排司机接她上下学。如果累了，她可以去学校附近的公寓休息。

顾墨成和苏安安商量好了，顾臻和顾老夫人也没意见。顾老夫人就是担心苏安安的安危，怕她摔了，或者被人推了，一不小心孩子没了是小事，苏安安吃苦是大事。

苏安安开始上学了，她怀孕的事学校里只有校长和班主任知道，肚子大了，别人自然知晓，她觉得没必要说出来。

她上完课后，想到宿舍里有些衣服没拿，便准备回宿舍收拾了带去公寓，司机在学校大门外等她。

进宿舍时，苏安安在楼梯上看到了苏雅。

苏雅和苏安安一样，都是怀着身孕的人，她穿着略带跟的靴子，白色的羽绒服衬得她瘦弱白皙。她也看到了苏安安，眼里闪过一丝诧异。

苏安安向旁边让了一步，尽量远离苏雅，她倒不是担心她撞到苏雅，是怕苏雅突然上来找她的茬。

苏雅看苏安安躲着她，更是奇怪。她走到宿舍门口时，一辆车子停在楼下，下来的男人是慕瑾瑜。

苏雅怀孕，慕夫人高兴坏了。他们和二房间的斗争缺的就是这个孩子，要是孩子生下来了，老爷子一定会高兴的。

所以，慕夫人对苏雅的态度变了，还吩咐慕瑾瑜好好照顾苏雅，另外，她和慕劲商量好了，苏雅怀孕的事要瞒着苏紫菡，不然以苏紫菡的性格，一定会和苏雅打起来。怀着孩子的苏雅，可打不得。

慕家人有心瞒着苏雅怀孕的事，苏二婶和苏雅却巴不得苏紫菡去闹，苏紫菡闹得越厉害，对苏雅进慕家就越有利。

“瑾瑜哥。”苏雅看到慕瑾瑜，脸上露出了笑容。

慕瑾瑜开的是奔驰，长得又不错，进进出出的女生看到苏雅一脸笑意地和慕瑾瑜牵着手，不由自主地向她投来羡慕的眼神。她享受着别人的羡慕，很喜欢这样的感觉。

“我刚才碰到安安了。”苏雅说道。

慕瑾瑜一愣，他忙着照顾怀孕的苏雅，不知道苏安安也怀孕的事。

“我们等她一起吃个饭吗？”苏雅笑着问。她今天来学校前，让苏二婶把自己怀孕的消息告诉苏紫菡，好让苏紫菡识趣点离开慕瑾瑜。这会儿看到了苏安安，她的脑海里突然有了另一个好主意。

她们三个姐妹，凑在一起一定很热闹。

“不用了。”没想到，慕瑾瑜一口拒绝了。

他对苏安安虽然还有念头，但苏安安是顾墨成的人、是顾家的宝，他不敢再接触。要是苏安安和他吃饭时出了事，顾家是不会饶过他的。

苏雅脸色沉了沉："也是，要是安安不小心把我撞了，就不好了。"

"上车吧。"慕瑾瑜扶着苏雅要上车走人。

苏雅站在慕瑾瑜打开的车门前，回头看着宿舍门口。

慕瑾瑜绕过车头坐到了驾驶座，一辆小车却忽然朝他的车撞了过来。

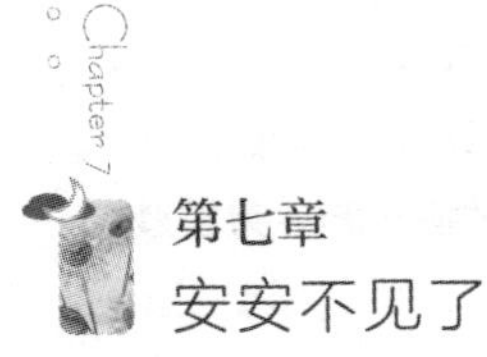

# 第七章 安安不见了

苏安安在宿舍里收拾自己的东西，宿舍的人没有回来，她和她们相处得不算很好，也不算很差。

顾夫人的头衔让人不敢靠她太近，她想起了傅芯。小芯要是在宁城，该多好。

苏安安把衣服装在袋子里拎着下楼。还没走到门口，就听到宿舍门口传来的吵闹声。一声冷厉愤怒的“浑蛋”让苏安安觉得耳熟，她从楼道的窗户往下看，看到苏紫菡正愤怒地朝着苏雅打去，在车里的慕瑾瑜还没来得及下车，苏紫菡已经一个巴掌朝苏雅打了过去。

苏安安对她们的争执不感兴趣。她猜得没错的话，肯定是苏雅怀孕的事传到了苏紫菡的耳朵里，性子急躁的苏紫菡就马上冲到学校门口来教训苏雅了。不过真是凑巧，苏紫菡打人的时候慕瑾瑜也在。

苏安安看到苏雅捂着被打肿的脸时，嘴角勾起了冷笑。

一定是苏雅算好了时间，故意让苏紫菡当着慕瑾瑜的面欺负她。

苏安安想到在医院里听到的苏雅和苏二婶的对话，她们想用苏雅怀的这个孩子进慕家。苏紫菡怎么可能主动让出慕少夫人的位置？蒋媚又不是吃素的。

“苏紫菡！你在干什么？”慕瑾瑜下车后看到苏雅站在苏紫菡面前默默流着泪，他大步走向前，心疼地将苏雅挡在身后，然后抬手朝着苏紫菡打去。

苏紫菡被慕瑾瑜打了更是恼怒，她大声骂道：“你还帮着她？慕瑾瑜，我才是你的妻子！”

“苏紫菡，你闹够了没有！”慕瑾瑜厌恶地看着苏紫菡。

苏紫菡心里发痛：“这个浑蛋跟你勾搭在一起就算了，还怀上你的孩子，我今天非打死她不可！”苏紫菡说着就冲上去想再打。

苏雅不怕，她有慕瑾瑜在前面挡着，苏紫菡闹得越厉害越好。

宿舍门口看戏的人多了起来，楼上的女生听到动静也跑下来看戏。

苏雅含着眼泪看着要打她的苏紫菡，余光瞥到走过来的苏安安。

苏安安怕被人撞到，特意往旁边走，没想到走在平地上还真有人撞了过来，苏安安下意识地伸手挡了过去，将撞过来的苏雅一把推到地上。

苏雅倒地，叫了一声：“瑾瑜哥，我的肚子！”

她的叫声让苏紫菡停止了动作，慕瑾瑜赶紧转身去扶她起来。

苏雅肚子里的孩子对他来说很重要，关系着他是否能掌握慕家的大权，孩子没了，他一定会被慕夫人和慕劲责怪死的。

“安安，你为什么要推我？”跌倒在地的苏雅抬起头看着冷脸的苏安安，她一手摸着小腹，又扭过头对慕瑾瑜说，“瑾瑜哥，我的肚子好痛。”

这会儿，苏雅期盼着她的肚子是真的痛。可她是故意跌倒的，控制了力度，肚子并不痛。

“苏安安。”慕瑾瑜不悦地吼道，“雅雅怀了身孕，你为什么要推她？”

想碰瓷……苏安安淡淡地说：“她自己撞过来的。”

她们刚才的距离可不止一两步，苏雅自己撞上来，苏安安怕她把自己撞倒，才下意识地推了她。她怎么样，都是她自找的。

“难道我让她撞啊？”苏安安反问。

苏雅一听，哭出声来，慕瑾瑜以为她痛得厉害，便紧张起来。

“安安，我怀了孕，就算是不小心撞过来，你也不能推我啊！”苏雅哭着说道。

如果刚才那一跤她被苏安安推倒，没了孩子，慕家一定会为她出面，苏安安的不懂事也会让顾墨成生气。

苏雅想到苏安安被顾墨成嫌弃，心里就止不住地高兴。

“我怎么知道你怀了孩子。”苏安安冷笑。

“可是你也不能推我。”苏雅哭着捂着肚子痛声叫出来，“瑾瑜哥，我的肚子痛起来了，怎么办啊？”

苏雅说话时中气十足，苏安安没有瞧出来她有不适的症状。

“雅雅别怕，我马上送你去医院。”慕瑾瑜连忙把苏雅扶起来。

没有事的苏雅哪里需要去医院，她站起来一脸泪珠地看着苏安安：“安安，你推了我，难道不该向我道歉吗？”

“道什么歉？”苏安安冷声道，“是你自己撞上来的。”

“我不是故意的。”苏雅忙着辩解，她看到苏安安朝她走来，故意做出害怕的模样，往后退去。

慕瑾瑜看苏安安过来，他忙伸出手护着苏雅。

苏安安不是苏紫菡，他不敢随便打，但是如果她要动苏雅，他不小心打了她，可就不能怪他了。

“苏雅，你说你的肚子痛，现在我的肚子也被你害得痛了起来，你说该怎么办？”

苏雅和慕瑾瑜一愣。

“你怎么能一样？我怀着孩子，你就算有顾先生护着，也不该这么对一个孕妇。”苏雅冷声指责。她当着围观的人，歪曲苏安安仗着顾墨成随意地在学校里欺负孕妇。

“呵呵！”苏安安冷笑一声，她抬起手真想给苏雅一巴掌，但被慕瑾瑜一把抓住了。

“安安！”慕瑾瑜冷声威胁道。

苏雅嘴角划过一丝笑意，她今天就是仗着肚里的孩子，让慕瑾瑜教训苏安安。

“你伤了我的孩子，就算顾先生知道，也会让你向我道歉的。”苏雅说。

“是吗？”苏安安冷笑，“我倒真想打你一下试试。”

慕瑾瑜握紧了苏安安的手。

“慕瑾瑜，你最好松手，不然一尸三命，你整个慕家都不够赔。”苏雅不是用孩子来压她吗，那她就以其人之道还治其人之身呗。不然，下次苏雅像对付苏紫菡一样直接来个小产陷害她怎么办？这种亏，苏安安不想再吃第二次。

“一尸三命？”慕瑾瑜一怔，雅雅怀的是一个孩子，这次B超结果出来后苏二婶一口咬定雅雅怀的是儿子。

苏紫菡反应过来，惊诧地看着苏安安，说：“你也怀孕了？”

苏雅的脸色顿时变了，她忘记了流泪，怔怔地看着苏安安。

“苏雅，你刚才故意撞过来，是想让我出事吗？我这肚子可比你的金贵。”苏安安笑着摸着自己的小腹，“我是顾墨成的妻子，是名正言顺的顾夫人。”

这话明显是在嘲讽苏雅想借着孩子成为慕少夫人。

“老夫人说了，谁伤了她的宝贝孙子们，谁就是和整个顾家作对。我现在的肚子也好痛。”肚子痛不痛都在她，苏雅能装痛，苏安安也能。

慕瑾瑜知道苏安安怀了身孕，已经慌了。如果苏安安肚子里的孩子出了事，整个慕家都得遭难。到时候慕老爷子生起气来，可能会直接把他赶出慕家。

“安安，这是一场误会。”慕瑾瑜说着松开了苏安安的手。

苏雅听到苏安安怀孕的消息，半晌后才回过神来。她还以为她能仗着怀有慕瑾瑜的孩子，让苏安安吃点苦头。不料，苏安安也怀孕了。这样一来，苏安安不是更被顾墨成和顾家宠着了？

苏雅握紧了手，狠狠地盯着苏安安的肚子。

“安安，对不起，雅雅她不是故意的。”慕瑾瑜推着苏雅让她跟苏安安道歉。

苏雅心里郁闷，是不是今天她的肚子真痛了，慕瑾瑜也会让她向苏安安道歉？就因为苏安安肚子里怀的是顾墨成的孩子。

“安安。”苏雅忍着怒意，抬起头对苏安安说，“对不起。”

论隐忍，苏安安很佩服苏雅，换作是苏紫菡，早上来动手了，才不管她肚子里怀的是谁的孩子。

“我不是故意的。”苏雅解释道，“刚才紫菡姐姐跑过来打我，我一害怕才撞到你的。”

慕瑾瑜跟着说：“是啊！安安，要不是苏紫菡跑过来打雅雅，雅雅不会撞到你的。”

苏紫菡听到他们的话气得满脸愤怒，在慕瑾瑜和苏雅没有反应过来之前，她猛地扑上去给了苏雅一巴掌。

苏紫菡除了打人巴掌、骂人浑蛋之外，其他的什么也不会。她要是有苏雅这点心计，慕瑾瑜也不敢和苏雅光明正大地在一起。

苏紫菡突然的一巴掌把苏雅打蒙了，这下她倒是真痛了，眼泪一颗颗地往下掉。

“紫菡姐姐，你怎么又打我？”

“做小三，确实该打！”苏安安抢在苏紫菡回答前说道，不是她要帮苏紫菡，而是苏雅今天不该把主意打到她的身上。

“安安，你……”苏雅一愣，听到苏安安骂自己“小三”，她眼里多了怒意，不过她还是装出一副委屈的模样。

“你什么？想说肚子痛？”苏安安的手摸向自己的小腹，“我现在倒是觉得自己的肚子有些痛了。”

这话一说，慕瑾瑜顿时慌了。苏安安肚子里的孩子要是真的出了什么事，顾墨成和顾家肯定饶不了他。

“安安，你的肚子怎么会痛？你不要故意害我们！”苏雅说，“我知道刚才我不该撞你，可你也把我推倒了啊。”

苏安安冷着脸听着苏雅胡言乱语。

苏雅被苏安安怀孕的事扰乱了心神，自己都不知道说什么话来辩解。她的解释很苍白，听得慕瑾瑜不悦起来。

苏紫菡也好，苏雅也好，在慕瑾瑜心里都不如慕家的大权来得重要。

“说话这么有力，你的肚子不痛了？”苏安安问。

苏雅脸色发白，她惊慌之下忘记自己肚子痛的事了。

“我……”苏雅想改口说自己肚子痛，却没想到苏安安先接了话，“你的肚子痛，我的也痛！不如一起去医院检查检查？”

苏雅根本没有事，去了医院也检查不出什么来，慕瑾瑜和苏雅也不想把事闹到医院去。

苏安安看着委屈极了的苏雅，出声警告道：“苏雅，我再说一遍，不要招惹我！你下次再故意搞事情，你的孩子出了事也是你自找的。”

苏安安说完，慕瑾瑜看了一眼哭泣的苏雅。

“还有，别瞎想我的老公，我就算没怀孩子，他也不会看你一眼。”苏安安说完转身就走，她才没兴趣留下来看苏雅演戏。

苏安安一走，慕瑾瑜就已经明白了苏安安话里的意思。苏雅想对慕瑾瑜解释，她的头发却被苏紫菡拽住了。苏紫菡把她拽到自己面前，又打了起来。

没了慕瑾瑜的阻拦，苏雅只能任由苏紫菡打了几下。等慕瑾瑜回过神之后，苏雅的脸已经被苏紫菡打肿了。

苏安安提着衣服往校门走去，走在校园的路上，她总感觉不对劲。她停了脚步，扭头往后面看了一眼，看到的是宁城大学的学生，没有什么怪异的人。

宁城大学是全开放式学校，来学校里的人不仅有学生，还有社会上的人。

快走到学校门口的时候，苏安安又停了脚步往后看了一眼。是怀孕的关系吗？她从一进入学校后就感觉到有人跟着自己。

她摇摇头，应该是错觉。

苏安安故意放慢脚步，在听到身后的脚步声后，她猛地转身。

跟在她身后的顾子铭被苏安安的突然回头吓了一跳："苏安安，你干吗？吓我一跳！"

苏安安再次肯定是自己的错觉，就算有人跟踪自己，这大白天的有什么好怕的。

"你找我有事？"苏安安问道。

"保护你！"顾子铭的眼睛移到苏安安的小腹上，"以后碰到那种渣男、渣女，记得打电话给我，我随叫随到！"

苏紫菡在宿舍门口堵着苏雅又打又闹的事，很快在学校里传开了。

苏紫菡和苏雅打架，顾子铭倒是不感兴趣，但是听到寝友说苏雅和苏安安动了手，顾子铭立即放下鼠标、丢下游戏跑到苏安安的宿舍门口去帮忙。

他们顾家人怎么能随便被别人欺负？而且苏安安还怀着孩子，作为孩子的哥哥，顾子铭觉得自己很有义务去帮忙打架。

他跑到宿舍门口，只看到苏紫菡揪着苏雅的头发打人，慕瑾瑜正忙着拉开她们，动手打了苏紫菡。

苏安安已经不在宿舍门口了，顾子铭跟着跑向学校门口找苏安安。要是苏安安出一点事，他肯定要被顾老夫人和顾臻扒掉一层皮。

"我没事。"苏安安说，"欺负我？苏雅还不够格。"再说，她有顾墨成撑腰，没人敢欺负她。

顾子铭不放心，对苏安安说："你也不喜欢二叔找一群人跟着你吧？那样太招摇了。以后我给你当保镖。"顾子铭是个行动派，心里这么想着，就给顾墨成打了电话过去。

苏安安本来想说不用，但是想到刚才有被人跟踪的感觉，她点头应了下来。现在她不能任性，有人跟着自己，家里人都放心。

顾墨成正有打算像上次一样找人保护苏安安，不过这样太影响苏安安的日常生活了。听到顾子铭的建议后，他答应了下来。

"二叔，你放心，我一定会保护好小婶子的。"

在顾墨成面前，顾子铭一口一个"小婶子"叫得勤快，他挂断电话后，就没有那么尊敬苏安安了。

“苏安安，以后我罩着你了，你得听我的话！”顾子铭说道。睡觉重要、游戏重要，但都没有苏安安肚子里的小家伙们重要。他身为小家伙们的哥哥，要保护好他们。

苏安安看着顾子铭温柔地对她的肚子说“哥哥会保护你们的”，她就忍不住笑。

顾子铭虽然贪玩、贫嘴，对她也没大没小，但是他能想到照顾她，就很不错了。

顾子铭和她都在宁城大学读书，他照顾着她，顾墨成和顾老夫人都放心。

作为一个尽责的保镖，顾子铭晚上一回去就主动和顾墨成汇报了苏安安在学校里的事。人不在现场的顾子铭在电话里添油加醋地和顾墨成提了苏雅诬蔑苏安安的事。

顾墨成接完顾子铭的电话后回到房间。

苏安安正好洗完头从浴室出来，看到顾墨成，说：“老公，你过来。”

顾墨成走到她的面前，她笑着把手里的毛巾递给顾墨成。因为怀孕的关系，她得少用吹风机。

顾墨成自然地接过毛巾，替她擦着头发，说：“刚才子铭和我提了苏雅诬蔑你推了她的事。”

“嗯。”苏安安点点头，她回头看了一眼顾墨成，“老公，你放心，我不会被人欺负的。”

顾墨成没有说话，他知道苏安安不会轻易地被人欺负，可是听到她受了欺负，他还是很心疼。在他看来，他的老婆，谁都不能欺负，他自己也不能。

“苏雅这种小白花，对付起来没有难度。”苏安安靠到顾墨成的怀里，湿漉漉的头发把顾墨成的衬衣染湿了。

“老公，你知道为什么有人觉得白莲花厉害吗？”苏安安扭头看了一眼顾墨成疑惑的眼神，想到他对网络词汇不了解，她笑了笑，解释道，“就是苏雅这样的，动不动装委屈掉眼泪。”

苏安安继续说：“其实苏雅的招数来来回回就是一点，装可怜。你要是慕瑾瑜那种喜欢柔弱女人的男人，我肯定输惨了。我不怕苏雅这种人，因为……”苏安安说着，转了身子朝着顾墨成的脸亲了过去，“因为我有一个好老公。”

苏安安冷不丁的一个吻让顾墨成眸色暗了下去。她刚怀孕，顾墨成最近一段时间一直都忍着，没有碰她。可以想象出，抱着苏安安，他得有多难受。

“安安。”顾墨成唤了一声，“你不要动来动去。”

苏安安朝他笑，两人相处久了，他的一个眼神她就能猜到他的意思。

“老公？”苏安安笑着叫顾墨成。

顾墨成深深地看着她，没有说话。

苏安安嘻嘻一笑，扬起嘴角朝着顾墨成的嘴又亲了过去。

“安安，别闹。”顾墨成哑着声音说，他吸了口气，让自己平静下来。可怀里的苏安安很不安分，他的心怎么可能平静得下来。

这个小丫头……顾墨成很无奈。

苏安安很开心地笑，她指挥着顾墨成给她擦头发，想到了一件事：“老公，我现在怀孕了，你会出去找女人吗？”

顾墨成不吭声，苏安安没有逼着他回答，而是自己回答着：“肯定不会。别人或许会，但是你不会。”

苏安安朝顾墨成笑，顾墨成内心深处因为苏安安的信任变得柔软。他什么都没有说，也没有承认她的话，她就很相信他，这种感觉让他很温暖、很踏实。

“老公。”苏安安窝在顾墨成的怀里，脸颊红了起来，她的声音跟着变轻了，“医生说，四五个月的时候胎儿很稳。”

顾墨成按着乱动的苏安安，声音低沉：“安安，别动。把头发擦干了，不然会感冒的。”

苏安安见顾墨成冷着脸，她应了一声，然后任由他给自己擦头发。

头发擦得差不多干的时候，苏安安听到顾墨成低沉着声音在她耳边说道：“那就等四五个月的时候，乖！”

突然冒出来的一句话让苏安安红了脸，她说那话是故意打趣顾墨成，逗他玩的。而他说得一本正经，他的眼神让她红了耳根，心跳快了起来。

顾墨成没说话，他搂着苏安安，低头吻住了她。

苏安安的心跳加快再加快，仿佛就要跑出来。

那些讨厌的人只要不惹他和苏安安，他对他们就能做到睁只眼闭只眼。但是有人招惹了他，不，是招惹了苏安安，顾墨成就会克制不住地去对付她，管她是不是女人。

苏雅诬蔑苏安安的事，苏安安是不在乎了，顾墨成心里很在意。他捧在手心宠着的老婆，怎么能让别人随便欺负？这次他如果不帮安安教训苏雅，宁城的女人都觉得安安好欺负，动不动背着他去找安安的茬怎么办？

苏雅跟着苏紫菡参加过宴会，但是那算不上什么大型宴会，宴会上的人也差不多只是和苏家实力相当。顾墨成举办的宴会，请的都是顶层人物，多少人削尖脑袋想进去，就连慕家也只有一张请柬。

顾墨成那边点名要慕瑾瑜出席宴会，苏紫菡不得慕瑾瑜喜欢，慕瑾瑜自然是带上苏雅。

苏雅欢喜极了，她想到能在宴会上见到顾墨成，便去店里做了美容，还花了钱买了套新衣服。

她有段时间没有见到顾墨成了，苏安安怀的是双生子，顾墨成这段时间肯定没有碰苏安安。

男人嘛，在女人怀孕的时候是耐不住寂寞的，就像慕瑾瑜，在她怀孕期间，他明明很讨厌苏紫菡，却为了解决生理需求回到慕家。

苏雅穿着礼服照镜子，她怀孕后孕吐很厉害，比起孕前更瘦，也因为怀孕的关系，她的皮肤变好了。她想，到了宴会，她找机会和顾墨成单独相处，喝了酒的顾墨成说不定会发现她变漂亮了。

如果顾墨成喜欢上她，她一定要抓住机会，哪怕把肚子里的孩子打掉也在所不惜。她一想到有机会接近顾墨成，做顾墨成的女人，全身的血液就沸腾起来。

慕瑾瑜来接苏雅的时候，发现苏雅穿着高跟鞋，还化了浓妆，他不悦地皱起眉头："雅雅，你不能穿这么高的鞋子，要是摔着了怎么办？"

慕夫人很重视苏雅肚子里的孩子，和慕瑾瑜交代了，不能同房，她也不能穿高跟鞋、不能化妆。今天的宴会，他以为她最多化个淡妆，没想到她会打扮得这么隆重。

"没事的。"苏雅看出慕瑾瑜不高兴，说，"我想顾先生专门到慕家邀请你参加宴会，我作为你的女人，不能丢你的脸。我就今天化个妆，回来后我马上洗掉。我穿高跟鞋走慢点，不会摔倒的。"苏雅放轻声音，"瑾瑜哥，我不想丢你的脸。"

苏雅两三句话后亲了亲慕瑾瑜的脸，她讨了他的欢心。他没再追问，任由她去了。

苏雅挽着慕瑾瑜的手出席顾氏举办的宴会，一进宴会厅的门，她就看到被人围着的顾墨成，他被人捧着，比她印象中的更有诱惑力。

顾墨成长得好看、有钱，还有势力，这样的男人怎么会不受女人的欢迎？

苏雅想，她的眼光是很好的，当初她第一眼看到他，不知道他的身份时就对他一见钟情。她没有苏安安那么好的运气，替苏紫菡嫁给顾墨成。

慕瑾瑜没有注意到苏雅看着顾墨成痴迷的眼神，他看到不少老总，想着趁这个机会好好地和他们拉拢关系，帮他在慕家稳住地位。

“雅雅，你自己找人聊天。”慕瑾瑜说完便放开了苏雅，去和人聊天。

苏雅看着慕瑾瑜一脸笑意地讨好别人，再看看顾墨成被人讨好，这两个男人一个天一个地，任哪个女人都会选择顾墨成。

她走到一边，拿了吃的，目光一直盯着顾墨成。他的举手投足，他偶尔嘴角划出的笑意无一不让她心跳加快、脸色发红。

看到顾墨成端着酒杯离开了人群，苏雅觉得自己的机会来了。她跟着顾墨成过去，看到顾墨成一个人在厅外的走廊上抽烟。

走廊离宴会厅不远，隔了一道消音的玻璃门，玻璃门将宴会厅和走廊分离成两个世界。

顾墨成在顾家几乎不抽烟，他怕熏着苏安安，但是到了外面或是顾氏，还是会忍不住抽几根。他烟瘾太重，完全戒掉几乎不可能。

苏雅站在玻璃门处，看到顾墨成一个人抽着烟。

她喜欢他，就连他抽烟的动作，她都觉得迷人。慕瑾瑜也抽烟，但是慕瑾瑜身上的味道总让她觉得难受、厌恶。

“谁？”顾墨成捏着香烟，转过身问。

苏雅走出来，顺道将玻璃门拉上，她羞涩地站在顾墨成面前，抬起头瞧了眼顾墨成，又低了下去，轻声道：“顾先生好！”

她喜欢顾墨成，又怕顾墨成。

“是你。”顾墨成声音淡淡的。

苏雅抬头看到顾墨成嘴角的笑意，顿时心花怒放。顾墨成竟然对她笑了，难道他对她有意思？

“顾先生，你一个人在抽烟？”苏雅微笑地问。

顾墨成没有说话，他抽着烟打量着苏雅。

苏雅自信今天的她很漂亮，怀孕后的她不仅没有像苏安安那样变胖，而且皮肤变得细腻有光泽。

她等了半会儿，听到顾墨成开口："嗯。"

苏雅一喜，嘴角的笑意更浓，顾墨成竟然和她说话了。在这之前，苏雅再怎么搭讪，他都不会和她多说一个字。不过，回想起之前和顾墨成相遇的情景，苏安安都在。

苏雅不禁浮想联翩起来，觉得顾墨成是碍于苏安安在场，把对她的兴致压了下去。男人都喜欢柔弱的女孩子，柔弱能让他们产生保护欲。

"安安推了你？"顾墨成开口道，他的目光越过苏雅看向玻璃门。苏雅正低着头，没有看到顾墨成嘴角勾起的冷笑。

"不是的，是我不小心撞到安安的。"苏雅不知道顾墨成问这话的意思，她赶紧解释，把责任揽到自己身上，总是不会错的。

"不管怎样？安安推了你，是她的错。"顾墨成没有为苏安安说话，反而说，"安安该向你道歉。"

苏雅不敢相信顾墨成的话，她抬起头怔怔地看着顾墨成："不用了。安安她怀了孩子，她也是为了孩子才推我的。"

苏雅肯定，苏安安回去同顾墨成告状了。现在她把责任归在自己身上，顾墨成听着肯定会觉得苏安安任性。

"安安怀孕后，是任性了很多。"

顾墨成是在责怪苏安安？苏雅欢喜，但是不敢在顾墨成面前表露出自己的喜悦。

"怀孕的女人脾气是会见长的，而且顾先生你对安安又好。"听着苏雅像是在为苏安安说话，其实是在说苏安安被顾墨成宠得脾气变坏了

顾墨成没有说话，淡淡地看着苏雅。安安被宠坏了，他也愿意继续宠。

"还是你脾气好。"顾墨成故意说。

苏雅的眼睛亮了，她惊讶地看着顾墨成，她肯定顾墨成就是对自己有兴趣。

"顾先生！你这么说安安听到会不开心的。"

顾墨成冷笑："是吗？听说你也怀了身孕，恭喜！"顾墨成换了话题，想尽快把苏雅的事解决掉，不想和苏雅多聊下去。

苏雅突然恨起自己当时为什么要留下孩子了，瞒着慕瑾瑜偷偷打掉多好。苏安安有了孩子，不是给了她接近顾墨成的机会吗？

苏雅后悔起来，她低下头，没回顾墨成的话。

顾墨成又说："可惜了！"

“可惜什么？”苏雅抬头追问。

“如果你没有孩子多好。”顾墨成冷着脸说了一句。

看惯了顾墨成冷着脸，苏雅没有看出顾墨成眼里的厌烦。

“顾先生！”苏雅欢喜，放轻声音唤道。

“你怎么会跟慕瑾瑜的？真是可惜了。”顾墨成又道。

他的话让苏雅伤心起来，那天要不是顾墨成扔下她，她是不会和慕瑾瑜好上的。慕瑾瑜哪里比得过顾墨成。

“顾先生，你不是不喜欢我吗？”苏雅红了眼眶，掉出了眼泪。

顾墨成看着她的眼泪，想起安安之前说的“白莲花”，可他为什么看着苏雅的眼泪就觉得厌烦，反而想念苏安安明媚的笑容？

“喜欢了又怎样？”顾墨成忍着心里的厌恶，平淡地说，“你好好跟着慕瑾瑜吧。”说着，顾墨成把手中抽完的香烟扔进旁边的垃圾桶里，他正准备走出走廊，苏雅壮着胆拉住顾墨成的手。

顾墨成将她的手甩开，说道：“苏小姐，请你自重！”

“顾先生，你刚才说喜欢我的。”苏雅含着眼泪说。

“是又如何？”顾墨成反问，“你现在已经有了慕瑾瑜的孩子！你喜欢的人也是慕瑾瑜。”

苏雅陷入顾墨成的魅力中，她含着眼泪解释：“不是的！我一直以来喜欢的人只有你！从在医院看到你的第一眼，我就喜欢上你了。”苏雅把自己的心里话全说了出来，“我好后悔比安安迟了一步遇到你，不然我现在就能和你在一起。”

“顾先生！”苏雅哭着抓着顾墨成的手，“包厢那次，你为什么要扔下我？你不应该把我扔下，让慕瑾瑜糟蹋了我。”

苏雅哭得伤心，更加觉得她和慕瑾瑜在一起，是在被慕瑾瑜糟蹋。她在慕瑾瑜面前却说，遇到他是她的幸运。

“苏小姐，我不喜欢被人设计。”顾墨成转身，冷着眸子看着苏雅，“若不是你太过急躁，给我那杯酒……”顾墨成不喜欢被设计，更不会去碰他不爱的女人。

他的话半藏半露，足够让苏雅胡思乱想起来。苏雅明白了，顾墨成高高在上惯了，向来都是他掌控别人，一旦别人设计了他，他只会更恼。

她后悔极了，要不是她太过急切，想算计顾墨成，她也不会和慕瑾瑜在一起。

“我知道了。”苏雅哭着说，“是我的错。顾先生，我太爱你了，所以才会听我妈妈的话，想到那个馊主意。如果重来一次，我一定不会那么做。我会在你的背后一直注视着你，看着你。”苏雅尽量把话说得动情，让顾墨成被她的痴情感动。

顾墨成笑：“只能说，我们有缘无分。你现在有了慕瑾瑜的孩子，就好好和他在一起吧。”顾墨成说完转身要走。

苏雅觉得她这次把他放走了，就再也没有机会和顾墨成说话了。

“顾先生，我爱你！我真的很爱很爱你，我不介意做你的情人，不介意没有名分。”苏雅哭着说道，她的眼泪一颗颗掉得更多了。

顾墨成被她抱住时，脸上顿时染上了寒霜。他伸手将苏雅的手从自己的腰间掰开，带着怒意说道：“放手！”

苏雅抱紧他，不肯放手：“顾先生，给我一次机会！我什么都愿意为你做！”

顾墨成的力道很大，他将苏雅的手扯开，转过身冷冷地盯着哭得凄惨的苏雅：“苏小姐，过去的事就让它过去吧，你现在是有身孕的人，不顾自己你也得顾着孩子。”

“不要！”苏雅知道顾墨成的心里原来是有自己的，她顿时不想和慕瑾瑜在一起了，“我可以不要这个孩子！顾先生，我的心里只有你。和慕瑾瑜在一起是因为你不要我。”苏雅哭着说道。

慕瑾瑜脚踏两条船，这样的男人，她根本看不上，也没有爱上过，她继续说：“和他在一起，我好痛苦！我厌恶他、恨他，和他在的每一秒都像是在受罪！顾先生，我为了你什么都可以不要，包括这个孩子。”苏雅强调道。

顾墨成背对着苏雅，他看着玻璃门外面走来的男人，扯起嘴角冷笑道：“你想打掉他的孩子，他同意吗？”

“是他强迫了我，我恨他都来不及，又怎么会生下他的孩子？”要不是为了自己能过上好日子，苏雅才不会给慕瑾瑜生孩子。

苏雅说完这话，顾墨成打开玻璃门，走了出去。

苏雅连忙追上去，走出玻璃门时，她看到迎面走来的慕瑾瑜黑着脸，顿时怔住了。

慕瑾瑜的脸色很难看，他一定是看到自己和顾墨成在一起，误会了什么才会这么生气的。

苏雅想不到走廊上装了监控，而他们的对话正在宴会厅的大屏幕上播放。

“瑾瑜哥。”苏雅忙抹去眼眶边的泪珠，她没有得到顾墨成前，不能把慕瑾瑜放走，他虽然渣，但是他现在对她不错，她还要利用他进慕家的门。

“我凑巧和顾先生遇到。”苏雅笑着解释道。

慕瑾瑜的脸色铁青，他感觉自己头上顶着一片“青青草原”。

苏雅和顾墨成的对话在宴会厅的大屏幕上播放着，所有人听得一清二楚。宴会上的人知道苏雅是慕瑾瑜带来的，也听出来了是苏雅不要脸地勾引顾先生。

顿时，宴会厅里沸腾起来，一个个指着慕瑾瑜说慕瑾瑜没有眼光，特别是苏雅说她可以为了顾墨成打掉慕瑾瑜的孩子时，所有人都说，这女人不要脸不说，还心狠。

除了在和苏紫菡的婚礼上被人指点外，这是慕瑾瑜第二次被人议论，他在宴会厅里没有脸面待下去了。原本和老总套好的近乎也因为苏雅勾搭顾先生的事情泡了汤。

慕瑾瑜在宴会厅里待不下去，立即出来找苏雅。苏雅这个浑蛋，骗他骗得好惨。

“浑蛋！”慕瑾瑜抬手打向苏雅。

苏雅原本止住的眼泪又流了出来，她委屈地捂着被慕瑾瑜打肿的脸，说：“瑾瑜哥，你为什么打我？我真的是和顾先生凑巧碰到了。”

“凑巧？”慕瑾瑜冷笑道，“你不是说为了顾先生，可以打掉我的孩子吗？浑蛋！”慕瑾瑜又骂了一声，要不是在外面，慕瑾瑜绝对不会只打苏雅一个巴掌。

宴会厅那么多人，全都听到了苏雅是怎么对顾墨成告白的。

她不要脸也罢了，还把他的脸给丢光了。这边，苏雅口口声声说爱他，哪怕是做小也愿意为他生孩子；那边，她却抱着顾墨成说她是被他糟蹋的，要打掉孩子。

慕瑾瑜发觉苏雅比苏紫菡还要可恶，苏雅表面上柔柔弱弱的，实则心机深重。

“什么？”苏雅不可思议地看着慕瑾瑜。慕瑾瑜是怎么知道她和顾墨成的对话的？

慕瑾瑜看了一眼身后走过来的人，忍住心里不断冒出的怒火：“我回去再收拾你！”他厌恨地转身先走了。

苏雅看到慕瑾瑜走了，她跟了上去。要出门得经过宴会厅，到了宴会厅里，宾客们看到她的出现，都对她指指点点。

“这个女人真是不要脸，做了慕大少的情人，还想勾引顾先生！”

“她怎么也不拿镜子照照，就这样的，顾先生怎么可能瞧得上！”

“是呀，她还怀着身孕。”

“怎么有这种女人！”

难听的议论声让苏雅伤心地哭了起来，她环顾四周没有找到慕瑾瑜，也没有看到顾墨成，然后她一个人受着他人的指指点点穿过了宴会厅。

宴会厅的大屏幕突然传来了声音，苏雅扭头看去，是自己和顾墨成在走廊上的情景。

她脸色煞白。为什么她和顾墨成会在上面？是谁那么大胆把她和顾墨成的视频放上去的？是谁？

苏雅紧接着想到这是顾墨成的宴会，没有顾墨成的允许，谁敢监视顾墨成？

是顾墨成！为什么？顾墨成为什么要这么害她？苏雅不明白，她心痛极了，眼泪大颗地掉下来。在众人的议论声中，她哭着快步出了宴会厅。

顾墨成离开走廊后，径直离开了宴会厅。

这场宴会的目的已经达到了，他没有必要留下来。谁会想到，顾墨成为了给老婆出气，不仅花钱办了这场宴会，还牺牲了美色。

他出了宴会厅后，先去酒店套房洗了个澡。

想到被苏雅碰过的手，顾墨成不舒服起来，连洗了几遍。他是有洁癖的，除了安安能碰他的身体，其他女人都不行。

助理给顾墨成送来衬衣，看着自家先生正在给夫人打电话，他忍不住发笑。

先生的牺牲真是大，为了帮夫人出气，他不惜牺牲美色，让苏雅把心里的话全说出来了。

顾墨成和苏安安打完电话后，看到助理一脸笑意地盯着自己，他皱眉：“怎么了？”

“先生真是伟大。”助理笑着调侃道。

顾墨成和苏安安在一起后，脾气也变好了，助理知道自己调侃几句没什么关系。

“是吗？”顾墨成扯着嘴角，他的妻子受了委屈，他作为丈夫必须为她做些什么。

“慕家的项目凡是慕瑾瑜负责的，一概不接。”顾墨成又说。

助理只觉得夫人真是幸运，遇到顾先生这样的丈夫。不过顾先生也是幸福的，找到顾夫人这么漂亮有趣的妻子。

苏雅的事还没有完结，有人为了讨好顾先生，特意把宴会厅里的视频发到了网上。

网络的力量强大得让苏雅瞬间被人给扒了家底。苏雅抢了自己堂姐的老公，还怀着他的孩子，这种不要脸的行为被宁城人不耻。

慕瑾瑜之前喜欢柔柔弱弱的苏雅，但在众多的唾沫中，他对苏雅厌恶起来。曾经他说过的要对苏雅负责的话也全被他抛到脑后。

慕瑾瑜脚踏两条船，踩的还是堂姐妹的船，这极大地影响了慕家的股价。在苏雅的事发生的第二天，慕家股市一开盘就跌到底了。慕家二房趁这个时机，说服股东把慕瑾瑜赶出了慕氏。

慕瑾瑜才进慕氏一个月就被赶走，这让慕劲觉得丢脸极了。他对慕瑾瑜失望透顶，决定舍弃培养了这么多年的慕瑾瑜，然后他想到了外面的私生子。

慕瑾瑜帮不了他，那么他找能帮他的人进慕氏。

苏安安眼睛盯着手机里苏雅拽着顾墨成手的画面，虽然顾墨成的脸被剪辑掉了。

顾墨成回来时，苏安安就盯着顾墨成的手看，视频里，苏雅碰了顾墨成的手。

顾墨成瞧出苏安安的不开心，他走过去，看到苏安安在看自己和苏雅的视频，问："怎么了？"

苏安安盯着顾墨成的手："她碰了你的手。"

顾墨成一笑，坐在了苏安安的身边。小丫头的醋劲真大。

"我洗过了。"顾墨成笑道。

他说完，苏安安握住他的手："老公，你是我的。"她看到苏雅和顾墨成的图片时，第一反应就是苏雅要是敢碰她老公，她就剁了苏雅的手。看完整个视频以及后面的文字之后，她心里甜了起来。

没有顾墨成的允许，谁敢乱写他的事。所以苏安安知道，这一切都是他安排的。他是在帮她出气。

这个事过后，苏雅肯定会被慕瑾瑜厌恶，她又怀了慕瑾瑜的孩子，不管这个孩子留不留，她的结局都不会好。

苏安安没那么好心同情苏雅。苏雅不看上别人的老公，就不会有今天的遭遇。种什么因，得什么果。

“是吗？”顾墨成勾起嘴角。

“老公，你全身上下都是我的。”苏安安再次说道。

顾墨成因为苏安安的话，心情大好，搂着她道：“对，我是你的，你一个人的！”

蒋柔看到苏雅勾引顾墨成的新闻，对苏雅很不屑。就苏雅这样的，也想勾搭顾墨成？

她在这条新闻下留言，骂苏雅不知羞耻，她的头发却猛地被人拽住，她回过头，看到令她害怕的脸。

这是她第二次在蒋家门口碰到这个男人，她故意一大早出门，没想到他竟然在蒋家大门口守着。

“臭婆娘跟我回家！”男人力大，一巴掌打得蒋柔发晕。

蒋柔就算是死也不要和这个男人过日子了，她被蒋老太太带出来，这个男人肯定认为她是偷跑出来的，如果她跟他回家，一定会被他打死的。

“我不回去！”蒋柔挣扎道。

“你居然敢跑到宁城来找旧情人，你个贱货。”男人又骂了一声，抓着蒋柔就打。

蒋柔痛得眼泪直掉，她嚷道：“对，我爱他，我来这里就是找他。我告诉你，这里是他的地盘，你敢打我，他会找人把你杀了。”

男人的脸色顿时黑了下来，之前住在这里的蒋老太太已经告诉他了，蒋柔是为了一个叫顾墨成的男人留下来的。顾墨成是蒋柔的情人，顾墨成在宁城的势力很大，他得罪不起。

蒋老太太苦心破口地劝他放弃蒋柔，不要得罪顾墨成。他对蒋柔没有多少感情，但蒋柔是他花钱买来的，就是死了也是他的人。他按照蒋老太太说的去顾氏找顾墨成，可是他根本进不去顾氏大厦，更别说找顾墨成算账了。

“浑蛋！”他大骂了一声，又要打蒋柔。蒋家的人出来，将蒋柔带走了。

他没有办法，打不过蒋家的一群人，只能看着自己的老婆被带进去。

蒋家的佣人将蒋老太太的关照转达给他。

男人对权势没什么概念，他只知道自己的东西不能被人抢走。

佣人走在前面，见男人可怜，说道：“不如，你去找顾墨成的老婆试试看。”

顾墨成的老婆？男人上次就从蒋老太太的口中了解到一些消息，顾墨成对这个在宁城大学读书的老婆很好，很听她的话。他见过顾墨成的老婆，觉得蒋老太太的话很有道理。

顾子铭说了，苏安安在宁城大学期间，由他保护她，所以每天早上老宅的司机开着车过来接苏安安去学校时，顾子铭都觉得让司机载他和苏安安去学校是多此一举，他和苏安安的车技不知道甩老宅的司机大叔几条街。

就是因为知道顾子铭性子急躁、爱和人较真，所以顾墨成才不放心，让老宅那边安排了司机。要是让顾子铭开车送苏安安去学校，这两个家伙，万一在路上遇到个车子开得不错的人，说不定又要出什么幺蛾子。

苏安安怀了身孕，会控制着自己，顾子铭可就不好说了。

顾墨成想得周全，司机送顾子铭和苏安安去学校的路上堵车了，顾子铭果然急得恼了起来。

"你怎么开得这么慢？超过去！那里不是有路吗？你怎么不开？"

司机大叔委屈："后面有车跟着，我往那边开它会撞过来的。"

顾子铭郁闷死了，油门踩下去，速度提起来，把后面的车都给甩远了，它还撞什么撞。

顾子铭看司机大叔开车难受死了，恨不得自己帮他开。可顾墨成发了话，不许顾子铭碰这车子。

顾子铭扭头看看靠在椅背上养神的苏安安，抱怨道："二叔真是的，这么不放心我的技术！"

"嗯，我也不放心。"苏安安说。

她虽然也觉得司机大叔开得慢，但是她现在是怀着身孕的准妈妈，要为肚子里的宝宝着想。让顾子铭开车，她也不放心。

顾子铭后悔了，他不该一时兴起接下保护苏安安的工作。车子开不成不说，他还得跟着苏安安去上课。

顾子铭突然间觉得接下来的半年，他会很悲惨。

陪苏安安上了半天的课，逃惯了课的顾子铭从上课一直睡到了下课。他好困、好无聊，接下来还有半天，真是够他煎熬的。

苏安安看顾子铭熬得辛苦，吃完午饭后，她对他说："你去晃晃吧，我下课的时候再通知你一起回去。"

学校里人那么多，苏安安觉得自己出不了什么事，就算出事了，她随便一叫就会有人来救她的。

顾子铭犹豫着，他答应了二叔要照顾好苏安安的，现在自己跑去上网打游戏，被二叔知道肯定要骂他。

“你去吧，我不会和你二叔说的。”苏安安笑着说，“你二叔在学校又没有眼线，不用怕。”

经苏安安一说，顾子铭动摇了。

“行！那我去杀几局，你上完课等我啊！”顾子铭说道。

苏安安点点头，朝着顾子铭挥挥手。

其实带着顾子铭来上课，她也感觉不舒服，不是说别人议论她和顾子铭怎么样，而是顾子铭上课睡觉还打呼噜，影响她学习。讲台上的教授知道顾子铭的身份也不敢多说什么，可是她要听课。

把顾子铭赶走了，苏安安到宿舍里休息了一会儿，然后再去上下午的课。她要在休学之前，多学点东西，不能把学业给荒废了。

下午的课老师布置了作业，需要去图书馆查找资料。晚上和顾子铭在学校里吃饭时，她给顾墨成打了电话，说迟些回去。

有顾子铭在，顾墨成很放心，他嘱咐苏安安注意安全，然后让苏安安把电话给顾子铭，又跟顾子铭交代了几句。

吃完晚饭后，苏安安要赶往图书馆把该找的资料找齐。顾子铭想到他的游戏还没有打完，心里痒痒的。苏安安便和顾子铭商量，她在图书馆看书，他去网吧玩游戏，时间差不多的时候她打电话给他。

顾子铭觉得这法子可行，主要是游戏太诱人，图书馆的书太枯燥。

顾子铭不喜欢读书，苏安安知道逼着他留在图书馆，会把他闷坏，到时候他肯定会打扰她找资料。

图书馆里时间过得很快，等到肚子里的宝宝们提醒她该休息了时，苏安安才打开手机发现已经是晚上八点钟了。要是平时，在图书馆待到十点多，苏安安都不觉得晚。但是现在不行，作为准妈妈的她要早点休息。

苏安安给顾子铭打了电话，和他约好在学校门口见面。

学校这个点，有的系还在晚自习，没有下课，所以路上的人不是很多。

路灯很亮，苏安安却莫名有些害怕，安静的学校街头，为什么她和上次一样感觉有人在跟踪自己？

苏安安不由自主地加快脚步，到了学校门口后，没有看到顾子铭。她给顾子铭打了电话过去，顾子铭正玩得起劲，对苏安安说：“再等我十分钟，这盘游戏结束。”

苏安安挂断电话后，先给家里的司机大叔打了电话，和他说了地点，让他来接自己。

因为晚上冷，学校门口的保安进了值班室里用手机看电视，苏安安坐在公交车站牌下等着顾子铭和司机大叔过来。

跟着苏安安过来等车的有两对情侣，还有一个裹得很严实的男人。

苏安安等得无聊，于是拿出手机玩了起来，抬起头时，身边的两对情侣已经招手拦了出租车走了。

顾子铭全神贯注地结束了游戏，他疲惫地靠在椅子上伸了个懒腰，然后想起来和苏安安的约定，他慌忙地拿起手机看了一眼时间。还好还好，说好十分钟，他才花了五分钟就把游戏结束了。五分钟内他肯定能赶到学校正门，和苏安安碰面。

顾子铭开心地起身到网吧柜台结账，顺带给苏安安买了杯温热的奶茶。

他到公交站牌的时候，看到熟悉的车子停在面前，顾子铭上前，认出里面出来的男人是自家二叔，连忙跑了过去，笑着讨好道：“二叔，你怎么来了？”

他跑到网吧玩游戏的事不能穿帮，不然二叔知道他丢下苏安安一个人在学校，肯定会生气。

“接安安。”顾墨成说。

顾墨成忙好顾氏的事刚回到顾家，听陈叔说苏安安还没有回来，不过打了电话要司机去接她。

一天没有见着苏安安，顾墨成想她了，便自己来接苏安安了。

“哦。”顾子铭笑道，“我刚给安安买奶茶去了，风怪冷的。”他说着，举起手里的奶茶。

顾墨成看了一眼附近，没有见到苏安安的人影，问顾子铭：“她人呢？”

顾墨成一说，顾子铭才反应过来他到这里时，好像没有看到她。

“她和我说在公交车站牌这里等，怎么一会儿就没人影了？”顾子铭心里不安起来，他说话的同时掏出了手机，给苏安安打电话。

苏安安的电话是通的，顾子铭拿着手机扭头笑着看看顾墨成。

“苏安安，你快接电话！千万不要出什么事。”顾子铭心里很着急。

电话是通的，但是没有人接。

“安安不知道怎么回事没接电话？”顾子铭连打了两个电话，结果都是一样。

通是通了，但是苏安安没有接他的电话。不会是苏安安看他这么久没有来，生气了？

顾墨成听到顾子铭的回答，黑了脸，他拿出手机，也给苏安安打了电话。结果和顾子铭一样。

顾子铭看着顾墨成的眉头皱了起来，心里满满的不安。

“二叔，安安的电话还是没人接吗？”他小心翼翼地问。

“你们刚才一直在这里等？”顾墨成冷冷地问，他虽然担心，但是没有顾子铭表现得那么慌乱。

顾子铭点点头，又摇摇头。他挣扎了一下，犹豫道：“其实我刚从网吧出来，安安去了图书馆，我太无聊就到学校附近的网吧上网，我们两个说好这个时间点在这里等家里的司机来接的。”

顾子铭说话的时候，他看到顾墨成的脸色阴冷下来，眸底的寒意比这会儿的天还要让他发冷。他预感到苏安安出事了，不然她不会不接顾墨成的电话的。

他害怕又歉意地对顾墨成说：“对不起，二叔。”他答应了顾墨成会照顾好苏安安的，但是这会儿他把人给丢了。顾子铭懊悔死了，自己就不该贪玩丢下苏安安一个人，她有了身孕，遇到坏人了肯定不能撒腿就跑。

顾墨成冷冷地看着顾子铭，没有出声责备顾子铭。人已经丢了，再骂顾子铭没有什么意义了。

他打了萧彦的电话，萧彦正在和女人厮混，听到不停响的电话声顿时皱起了眉。

“哪个不识趣的？这时候打扰我！”

萧彦骂完后，听到电话那头顾墨成冷冰冰的声音：“我！”

到底是穿一条裤衩长大的兄弟，萧彦听出了顾墨成语气里的不悦：“顾墨成，下次你能不要大晚上打电话给我？”萧彦恼道。

“安安不见了。”顾墨成说道。

萧彦一愣，立马回复：“我知道了。”说完，萧彦挂了电话，下床穿上自己的衣服。床上的女人看萧彦要走，起身抱着萧彦：“爷，你这是要去哪儿？”

“爷有正事要办，没空陪你了。”萧彦转身拍了拍女人的脸，然后从兜里拿出一张卡，“自己买东西去。”

此刻苏安安的安危才是最重要的。苏安安要是没出事，顾墨成也不会着急地打电话让他派人去找。

萧彦想知道，在宁城到底是谁敢掳走苏安安？上次蒋家因为把苏安安带走，已经被顾墨成整得不成气候，应该不可能是蒋家。

顾墨成给萧彦打完电话后，顾子铭跑到学校里的保安室，问他们有没有看到苏安安。

保安室里的保安只顾着看电视剧，没注意到苏安安，倒是有个学生说，刚才看到一个女孩在公交车等车，不过后面她和一个男人走了。

顾子铭急忙跑回来和顾墨成说，他想打电话让顾臻找校长帮忙找人。

顾墨成立马拦住了：“安安失踪的事不要告诉他们。”两个老人家要是知道安安不见了，一定着急。在没有找到苏安安的下落时，顾墨成不希望安安的事让他们担心。

顾子铭点点头，心想着顾臻的身体不好，听了顾墨成的话。

顾墨成和顾子铭两个人进了学校，打算查看学校的监控，顾墨成的手机突然响起，是苏安安的号码。

顾子铭也看到了，紧张地看着顾墨成接了电话。

“你是顾墨成吧。”

和顾墨成猜想的一样，说话的人不是苏安安，是一个陌生男人的声音。

“我是。”顾墨成应道，“你要什么？”把苏安安带走，肯定是有利可图，钱或者别的。

那头的男人一怔，他没有想到顾墨成这么直接，看来他手中的苏安安对顾墨成来说很重要。

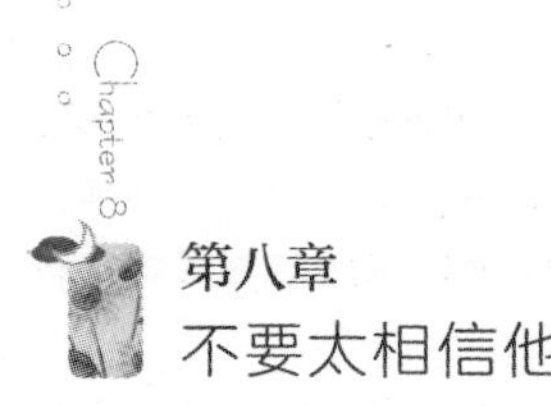

# 第八章 不要太相信他

要不是因为苏安安怀着身孕，她根本不会受人威胁乖乖地同他走。在公交车站牌等人的她，在看到身边的两对情侣走后，没有在意剩下的那个男人，当男人走到她身后，用刀抵着她的后腰时，她才反应过来，这个男人是冲着她来的。她最近总感觉被人跟踪并不是她的错觉。

“你是顾墨成的老婆吧？”男人问。

男人说得肯定，苏安安扯不了谎。她和顾墨成的婚礼办得隆重，她也因为顾夫人的身份在宁城大学受人关注。这个男人是冲着顾墨成来的？是要挟她向顾墨成要钱吗？

苏安安正想着，明显感觉后腰上的刀离她更近了，苏安安有些害怕起来。她担心男人真用刀捅了自己，然后伤到肚子里的宝宝。

“是的。”苏安安应道，“你要什么？”

男人没有说话，他一手空出来拽住苏安安的手臂，然后带着苏安安在路边拦住一辆车子。

“上去。”男人语气不好，逼苏安安上车。

苏安安没有选择，肚子里有宝宝，她不敢走错一步。

他们上车没多久，苏安安放在口袋里的手机响了起来。她看了一眼身边的男人，男人没有说话。苏安安不敢接电话，手机跟着响起一次又一次，出租车师傅觉得奇怪，问道：“你电话响了，怎么不接？”

苏安安对师傅说：“不想接。”她说话间，用脚踢了踢前面的师傅。师傅虽然觉得奇怪，但也没有多问。

男人怕出租车师傅看出端倪，很快和苏安安下了车。他拿了苏安安的电话，打了未接电话里面的第一个号码过去。给苏安安打电话的应该就是她的老公顾墨成。

顾墨成问："你要什么？"

男人一愣，看了看苏安安，这夫妻两个真是心有灵犀，问他的话都一样。可是他们夫妻的关系既然这么好，顾墨成为什么还要抢他的老婆？有钱的男人就是花心，喜欢家里养一个，外面再养一个。

"我要我老婆！"男人愤怒道，"顾墨成，晚上十二点前，把我老婆还给我！不然，你就等着给……"

"好！"

"给你老婆收尸"这几个字还没出口，男人就听到顾墨成答应了。男人愣了一下，没敢和顾墨成继续说下去，怕时间久了泄露了自己的行踪。他用自己的手机记下顾墨成的号码，然后把苏安安的手机给扔了。

找顾墨成要钱的不少，但是找顾墨成要老婆的还是第一个。

苏安安觉得奇怪，找顾墨成要老婆，这是什么情况？

男人脸上的口罩已经摘下来了，露出一张饱经风霜的脸，怒声对苏安安喝道："看什么看？快点走！"说着，他用刀顶着苏安安的后腰，催促着苏安安离开。

苏安安乖乖地听他指挥，她没想过逃跑。

"你老婆是谁？"苏安安小声试探。

提起蒋柔，男人恨得直咬牙。

"是不是有误会？我老公怎么会和你老婆在一起。"

"没有误会！"苏安安刚说完，男人厉声道，"就是顾墨成带走我老婆的！"

蒋柔在老家突然失踪，男人认定是顾墨成做的。

"有钱的男人都是浑蛋，他放着你这么漂亮的老婆不要，跑去和我抢！"男人说着又骂道，"蒋柔这个臭婆娘，敢在外面给我戴绿帽子！我抓到她后一定要打死她。"

苏安安回过头看了一眼男人眼里的怒意和恨，身子不由自主地一颤。这个男人好像有暴力倾向，她一定要尽量顺着他，等顾墨成来救自己。

"不要脸的贱货，不跟我回去，她嫌老子没钱！"男人骂道，"你放心，等你老公把人带来了，我会放你走的。不过，听说你老公和她是初恋，他未必会把蒋柔带来。"

苏安安没说话。蒋柔看上去不像眼光很差的女人，怎么会挑了这么个男人？

“要是他不把蒋柔带过来，我就把你杀了。”男人目露凶光。他拼不过顾墨成的势力，就拿顾墨成的老婆出气。

顾墨成打电话的时候，顾子铭离他很近，将电话里的内容听得一清二楚。

“二叔，安安现在是怀孕了，可是你怎么能背着她在外面找女人？”

顾子铭说着，看着顾墨成的脸黑了下来，他闭了嘴。不过，看着转身走向车子的顾墨成，顾子铭还是说：“二叔，安安挺好的，你不能做对不起她的事。”

顾墨成停住脚步，扭头看着认真和他说话的顾子铭。

顾子铭以为自己说错话惹了二叔不开心了，却听到顾墨成说：“不会的。”

顾子铭一愣，看着继续往前走的顾墨成，反应过来顾墨成的意思。他们顾家人都是这样，一旦结婚了，就不会出轨。顾臻是，顾墨成是，顾子铭受了他们的影响，也是这么认为的。

“二叔，我们去哪儿？不查监控了吗？”上了车，顾子铭问顾墨成。

顾墨成说：“去蒋家。”

男人在电话里问他要老婆，顾墨成第一个想到就是蒋柔。

蒋柔被蒋老太太卖给了穷乡僻壤里的男人，顾墨成查过这个男人的资料，但是他最近顾着苏安安肚子里的宝宝，没去查男人的行踪，不料，这个男人找蒋柔找到宁城来了。

男人认为蒋柔和他在一起，一定是有人对男人说了什么。最近和顾墨成有仇的，就是蒋老太太、慕家和苏雅了。慕家人没那么蠢，加上慕老爷子认了苏安安做干孙女，慕家不会害安安，而且他们和蒋柔也不认识。苏雅就更不认识蒋柔和蒋柔的老公了。

所以排除了慕家和苏雅，顾墨成想到的只有蒋老太太。

蒋盛旭进了监狱，蒋老太太来顾家求了顾臻好几次都没有用。她肯定恨透了顾墨成和顾家。

“去蒋家？”顾子铭想起除夕夜前一天，在顾家老宅门口碰到蒋老太太，蒋老太太恶毒地诅咒苏安安一尸三命。

“二叔，蒋家人又绑走了苏安安？”顾子铭恼火起来，“他们太过分了，一次次捡弱的对付。有本事把我给绑了。”顾子铭很生气，“太卑鄙了，他们明知道安安怀孕了，还让人绑走她。”

绑走苏安安未必是蒋老太太和蒋柔的意思，但是和她们脱不开关系。不然，蒋柔的老公怎么会绑走苏安安，问他顾墨成要老婆。

蒋家的佣人说顾墨成来了，已经睡着的蒋老太太愣了一下，随即想到了什么，嘴角勾起一抹冷笑。

她故意拖延时间去见顾墨成，拖了五六分钟，佣人急急忙忙地跑进来，说，顾墨成把蒋家给砸了。蒋老太太脸色顿时变了，蒋家败落后，蒋家值钱的东西被她不争气的儿子一点点地当掉，顾墨成多砸蒋家一样东西，蒋老太太都心疼。她穿上衣服急忙赶向蒋家正厅。

正厅里，顾子铭正砸东西砸得舒爽。生在顾家的顾子铭，一眼就辨得出正厅里哪些东西值钱，哪些东西是赝品，他专挑贵重的东西砸。

“住手！”蒋老太太赶到正厅，看到顾子铭正捧着她高价买来的花瓶，急着出声喊道。

花瓶是真品，为了蒋家的脸面，她把它摆在显眼的高处。顾子铭捧着花瓶，看到蒋老太太出现了，他看了一眼坐在沙发上慢慢抽烟的顾墨成，对蒋老太太笑了笑：“老太太好。”顾子铭唤着，手一松，蒋老太太看着顾子铭把花瓶给摔在地上。

蒋老太太心痛起来：“你……你们顾家人不要欺人太甚！”

顾子铭不以为然：“我们顾家人就是喜欢欺人太甚，还喜欢欺负你们蒋家人。”

蒋老太太看着痞子样的顾子铭，气不打一处来。她扭头看向坐在沙发上的顾墨成，厉声道：“顾墨成，你们到底想怎样？我们蒋家已经被你欺负得在宁城混不下去了，你们还要怎样？”

“我们顾家喜欢仗势欺人。”顾子铭跳下凳子，环视着蒋家正厅，看看有没有更值钱的玩意儿，他趁现在没事做，一并给砸了。有二叔顶着，他也不怕。

见顾子铭看向墙上的一幅画，蒋老太太的脸色变了：“顾墨成，你要什么？”她快步走向顾墨成，问道。

顾墨成抽完手中的烟，将烟头捏灭在烟灰缸里：“蒋柔呢？”

蒋老太太冷笑：“蒋柔不在这里！”

“子铭。”顾墨成懒得和蒋老太太多说。十年前是蒋老太太把蒋柔卖了，十年来只有蒋老太太最清楚蒋柔在哪里，蒋柔的突然出现也是蒋老太太做的。

“好的二叔！”顾子铭眼光很毒，正厅墙上的画比刚才的花瓶还要值钱。

“顾墨成！”蒋老太太怒声喝道，她恨恨地盯着顾墨成，过了半会儿，她扯嘴冷笑，“你就是把蒋家砸光，我也不知道蒋柔在哪里。”

顾墨成突然跑到蒋家来要蒋柔，蒋老太太猜得没错的话，是苏安安出了事。

苏安安出事，就算把蒋家砸光，她也高兴。

蒋老太太的话让沉不住气的顾子铭脸色顿时变了，他快步走到蒋老太太面前：“你快点把蒋柔交出来，不然我砸光你们蒋家。”

“砸吧。”蒋老太太淡淡地说，“我真不知道她在哪里。”

他们越是着急，她越是不让他们找到，蒋老太太嘴角划过一丝嘲意。

她的嘲意没有逃过顾墨成的双眼，既然砸了蒋家没用，那么……顾墨成直接打了电话给萧彦。

“你到监狱了吗？”

听到“监狱”蒋老太太的神色顿时慌了，她没有料到顾墨成会来这一招。

“顾墨成！”蒋老太太慌乱地叫出声。

“老太太，想必你对你们蒋家的独苗也不会在意？”

蒋老太太绷着脸、咬着牙，没有出声。蒋盛旭虽然废了，但仍是蒋老太太心头的一块肉。她气愤地瞪着顾墨成：“顾墨成，你太卑鄙了，这件事和盛旭一点关系都没有。他都被你害到监狱里去了，你还不放过他！”

进监狱是蒋盛旭自己作的，和顾墨成有什么关系。

蒋老太太握紧拳头，愤怒地盯着顾墨成。

顾墨成又问道：“蒋柔呢？”

“二叔，老太婆根本不在意她孙子的死活。”顾子铭在旁边嘲讽道，“要不……”

蒋老太太听不下去了，喝道：“住嘴！”她愤恨地看着顾墨成，不甘心地说：“我派人把蒋柔带过来。”

顾子铭看向蒋老太太，笑道：“早送过来就好了，非要让我砸了你们家才带过来。”顾子铭又看了看地上的一片狼藉，说道，“放心吧老太太，明天我让爷爷送点钱过来，补偿补偿你们。”

蒋老太太没有说话，她已经被顾墨成和顾子铭气得内心烧起来了，偏偏又拿他们没有办法。蒋家已经不是昔日的蒋家。

“你们这么欺负一个老太婆，不怕天打雷劈吗！”蒋老太太冷声说道。

顾墨成瞧了老太太一眼，顾子铭抢先道：“你个老太婆对付怀孕的人，你就不怕天打雷劈吗？小心报应在你孙子身上。”

想到监狱里的蒋盛旭，蒋老太太的心揪了起来。

蒋柔很快被送了过来，她正睡得舒服，被蒋家人吵醒。走到蒋家正厅时，看到顾墨成，她先是一愣，然后笑了起来。

顾墨成是来找她的！就像十年前一样，他来蒋家这个狼窟把她带走。

“墨成。”蒋柔上前，柔声对顾墨成说道，“你是来找我的吗？”蒋柔深情地看着顾墨成，脸上都是柔情蜜意。

“走吧。”顾墨成淡淡地说。

现在离十二点还有两个小时，足够把蒋柔带去换安安了。但是能早一秒救出安安就早一秒，他不想安安有什么意外。

“去哪里？”蒋柔疑惑地看着顾墨成。

顾墨成没有回她，蒋柔也不在意，脸上露出了笑容跟着顾墨成离开了蒋家。

看着蒋柔跟着顾墨成离开，管家着急地对蒋老太太说：“老太太，就这么让蒋柔走了？”谁都看得出来，顾墨成深夜来访并不是为了蒋柔，很可能是苏安安出事了。蒋家恨透了顾墨成和苏安安，巴不得苏安安出事。

“不然我们能怎样？”顾墨成用蒋盛旭来威胁她，她能见死不救吗？不过，蒋老太太想着，嘴角露出一抹嘲讽的笑容。

顾墨成这次用蒋柔救了苏安安，蒋柔只怕会恨透了顾墨成和苏安安。蒋老太太冷笑起来，她一个快死的老太婆，早不把自己的性命当回事了。蒋家的百年基业也被顾墨成毁了，剩下一个空壳子。不害死一个顾家人，她不甘心！

蒋柔跟着顾墨成和顾子铭上了车，她嘴角含着笑意柔情地看着开车的顾墨成。

“墨成，谢谢你。”她笑着说，“我没想到你会来救我。”

蒋柔在蒋家住得不舒服，蒋家人没有把她当作一家人看待，蒋家的佣人也没有把她当主人。蒋家外面还有那个男人守着，蒋柔烦心极了。

顾墨成没回蒋柔的话，顾子铭扭头打量着蒋柔，这女人和苏安安差远了。

“二叔，她是你的初恋情人？”自家二叔十年前的情事，顾子铭也听说了些。

“你以前眼光怎么这么差？”顾子铭毫不留情地贬低蒋柔，“长得真是难看，气质跟苏安安根本没法比。”

蒋柔脸上的笑意渐渐淡去：“你是谁？你和苏安安什么关系？”她不悦地质问，想在顾墨成面前编派苏安安和顾子铭的关系。

“苏安安啊。”顾子铭笑笑，起了心思逗蒋柔，“她是我喜欢……”

蒋柔一喜：“墨成，苏安安年纪小，她喜欢这个、喜欢那个的，很正常。”

顾子铭冷哼一声：“少说我小婶子的坏话。”

小婶子？

蒋柔一愣，再打量顾子铭，才发现他和顾墨成眉眼有几分相似。

顾子铭不搭理蒋柔，他扭头看向神色凝重的顾墨成：“二叔，来得及吗？”

“嗯。”顾墨成应了一声。

顾子铭放下心来，恼道：“那个男人要是敢伤害小婶子，我饶不了他。”

“那个男人？”坐在后座的蒋柔重复着顾子铭的话，她看着一言不发、全神贯注在开车的顾墨成，问，“那个男人是谁？”她听完顾子铭的话心里有些不安起来。

“你老公绑了苏安安。”顾子铭没好气地对蒋柔说道。

蒋柔怔住，盯着顾墨成看：“顾墨成，你来蒋家找我，是要用我去换苏安安？”

蒋柔反应过来，开始质问。

顾墨成加速开车，顾子铭扭头嘲讽地看着掉泪的蒋柔，说：“你以为我们来找你干吗？”谁愿意跑到蒋家去闹，蒋家老太太他看着就恶心，“你当我们吃饱了撑的？”

“顾墨成！”蒋柔含着眼泪喊顾墨成。

顾墨成看了一眼身边的顾子铭，说：“看好她！”

蒋柔听到顾墨成说“看好她”，眼里的泪珠滚撒豆似的蹦出来：“墨成！”她哽咽道，“你为什么要这么对我？就算你不再爱我，但你为什么要把我给毁了？”想到她要被送到那个恶心的男人手里，蒋柔十分害怕。

“为什么！”她质问着然后伸手去开车门。

顾子铭连忙扑到后座抓住蒋柔。

顾墨成冷冷地说："车速一百五，你不怕死就开门跳下去！"

蒋柔一听，放在车门上的手停住了动作，她不敢拿自己的性命去拼。

"顾墨成，我求你，不要把我送给他。"蒋柔满脸眼泪，哭得凄惨，"顾墨成，看在我们曾相爱过的分上，不要对我这么狠心。"

顾墨成专心开车，没把蒋柔的话当回事。

顾子铭听不下去了，对蒋柔说："你可闭嘴吧！你求我二叔也没有用。要不是你告诉你老公苏安安的事，苏安安怎么会出事？"

顾子铭气愤地说道，他最讨厌有两张脸的人。

蒋柔的老公突然把苏安安绑了，这件事和蒋柔以及蒋家没有半点的关系，谁信？肯定是蒋柔跟她老公说自己是顾墨成的女人。

"我没有。"蒋柔哭着反驳道。

她的话，顾子铭不屑，顾墨成也不信。

"墨成，你相信我，我真的没有和他说过我和你是情人关系！更没有让他去找安安！"蒋柔说着抽泣得更厉害了。

顾子铭冷笑道："不打自招！"

蒋柔一愣，半晌后才反应过来，顾子铭没有具体说她告诉她老公什么事，她自己却把实话说了出来。

蒋柔哭得更大声了，她想用眼泪来打动顾墨成。

顾墨成不为所动，他心里牵挂着苏安安的安危。

男人把苏安安带到一栋破旧的楼房里，这里是他在宁城找的落脚点。他把苏安安推到屋里，里面除了一张床、一张桌子和一把椅子，没有其他东西。

苏安安在椅子上坐下，男人没有理会苏安安，走到墙角拿了两个碗和一瓶酒过来。他倒了酒在碗里，看了一眼苏安安，问："你要喝酒吗？"

苏安安摇摇头，有了孩子后，她没有再碰过酒。

"天气冷，还是喝些酒好。"男人又倒了一碗酒，对苏安安淡淡地说。

苏安安拒绝道："真的不用了，我不冷。"她的手不自觉地落在自己的小腹上。如果男人喝了酒后，顾墨成又没有及时找来蒋柔，要打她该怎么办？

男人打量着苏安安，目光落在苏安安放在小腹上的手，他诧异道："你有孩子了？"

苏安安没有回答，她低下了头。

“哼，有钱的男人真不是东西！”男人以为顾墨成是因为苏安安有了孩子才和蒋柔在一起的，“你有了孩子他还在外面找女人。”男人坐在苏安安对面，大口地喝了一口酒。

他看着低着头的苏安安，说：“你老公要是不来，你就离开他。”

苏安安抬起头看着他。她记得男人在电话里威胁顾墨成，如果顾墨成没有及时把他老婆带来，他就把她杀了。

“我有孩子。”男人道。

苏安安一愣：“和蒋柔的？”

“嗯。”提到蒋柔，男人的脸色多了怒意，“她不在家好好照顾他们，还跑出来勾搭男人！不要脸的东西！”男人恨恨地骂了一句。

男人虽然是来带蒋柔走的，心里却恨透了她，“你男人也不是东西。”男人又骂了一句。

苏安安不喜欢他说顾墨成不好，回道：“他才不是。”她继续道，“墨成没有和蒋柔在一起。”

男人不信：“你别被你老公给骗了。有钱的男人在外面包养三四个女人的多的是。”

“他真的没有。”苏安安为顾墨成说话，“他很快就会把蒋柔带来，到时候你就知道我的话是真是假了。”

苏安安说完，看了一眼男人，又问：“你怎么会找上我的？”她心里觉得奇怪，是谁和他说了顾墨成和蒋柔的事。听他的意思是说顾墨成一直和蒋柔在一起。他是听了谁的谎言？是蒋老太婆还是蒋柔？

“一个老太婆，”男人说，“她跟我说，是你老公把蒋柔从我家带走的。你老公以前和蒋柔在一起，他找到蒋柔后一直在包养她。”

男人说完，看着不高兴的苏安安，劝道：“你也不要太信你男人了。”

苏安安笑了，她说：“我信他！再说，蒋柔哪里比我好，我老公瞧不上她！”

苏安安的自信让男人一愣，他看看苏安安，再想到蒋柔，好像真是这么回事。苏安安年轻、漂亮，蒋柔三十来岁，又生过孩子，没法和苏安安比。

“你被人骗了。”苏安安说，“有人要对付我，所以想借你的手除掉我。”苏安安低下声音说，“还好。”还好，蒋柔的老公有些良知，恩怨分明，不然他可能真的会对她动手。她一个孕妇，肯定经不住他的拳打脚踢，说不定她会把命丢在这里。

苏安安说完，男人沉默了，他继续喝着酒。手机突然响起，男人看着自己手机上的陌生号码，接了起来。

“我们已经到了。”

男人一怔，奇怪地看着对面的苏安安。他还没有打电话给顾墨成告诉自己的位置，顾墨成已经到了他的地方，而且，他已经听到了门外传来的脚步声。

苏安安在男人接到电话的时候，已经站起身。

“你老公来了。”男人脸上露出了慌张的神色。

顾墨成这么快就找到了他，可以看出顾家在宁城的势力庞大。他开始庆幸，还好他没有对顾墨成的老婆做什么。不然，他很有可能回不了家了。如果没有找到蒋柔，还把自己的命给搭上了，家里的孩子可怎么办？

门被踹开，进来的是冷着脸的顾墨成。

苏安安看到他，欢喜地走到他面前：“老公，我没事。”苏安安看出蒋柔老公的害怕，想到他没有伤害过自己，说，“他没有伤害我。”

“嗯。”顾墨成应道，看到苏安安安然无恙，他放下心来，松了口气。

他伸手摸苏安安的脸，说：“我们回家。”

“嗯。”苏安安抬起头，笑着扑进顾墨成的怀里。

“蒋柔在楼上。”顾墨成搂着苏安安走时扭头看了一眼男人。看在男人没有伤害苏安安的分上，再加上苏安安为他求情，顾墨成决定不同他计较绑架安安的事。

男人一听蒋柔来了，奇怪地看着顾墨成：“你和蒋柔真的不是情人关系？她跟我说她和你在一起！”。

果然和顾墨成料想的一样。

“不是。”顾墨成淡淡地说，“我有老婆。”除了安安，其他女人顾墨成已经看不到心里去了。

“我老公以前眼光是不好，但是他现在眼光很好。”苏安安笑着说。

顾墨成搂紧她的腰，哪有这么说自己老公的。不过，看到苏安安没事，比什么都让他安心。

“你说的是真的？”男人看着苏安安问。

他在看到顾墨成进来的时候，就知道他惹了不该惹的人，还好他对怀孕的苏安安心软了，没有对她做什么。

“老公。”苏安安催促着顾墨成下楼，她想回家睡觉了。

“走吧。”顾墨成带着苏安安离开。

他们三人下了楼，男人一看到车边被顾子铭绑起来的蒋柔，一个箭步上前，抬手就给了蒋柔一巴掌：“浑蛋，你差点害死我！”他骂道。

蒋柔被打，脸上顿时多出一个巴掌印。她没吭一声，眼睛看向正扶着苏安安上车的顾墨成：“墨成，我知道错了。你不要把我丢下！”她开口哀求顾墨成。

顾墨成看了一眼她，走到了男人的面前。

蒋柔以为顾墨成会开口向男人要她，他只是把她绑来做个样子，不会真的让她老公把她带走的。

可是，蒋柔又算错了。

“把她带走，不要再出现在我的视线里。”顾墨成淡淡地开口。

男人连应道：“好的，顾先生。我一定不会让这个臭婆娘有机会逃走的。”男人恨恨地看着蒋柔。

蒋柔一怔，不敢相信地看着顾墨成。

“顾墨成！你就算不爱我，也不能这么害我！你就这么想我死吗？”蒋柔厉声说，“我跟他回去，肯定会被他打死的！”

“那是你的事。”顾墨成看着满脸是泪的蒋柔，眼里冰冷冰冷的。

“蒋柔，你不该把心思动到安安身上。”不管是谁动了安安，都得付出代价！

“安安！”蒋柔冷笑，“苏安安！”她看向车里的苏安安，“你这么害我，你会遭到报应的！”

蒋柔的话未说完，一旁的顾子铭狠狠一脚把蒋柔踹到地上：“你再敢说一句试试！”顾子铭怒声威胁道。

顾墨成冷着脸，走到蒋柔面前：“蒋柔，你放心，我和安安的孩子会健健康康的，倒是你……”说着，顾墨成若有所思地看了看蒋柔的老公，蒋柔的老公怕顾墨成动他的孩子，连忙上前打了蒋柔。

“浑蛋，你想害死我们的孩子吗？”他打完蒋柔，转头对顾墨成说，“顾先生，您放心，我不会再让她出现打扰您和顾夫人的生活。”

顾墨成没说话，车里的苏安安等累了，她打开车窗对顾墨成说：“老公，我们回家吧。”

苏安安说完，顾墨成便转身坐进车后座，并且把车钥匙给了顾子铭：

"你好好开车。"

顾子铭接过车钥匙："好的。"二叔在，他哪里敢开飞车？更何况后座还有个怀孕的苏安安。

"二叔，我知道错了。"顾子铭歉意地说，"我以后会保护好小婶子的。"

"你还想有以后？"顾墨成淡淡地说。

顾子铭不敢吭声，是他害了苏安安，哪里还敢反驳顾墨成。

"安安。"

顾墨成出声，在他怀里的苏安安抬头抱紧了他，她怕他生气，乖乖地说："老公，我都听你的。"

顾墨成摸着苏安安的后背，不由自主地放轻声音："明天开始，我派人保护你。"

"好的。"苏安安没有意见，她虽然不喜欢一群人跟着自己，但是为了肚里的孩子，她得听顾墨成的。

顾墨成听着苏安安落寞的声音，他想了想，说："就两个人，上下学我接送你。"

"嗯。"苏安安抬起头，感受到顾墨成对她的细心和用心，说，"谢谢老公。"

顾子铭先送顾墨成和苏安安回了顾家，他们一下车，陈叔就从里面急忙地跑出来："先生，老夫人来了。"

在听到顾老夫人来了之后，顾墨成看了一眼顾子铭。苏安安失踪的事，他们是瞒着顾臻和顾老夫人的。

顾子铭连忙摆手："二叔，和我没有关系。"

陈叔解释道："子铭少爷这么晚没有回老宅，老夫人打了他的电话，他也没有接。老夫人担心夫人出事，就赶了过来。"

其实苏安安的事，顾墨成和顾子铭就算有心瞒着顾老夫人，也不一定瞒得住。

"我知道了。"顾墨成牵着苏安安的手走进顾家。

顾老夫人看到顾墨成进来，视线一下子落在苏安安的身上。

老夫人站起身，快步走向苏安安，紧张地问："安安，你没事吧。"

苏安安说道："妈，我没事。"

看到安然无恙的苏安安，顾老夫人松了口气："你没事就好，把我给担心坏了。"

左等右等不到顾子铭回去，顾老夫人便开始坐立不安。要是以前也就算了，现在不一样，顾子铭是去保护苏安安的。顾子铭没有回来，是不是说明苏安安出了事？

顾老夫人给顾子铭打电话时，顾子铭正在玩游戏，哪里顾得上。

“到底怎么回事？”顾老夫人问顾墨成。

顾墨成知道他要是胡诌一个原因，顾老夫人一定不信，索性把蒋柔老公绑架苏安安的事跟顾老夫人说了。

顾老夫人气得咬牙，骂道：“蒋家没一个好东西！”骂完后，她瞪着顾墨成，“真得谢谢你爸！”

十年前，顾臻一眼就看出蒋柔不是什么好东西，加上顾老夫人对蒋家人意见很大，他们夫妻俩怎么都不同意顾墨成和蒋柔在一起。

“是的。”顾墨成应道。

在苏安安面前，顾老夫人没有多说顾墨成和蒋柔的事。过去的事已经过去了，顾墨成和苏安安过得好就好。

“明天我带人去把蒋家给砸了！”顾老夫人越想越气，自己的宝贝孙子在苏安安的肚子里，蒋家人竟然如此恶毒，万一安安出了意外，那可不是一条命的事。

“奶奶，我今天砸干净了。”顾子铭说道。

顾老夫人立马敲了一下他的头：“要不是你贪玩，你小婶子怎么会出事？还好你小婶子和她肚子里的孩子没事，不然我饶不了你！”顾老夫人生气地说道。

顾子铭自知有错，没有顶嘴。

顾墨成看了下时间，已经很晚了，他对顾老夫人说：“妈，你和子铭先回去休息吧。”

顾老夫人看苏安安没事，待着也没什么意思，而且顾臻还在家里等着她回去呢。

“好。”顾老夫人说完便带着顾子铭离开了顾家。

顾老夫人他们走后，顾墨成和苏安安回了卧室休息。

今天晚上苏安安突然被蒋柔的老公绑了，除了开始担心蒋柔老公会伤害她，后面她一直很冷静。她知道顾墨成会救她。

“老公，对不起。”苏安安知道她突然出事，顾墨成一定很担心，“我让你担心了。”

顾墨成看着苏安安，伸手摸着她的脸颊：“别说傻话，是我没有照顾好你。”该自责的是他，不是她。

“安安，我没有把你保护好。”顾墨成内疚地说。他一次次让苏安安遭遇危难。

苏安安不觉得这些是顾墨成的错，人活着，总要受到挫折，她不可能一帆风顺，顾墨成也不可能把她保护得密不透风。

“老公，以后我们都注意些就是了。”苏安安笑着说。

看着苏安安明媚的笑容，顾墨成抿着嘴角笑，他低下头吻了一下苏安安的额头：“嗯。很晚了，睡觉吧。”

苏安安踮起脚亲了顾墨成的脸颊：“老公，晚安。”

温馨的对话，让两个人心里暖起来，安抚了彼此因为绑架事件而产生的焦躁情绪。

顾家老宅。

顾老夫人走进卧室，看到半躺在床上睡着了的顾臻，顾臻手中拿着一本书，他的眼镜还没摘下。

他肯定是等她回来，等得累了睡着了。

“回来了。”顾臻听到开门的动静，睁开了双眼。

“嗯，安安没事了。”顾老夫人说，接着将苏安安被绑架的事跟顾臻说了。

顾臻听完皱起眉头。

顾老夫人冷笑：“这么多年，她对我们顾家的恨就没有减轻过。”

顾臻没有说话，顾老夫人说：“还好你当初娶的人不是她，不然……”提起以前的事，顾老夫人恼火起来。

年轻的时候蒋老太太争不过她，老了，就来针对她的儿子儿媳妇。

“睡吧。”顾臻摘下眼镜，让出自己睡过的地方。

顾老夫人脱去外套，被窝已经被顾臻暖过了。年纪大了，她身上的血气不足，每次都是顾臻替她暖好被窝她再睡。其实这个习惯从她生孩子后就开始了。

苏安安被蒋柔老公绑架的事过后，顾墨成加强了对她的保护，这段时间他早上送她去学校，下午提早下班接她回家。他们商量好了，她上完这个学期的课就休学在家里养胎。

日子过得平静，很舒心。蒋柔跟她老公离开，只要她不出现在宁城，顾墨成没有精力和心思去管她的生活过得怎样。

蒋家那边安分下来，不过监狱那边传出来消息，蒋盛旭被人打死了。

蒋盛旭被打死和顾墨成没有关系，但蒋老太太一定不那么认为。蒋盛旭被人打死，是因为他进了监狱后还认为蒋家了不起，不知死活地和监狱里面的老大起了冲突，老大报复他，才把他打死的。

蒋盛旭的死沉重地打击了蒋老太太，顾墨成听说蒋老太太在葬礼上哭晕了过去，之后病倒了，一直在医院里待着。

蒋老太太的病情加重，不时地传出去世的消息，但是没过几天蒋家就出来辟谣，说老太太人还在。

蒋老太太不死，顾墨成不敢松懈对她的监视，生怕她又整出什么幺蛾子对付苏安安。

苏家那边，苏华的投资和顾墨成预料的一样，再次失败了。苏华投进去的钱血本无归，法院查封了苏氏，苏氏破产。

人容易共富贵，但是难共患难。苏氏破产之后，苏老太太三天两头到苏家来讨钱，她想把苏华口袋里的钱榨干，以防自己老了没有人照顾，以防苏家的独苗受苦。

蒋媚怎么可能允许苏华把钱给苏老太太，钱给了苏老太太和苏二婶，她和苏紫菡吃什么用什么？所以每次苏老太太来，苏家就硝烟弥漫，本来就心烦的苏华总会在她们开战后离开家。

苏雅因为在宴会上不知羞耻地勾引顾墨成，和慕瑾瑜的关系变差，慕家那边对苏雅也没有之前重视了，他们想着等着苏雅生下孩子后，再用钱把苏雅给打发了。

苏安安怀孕两个多月时出现了孕吐反应，比起之前的狂吃，这会儿她胃口很差，吃了饭后吐完才觉得舒服。比起以前，她的口味也变了，不喜欢吃辣的她，在吃不下饭的时候需要辣椒下饭。

顾老夫人说，苏安安爱吃辣，说明肚子里的是女儿。

顾家子嗣少，女儿更少。从顾臻到顾子铭，都是清一色的男孩。年轻的时候，顾老夫人很想要个女儿，所以生完大儿子之后，她计划着再生一个女儿。

可惜，她命里没有女儿，她怀顾墨成的时候，顾家发生了些事，她早产，差点把命丢在产房里。之后，她想再生个女儿，顾臻不同意，担心她怀孕受苦。

想要个女儿，一直是顾老夫人的心愿。如果苏安安怀的是女孩，也算圆了顾老夫人多年的梦。

苏安安也喜欢女儿，最好怀的是一男一女，这样凑成了儿女双全。不过生龙凤胎的概率很小，苏安安想还是两个女儿吧。儿子顽皮，两个儿子肯定会掀了顾家的房顶。

顾墨成心里和苏安安期盼的一样，想要的是女儿。女儿乖巧、听话。

苏安安肚子里的孩子成了所有人的期待。

最近这段时间，工作狂顾墨成为了苏安安提早下班。助理觉得好男人就是顾墨成这样的。能赚钱、长得帅、感情专一，还宠老婆。这种男人打着灯笼都难找。

“顾先生！”助理看到准备下班接老婆的顾墨成，想到正事，进来说，“徐家来人了。”

顾氏和徐氏的项目还在开展，上次顾墨成结婚是邀请了徐老爷子和徐家小姐参加的，不过他们都没有来，只是派了代表过来参加。

这隔了三个月的时间，徐家老爷子和徐小姐来得突然。

他们合作的大厦在造，没有出现任何的问题，突来的徐老爷子和徐小姐让顾墨成想到苏安安怀孕的事。

徐家送的项链！

“要不我让人安排把老爷子和徐小姐安排到顾氏酒店，等明天您得空了再去接待他们？”

徐氏是贵客，助理知道不能怠慢，所以在顾墨成离开公司前马上过来汇报。

顾墨成想了想，说：“不用了。”

助理没听懂顾墨成的意思，又听到顾墨成说：“晚上在顾氏酒店，我请他们用晚餐。”

“好的。”助理很奇怪顾墨成的决定，在这之前，凡是应酬，顾墨成一概都是推了的。理由是，他要回家陪老婆用晚饭。

这个理由被顾氏传为美谈，已婚的男士向顾墨成学习，未婚的女士个个想找顾墨成这样的好男人。

顾墨成让助理安排好包厢，再请徐老爷子和徐小姐过去。他自己则离开了顾氏，去了宁城大学接苏安安。

苏安安一下课就接到顾墨成的电话，说在学校门口等她。上次绑架的事发生后，顾墨成每天接她放学，要是苏安安晚上需要去图书馆，他还会陪着去。

英俊的男人很容易受人关注，顾墨成最开始的出现引起学校女生的轰动，渐渐的，顾墨成来的次数多了，追着他围观拍照的人就没那么多了。

顾墨成不仅是顾氏集团员工心里的好男人，也是宁城的。

以前顾墨成低调，他流传出去的照片很少，加上他三十多岁没有结婚，那些女人想嫁给他不过是看在他的身份背景份上。现在女人想嫁给他，完全是因为他的好。

一个男人把自己的老婆孩子放在第一位，很多女人都开始羡慕苏安安了。

苏安安出校门时又看到学校女生停在路边盯着顾墨成看。

自己老公受欢迎，苏安安欢喜。她很理解她们，而且她相信顾墨成，他的眼里除了她，没有别人，她没有什么好怕。

“老公。”苏安安上了车，主动地亲了顾墨成的脸。

“安安，我们今天先不回家。”顾墨成今天没有安排司机，是自己开车来接苏安安的。

苏安安笑着问：“你去哪儿，我就去哪儿。”

顾墨成扭头温柔地看了一眼开心的苏安安，说：“徐老爷子和徐小姐过来了，我请他们吃饭。你和我一起去吗？”

徐家？

这是顾墨成的大客户，苏安安点点头，她当然愿意陪顾墨成过去。

“我要去。”苏安安开玩笑，“徐小姐长得那么漂亮，我怕你被人家迷晕了。”

顾墨成勾起嘴角笑：“漂亮吗？安安最好看。”

苏安安笑着看着顾墨成认真开车的侧脸，要不是怕影响他开车，她很想亲他一口。

顾墨成在外人面前冷漠少语，在她的面前却会说她喜欢听的话。

“老公，徐老爷子和徐小姐过来，是你们的项目出了什么事吗？”苏安安好奇地问。

“没有。”顾墨成说道。

项目进展顺利，突然到来的徐老爷子和徐小姐也让他奇怪。顾墨成说话间瞥了眼一脸笑意的苏安安。

有件事他很奇怪。徐老爷子没有儿子，只有一个女儿，但不是徐清清。他的亲生女儿很多年前就死了，徐清清是徐老爷子后面为了徐氏的传承收养的。

奇怪就奇怪在徐老爷子不收养男孩子，挑了个女儿回来。女儿是嫁出去的，他要传承徐氏该收养儿子才对。

顾墨成和苏安安来之前，助理已经把徐老爷子和徐小姐领进了包厢。

“先生马上就过来。”

“好的。”徐老爷子看着转身要离开的助理，问，“听说之前顾夫人被人绑架了，现在人还好吗？”

“哦。”助理回道，“没事了。我们先生就是去接夫人，才晚点到。自从夫人出事后，先生对夫人很紧张。”助理说完笑着离开了包厢。

助理走后，徐老爷子和徐清清喝着茶等着顾墨成过来。

“顾先生是个好男人。”徐清清笑着说。

徐老爷子看向身边的徐清清：“确实是。”

“清清，人是好，但是……”

“爸，你当我来宁城是为了破坏顾墨成和顾夫人吗？”徐清清笑出了声。她是奇怪徐老爷子为什么送了徐家的珠宝给苏安安，想来证实一下自己的猜测。

至于顾墨成……他是不错，可惜她想追他的时候，他已经结婚了。

“我有这么坏吗？”徐清清打趣道，她说着优雅地喝着茶。

徐老爷子脸色难看，徐清清虽然是他收养的，但是他一直把她当自己的亲生女儿看待。

“我不是那个意思。”徐老爷子说。

开始知道徐清清对顾墨成有意思，徐老爷子很赞成。清清多年来没有找男朋友，让他很着急。和顾墨成合作后，他催她结婚，她说顾墨成不错。徐老爷子对顾墨成的印象很不错，一听徐清清说顾墨成不错，就打算撮合他们。上次他们来宁城，徐老爷子知道顾墨成结婚了，就劝徐清清算了。

徐清清没说什么，回去后再没提过顾墨成。徐老爷子清楚，徐清清是听进去自己的话了。

徐清清是个聪明的女人，她选顾墨成不是因为爱情，是因为觉得不错，想凑合着过。她知道顾墨成结婚，又见过了苏安安，当下便断了对顾墨成的念头。

“清清，景城的你瞧不上，宁城的可不止顾墨成一个！”

徐老爷子又提起自己的婚事，徐清清头大。她真想把耳朵给堵住，自己年纪是大了，老爷子也不用天天催着她结婚吧。

“爸，宁城的好男人就顾墨成一个。”

宁城的几位主儿，徐清清看过了。除了顾墨成，其他的男人入不了她的眼。就拿萧家那位花花公子来说，谁跟了他谁倒霉。

徐清清眼光高，徐老爷子叹了口气，顾墨成和苏安安来了。

“叔叔好。”顾墨成进来对徐老爷子唤道。

徐老爷子的目光落在跟在顾墨成身后的苏安安身上。

“叔叔好。”苏安安跟着顾墨成对徐老爷子唤了一声。

徐老爷子的脸色顿时沉了下来，扭开了头，瞧得出来他的心情变得不好。

苏安安奇怪地看看顾墨成，她不知道她哪里惹了徐老爷子。

徐清清起身，朝着苏安安伸出手，笑着说：“苏小姐，我们又见面了。”然后她凑到苏安安耳边说，“我爸年纪大了，脾气大，你不要介意。”

苏安安觉得徐小姐漂亮、能干，只是苏安安瞧不透徐清清笑脸里的心思。

“嗯。”苏安安点点头，坐在徐清清的身边，她的另外一边坐着顾墨成。

顾墨成给苏安安倒了开水，徐清清看着，笑着说：“苏小姐，真是好福气！”

不是每个男人都能像顾墨成这样对自己怀孕的妻子这么好。很多男人在妻子怀有身孕的时候会耐不住寂寞，到外面和其他女人乱搞。

洁身自好、对老婆好的人，同辈里，徐清清就只知道顾墨成。

“谢谢。”苏安安笑着说。

“这么好的男人，可惜被苏小姐给捡走了。”徐清清感叹道。

徐老爷子脸色一变：“清清。”

徐清清笑笑：“我说的是实话。我想不少女人看到顾先生，都会对他有兴趣，再看到顾夫人，肯定是又忌妒又羡慕。”

徐清清只是把别人心里的话说了出来，她的坦白让苏安安喜欢起来。

“我运气好。”苏安安接过徐清清的话，“不过，徐小姐长得这么漂亮，肯定也能找到好男人的。”

徐清清嘴角抿出笑意：“苏小姐，我年纪比你大，你不介意的话，喊我声‘姐姐’吧。”

苏安安没有意见，徐清清和她姐姐长得有几分相似。她第一次看到徐清清的时候，就觉得徐清清像姐姐。

“胡闹！”徐老爷子不悦地说道。

徐老爷子一呵斥，顾墨成朝他看了一眼。

徐清清跟着一笑，换了话题：“苏小姐要吃些什么？你怀孕了胃口肯定不怎么好。我刚给你点了份开胃汤，酸酸甜甜的。”

“谢谢。”苏安安对心思难测的徐清清莫名地产生了好感。

四个人用餐的气氛还算愉悦，大都是徐清清和苏安安聊着天。

徐清清说起自己上次来宁城是顾墨成接待的，当时她想追顾墨成，故意把会拖到用餐的时间，让顾墨成请她和徐老爷子吃饭。也是那顿饭，顾墨成没接到苏安安的电话，让苏安安受了伤。她去医院看苏安安，一是对苏安安受伤过意不去，二是想看看苏安安到底是个什么样的人，让顾墨成这么喜欢。她瞧过苏安安后，自我安抚着苏安安没有她好看，但是她对顾墨成没了念头。

事说开，不仅没让苏安安反感，徐清清的坦然还让苏安安觉得她很有意思，两个人聊得很是投机。

徐老爷子很少开口说话，顾墨成大都是照顾着苏安安，偶尔回应着徐清清的话。

“你怀孕几个月了？”徐老爷子突然开口问道。

苏安安一愣，回了徐老的话：“三个多月了。”

“真是快。”徐老爷子又问道，“听说是两个？”

“嗯。”

“顾家倒是好福气。”

徐清清接过徐老的话，打趣道：“爸，你不会是见我没找到老公，心里急了想把顾夫人的孩子抱一个回徐家吧。”

饭桌上的气氛顿时变得尴尬起来，徐老爷子咳了一声，不悦地唤着徐小姐的名字：“清清！”

徐清清说：“爸，我说笑呢。就算你有这个心思，顾先生和顾夫人也不愿意把自己的孩子扔到别人的家里。是吧，顾夫人。”

徐清清问苏安安，苏安安不知道怎么回答。

顾墨成接过话：“徐小姐说得是。”

徐老爷子没有说话，看向苏安安，一时出了神。

苏安安奇怪徐老爷子为什么看着自己，难道他真想要抱她的孩子到徐家？

徐清清打算在宁城待段时间："我上次来得急，只顾着和顾氏的项目，忘记好好在宁城玩玩了。"

"可惜了。"苏安安歉意地说，她现在有了身孕不能陪徐清清四处逛。

"没有关系，你和肚子里的宝宝最重要。"徐清清笑着说。

顾墨成问徐老："老爷子这次过来也是想来看看宁城？"

宁城，徐老三十多年没有来过了，三十年来，宁城的生意他没有涉及过。这次，是徐清清提出和顾氏合作，他考虑了几天才同意下来。

"是。"徐老敷衍道，至于真正的原因，除了苏安安以外，徐清清和顾墨成心里都猜到一二。

苏安安怀着身孕，徐老和徐清清知道她要早些回去休息，没有多聊，就结束了饭局。

回去的路上，苏安安和顾墨成谈起了徐清清："老公，我觉得徐清清和我姐姐长得有点像。"她又想到顾墨成没有见过苏若初，"哦，你没有见过我姐姐。"

"我见过她。"顾墨成回道，"我们结婚那天她来看你，我和萧彦在电梯里碰到过她。"

经顾墨成一提醒，苏安安才想起自己结婚那天，顾墨成是见过姐姐的。她怀孕后不仅嗜睡，记忆也差了许多，怪不得都说一孕傻三年。

"呵呵，我忘了。"苏安安笑笑，"不过，徐小姐真的和我姐姐长得很像。"

"嗯。"顾墨成应了一声，扭头看着对自己笑的苏安安。徐清清岂止是像苏若初，她还像安安。

他们结婚那天，苏安安戴着何晴留下的项链，顾墨成在项链末端看到的不仅是何晴的"晴"字，还有徐家珠宝定制留下的独家印记。

之后，顾墨成去查了徐老爷子的事。知道了徐老和他的妻子只生了一个女儿，他妻子早故，所以对唯一的女儿很疼爱。后来他女儿去世后，徐老过了些年在孤儿院看到徐清清，便收养了她，因为她长得很像他故去的女儿。

徐老的妻子刚好姓何，苏安安的妈妈也姓何，而且何晴和徐清清的名字又有些相似。不过这件事在没有完全确定之前，顾墨成不想告诉苏安安，怕她东想西想。

“也不知道姐姐最近过得好不好。”苏安安说着说着想到了苏若初。

她给过苏若初打过电话，电话里苏若初说自己过得很好。可苏安安不放心，在虞城，孤身一人的姐姐不知道会不会被人欺负。

“老公，我想去看看姐姐。”苏安安突然说，她说完低下了头想到自己肚子里的宝宝。

顾墨成看出苏安安心里难受，他知道她很想见苏若初：“等医生说你可以出门了我们就去。”

顾墨成说完，苏安安扭头看着他，脸上都是笑容：“真的？”

“嗯。”顾墨成应道。

“太好了。”苏安安高兴极了，能到虞城去看姐姐，真的是太好了。

每个月的孕检，顾墨成都会抽出一天的时间陪苏安安去医院。虽然医院那边韩龙逸都安排好了，但顾墨成仍然不放心让她一个人单独前往，要陪着她去。

到了医院里，苏安安做了孕检，检查结果都很好，因为顾家照顾得好，两个宝宝在苏安安的肚子发育得很好。苏安安很想早些见到孩子们，但又怕生孩子时的剧痛。

顾墨成陪着苏安安出了检查室，在医院走廊上遇到了苏雅。

以往都是慕瑾瑜陪苏雅来，在他知道她根本不喜欢他后，便对她厌恶起来。他的喜欢来得快，去得也快。

不过，苏雅肚子里怀的是慕家的孩子，慕瑾瑜不想陪她，慕夫人就跟来了。

苏雅看到顾墨成和苏安安，回想到宴会上自己被顾墨成害了之后受的委屈，眼眶顿时红了起来。

顾墨成瞥了她一眼，继续搂着苏安安说话。其他女人再可怜、哭得再惨，和他有什么关系？在他看来，还不如和苏安安说话开心。

苏雅看到顾墨成无视她，想到她为了他和慕瑾瑜闹翻，心里又是伤心又是气愤。再想到慕家打算等她生完孩子后给她钱打发她走的事，她委屈地看着顾墨成，哭得更厉害了。

顾墨成和苏安安与苏雅擦身而过时，他护着怀里的苏安安，生怕苏雅突然朝苏安安发难把苏安安弄伤了。

苏雅看到顾墨成那么紧张苏安安，她的眼泪滚得更凶了。

慕夫人正在里面和医生聊着，她在意的只有苏雅肚子里的孩子。

“顾先生。”苏雅唤道。

苏安安看到苏雅看着自己的老公掉眼泪。一个怀孕的女人委屈地看着自己老公一直哭。不知道的人还以为苏雅怀的孩子是顾墨成的呢。

“你为什么要这么对我？”苏雅跟着问。

这话说出来，更让人觉得苏雅和顾墨成有猫腻。

苏安安不喜欢自己的老公被人冤枉，她回过头看着抽泣的苏雅，说：“苏雅，我老公怎么你了？”

苏雅对苏安安视而不见，她的眼里只有顾墨成。她和苏安安差不多时间怀孕，不过苏安安怀的是两个，肚子比她的大些。

“顾先生，我能和你单独聊聊吗？”她开口说道。

顾墨成皱了眉头，没有回答。

苏安安不明白，顾墨成已经对苏雅很绝情了，她为什么还没有死心！还是说，苏雅又要打什么主意？

“我老公和你没什么好聊的。”苏安安替顾墨成回答道，“再说，你肚子里的孩子又不是我老公的。”

苏安安是担心苏雅和顾墨成万一聊着聊着，苏雅的肚子突然出了什么问题。到时候苏雅肯定会把孩子的事赖到顾墨成身上。

顾家虽然不怕慕家，但终归是不好的。

顾墨成没有回苏雅的话，他柔声对苏安安说：“走吧。”

苏安安的担心，顾墨成知道，他也没打算和苏雅聊什么。

苏雅挺着个肚子看着顾墨成和苏安安离开自己的视线。

她今天过来是专门等顾墨成和苏安安的。这段时间她经常说肚子不舒服，把慕夫人急着三天两头带她来医院，每次都没什么事。

苏雅是没事，她是想碰到顾墨成，想问问他，为什么一点都不喜欢她？想问问他，是不是没了这个孩子，他就会要她？

肚子里的孩子是慕家的，不是她苏雅的。她本想借着孩子嫁进慕家，可她把慕瑾瑜的颜面丢尽了，慕瑾瑜厌恶她，慕家人更不会让她进门。这个孩子，她不想要了。

苏雅想在医院里碰到顾墨成，然后找个机会和顾墨成聊天。聊天时，她去抱顾墨成，顾墨成肯定会把她推倒。那个时候，她肚子里的孩子不就没了吗？

想到孩子是因为顾墨成没的，苏雅就开心。她愿意为了他不要这个孩子，她说到做到。这个想法很疯狂，就像颗毒瘤在她的心里发芽扎根。

可她没想到的是，顾墨成和苏安安根本不把她当回事，连个单独聊天的机会也不给她。把孩子的事推在顾墨成身上就更不可能了。

苏雅苦涩地笑笑。她不要做慕家的生子工具，她不要被人利用。

慕夫人出来看到苏雅愣愣地站着医院走廊上，她走过去说："你站在这里做什么？不是说肚子痛吗，检查出来好好的，你在搞什么鬼？"

慕夫人骂着，看到苏雅的眼泪，愣了愣："都跟你说了孕妇不能动不动哭，会影响孩子发育的。"

苏雅没有停止掉眼泪，反而哭得更厉害。慕夫人急了，她担心苏雅肚子里的孩子："好了，好了。"慕夫人说，"你别哭了。"

苏紫菡嚣张任性，苏雅虚伪柔弱。慕夫人摇摇头，瑾瑜挑女人的眼光真是一个不如一个。

"晚上，我让瑾瑜回来陪你，你别哭了。"慕夫人以为提到慕瑾瑜，苏雅能不哭。可是苏雅掉的眼泪更多，要不是慕瑾瑜，她苏雅不会沦落到现在的下场，不会靠近不了顾墨成。

孕检回来后，苏安安洗了个澡，然后美美地睡了个午觉。她是被电话给吵醒的，还在睡梦里的她迷迷糊糊地接了起来。

"苏安安，你太恶毒了！"那边传来苏二婶愤怒的声音。

苏安安觉得奇怪，她不是已经把苏华和苏二婶的号码拉黑了吗？她再一看手机屏幕，是苏二叔的电话号码。

苏安安听到苏二婶气愤地大哭大叫："是你把雅雅的孩子弄掉的，你这个杀人凶手！"

苏安安听得纳闷，今天在医院她和顾墨成谁都没搭理苏雅，苏雅的孩子还真没了？可关她什么事啊？

"二婶，医院里有监控，你可以去看看到底是不是我把你女儿肚里的孩子弄掉的。如果是，你报警来抓我。"苏安安生气道。

还真是什么脏水都往她身上泼！

苏二婶一愣，跟着又哭了起来："苏安安，你仗着自己跟了顾墨成就欺负我们这些穷亲戚！我告诉你，雅雅的孩子就是被你和顾墨成给害掉的！"

苏二婶的无理取闹苏安安听不下去了，她直接把电话挂了。苏雅孩子掉了，关她和顾墨成什么事？

苏二婶还要再骂，被苏安安挂了电话，她再打过去。

苏安安看着电话又进来了，想都没想，直接挂了。她本来想把号码拉黑，考虑到这是苏二叔的号码，她忍了忍，把手机给静音了。

苏安安被苏二婶搞得心情糟糕起来。还好她有先见之明，没有让顾墨成和苏雅单独在一起。

她冷着脸下楼，想着苏二婶的话，很生气。和他们无关都把脏水泼到他们身上了，这要是在医院里顾墨成和苏雅单独聊了，苏二婶还不得赖定了顾墨成？

“夫人，这是怎么了？”

苏安安的脸色难看，陈叔看到，问了一句。坐在沙发上看电视的顾墨成听到陈叔的话，扭头看向苏安安。

“怎么了？”顾墨成问。

苏安安想想就气，不开心地坐在顾墨成的身边。孕妇的脾气大，被人一招惹就更大了。

“都怪你。”苏安安不悦地说。

顾墨成不知道苏安安这话的意思，放轻声音问：“出了什么事？”从医院里回来，苏安安还是很高兴的，睡了一下午心情就不好了，肯定是发生了什么事。

“老公。”看顾墨成关心自己，苏安安不忍心把怒火发泄在他身上，“苏雅的孩子好像没了。”

顾墨成看着苏安安。医院里遇到的时候，苏雅的脸色还很好，没有瞧出她有流产的迹象，孩子怎么突然没了？

“她妈打来电话，说是我们害的，真是莫名其妙！”苏安安恼怒地说，“真是过分！”苏安安越说越生气，眉头皱起来。

顾墨成听着苏安安的话，伸手摸了摸苏安安的头：“不用理他们。”

顾墨成也没有想到，苏雅孩子没了，更没有想到苏二婶会打电话来诬赖他们。

这个苏雅，他教训了她一顿，她还不知道收敛！他脸色冷了下来。他对苏雅下手还是太软了吗？

“老公，你说气不气？”苏安安看顾墨成失神，问道。

“确实过分。”顾墨成淡淡地说，对这泼过来的脏水，他没打算就这么算了。不然，什么人都敢欺负他老婆。

“好了，我饿了。”苏安安说。

顾墨成看着脸上露出笑容的苏安安，嘴角勾起笑意。这个小丫头，脾气来得快、去得快，让他觉得好笑。

“夫人，您晚上想吃什么？”陈叔听到苏安安的话，问。

苏安安想了想，脑海里蹦出很多菜，什么红烧排骨、水煮牛肉，可是想到后面，她突然间没有什么胃口了。这段时间她很难受，吃什么都不舒服。

“还是算了。”苏安安说。

女人怀孕的时候最可怜，胃口不好，晚上还睡不安稳，苏安安怀的又是两个。

顾墨成看着很是心疼，他是看到过苏安安为了肚子里的孩子，勉强难受地往嘴里塞东西。吃完后又跑到洗手间将胃里的东西吐得干净才算是舒服。

“让厨房煮点粥。”顾墨成对陈叔说道，然后他心疼地看着苏安安，“过段时间就好了。”

苏安安怀孕后，顾墨成抽空看了关于孕期知识的书，他又向顾老夫人问了些关于怀孕应该注意的事。比起肚子的宝宝，顾墨成更在意的是苏安安的安危。

“好。”苏安安乖巧地点点头。

苏二婶打不通苏安安的电话，气得想把手机给摔了。苏安安害雅雅没了孩子，还敢挂她的电话！

医院楼道里的苏二婶愤怒地说：“这件事，不能就这么算了！”她想过了，苏雅小产的事必须要苏安安负责。

苏二婶下午接到苏雅的电话，电话里，她听到苏雅虚弱的声音。

“妈妈，救我！”苏雅痛得直呻吟。

苏二婶听苏雅的声音不对劲，忙问了一声：“雅雅，怎么了？”

“妈妈，痛！”

苏二婶立即挂断电话，带着苏二叔赶到苏雅住的地方。

# 第九章 我的妻子岂能白让人诬陷

苏雅跟慕瑾瑜在一起后，就从家里搬出去了。苏二婶和苏雅一直瞒着苏二叔苏雅怀孕的事。苏二婶来不及多解释，把苏二叔带去了。

到达苏雅的公寓，苏二婶开门进去，看到床上脸色苍白的苏雅，再掀开被子一看，房间里顿时弥漫着浓浓的血腥味。

苏二婶看着床单上艳红的血，顿时傻了。

“苏安安！”看到苏二婶和苏二叔过来，苏雅恨恨地叫了苏安安的名字，接着便晕了过去。

苏二婶和苏二叔连忙将苏雅送到医院。到了医院后，苏二婶联想到苏雅昏迷前满是恨意地叫了苏安安的名字，顿时认为苏雅小产和苏安安有关。

苏雅被推进手术室做清宫手术，孩子已经保不住了。

苏二叔看着打完电话后气愤地骂苏安安的苏二婶，黑着脸色问道：“到底怎么回事？孩子是谁的？”

苏二婶看到苏二叔一脸的愤怒，心里有些慌，不过还是强悍起来：“雅雅孩子都没了，是谁的还有什么可计较的！”

苏二叔想到蒋媚的话，问：“是不是慕瑾瑜的？”

蒋媚为了苏雅和慕瑾瑜的事来过家里。苏二叔问苏雅，苏雅骗他说她已经和慕瑾瑜断了联系，是苏紫菡和蒋媚冤枉她。

没想到，家里的三个女人联合起来骗了他。

“老公。”苏二婶赔着笑，“这孩子……”

“你们太过分了。”苏二叔冷声骂道，“你这是要把雅雅给害死！”

“我怎么害她了？”苏二婶不悦地反驳道，“是苏安安把雅雅害了！”苏二婶说起苏雅和慕瑾瑜在一起的事就生气，“要不是苏安安，雅雅会和慕瑾瑜在一起？她会怀上慕瑾瑜的孩子？”苏二婶强词夺理。

苏二叔气得脸色发青：“不是你们癞蛤蟆想吃天鹅肉，雅雅会和慕瑾瑜在一起吗？”提起上次吃饭的事，苏二叔就来气。

苏二叔的话让苏二婶不开心：“哪有你这么贬低自己女儿的？雅雅哪里不如苏安安了？是顾墨成自己瞎了眼看不上雅雅！”苏二婶生气地骂起来。

苏二叔脑袋都要炸了。就是因为苏二婶喜欢胡搅蛮缠，所以，他才怕苏二婶，懒得和她吵架。

“先不管这些事。现在雅雅的孩子没了，你没有听到她昏迷前说的话吗？她说是苏安安害的！”

“你在胡说什么！安安没有害雅雅。”苏二叔是清醒的，“你们不要一有事就推到安安身上！雅雅出事，你应该反省一下你自己。”

他的话气得苏二婶更加生气：“你这个杀千刀的！我为你生儿育女，你就这么对我？”苏二婶哭出声，往苏二叔的身上打去。

苏二叔看这里是医院，恼怒道：“好了！”

苏二婶一肚子火，听到苏二叔的话，她打得更起劲了：“没好！雅雅小产的事我不会这么算了。苏安安和慕家必须为这件事负责！”苏二婶大声地说道。

她的声音很大，手术室的护士听不下去了，开门出来说：“这里是医院，你们要闹出去闹！”

过了半个小时，苏雅被推出手术室，慕夫人听到消息赶了过来。

孩子取了出来，医生说是个男孩。

慕夫人听到“男孩”的时候，当场觉得头晕，扶着墙站稳。

两个孙子没了。慕夫人觉得这两年是做了什么孽，不让她如愿抱到孙子？

苏二婶和苏二叔跟着进了病房，到底是亲生女儿，苏二叔再气，这个时候也不好骂苏雅。

慕瑾瑜是晚上过来的，他接到慕夫人的电话，说苏雅的孩子没了。他觉得奇怪，下午他去公寓时，苏雅还没事。苏雅还哭着求他原谅，说要和他重新在一起，他走的时候，没看出苏雅哪里不对劲。

慕瑾瑜到了医院，去病房里看苏雅。苏雅睡着了，苍白的小脸让慕瑾瑜心疼，孩子没了，他觉得是自己的责任。

慕夫人把慕瑾瑜叫到了外面，问慕瑾瑜怎么回事？

慕瑾瑜吞吞吐吐地和慕夫人说了下午他没有忍住和苏雅发生了关系的事。

他话一说完，慕夫人狠狠地打了他一巴掌。慕夫人怎么都没想到自己的儿子这么经不起诱惑，苏雅还怀着孕呢。

“雅雅说医生检查过了，我们小心些没事。”慕瑾瑜低着头说。

慕夫人气得胸口发痛，她的孙子就这么被慕瑾瑜给弄没了：“你做的是什么混账事！”

慕瑾瑜对流产的苏雅心疼起来，觉得孩子没了是自己的原因。

苏雅醒来后看到病床边的慕瑾瑜，她虚弱地唤了一声：“瑾瑜哥。”

慕瑾瑜看到她醒来，再看到苏雅张口时掉出的眼泪，他的心揪在一起。虽然这段时间因为顾墨成宴会上的事，他厌恶起苏雅来，但看到因为自己没了孩子的苏雅，慕瑾瑜很内疚，再看到苏雅的眼泪，他疼惜起来，决定以后要更好地对她。

“雅雅。”慕瑾瑜心疼地唤道。

苏雅的眼泪掉得厉害，她哭泣地说：“对不起。”

“要说对不起的是我。”慕瑾瑜想到自己一时没有控制住，害得苏雅掉了孩子，他内疚极了，“你放心，我不会抛弃你的。”

因为苏雅流产，慕瑾瑜决定以后要对她更好。

“你不讨厌我了？”苏雅抿着嘴角苦涩地笑，说话时眼泪又掉了出来，“瑾瑜哥，我以前是喜欢顾墨成。可我对你也动了心。对不起，我没有把我们的孩子生下来。”

苏雅的话听得慕瑾瑜很难受：“过去的都过去了，以后我会对你好的。”慕瑾瑜说完，亲了苏雅的额头。

“瑾瑜哥，我饿了，你去给我买些吃的吧。”苏雅含泪开口，她看着慕瑾瑜起身离开了病房，眼眶里的泪珠顿时收住，嘴角处露出苦涩的笑容。

苏二婶和苏二叔接到苏雅的电话，回了医院。到病房后，看到慕瑾瑜正仔细地喂苏雅喝粥，苏二婶松了口气，她之前还怕苏雅孩子掉了后，会被慕瑾瑜抛弃。

虽然苏二婶心里觉得慕瑾瑜渣，但是她心里很清楚，苏雅和慕瑾瑜在一起的事，宁城人都知道。要是慕瑾瑜不要苏雅了，苏雅再想找有钱的男人会很难。

“雅雅。”看到脸色难看到极点的苏雅，苏二婶心疼地伸出手去擦干苏雅脸上的眼泪，“你放心，妈妈会为你讨回公道的。”苏二婶说完，苏二叔的脸色沉了下去。

慕瑾瑜也停下喂粥的动作，扭头看着苏二婶。

“你不要把什么事都怪到安安头上！”苏二叔不悦道。苏二叔对苏雅是又气又心疼，他进来时还想骂苏雅，看到苏雅病弱的样子，又没舍得。

“你怕苏安安，我不怕！”苏二婶恼起来，“苏安安跟了顾墨成之后，就一次两次地把雅雅踩在脚底，她有什么了不起的？”

苏二婶骂着苏安安，慕瑾瑜淡淡地问：“雅雅孩子掉了，是安安害的？”

没等苏雅说话，苏二婶先接了话：“是。”苏二婶虽然不知道孩子是怎么掉的，但是心里认定是苏安安害的。

慕瑾瑜看着苏雅，等苏雅自己说。

苏雅摇摇头，说：“瑾瑜哥，跟安安没关系。我早上在医院碰到安安和顾先生，和他们聊了几句，我妈妈误会了。”

苏雅越是这么说，苏二婶越觉得是苏安安和顾墨成害的。

“雅雅，你不要怕，瑾瑜会为你做主的。”慕瑾瑜没有说话，他盯着苏雅看。

上次苏紫菡孩子掉了，苏紫菡也把责任推到苏安安身上，后来竟然是苏紫菡自己把孩子打掉的，所以慕瑾瑜很怀疑苏二婶的话。如果苏雅说是，他心里也怀疑。

苏雅没有苏紫菡笨，她很清楚自己现在必须把慕瑾瑜给抓住，不然孩子白没了。

“瑾瑜哥，你不要听我妈妈乱说，孩子的事和安安没有关系。”苏雅认真道，“是我自己不小心。”她看着慕瑾瑜。

慕瑾瑜明白苏雅的意思，孩子没了，是他的错。

“雅雅。”苏二婶说，“你不用怕。”她以为苏雅是怕苏安安，才不敢指正苏安安。

“妈，真的和安安和顾先生没关系，他们没有对我做什么。”苏雅解释道。

可苏二婶心里认定孩子的事和苏安安有关系。

“瑾瑜哥，你相信我说的，对吗？”苏雅问慕瑾瑜。

慕瑾瑜点头，如果苏雅说孩子的事和苏安安有关，慕瑾瑜一定当场转身走人，他不喜欢苏雅像苏紫菡一样陷害苏安安。

苏雅这么说，苏二婶闭上了嘴。但她还是想着怎么找苏安安和顾墨成算账。孩子是他们害的，顾家这么有钱，怎么都得赔个十万八万的。

慕瑾瑜的小公司最近很忙，明天早上还有场会议，所以他在病房里待到快十一点就走了。

苏雅懂事，让慕瑾瑜回去，顺便把苏二叔、苏二婶送回去。

病房里留下苏雅一个人，她看着空荡荡的房间，伸手摸向平坦的小腹。

可惜了，之前没能和顾墨成单独聊聊，不然，孩子的事真的能推到他们身上。想到这儿，苏雅嘴角露出苦涩的笑容。

真好，她不用怀着自己不爱的男人的孩子，不用成为慕家生子的工具，更不会担心没了孩子后她会被慕瑾瑜抛弃。

苏紫菡知道苏雅的孩子没了，高兴坏了，连忙把这个好消息告诉蒋媚。苏雅孩子掉了，还拿什么和她抢慕瑾瑜？

蒋媚开始也高兴，然后一听慕瑾瑜在医院里陪苏雅，连慕夫人都过去了，她顿时感觉不妙。按理说，苏雅没了孩子是留不住慕瑾瑜的，可慕瑾瑜和慕夫人还那么在意苏雅，这不对劲。

“孩子是怎么没的？”蒋媚问了一句。

苏紫菡把原因告诉蒋媚之后说：“苏雅这个小浑蛋，我看她以后拿什么留住瑾瑜哥！”

蒋媚不同意苏紫菡的话。不得不说，苏雅比她的女儿手段高明太多。

苏雅的孩子是因为慕瑾瑜掉的，慕瑾瑜也好，慕夫人也好，对她以后肯定会疼惜、内疚。苏雅把握得好，这一辈子是跟定了慕瑾瑜，慕瑾瑜也不会轻易把她给甩了。

苏雅第二天醒来的时候，看到病房里站在窗边的男人，愣住了。

他背对自己，挺直的身影让她看呆了。她怎么都没有想到，会在睁开双眼时看到顾墨成。

他怎么会来？是知道她没了孩子，专门来看她的？

苏雅不相信自己的双眼，她觉得出现在她房间的顾墨成是自己幻想出来的。这肯定是一场梦。

苏雅闭上眼睛，重新睁开，窗边的人还在，而且她很确定这个男人是顾墨成。

慕瑾瑜接了苏二叔和苏二婶到医院，他们进病房时看到窗边的顾墨成，也怔住了。谁都没有想到顾墨成会突然出现在苏雅的病房里，更不知道顾墨成来这里做什么。

“顾先生。”慕瑾瑜最先开口，“你怎么来了？”

顾墨成转身，冷着脸看着慕瑾瑜。

慕瑾瑜被顾墨成看得心里莫名地发慌，他比顾墨成小了五岁，可是在顾墨成的面前，他总有低人一等的感觉，被顾墨成的气场压得死死的。

慕瑾瑜不由自主地避开顾墨成的视线，看向病床。他看到病床上的苏雅痴痴地盯着顾墨成看，他心里的感觉顿时不好了。

“有件事来和你说一声。”顾墨成冷冷地说。

慕瑾瑜一愣，疑惑顾墨成有什么话要同自己说，还亲自跑到病房来？

“甩了她。”顾墨成看了一眼苏雅，说道。

“什么！”苏二婶叫出声，“你让瑾瑜把雅雅给甩了？”

苏雅愣住，顾墨成这话是什么意思？难不成上次宴会上的话，顾墨成是认真的？她没了慕瑾瑜的孩子，顾墨成就会要她？想到这里，苏雅的嘴角出现了笑意。

苏雅没有高兴多久，顾墨成冷笑道：“我对她没兴趣。”

慕瑾瑜开始以为顾墨成来是同自己抢苏雅的，苏安安已经和顾墨成在一起了，想着顾墨成又来和他抢女人，他心里顿时愤怒极了。

“这种女人，我看不上。”顾墨成冷声强调。

要不是苏二婶把苏雅流产的脏水泼到安安的身上，顾墨成才不愿空出时间亲自来医院。

苏雅听到顾墨成冷漠厌恶的话，红了双眼：“顾先生，你既然对我没有兴趣，为什么要瑾瑜哥把我甩了？”

顾墨成懒得回苏雅的话，他看着慕瑾瑜问道：“甩还是不甩？”

慕瑾瑜搞不清楚顾墨成想做什么，但是他不喜欢被人控制。

“我不能对不起她。”慕瑾瑜回道。

顾墨成不屑地笑了笑。

过了一会儿，慕瑾瑜接到一个电话，听完电话内容后，慕瑾瑜顿时脸色大变。公司的人告诉他，他正在谈的一个大项目被顾氏横插一脚。

“顾墨成！”慕瑾瑜沉着脸。

“怎么，决定没有？”顾墨成冷声道，“如果以后让我知道你同她在一起，你的公司我绝不会给一点出路。”

这是在警告慕瑾瑜，也是在逼着慕瑾瑜把苏雅给甩了。

病床上的苏雅听得脸色发白，她用孩子换取慕瑾瑜回头，就这么被顾墨成的一两句话给扭转了。没了慕瑾瑜她以后该怎么办？哪里会有有钱的好男人要她！

“顾先生，你不想要我，为什么要让瑾瑜哥抛弃我？”苏雅忍不住地质问，她的眼泪掉下来，一颗颗晶莹剔透。

“不懂吗？”顾墨成冷笑，转身冷冷地盯着苏二婶，“不是说安安把你女儿害了吗？我如果不做些什么，岂不是让你白诬赖我的妻子了！”顾墨成冷声对苏二婶说道。

苏二婶一怔，谁都没想到顾墨成一大早到苏雅病房里来，让慕瑾瑜把苏雅给甩了，仅仅是在帮自己的妻子出气。

“我怎么诬赖安安了！雅雅的孩子就是被苏安安害没的……”苏二婶故作强硬，大着声音说。

可是在顾墨成冰冷的眼神里，她的声音越来越低。

“看来，我给的教训不够惨！放心，你女儿这辈子都不可能嫁个好人家。”顾墨成淡淡地说完。

苏二婶恼了起来：“顾墨成，你不要太过分！”

“好了。”苏二叔连忙拉住苏二婶，他听出了顾墨成话里的意思，是苏二婶先去招惹的苏安安，顾墨成是过来帮安安出气的。

“墨成，雅雅还小……”苏二叔开口为苏雅说话，他的话没有说完，就听到顾墨成反驳道：“她年纪小，我就得让她随意地欺负我的老婆？”顾墨成冷下脸，扭头盯着病床上哭得不成样子的苏雅，“要不是看在安安的分上，我对付的就不仅是她一个人了。”

苏雅听着顾墨成的话，她整个人像是掉进了冰窖里，全身冰冷冰冷的。

“顾墨成，我爱你有错吗？你一次次地害我，让我失去幸福，你对我太狠了！”

“有错！”顾墨成声音冰冷，“谁允许你爱上我？又是谁允许你借着爱我的名义对付安安？”

他之前宴会上给了苏雅教训，苏雅不知道错，还想招惹安安。他不心狠些，难保下次她还要整什么幺蛾子出来对付安安。

“我再警告你一次，敢去招惹安安，我会让你生不如死。”

顾墨成的威胁让苏雅全身颤抖起来，她在他的眼里看到了冰冷和厌恶："顾墨成！我只是爱……"

顾墨成盯着她，苏雅连话都不敢说完。

她知道了，她连爱顾墨成的资格都没有。

为什么要对她这么狠？苏雅握紧拳头，满眼是泪地看着顾墨成。

她知道，自己费尽心机想出的计划因为顾墨成的到来全毁了。

原本她想把孩子的事推到顾墨成和苏安安身上，这一计没成，当天下午的时候慕瑾瑜来看她。她就故意勾引慕瑾瑜，然后，她的孩子如她所料那样掉了。

她不要成为慕家的生子工具，不要在生完孩子后被慕瑾瑜一脚踹开。她打算利用肚子里的孩子再次得到慕瑾瑜的欢心。

顾墨成她是得不到了。可是她不能因为顾墨成，连慕瑾瑜都失去。

昨天晚上和慕瑾瑜和好后，苏雅以为自己的生活会好起来，慕瑾瑜会和以前一样对她百依百顺。没有想到，顾墨成来了。他用慕瑾瑜的事业逼慕瑾瑜把她给甩了！

苏雅哭得伤心，她完了，她这辈子真的完了！顾墨成对她心狠得她不敢再爱他。

顾墨成说完那些话后离开了病房。

慕瑾瑜没有多待，他接到公司的电话，需要他马上回去。他看了一眼病床上的苏雅，说："雅雅，照顾好自己。"他从口袋里掏出一张卡，说了密码后就离开了病房。

苏雅看着手中的银行卡，笑了出来，笑着笑着开始大哭。

苏二婶看着苏雅这个样子，心疼到不行，她骂着顾墨成，骂着苏安安，恨不得把他们给杀了。

顾墨成找过苏雅之后，慕瑾瑜再没来过医院。他把苏雅的住院费付了，苏雅打电话，他也没空来见她。

苏雅很清楚，慕瑾瑜不会再见她，更别说要她了。

慕家那边也一样，慕夫人来了一次医院，当着苏雅的面给了苏二婶十万块钱，她说："这些钱是我们慕家给雅雅的补偿。"

十万，加上慕瑾瑜给的二十万，苏雅赔了自己的清白和肚子里的孩子，才把自己卖了三十万。

这点钱，苏雅不满意，苏二婶更不甘心。

顾墨成离开医院时，在医院住院大楼的蒋老太太透过窗户一眼看到了他的背影。她的孙子死了，蒋老太太更恨顾墨成和顾家。

“他怎么来了？”管家过来，蒋老太太说，“去查查。”蒋老太太吩咐完，管家没有马上离开，而是把刚收到的消息告诉蒋老太太：“老太太，蒋柔那边有消息了。”

“她又逃出来了？”蒋老太太问。

蒋柔来了宁城后，肯定不甘心回到那个她讨厌的地方。

“不是。”管家说，“蒋柔把她老公给杀了。”

听到这个消息，蒋老太太脸色一变，声音变得冷淡：“人呢？”

管家摇摇头：“不知道。听说她是趁着她老公喝醉酒后，把人杀了的。当天晚上她趁着夜黑丢下家里的孩子逃走了。现在警察正在通缉她。”

蒋老太太没想到蒋柔竟然狠心把自己老公给杀了，看来她心里是恨透了那个家。对顾墨成和苏安安，肯定也更恨。

“在警察找到她之前把她找到。”蒋老太太交代道。

管家想了想，犹豫地说了另外件事：“老太太，蒋家没钱了。”

蒋老太太一愣，蒋家那么大的基业，现在管家突然和她说没有钱了！蒋老太太慢慢地说：“我有笔私房钱，你去取出来。”

这笔钱是她为自己存的，是她留着的最后一笔钱。如果这笔钱花完了，那她真的是一分钱都没有了。

顾墨成去医院找过苏雅这件事，他没有和苏安安提起过。苏安安是从苏二叔口中听到的。

苏家人，苏安安唯一肯见的就是苏二叔。

当苏二叔电话打来时，苏安安犹豫地接起来，听到是苏二叔的声音，苏安安继续和他聊着。

苏二叔说，想见见苏安安。

苏安安和苏二叔约在学校外面的咖啡馆里，她到的时候，苏二叔人已经在那了。在的不止有苏二叔，还有苏二叔旁边的苏二婶。

苏二婶一看到苏安安，气得站起身，眼睛恨恨地看着苏安安。

“坐下来。”苏二叔沉着声音，拉着苏二婶的手。

要不是看着苏雅整天以泪洗面，还动了自杀的念头，苏二叔不会同意苏二婶的话，跑来找苏安安的，苏安安不会无缘无故针对苏雅。

“安安。”苏二叔温声道。

苏安安看到苏二婶时，想转身走人。转念想着自己带了保镖，又想到以前苏二叔对自己好，就走到了苏二叔对面的位置上坐了下来。

“二叔，你找我有什么事？”

苏安安有段时间没有见过苏二叔了，比起上次去参加她婚礼时的样子，他的脸色憔悴了许多，两鬓还有白发。

如果苏二叔一个人找她，她会认为他是来看看她。但看到旁边的苏二婶，苏安安敢肯定，他们找自己是有事要说，而且这件事和苏雅有关系。难道苏二叔信了苏二婶的话，认为苏雅孩子掉是她害的？

“安安，我有件事想求你。”苏二叔脸色难堪地说道。

苏二婶看苏二叔吞吞吐吐的样子，气恼地对苏安安说道：“苏安安，你想折腾我们雅雅到什么时候？雅雅的孩子都已经被你给害没了，你还想怎么样？”

苏安安冷笑：“苏雅的孩子没了，和我没有关系。”

“雅雅的孩子和安安没有关系。”苏二叔冷着声音对苏二婶说。

苏二婶不悦：“她说没关系就没关系！雅雅好好的一个女孩子，就是被她害成现在这副样子的！我的雅雅多乖的一个女孩子，被她逼得想死。”苏二婶哭泣道。

苏安安没心情听苏二婶说这些废话，她看着苏二叔，问：“二叔，你叫我过来就是要说这些？”

苏二叔想了想，把顾墨成去医院找苏雅的事和苏安安说了。

苏安安听到顾墨成专门去医院把苏雅的后路断了，她心里顿时暖暖的。只要她有什么不开心，顾墨成都会先一步将她面前的障碍给除掉。她没有想到顾墨成为了自己，对苏雅这么绝情。

“苏安安，以前的事我们不同你计较。”苏二婶接着说，“雅雅被你们害得找不到好人家，你得负责帮她找一个。”

来的时候苏二婶想过了，让苏雅继续跟着慕瑾瑜是不长久的，要不就让慕瑾瑜和苏紫菡离婚娶雅雅，要不就让顾墨成给苏雅介绍个有钱的好男人。顾墨成开口，宁城那些有钱人家哪里敢瞧不起苏雅。

“帮她找？”苏安安淡淡地说，“找怎样的？”

如果苏雅一开始不觊觎别人的东西，她的结局不会是现在这样的。找个适合自己的、普通点的人家，没什么不好的。

“有钱的，但是不能像慕瑾瑜那样结过婚，还有年纪不能太大。”苏二婶说。

这不还是想钓金龟婿！

“二婶，做人还是实际点好。”苏安安说了一句。

苏二婶不乐意了：“安安，你现在是顾夫人，有钱有势，雅雅是你的妹妹，你不该帮着她吗？而且顾墨成害得她被慕家给抛弃了！”

“她凭什么让有钱人看上？”苏安安反问，对苏二婶的无理要求，她听不下去了。

“安安，和顾墨成说一句，能不能不要为难雅雅？”苏二叔插嘴道，他没有苏二婶贪心，就是想苏雅以后找个对她好点的人就可以了。

“她不再针对我，墨成不会为难她的。”苏安安回道，“二叔，没有其他事的话，我先走了。”

这场见面没什么意义，苏安安不想待下去。

苏二婶看好不容易约出来的苏安安要走，她立即着急起来，喊住苏安安：“你不帮雅雅找男人也行，那让慕瑾瑜娶雅雅！”

苏安安转过身，冷冷地看着苏二婶：“做小三很好吗？”

慕瑾瑜已经结婚了，苏二婶和苏雅只管自己，压根不觉得她们是在破坏别人的家庭吗？

“你怎么这么说雅雅？”苏二婶恼怒地指责道，“苏安安，你就不能大方点，帮帮雅雅吗？她被你害得都想死了，你这人怎么这么冷血！”

苏安安冷笑道：“我老公为了我惩戒苏雅，作为他的妻子，我怎么能和他对着干！我帮不了你们。苏雅有今天的结局是她自找的。”苏安安冷下声音，生气地说，“二婶，如果你们再动不动打扰我的生活，我想雅雅的结局比现在还要惨。”

看着苏安安说完这话转身就离开，苏二婶追着苏安安骂道：“苏安安！你这话是什么意思？你仗着有几个钱了不起吗？想让我们不打扰你的生活也行，把钱给我们。”

苏二叔的脸被她丢尽了，他喊都喊不住苏二婶。

苏二婶想过了，既然苏安安不愿意帮雅雅，那就赔钱给他们。

“苏安安，你不帮雅雅，别想这么走掉！”苏二婶拦住苏安安的去路。

保护苏安安的保镖看到苏安安被拦住，立即推门进来。

苏安安伸出一只手护住自己的肚子：“二婶，你小心些，伤了我肚子里的孩子，十个苏雅都不够赔。”

虽然苏安安说的是实话，但苏二婶听得心里很不舒服。不过她想到对苏雅很绝情的顾墨成，还是害怕地往后挪了一步，她怕苏安安出事，她得负上责任。

“安安，你现在有钱了，就欺负我们这些穷亲戚了。”苏二婶道。

“亲戚？”苏安安听着这话觉得好笑，顾墨成花了四千万，帮她和苏家断绝了关系，她现在和苏家有什么关系。

“我是看在二叔以前对我好的分上出来见你们的，也是因为二叔才唤你声二婶。我和苏家没有关系了，你们都忘记了吗？需要我把苏华叫来再说一遍吗？”苏安安冷笑。

苏安安目光看向了难堪的苏二叔。打这以后，苏二叔打来电话，她也不会接了吧。

苏二婶是忘了苏安安和苏华断绝父女关系的事了。

“我不是苏华的女儿。”苏安安冷冷地说，“所以你不要和我攀什么关系，更不要来打扰我的生活。”

“你怎么不是苏华的女儿了？”苏二婶一急，脱口而出。她的脑海里突然间想到了二十年前的事。

很多事随着时间的推移都会被人遗忘。苏安安不说这话，苏二婶几乎快忘记了她曾在病房门口听到的蒋媚和何晴的对话。

那时因为她收了蒋媚的钱，所以没再提起来，后来就慢慢地忘记了。这会儿看着苏安安，苏二婶全想了起来。

什么苏安安不是苏华的亲生女儿，根本就是蒋媚在胡说。

苏安安不知道苏二婶的思绪飘到二十年前去了，她最后说了一句：“二婶，你想雅雅的结局再惨些吗？”

苏二婶骂了几句，因为想到二十年前的事，她决定不再盯着苏安安。她去找蒋媚闹，就算手里没有证据，也能吓唬吓唬蒋媚。

苏二叔出来后，看了一眼又哭又骂的苏二婶，没有拉她起来，直接丢下她走了。

苏二婶回过神来看到苏二叔走了，连忙跟上去，边追边骂道：“你这没用的东西！要你过来帮女儿，你一个屁都不敢吭声。雅雅才是你的女儿，她不好，你以后靠什么养老？”苏二婶越骂，苏二叔走得越快。

回去后，苏安安没有和顾墨成说自己见了苏二叔的事，她没觉得受了欺负，不需要事事让顾墨成帮她。

她不说顾墨成也知道她和苏二婶、苏二叔见面的事，看苏安安的心情没有受影响，再则医院里的苏雅安分了起来，顾墨成不愿把精力浪费在无关的人身上。现在没有什么比苏安安和她肚子里的宝宝们更重要的了。

不是苏雅变安分了，而是她知道跑去和苏安安、顾墨成闹，她的结局只会更惨。为了能有更好的生活，苏二婶带着她去慕家闹过。慕家给的十万根本满足不了苏二婶，苏二婶再去要，慕家也不肯给。

苏二婶不甘心，慕家那边没拿到钱，却到蒋媚那边拿了笔钱。她和苏雅暂时不再东闹西闹了。

过了五个多月，苏安安的肚子更大了，她的胃口开始转好，能吃些东西，不像之前总是难受想吐。

顾墨成答应过苏安安，等她胎稳下来就带她去虞城。

苏安安去医院检查后，医生说出趟门没有关系，注意休息就好。医生的建议让苏安安开心极了，她在家里待得闷。

听到苏安安要去看苏若初，韩龙逸很想跟着去，但是他知道自己和苏若初不过是朋友关系，他跟苏安安去，只能给苏若初带去难堪。

“替我向她问好。”韩龙逸想了很久，最后就说了这么一句话。他手里也有苏若初的手机号码，但是他没有联系过，他每次翻出号码，按过去一两秒又挂掉。

苏若初过得好就好，他没有什么意思。

苏安安去之前没有跟苏若初说，她想给苏若初一个惊喜。

苏若初住的地方，顾墨成已经托人在虞城那边查到了，他们过去能直接找到她。

去虞城的路上，苏安安很激动，想到能马上见到姐姐，她就开心。肚子里的孩子可能都感觉到了苏安安的开心，在肚子里动着。

虞城靠北，一下飞机，苏安安就感觉到这座城市没有宁城来得暖和。这么冷的地方，她有点担心向来怕冷容易生病的姐姐适没适应这里。

在车里，车窗外的风景一幕幕地从苏安安眼前滑过，她看着陌生的城市，心底不由自主地担忧起来。

姐姐从未离家来这么远的地方，为了阿笙，她放弃了宁城的一切来到这里，阿笙会对她好吗?

“姐姐肯定很怕。”

一路上，苏安安说了不下十句类似的话，顾墨成一如刚开始的温柔和耐心，告诉她：“苏若初是成年人，她知道自己在做什么。”

听着顾墨成的安慰，苏安安的心稍稍地放轻松，但是没过多久，她又担忧起来："姐姐和别人不一样。"

是的，苏若初为阿笙疯了七年，她走不出爱情的牢笼，她的疯病不知道什么时候会发作。

带着深深的担忧，苏安安到了苏若初住的楼前。她站在门前，举起手要敲门，又回头看了一眼顾墨成。

顾墨成朝她微笑。她来的时候很激动，到了虞城是满满的担忧，这会儿又怕起来。小丫头的情绪变得太快，让他很无奈。

"老公，还是你来敲吧。"她怕看到姐姐，会哭出来。

她长这么大，苏若初第一次离开她，也是她第一次跑这么远来看姐姐。

顾墨成一笑，想去敲门的时候，又被苏安安扯了回来。

"还是我自己来敲吧。"说话时，她抬起了手往门上敲了一下，听到里面门锁转动的声音，紧接着出来的人让苏安安脱口唤了一声"姐姐"。

一声"姐姐"后，门外的苏安安和门里的人都怔住了。

"何妈？"苏安安奇怪地看着出来的妇人，看到何妈红红的眼眶，她一头雾水。

为什么何妈会在姐姐这里？她也是到虞城来看姐姐的？不对，姐姐都没有告诉自己住在哪里，怎么会和何妈说？虽然七年来，何妈照顾姐姐的时间多，但是苏安安知道，自己才是苏若初最亲的那个人。

"三小姐。"何妈看到苏安安诧异道，她再看向苏安安身边若有所思打量她的男人。

对顾墨成，何妈想到的就是他带着人去苏家打苏紫菡的事。

这个男人，不好招惹。

"何妈，你是来看姐姐的？"苏安安试探道。

何妈摇摇头，又点点头，慌乱地说："三小姐，我还有点事，先走了。"

苏安安看着何妈离去的身影，奇怪地问："你说何妈来找姐姐做什么？"而且，何妈还哭了。

苏若初的事，顾墨成没有去查过，所以他不知道其中的隐情。

"安安。"屋内传来苏若初的声音，然后苏若初走了出来。

苏安安怀的是两个，五个月的肚子比起别人的要大很多，她的脸也圆了不少，因为怀孕的关系，她的皮肤泛着光泽，她整个人看上去圆圆的，很可爱。

苏若初听到何妈的“三小姐”，以为自己听错了，走出来一看，看到苏安安和顾墨成真的在门口。真像做梦一样，苏安安就这么从天上掉下来，出现在她家门口。

“姐姐。”苏安安欢喜，朝苏若初扑过去。不过，人没有扑到，就被苏若初扶住了手臂。

“你小心些。”苏若初怕拥抱压到了孩子。

苏安安想想，没有扑过去，她很自然地摸着自己的肚子，低头对里面的小家伙说道：“叫阿姨。”

苏若初被苏安安逗笑，瞬间把刚才的难受忘掉了。

“安安，怎么过来也不说一声？”苏若初笑着责备道。

苏安安扭头看了一眼身后的顾墨成：“他陪着我，姐姐你不用担心。”

苏若初看向一直将手搭在苏安安肩头的顾墨成。这个男人，给了安安温暖，给了安安依靠。

“谢谢你照顾安安。”苏若初对顾墨成说道。

顾墨成一笑：“姐姐客气了。”

顾墨成的年纪比苏若初大，但是苏若初是安安的姐姐，他跟着苏安安叫她“姐姐”。

苏若初一愣，顾墨成这样的人物该是高高在上、不把任何人放在眼里的，他却把苏安安宠到骨子里去，一声“姐姐”就可以看出这个男人对安安很用心。

苏安安脑袋探到客厅里去：“阿笙呢？”

霍笙让姐姐受了那么多苦，苏安安不掺和姐姐的感情，但是她不会轻易地喊霍笙“姐夫”的。

苏若初笑，她心里的痛意因为苏安安的话在扩散，怕苏安安看出端倪，她故意笑起来。

他们两个三天前吵了一架，然后他摔门走了。到现在她没理他，他也没有回来过。

感情的事，不需要其他人来插手，哪怕是自己最亲的那个人。

“他有事忙去了。”苏若初笑着说完拉着苏安安进屋，“外面冷，先进屋再说。”

苏安安顿时感觉出姐姐的双手冰冷。

这座城市这么冷，姐姐一定不习惯。

苏安安没说什么，乖乖地跟着苏若初进去。顾墨成跟在身后，陪苏安安进屋。

苏若初让苏安安和顾墨成在楼下客厅等她，她上楼换身衣服。

房间衣柜里满满的衣服，全是霍笙给她买的。来了虞城后，他没有亏待过她，苏若初想了想，拿出手机给霍笙打了电话过去。

“喂。”电话那头，传来霍笙清冷的声音。

苏若初没有立即说话，霍笙也没开口，霍笙拿着手机，手心很快地冒出了汗。

“安安来了。”苏若初说道。

“嗯。”

“晚上一起吃饭，行吗？”苏若初的语气里带着一丝请求。

霍笙没有马上答应，他说：“我看看晚上有没有安排。”

苏若初的心沉了下去，她有点怕霍笙拒绝和她一起吃饭。要是这样，安安肯定会担心她在这里过得不好。

生活是她自己选择的，甜蜜也有，痛苦也有，这些都和安安没有关系。但是苏若初不想安安为自己难受。

“晚上有个饭局。”霍笙说道。

“那就……”苏若初的话没有说完，霍笙又说：“可以推了。”

“好。”苏若初隔着电话，她没有看到霍笙说这句话的时候嘴角微微地露出了笑容。

三天前，他们吵了一场架，难受的不仅是她。借着和苏安安一起吃饭这个借口，他也想见她。

苏若初换好衣服下来，她带着苏安安和顾墨成去了霍笙订好的酒店。

霍笙没来。

他正打算来的时候，接到家里的电话，说霍妈妈的身体又不舒服了。霍妈妈的病情反反复复，没几天是好的。

霍笙打来电话时，苏若初已经和苏安安点了一桌的菜了。苏若初站起身，到包厢外面接电话。

“若初，抱歉！”霍笙声音轻柔，他没有听到苏若初的声音，心底的痛意慢慢地游走在身体四处，然后聚集到心脏的位置，“我要去医院一趟，等会儿我再……”

霍笙的话没有说完，苏若初说：“不用了。”她说着，没有等霍笙再说，就挂断了电话。

站在门口，苏若初理好了情绪，挤出笑容，她转身时，看到苏安安站在门口盯着她。就这么被苏安安撞见，她嘴角的笑容僵在那里。她触到苏安安的眼神时，眼眶莫名地湿了。

“安安。”苏若初唤了一声。

苏安安露出笑容，过去挽住苏若初的手：“姐，菜都凉了，我快饿死了。”

一直到饭局结束，顾墨成都没有过问霍笙来不来的事，苏安安更没有提。吃完饭后，苏安安和顾墨成送苏若初回去，苏安安黏着苏若初不放，苏若初怕顾墨成不高兴。

顾墨成说：“安安高兴就好。”

苏若初欣慰，安安遇到了一个很好的男人。

她们到了小区，下车散步，苏若初看着身后跟着的顾墨成，对安安说：“安安，看到你这么幸福，我比什么都开心。”

苏若初看了一眼苏安安隆起的小腹。

安安有家，有老公，过不了多久还有两个可爱的孩子。这份温暖，苏若初很羡慕。

“姐，今晚我要和你睡。”

苏若初笑笑，再次说：“安安，过好自己的生活，不要管我。”

这句话让苏安安想到苏若初和霍笙。

“你是我姐姐，我怎么能不管？”苏安安看着苏若初，她不喜欢为了爱情委屈自己的苏若初。她姐姐是耀眼的、漂亮的，现在隐忍的苏若初让苏安安心疼，比起那个在苏家顶楼疯了七年的苏若初更让苏安安难受。

“姐，阿笙对你好吗？”苏安安停下脚步问了一句。

苏若初一笑，回道：“好。”

霍笙待她挺好的，只是他们之间隔着苏家，隔着何安琪，隔着霍妈妈，还有突然出现的那个男人。

“要是不好，我怎么会心甘情愿地待在这里。”苏若初笑着说。

“好吧。”苏安安说，“姐姐，要是阿笙待你不好，你就回宁城找我。我帮你找个好男人，气死阿笙。”

苏若初被苏安安的话逗乐了：“好，听你的。”

说话间，她们已经走到了别墅门口，路上的路灯不是很明亮，一眼看不清楚对面的人是谁。

“苏若初！”

一道愤怒的女声传来，苏安安抬起头看到一个人飞快地朝着苏若初冲来，她没多想，甚至忘记了自己还怀着孕，几乎是瞬间挡在苏若初的前面。

何安琪愤怒地冲过来，她眼里只有苏若初。苏若初！苏若初！她恨透了苏若初！

在何安琪举起手不管不顾地打过去时，她才看清楚面前的女人已经换成了苏安安。她怔了一下，还是没有收回手，打了过去。

“啪”的一声，巴掌的声响在寂静的夜里特别响亮，何安琪摸着自己被打痛的脸颊，眼睛恨恨地看着打自己的顾墨成。

男人的手劲比女人的大多了，况且顾墨成还在气头上。

顾墨成很少亲自动手打人，还是打一个女人。当看到何安琪打过来的时候，顾墨成急得上前一步，直接给了何安琪一耳光。

“你是谁？”何安琪怒声说道，她看向走在苏安安身前的苏若初，冷笑道，“苏若初，你也不过如此，笙哥不在，你就耐不住寂寞在外面找野男人。”

“你嘴巴给我放干净点！”苏安安生气地立马跳出来。

何安琪这才打量起苏若初身边的苏安安，苏安安虽然胖了，但是五官和苏若初相似。她的视线移到苏安安的小腹上。苏安安是谁？

苏安安说完就上前准备打何安琪，被苏若初拉住，苏安安不悦地说：“姐，她这么骂你，必须得教训她。”

苏安安被顾墨成宠得脾气差劲，受不了别人欺负，更不会容忍别人欺负她姐姐。

何安琪诧异道：“你是安安？”

何安琪很早就离开了苏家，她和苏若初好的时候，苏安安喜欢跟在她们屁股后面一口一个地唤她“安琪姐姐”。

七年不见，苏安安变了样，长得和苏若初一样漂亮。后来她听说苏安安嫁给了宁城的权贵——顾墨成。

何安琪看向苏安安身边的顾墨成，这个男人就是顾墨成，刚才就是他打了自己一巴掌。

苏家姐妹的运气真是好！

“安安，我来。”苏若初说了一声，在何安琪失神时，苏若初的手已经打在了何安琪的脸上。

一会儿的工夫，何安琪被打了两巴掌，第一个是顾墨成打的，畏惧顾墨成的权势，何安琪可以算了。但是第二个……她是来找苏若初算账的，苏若初凭什么打她？

“苏若初。”何安琪摸着发疼的脸颊，恨恨地说，“你不要太过分了。”

苏安安反问：“谁过分了？是你冲出来要打我姐姐的。”

何安琪看着苏若初，继续说：“你今天和我妈妈说了什么？她回去后，话也不说，饭也不吃，还自杀了。”

何妈自杀？苏若初愣了一下。

“你妈妈？”苏安安看向苏若初，再看着何安琪，怪不得刚才就觉得何安琪眼熟，她就是何妈的女儿。苏安安直接问道：“你是何安琪？”

她记得七年前何安琪和姐姐的关系很好，这些年也是何妈一直照顾着姐姐，难道这里面有她不知道的事？

“何妈还好吗？”苏若初问。

“苏若初，你不要假惺惺的。”何安琪生气地说，“一定是你和她说了什么！她有什么对不起你的，你要把她往死里逼？”

苏若初听着勾起了嘴角冷笑起来，她逼何妈什么了？是何妈跪在她面前求她离开霍笙，她只是没有同意罢了。到底是谁在逼谁？

“对我不好的人，我就喜欢把她往死里逼。”苏若初说着冷笑起来，她眼里的冷意和嘲讽让何安琪莫名一怔。

“苏若初，你变得这么恶毒，不怕笙哥知道吗？”

“知道就知道了，能怎么样！”苏安安听不下去了，恼怒地反驳。

被苏安安的话一堵，何安琪气得不知道说什么。

苏安安的嚣张是被顾墨成宠出来的，何安琪不敢对苏安安怎样，刚才顾墨成打过来的一个巴掌，痛得她当场想哭。

“好。”何安琪咬着牙恨恨地说，“苏若初，我妈妈在你们苏家帮佣这么多年，她不是你们苏家的奴才，你把她逼得自尽，这件事我不会这么算了，我要……”

“滚！”苏安安不等她说完恼怒道，“何安琪，你敢对我姐姐做什么，我就让你和你妈生不如死！”

苏安安不知道何妈、何安琪和苏若初之间到底有什么纠葛，她只知道，谁都不能欺负姐姐。

苏安安不敢动手，但苏安安背后的顾墨成敢。何安琪被苏安安威胁，她闭上嘴，恨恨地瞪着苏若初。

“滚。”苏若初开口。

何安琪看着面前的三个人，顿觉得自己受了天大的委屈，她快步离开了这里。

何安琪走后，苏若初对安安说：“我到了，你早点回去休息吧。”

苏安安站在原地，看着苏若初走向别墅的大门，她不肯走：“姐！”

“早点回去睡觉！”苏若初没有扭头，淡淡地说。

苏安安要说什么，苏若初很清楚。

何安琪突然上门找她，苏安安就算不知道何安琪这些年一直跟着霍笙，也能猜出何安琪是为了霍笙针对苏若初的。霍笙和苏若初之间多了个何安琪，独自一人在虞城的苏若初过得肯定不好。

“安安，回去睡觉。”苏若初严厉地说。

苏安安看着苏若初开门进去，然后和顾墨成一起离开了。

“姐姐为什么这么执拗？”

顾墨成搂着苏安安：“安安，就像你姐姐说的，霍笙对她很不好她是不会留下的。他们两个之间隔的时间太久了，突然生活在一起肯定有很多问题，我们是外人。”

“我是她妹妹！”苏安安不乐意地说道。

顾墨成笑笑，吻了吻苏安安的脸：“傻丫头，你在你姐姐的爱情里也是外人。”

苏安安动了动嘴，没有反驳顾墨成。她窝在顾墨成的怀里，过了会儿，说：“我懂了。”

爱情是两个人的事，容不下第三个人。

霍笙被霍妈妈拉着聊了很久，霍笙等她睡觉了才急忙赶了回来。

霍妈妈聊的事，霍笙已经听了四五个月了。他还是一如既往地坚持着自己的想法。若初，他是不会再扔下的。

霍笙到了卧室，他本以为苏若初睡着了。床边的灯开着，他看到苏若初坐在床上发呆。

霍笙看到她，不由自主地放轻脚步，他走过去，说：“若初，对不起。”

他们僵了三天，好不容易等到她的电话，他应该不管任何事过来陪她吃饭。可是在听到霍妈妈猛烈的咳嗽声时，作为人子的霍笙又不能丢下自己的母亲不管。

苏若初抬起头，看到在床上坐下的霍笙，她还没开口说话，就被霍笙拥在了怀里。

“我去给你放水洗澡。”苏若初推开了他，起身时却被他一把抱起，他没说话，然后将她压在床上。

窗外的月光穿过玻璃洒进来，打在苏若初的脸上，霍笙看呆了。

这一次他们分开才短短三天，他却比分开七年时还要想她。

他不喜欢和她吵架，可能是两个人太久没在一起，明明深爱着对方，却总会为了一些小事吵起来。

苏若初不让步，他也不让步。他们都在等对方低头，谁低了头，谁就爱得多一些。

苏若初推了推身上的霍笙，霍笙没有动，他看着她，说：“若初，我想你！”他吻住苏若初的唇。

苏若初没反抗，今天霍笙没有来，她的心里很不好受，比三天前的那场争吵更难受。

安安难得来次虞城，就是想确定她在这里过得好不好，霍笙没来，又遇到了何安琪，安安肯定会担心她。

“对不起。”霍笙在她的耳边说道，他放柔声音，“若初，今天的事，我真的很抱歉。你原谅我一次！”

苏若初看着他，没有说“好”，她的手慢慢地搂住他的脖子。突然，她脑海里有了一个念头，然后她脱口而出：“阿笙，我们结婚吧。”

霍笙怔怔地看着苏若初，他没说话，而是低着头又一次吻住苏若初。他吻得温柔，很认真，像捧着一件极其珍贵的东西。苏若初不由自主地陷入他给的情欲中，到了后面，她听到霍笙说：“若初，你得先把婚离了，我才好娶你。”

他们吵得快，和好也很快。

第二天早上苏安安接到苏若初的电话，说让苏安安和顾墨成去家里吃饭。苏安安听出苏若初的愉悦，她疑惑地问顾墨成：“姐姐这是遇到了什么好事吗？”

顾墨成笑：“你和我当天吵架，第二天我们不是就和好了？”

苏安安明白过来了，苏若初心情好，是因为和霍笙和好了。再这么一想，苏安安觉得讨厌的阿笙还是有点良心，不然姐姐真为他白疯七年了。

只是有件事苏安安不懂，姐姐为什么要向霍笙隐瞒她疯过的事？是怕霍笙知道后嫌弃她吗？

能吃到苏若初做的饭菜，苏安安很开心，去的路上她一直跟顾墨成说着苏若初的拿手菜。

苏安安说得高兴，顾墨成也跟着笑起来。他喜欢看苏安安开心的样子。

苏安安他们到的时候，霍笙在厨房帮忙，门是家里佣人开的。

苏安安看到苏若初脸上发自内心的笑容，脸色好看了起来。要是被她发现霍笙欺负了姐姐，她一定会把霍笙的家给砸烂。

“安安。”厨房里的苏若初扭头喊苏安安。

苏安安对出来的霍笙唤道：“阿笙哥。”

叫的不是“姐夫”，霍笙有些在意，嘴角的笑容一僵，但他没有表现出来。他的目光看向苏安安身后的顾墨成。

霍笙和顾墨成是不同的，顾墨成出身优渥，从来都是被人捧着的，他的优秀有一半是顾家给的。霍笙靠的是自己的努力和拼搏，这七年来，他吃的苦绝对比顾墨成三十来年来吃的苦还要多。

“顾先生好。”霍笙伸手和顾墨成握了手。

七年前，顾墨成接手顾氏还没几年，当时很多人才见识到顾墨成的厉害。其实宁城更多的人忌惮和尊敬的是顾臻，霍笙也是，他读书那会儿，也把顾臻当自己的偶像

四个人坐在一起吃饭，苏安安和苏若初聊得很多，苏安安对苏若初各种撒娇。

顾墨成很少插话，听着她们聊天，偶尔给苏安安夹菜。霍笙也差不多，他给苏若初剥了一盘虾。

这顿饭吃得比昨天愉悦，苏安安尝到了苏若初的手艺，吃了不少。

苏安安和顾墨成在虞城待了三天，最后一晚，因为第二天要走，苏安安赖在苏若初的床上不肯走。这惹得两个男人都不开心，特别是霍笙，一直给苏安安好脸色的他当场黑了脸。

“让安安在这里睡一晚吧。”苏若初笑着开口。

她们两个很久没有见面，苏安安像小时候一样爬到苏若初的床上，和她说心事。

顾墨成没意见，她们姐妹两个那么久没见，一定有很多悄悄话要说。他就是担心苏安安怀着身孕，出什么意外。

“老公，好不好？”苏安安见顾墨成不说话，知道他心里不乐意，她

握住他的手央求。

"好。"顾墨成无奈地摸着苏安安的头，对苏若初说，"姐姐，晚上多多照顾安安。"

"嗯！"

和苏若初睡在一张床上，苏安安很兴奋。她和苏若初长大了，彼此有了喜欢的人，但是有一点不会改变，她们是姐妹，时时刻刻想着对方的姐妹。

"姐姐。"苏安安大着肚子，靠在床上。怀孕后，她尝到了幸福的味道，也尝到了怀孕的不适和辛苦，"以前妈妈怀我的时候，是不是也很辛苦？"

对于何晴的记忆，都是苏若初告诉她的。

"嗯。"苏若初点点头，她把温热的牛奶递给苏安安，"做妈妈不容易。"她看着苏安安隆起的肚子，"他们乖吗？"

说话间，苏安安感觉到肚子里的小家伙们在踢自己。

"不乖！一到晚上就喜欢踢我。"苏安安笑，虽然辛苦，可是想到将要出生的宝宝们，她就觉得幸福。

苏若初被苏安安的笑容感染了，她伸手放在苏安安的小腹上，手刚放上去，苏安安肚子里的小家伙就动了。苏若初笑了起来，真是神奇。

"他们一定也很喜欢你。"苏安安说，"要是女孩子，得像姐姐一样漂亮。"

"像我？"苏若初笑，"有些事上还是得像你！"

苏安安知道苏若初指的是什么。像苏安安的性格，像苏安安对待爱情的态度。谁爱她，她加倍地爱回去。谁不爱她，她收回自己的心，不再搭理。

"姐。"苏安安看着苏若初，迟疑地开口。

"你想问我何安琪的事？"

"嗯。"

这两天，霍笙和顾墨成在，苏安安不好问何安琪的事。

"你猜得对。"苏若初抿嘴一笑。

"她喜欢阿笙？很久以前就喜欢了？"苏安安吃惊道，然后又想到了一点，"这些年他们两个一直在一起？"苏安安激动起来，"姐，你不怕何安琪和阿笙有什么吗？"

"没有。"苏若初摇头，"他说没有。"霍笙说没有，她就信。

苏安安看着苏若初如此相信霍笙，她不知道是该开心还是难过。

“何安琪说，她遇见阿笙比我早。”苏若初苦涩地笑，“所以，何妈找我让我把阿笙让给何安琪。”

“我怎么会同意呢？”这句话，像是对苏安安说的，又像是自言自语。

“当然不能让了！你为阿笙受了那么多苦，而且你和阿笙是相爱的。要让也是她何安琪靠边站。何妈真是过分！”苏安安想到在苏家，她一直以为何妈是真的对她们俩姐妹好，她心里还很感激何妈，没想到，何妈说是照顾，其实是在监视苏若初。

苏安安的心里突然燃起一团火，恨不得踹何妈几脚。

“安安。”苏若初淡淡地说，“你答应我，管好你自己。我的事，我能处理。”

苏安安想起顾墨成的话，爱情是两个人的事。她对苏若初点点头：“姐姐，你为什么不告诉阿笙七年里你在……”苏安安小心翼翼，怕刺激到苏若初。

苏若初笑，伸手握住苏安安的手：“我发疯的事？说了，有两种结局。第一，是他和他家里的人嫌弃我是一个疯子，怕我以后发疯影响了他。”

如果是这样的阿笙，她不会要。

“第二种。”苏若初淡淡地笑，“他怜惜我，看在我为了他疯了七年的份上，加倍地补偿。爱情里面多了其他的东西，就不再纯粹。我想他爱我，只是爱我！”

苏安安似懂非懂地点了头。苏安安知道，苏若初对于爱情，眼里揉不进沙子。霍笙要是因为她为他疯过而爱她，这不是苏若初要的。

“其实是我在害怕。”苏若初的手突然凉了，她扭头，没有对上苏安安的双眼，“谁愿意和一个疯子过一辈子呢！”

苏若初怕的是第一种情况。如果是那样，她为了阿笙飞蛾扑火般的爱情成了一场笑话，不疯也要疯了。

“不会的。”苏安安握紧苏若初的手，“姐姐，我不会把你丢下的，不管你以后怎样！”苏安安红了双眼着急地安慰。

苏安安很快地睡着了，苏若初没有什么睡意，她给霍笙打了电话，让睡在隔壁的顾墨成过来。她自己离开了房间，把床让给了顾墨成和苏安安。

苏安安总是对她说愿意养她一辈子。苏若初很清楚，苏安安结婚了，不仅仅是她的妹妹，还是顾墨成的妻子，肚子里宝宝的妈妈。哪怕顾墨成知道她疯过的事，顾家不介意，苏若初也不愿意拖累苏安安美好的一辈子。

顾墨成睡上来时，苏安安睁开双眼，迷迷糊糊地看着身边的顾墨成，唤了一声："老公。"

顾墨成帮苏安安盖好被子，温柔地对她说："睡吧。"

苏安安看了顾墨成一眼，慢慢地合上了眼睛。顾墨成守在她身边，看着她睡沉了，将床边的台灯关了。

安安是幸福的，有苏若初这么一个一心为她着想的姐姐。

相聚的时间过得很快，苏安安和顾墨成得回宁城去了。苏安安舍不得苏若初，她握着苏若初的手不肯放："姐姐，我下次再来看你。"

苏若初看着苏安安滚圆的肚子，轻声说："你不用过来了，过两个月我来看你。"苏安安来虞城不方便，到了怀孕后期更得注意。这一个不慎，出事的不仅仅是苏安安一个人。

"安安，你要照顾好自己。"苏若初叮嘱完把苏安安交给顾墨成。说实话，她没有什么不放心的，顾墨成把苏安安照顾得很好。

苏安安听着苏若初的话，掉了眼泪："你要早点来看我，我怕痛！"她希望宝宝快出世时，苏若初能在身边陪着她。

苏若初看着她脸上的眼泪，忍不住笑笑："好的。"

"安安，我们走吧。"顾墨成看了手表，时间差不多了。

苏安安被顾墨成牵住手往车里去，她坐进车里隔着玻璃看着朝自己微笑的苏若初。

"姐姐，你也要照顾好自己。"苏安安降下窗户，对苏若初说，"不要让自己受委屈。"苏安安看着苏若初身后的霍笙，正色道，"霍笙，你要对我姐姐好，你要是对她不好……"苏安安顿了顿，她看着霍笙字字说得有力清楚，"你会后悔一辈子的。"

霍笙将苏若初揽在怀里，对苏安安点点头："我会的。"

车子启动离去，苏安安就控制不住情绪，眼泪快速地掉了出来，看得顾墨成心疼又好笑。

"你这么爱哭鼻子，我下次不敢带你来这里了。"顾墨成打趣道。

苏安安不高兴地瞪了顾墨成一眼，扑到顾墨成的怀里："老公，你会像姐姐一样对我好吗？”

顾墨成笑着看着在他怀里哭的苏安安，眼睛暗了下去：“自然是比你姐姐待你更好。”

苏若初陪了苏安安二十多年，如今苏安安被交给他了，他不对她更好，还有谁再对她好？

他们离开虞城前往机场，车子在通向机场道路的路口停住了。开车的司机看了前面一辆辆堵着的车辆，扭头对顾墨成说：“先生，前面路段好像堵车了，我下去问问什么情况。”司机下车去前面打探堵车的情况和原因。

顾墨成看了时间，苏安安黏着苏若初不愿意提早来机场，这会儿路上堵了车，赶到机场的时间不是那么充裕。如果路上的堵车情况一下子缓解不了，只能上高速。

没过几分钟，司机回来上了车和顾墨成说：“先生，我们只能走高速了。刚问了人，说前面路段发生了事故。”

苏安安问司机：“真的吗？”

“掉头吧。”顾墨成对司机说道。

车子掉头，有顾墨成在，苏安安不觉得害怕，天大的事塌下来，顾墨成一定会替她撑着的。

司机说：“听人说一个男人和女人在吵架。”

“真的？”苏安安诧异，“交警来了吗？”苏安安好奇道。

司机摇摇头，具体他也没问，那个路段情况一团糟。

顾墨成听着司机的话，他关注的重点是那对男女是谁？

顾墨成脑海里想到一个男人，他扭头看着在发朋友圈的苏安安。苏安安把遇到的事迅速地发到了朋友圈，她在刷新等朋友的留言。

顾墨成看着她，想开口问她一些事，又看苏安安脸上的笑容，把话吞了回去。有些事，安安还是不知道的好。别人的爱情由别人去折腾，安安过好自己的生活就够了。

Chapter 10

# 第十章 顾墨成，再见了

回到宁城后，苏安安在家休息了几天去了学校。

她肚子越来越大，顾老夫人很担心她的安全，这个学期结束后，苏安安不打算再去学校。最后几次去学校，苏安安上完课走后，对于她这个大肚子，学校的人已经见怪不怪了，也没人敢在背后说她的闲话。她们羡慕她，她人也好，没有给人高高在上、看不起人的感觉。

苏安安在学校里遇到苏雅两次，苏雅流产之后在医院里养了段时间才回来上课。苏雅和慕瑾瑜的事几乎全校皆知，也都知道苏雅被慕瑾瑜抛弃了。

第一次遇到苏雅，苏雅狠狠地瞪着苏安安，没敢上前去打扰。她不是不想，而是被顾墨成整怕了。第二次苏安安在学校门口等顾墨成，看到苏雅和外面的一群混混待在一起。苏雅名声坏了，索性破罐子破摔，谁追她她就和谁一起。苏雅站在那里看着顾墨成把苏安安接走。

就这么遇到了两次，然后苏安安休学在家，专心地养胎生娃。养胎的生活比苏安安想象中的无聊，她常和苏若初发微信打电话，苏若初学得快，早就掌握了智能手机的用法。

苏安安也给傅芯发过信息过去，可是傅芯又没了音讯，苏安安没有联系到她。

养胎的生活对苏安安来说就是吃和睡，这种日子无聊又惬意。去医院孕检，医生看了苏安安半个月长的体重，直摇头：“你这体重该控制控制了！”

苏安安正在努力消化手里的体重数据，她从学校休学在家只有半个月的时间，体重不受控制地往上飙，她再低下头看看自己的肚子，虽然怀的是双胞胎，可是这肚子圆得吓人。等到九个月的时候，不得……

想想那情景，苏安安摇摇头。不行了，她不能再吃甜品，不能再天天睡觉了。

顾墨成不在意苏安安胖还是瘦，他担心的是体重不受控制，对她和肚子里的宝宝有影响。

“以后得陪你多走走。”顾墨成对苏安安说。

怀孕后，人变懒了，苏安安不爱运动。听到顾墨成说陪她走路，她想拒绝，又看到顾墨成冷着的脸，她只好点了头。平时顾墨成很宠她，但是她心里还是怕他的。

出了诊室，苏安安对顾墨成说：“老公，我去个洗手间，你等我一会儿。”她扶着腰，慢慢地走进洗手间。

顾墨成走到一旁掏出了香烟，苏安安不在的时候，他会忍不住抽一根。

烟瘾难戒，十年来的习惯被苏安安一点点地改变了。想着走路都变得笨重的苏安安，顾墨成嘴角不由自主地勾起一抹笑意，他想着她，扭头看向了洗手间。

心里有了一个人，时刻想的都是他。

顾墨成一根烟抽了几口就被他掐灭了扔进垃圾桶。他连苏安安一个人去洗手间都不放心。

一个男人守在洗手间门口，还是一个长得好看的男人。

苏安安不知道顾墨成在外面守着自己，因为肚子大起来的关系，她上洗手间的次数增加。她到了洗漱台前洗手，镜子里，她有张圆圆的脸。她低头往下看，看不到自己的脚，就看到肚子。不过最近几天她的双脚开始浮肿，原本细长的双腿粗了不少。

“再这么下去，我肯定会成个大胖子。”镜子前，苏安安自言自语，她没有注意脚底下的水，一脚踩上去，人猛地向前滑去。

孕妇跌倒是最可怕的。

庆幸的是，顾墨成看苏安安这么久了还没出来，便担心地往洗手间里瞧了眼，看到在门口的苏安安要摔了，赶紧大步冲了进去，顾不得这里是女洗手间的门口，一把扶住了苏安安。

苏安安被顾墨成扶住，她稳了心神，看到搂着自己的顾墨成：“老公，还好你在。”

“你小心些。”顾墨成被她吓得心有余悸，他扶着苏安安出来，瞥到地上的水时，皱起了眉头。

从蒋柔的老公绑走安安后，顾墨成加强了对苏安安的保护，很多时候，都是他抽出时间陪着苏安安。学校、医院，他能陪的尽量自己来。可是今天，苏安安差点在他的眼皮底下发生意外。

苏安安点点头：“都怪我，没有看地上，差点摔倒了。”

顾墨成一笑，宽慰苏安安：“你没事就好。”

顾墨成不相信这是意外，这一层来诊治的都是孕妇，医院的护工很清楚孕妇摔倒的后果，她们不会这么冒失，在洗手间门口留一摊水。

苏安安差点出事，顾墨成更认为是有人出手了。

他把她护得这么好，还有人绞尽脑汁地对付她。顾墨成的视线落在窗外，他觉得这是蒋家人做的。

除了蒋家人，他想不出还有谁。

蒋老太太坐在病床上，听着管家说事。

“没有她的消息？”蒋老太太奇怪地问。

派人出去查了那么久，还是没有找到蒋柔。难道蒋柔没有逃回宁城？她不敢回来，怕被顾墨成对付？还是……蒋柔和她一样蛰伏起来了，等待时机对付顾墨成和苏安安？

想到顾墨成和苏安安，她恨得直咬牙。

顾墨成把苏安安保护得密不透风，她找不到机会对付她。不过，只要她还在这世上一天，她就不会让顾家好过。

蒋老太太病房的门被推开。进来的人不是她的主治医生，是韩龙逸，还有医院的保安。

“请出去！”韩龙逸冷冷地说。

他接到顾墨成的电话，让他把蒋老太太请出医院。韩龙逸知道蒋老太太对苏安安屡次加害，他也讨厌蒋家人。但是，他本着治病救人的念头，还是留了蒋老太太在医院里。

“你说什么？”蒋老太太冷声，她看韩龙逸眼熟，以为韩龙逸是医院的医生，“你知道我是谁吗？是谁给你这么大的胆子把我赶出医院的？你们院长在哪儿？把他叫出来。”

蒋老太太还把蒋家当作以前的蒋家，韩家的掌权者是她的后辈，更别说韩龙逸是后辈的后辈。

“我就是。”韩龙逸冷冷地说。

蒋老太太打量起韩龙逸来，这才认出眼前戴着眼镜的男人就是韩家的韩龙逸。她厉声道：“你爸见了我都得喊我声‘阿姨’，你怎么对我这么无礼？”

韩龙逸笑笑：“韩家打开门做生意，医院也是。蒋老太太你没有钱，我的医院自然不欢迎你。”韩龙逸说话间让医院的保安将人架出去。

蒋老太太什么时候被人赶过，而且她还是被两个保安架着出的医院，她大声呵斥道：“韩龙逸！”

可韩龙逸根本不想听她说话。蒋家落魄，不把蒋老太太放在眼里的岂止是韩龙逸。再说，韩龙逸本来就是顾墨成这一边的，他也没尊敬过蒋老太太。

蒋老太太被拖出病房时看到了走廊上的顾墨成，她再看看身后的韩龙逸，立刻就明白了这是顾墨成的意思。

她还没有想到怎么对付顾墨成，顾墨成先把她给“请”出了医院。

蒋老太太是被人扔到医院门口的，她狼狈地倒在地上，后面管家过来，将她扶起来。蒋老太太一言不发地走在前面，看着人来人往的街头。

嫁进蒋家之前，她是娇生惯养的大小姐，嫁入蒋家后，她是风光的蒋家夫人，她什么时候沦落到被医院的保安随意丢出来的地步了？

“老太太，回蒋家吗？”

“蒋家？”蒋老太太冷笑起来，“还有蒋家吗？”

顾墨成把蒋家毁了，蒋家已经不是原来的蒋家了。

“老太太，我们得打车回去。”管家又说了一声，在老太太的注视下，他说，“蒋家的车被大少卖了。”

大少，就是蒋老太太不成器的儿子。

蒋老太太拄着拐杖慢慢地走着：“我上次给你的钱，你用掉多少了？如果我把蒋家的房产卖了，能凑足多少钱？”

“老太太，你要做什么？”管家奇怪地问，“老宅也得卖掉？”

蒋家的老宅要是卖了，宁城就真的没蒋家了。

“不行！”蒋老太太又摇摇头，蒋家老宅要是在宁城被卖掉，风声肯定会传到顾墨成的耳朵里去。她得想想法子。

“老太太，顾家不好对付。”管家想到败落的蒋家，劝着蒋老太太，“以前的事就算了吧。”其实管家想对蒋老太太说：你已经是快踏进棺材的人了，不要再和顾家作对了。

蒋老太太冷声回道："算了？我的孙子被顾家弄死了，他们顾家不该得到报应吗？"她反正都是要死的人，搭上自己的命把顾家最在意的人弄死，有什么可怕的！

"抓紧时间，找到蒋柔。"

她有一个计划，需要蒋柔的配合。

出租车在蒋家停下，蒋老太太从没有坐过出租车，这让她全身不舒服。一个享受惯富贵的人，很难适应平淡简单的生活。蒋家没钱后，佣人减了又减。蒋老太太身边就剩下一个佣人和管家。

下车时有行乞的人走到蒋老太太面前。老太太看着晦气，让管家给了钱，把人赶走了。

蒋家被顾墨成整得落魄不堪，她那些不争气的后辈将蒋家一点点地搬空，如今蒋家最值钱的就是蒋家大宅。

赶走蒋老太太后，顾墨成接到韩龙逸的电话。

"谢谢。"顾墨成说道。

"二哥，你客气了。"韩龙逸说完后没有挂断电话，还有事想问顾墨成。

"她过得还好。"顾墨成回答了韩龙逸没有说出口的问题，这个"她"说的是苏若初。

"哦。"韩龙逸淡淡地应着，不知道心里是什么感觉。总之，她过得好就好。

"韩龙逸，你不为自己争取？"顾墨成问。

顾墨成不喜欢韩龙逸的谦让，喜欢的东西该全力去争取。

韩龙逸沉默，他想去争，也得苏若初给他机会才行。苏若初不爱他，她也没有给他机会。

"嗯。"韩龙逸应了一声将电话挂断。他看着窗外的行人，不知道什么时候能见到她。

顾家的事业经过和景城徐氏合作的项目，又上了一层楼。很多人羡慕着苏安安得到顾墨成这么好的丈夫。只有顾墨成清楚，他是幸运的，和苏安安在一起后，他有了妻子、有了孩子，顾家在宁城的龙头地位更加牢固。

电视里，顾墨成带着苏安安亮相在媒体前，他结婚以后，经常出现在公众的视线里。以往神秘的形象瞬间被"好男人""好丈夫"代替。

“谢谢大家。”

顾墨成走上台，简单地说了感谢的话语，然后宣布了顾氏和徐氏合建的商业中心大厦将在九月份开业。

这次记者招待会，是顾氏宣布大厦竣工的消息。徐老爷子和徐清清又一次从景城飞到宁城。

“大厦以我妻子的名字命名，安心大厦！”

顾墨成在台上说完，台下安静了几秒，接着是雷动的掌声。这句话告诉了所有人，安心大厦是属于苏安安的。

顾墨成送给苏安安的大手笔，让人羡慕极了。

苏安安盯着走下台的顾墨成，她肚子里的宝宝感应到顾墨成温柔的目光，在她的肚子里一个一个地动了起来。她抿着嘴角笑，在镜头里，她的笑容被放大。

顾氏的记者会在市中心的大屏幕里播放，大楼屏幕的对面正好是新建的安心大厦。苏安安的笑容在大屏幕里放大，谁都能从她眼里看到幸福。她身边俊美的顾墨成，她滚圆的肚子，让人羡慕的同时，也让街头恨她的人更恨。

苏华打开电视，正好看到镜头里的苏安安。

他有半年多没有见到苏安安了，苏氏破产，他从苏总成了一个待在家里的无业游民。做过老总的男人不愿意到外面重新找份工作，他把苏家卖了，搬到了小房子里住。蒋媚跟着他，竟然没有和他离婚。

“现在安安过得真好！”蒋媚从卧室出来，也看到电视里微笑的苏安安，她酸酸地说了一句，“哪里像我们……”蒋媚环视着九十多平的屋子，故意叹了口气。

苏安安的幸福让人忌妒，特别是她的女儿苏紫菡还在慕家受苦。

慕瑾瑜那种男人，有过一次出轨，就想有第二次。他甩了苏雅后，也没有对苏紫菡好起来。他说她无理取闹，他们一见面就吵架。

慕家的人都很薄情寡义，蒋家落魄、苏家破产，他们更看不上苏紫菡这个儿媳妇。他们以苏紫菡没有孩子为由，想让苏紫菡和慕瑾瑜离婚，他们再从其他的名门里挑选更好的女人配慕瑾瑜。

蒋媚不是苏二婶，苏紫菡没有苏雅好打发。苏紫菡和慕瑾瑜领过结婚证的，想简单地离婚，不可能！两个人的事就僵在那里，她在家里闹她的，他在外面玩他自己的。

“老公，我们过得这么不好，不如去找找安安。”蒋媚笑着说。

她看苏华盯着电视里的画面没有出声，继续说："你养了安安这么多年，她现在成了顾家夫人，一两千万对她来说是小意思。"

顾墨成给的四千万已经没了，苏氏破产后，蒋媚就想让苏华再找顾墨成要钱。她想，苏华当时怎么不再心狠点，要个八千万，不，是一亿。

被窘迫的生活弄怕了，钱对现在的蒋媚来说很重要。都怪苏二婶，用二十多年前的那个秘密把她多年的存款要去了一半。

苏华没有回复蒋媚，他不可能再去问苏安安要钱。就是要，顾墨成也不会给。他继续看着电视里的画面，蒋媚在说话的时候，他看到了电视里的老头子。

时间过去了三十多年，苏华还是一眼就认出了那个老头子就是何晴的父亲。当初何晴的爸爸怎么都不同意他们在一起。何晴脾气执拗，她父亲说了一句话："你若是跟他走，再也不是我徐家的女儿。"

何晴做到了，跟着他回到了宁城，然后不再姓徐。何晴后面在宁城过不好，她到死都没有过去找过自己的父亲。

苏华想到了何晴，心里很是难受。

镜头又转换到苏安安身上，他的心揪在一起痛得厉害。

是他对不起何晴，他还为了钱，残忍地和她的女儿断绝了父女关系。

见苏华盯着电视看，蒋媚以为苏华看的是苏安安，生怕苏华突然发现苏安安长得和他相似，她急着出声："老公，你不想去找就算了。我们苦些没什么事，最主要的是一家人在一起。"

这句话苏华觉得耳熟，他记起来了，三十多年前，何晴曾对他说："阿华，我不怕苦，和你在一起我愿意吃苦。我们一家人在一起，再苦也是甜的。"

"对了，老公，你卖了苏家的房子后，钱没有被妈拿去吧？"蒋媚跟着出声，问起房子的钱。她知道苏华没有把钱给苏老太太，她怕的是苏华把钱全留给了苏若初。苏华最在意的还是何晴的女儿。

"钱，我会留三分之一给紫菡的。"苏华看穿蒋媚的心思，他扭头淡淡地说，说完，留下蒋媚一个人在家，出门去了。

三分之一？苏华说留三分之一给苏紫菡。不是一半？怎么是三分之一？苏华打算把钱给谁？

蒋媚马上想到的是苏安安。苏华怎么突然想起把钱留给苏安安那个野种，难道苏二婶和苏华说了什么？

宁城连续下了三天的雨，外面湿漉漉的，让人很不舒服。

这段时间苏安安的生活很平静，她进入了孕后期，晚上被肚里的宝宝们压得难受，小腿偶尔抽筋，扰得她晚上睡不安宁。

自从在医院里差点摔倒后，顾墨成陪在她身边的时间更长了。顾老夫人叮嘱过苏安安，在怀孕后期，一定要注意安全，不要轻易摔了。苏安安凡事都小心翼翼，顾墨成护她更是周全。

蒋老太太不死，谁都不放心让苏安安一个人出去。

最近顾墨成很忙，他五点多回来陪苏安安吃饭、散步，八点后又出去。等他再回来的时候，已经晚上十一点多了，苏安安从睡梦里醒来，睁眼看到顾墨成小心翼翼地去浴室。

“老公。”苏安安唤了一声。

顾墨成看苏安安醒来，他走过去，坐在床边：“我吵着你了？”

苏安安摇摇头：“没有。”她一个姿势睡久了很累，肚子里的宝宝压得她很难受。

“是不是宝宝不乖，踢你了？”顾墨成伸手去摸苏安安的肚子，肚子里没有动静，小家伙们都睡着了。

顾墨成抿着嘴一笑：“我等会儿就来陪你。”

苏安安拉着顾墨成的手，看着他，想到自己再过一个多月就要生了，她突然害怕起来。

“老公，你刚去了哪儿？”苏安安闻到顾墨成身上的烟味，问道。

“萧彦那里。”顾墨成回道。

萧彦？苏安安对萧彦印象很差。

“和他谈点正事。”顾墨成看着苏安安鼓起的圆脸，解释道，“过几天是安心大厦开业典礼，我需要他帮忙。”他说话的时候想到了萧彦查到的事。

蒋老太太暗中把蒋家老宅卖了，这让萧彦奇怪，所以萧彦留意了蒋老太太的行踪。

顾墨成和萧彦分析过了，蒋老太太很可能选在安心大厦开业那天有所行动。

顾墨成很少和萧彦谈事谈到这么晚，再看顾墨成阴冷的脸，苏安安的心一颤，担忧地问：“老公，是不是出事了？”说完，苏安安扭头看向窗外，雨还在下。

这场雨不知道什么时候结束，苏安安莫名地全身不舒服。

“没事。”顾墨成看出苏安安的紧张，柔声安抚道，“安心大厦开业，我怕一个人忙不过来，让萧彦帮一下忙。”

他和萧彦想过了，先下手为强，这对他们来说并不难，但他们要找到蒋老太太买凶杀人的证据，然后将她送进监狱。蒋老太太一世过得太舒服，监狱那个地方够她受的了。

“真的吗？”苏安安盯着顾墨成的双眼，握紧了他的手，“可能是宝宝们要出生了，我最近的眼皮老是跳。”

“不要胡思乱想，乖乖把眼睛闭上睡觉。”顾墨成说道。

苏安安拉着顾墨成的手撒娇道：“老公，亲我一下你再去洗澡。”

顾墨成一笑，低头吻了苏安安的嘴：“早些睡觉。”

他看着乖乖合上双眼的苏安安，本来想嘱咐苏安安最近这段日子哪都不要去。但转念一想，他如果说了，安安肯定会东问西问。顾家这边他安排了人保护安安，陈叔也跟在安安身边，安安会没事的。

怀孕后苏安安的精神明显没有以前好，白天她习惯睡个午觉。

下午五点，顾墨成准时回来，他刚到家，外面又下起了雨。他上楼回到房间，便看到苏安安拿着一本书呆呆地看着窗外。

“又下雨了。”苏安安说。

一下雨，天就凉上几分，整个空气都是湿漉漉的，让人很糟心。

“等天晴了我带你出去转转。”顾墨成以为苏安安在家里待得太闷，想着带她出去转转。

“好啊。”苏安安应道。

家里暖和，顾墨成将身上的外套脱去。他里面穿着一件毛衣，毛衣里面是一件衬衣。三十多岁的男人丝毫不逊二十出头的男孩，甚至比他们更有魅力。

“等你忙好安心大厦的事再带我出去。”苏安安说道。

顾墨成“嗯”了一声：“你肚子大了，我不放心你出门，你乖乖在家里待着。”

安心大厦的开业，顾氏专门做了直播节目，当天宁城所有人都将目睹大厦的开业，以及……蒋老太太的罪行。

苏安安一听不能出去，失落地说：“好吧。”

雨下得她快要发霉了，还是等顾墨成忙完后再出去逛逛吧。

“安安，你在家里乖乖待着。”顾墨成不放心地继续交代，他已经跟陈叔说了，大厦开业当天不管在电视里看到什么，都不要让苏安安出去。他怕苏安安看到混乱的镜头，会担心得动了胎气。

顾墨成出门前，苏安安起来帮他整理西装，给他戴上领带。

顾墨成说徐老爷子和徐清清晚上请她去吃饭。徐老爷子和徐清清来宁城的次数多了，苏安安同他们熟悉起来，一口应下。

顾墨成想告诉苏安安，徐老爷子这顿饭的用意。

在大厦落成前，徐老爷子和他摊了牌。他猜得没有错，徐老爷子有个女儿叫徐晴。徐晴就是苏安安和苏若初的妈妈——何晴。徐老过来，是想认苏安安这个外孙女。

徐老说开这件事时，顾墨成已经从种种的迹象中猜出来了。

从来没有和宁城人合作的徐老选择来宁城，就是想见见苏安安和苏若初。

“这件事，我不能替安安做主。”当徐老说想认苏安安这个外孙女时，顾墨成是这么说的。

顾墨成把决定权交给苏安安，苏安安愿意认就认，苏安安不愿意，就算了。他的女人不需要依靠别人。

“在家乖乖的，知道吗？”出门前，顾墨成又对苏安安说了一声。

苏安安觉得今天的顾墨成变得啰唆，她笑着催促着他快走：“知道了，老公。”她打算等顾墨成走了之后看会儿有关月子的书，然后看电视睡觉。

安心大厦开业邀请的都是宁城上流社会的各大家族代表，场面的隆重程度很是少见。

顾墨成作为主人，最早到了现场检查各方面的安保工作。萧彦跟着他一起过去，两个一前一后地进了大厦。

宁城两大头号人物的出现，引起大厦外面围观群众的叫声。两个人无论容貌还是魅力都是顶尖的，虽然顾墨成已经结婚，但是他对苏安安的好让人羡慕，让女人对他更是喜欢和痴迷。也有的人是冲着萧彦过来的。

萧彦进了大厦，看了一眼四周的安保人员，目光在台上的礼仪小姐身上溜了几圈。

“不错呀！你从哪儿找的礼仪小姐？一个个长得真水灵。”萧彦笑着说，甚至还朝其中一个抛了媚眼。

顾墨成见怪不怪，倒是主台边上的礼仪小姐红了脸，不好意思地低下了头。

顾墨成冷眼瞥了他一眼，问："外面的事安排好了吗？"

顾墨成指的事萧彦心知肚明，他应道："嗯，你放心吧。"萧彦笑着说："这次证据足了，宁城就彻底没有蒋家了。"

蒋家那群饭桶，萧彦早看不顺眼了。他几次想把蒋家连锅端了，再把蒋家老宅夷为平地，又怕被自家老头吊起来打，所以他才一直忍着没动手。

两个人说话的时候，徐老爷子和徐清清进来了，他们走近，看到萧彦愣了一下，转念一想萧彦和顾墨成的关系，也就不奇怪了。安心大厦开业，萧彦作为顾墨成的好朋友，帮个忙很正常。

"萧彦，这是景城的徐老。"徐老和徐清清走近，顾墨成对萧彦说。

萧彦伸手，和徐老握了手。

徐老和苏安安的事，顾墨成托萧彦查过，萧彦知道内情，笑着对徐老说："早听闻老爷子的大名，今天一见，风采和传闻一样。"

徐家的大名，萧彦知道，家里的老头子到现在还在后悔没有抢在顾墨成之前和徐老合作，为了这事老头子踹了他好几脚，直骂他没用。

"徐小姐。"顾墨成继续介绍。

萧彦朝着徐清清伸手，徐清清嘴角的笑意淡了下去，她迟疑地伸手，重新抿起笑容，说："你好。"

"徐小姐长得真漂亮。"萧彦的嘴一向很甜，特别是对别人。

徐清清快速抽出手，她笑笑："谢谢夸奖。"

萧彦有一种直觉，这个徐小姐对他貌似有敌意。他惹过她？好像没有吧。

顾墨成和徐老谈起安心大厦的事，徐老顺便问起了苏安安，听到苏安安身子不便出来，他点了点头。

萧彦听到身后徐清清问人要湿巾，他扭过头看见徐小姐一脸嫌弃地擦着自己的手，他的脑海顿时一片空白。

擦手？

徐清清感觉到萧彦的视线，抬起头朝萧彦敷衍地笑了一下，萧彦看着徐清清一脸嘲意地看着他，又用湿巾把右手来回擦了好几遍，才把湿巾扔进垃圾桶里。

萧彦猛地明白过来了，徐清清是嫌弃被他握过的手！

萧彦骂出声："老女人！"

徐清清快三十岁了，没有男朋友，也没有未婚夫。

顾墨成听见后，转过身冷冷地瞪着萧彦。

萧彦知道自己失言，可是徐清清嫌弃他，他心底不爽。

徐清清也听见了，脸上的笑意没有淡去，反而看着萧彦。

萧彦看着脸上满是笑容的徐清清，心道：这个女人心机很深，谁娶她谁倒霉！

宾客陆续到了，顾墨成和徐老、徐清清迎接着贵宾，入席后，大典才算正式开始。先是主持人上台主持，紧接着主持人邀请顾墨成上台致辞。

顾墨成在礼仪小姐的带领下走上台，他举手投足间都带着成熟优秀男人的魅力，让人移不开眼睛。就算他结了婚，还是能迷倒一群女人。

“谢谢大家的到来。”顾墨成站在台上，冷冷地说，他的目光瞥向大厦的玻璃窗，然后收回视线，看了台下的萧彦一眼。

萧彦看明白顾墨成的意思，朝他点点头——人都安排好了，绝对不会让他白白受到惊吓的。

顾墨成继续讲话，同他和萧彦预料的一样，在所有人全神贯注的时候，现场突然爆发一阵骚动和尖叫。

顾墨成冷眼看向台下。台下的人不明所以，大都被这突如其来的骚动吓到了。只有萧彦、徐老爷子和徐清清淡定地坐在那里。

徐老爷子能把徐氏做到景城老大的地位，经历的风雨绝对不逊于顾墨成和萧彦。让人奇怪的是徐清清，她始终保持着微笑，没有显露出一丝的惊慌。

就算顾墨成和徐老、徐清清提前打了招呼，她作为一个女人表现得这么平静和从容，还是让人诧异。

萧彦掏出手机，给手下的人打了电话。

“爷，人已经抓到了。”

那头传来萧彦想听的话，萧彦朝着顾墨成点头示意，事已经完成了。

顾墨成安排好的工作人员很快进来处理现场的事。现场的人受了点小惊吓。

“让各位受惊了，抱歉。”顾墨成笑着说道，“接下来请徐氏的总经理徐小姐上台帮我主持这个大典。”顾墨成邀请徐清清上来，他要去处理蒋家的事。

徐清清面带微笑上去，她保持着优雅的千金气质，刚才她其实是受到惊吓了，不过在从小接受的教育的熏陶下，她知道该怎么保持镇定，消除心里的害怕。

她上台，笑着开始自己的主场。

顾墨成下来问萧彦："人呢？"

萧彦收起看向台上的目光，说道："这女人太可怕了。"漂亮是漂亮，可是不是一般男人能承受得住的，"怪不得没人……"

他话还没说完，被顾墨成瞪了一眼："萧彦！"

萧彦耸耸肩，谁让刚才徐清清嫌他脏的，他这人很记仇。

顾墨成跟着萧彦到了大厦里的会议室里，看到跪在地上的两个人，皱起了眉头。

两个人？就两个？

顾墨成沉着脸没有说话，他突然想到了什么，问萧彦："蒋老太婆在哪里？找到她的人没有？"

"嗯。"萧彦应道，"刚刚接到消息，说她在郊外的一家医院里。韩龙逸对下面下了命令，不许蒋老太太住他名下的医院。这下好了，宁城里比较好的医院都在他名下，蒋老太太没有办法只能去郊外了。"

"马上联系她。"顾墨成说着烦躁起来，问萧彦讨了根烟。

萧彦把烟递给顾墨成，问："你不是戒烟了？不怕熏着你家宝贝，还有宝贝肚子的小宝贝们？"萧彦笑着提起了苏安安。

顾墨成的身子猛地一怔，对了，安安。

他连忙拿出手机，打电话到顾家去。电话里一直重复着"暂时无法接通"。

顾墨成拿着手机的手一颤，手机掉在了地上。

萧彦看出他的不对劲，问道："怎么了？出什么事了？"

顾墨成用力地抽了口烟，说："调虎离山。"他淡淡地说了四个字，不好的预感越来越强，恐慌遍布全身。

紧接着萧彦的手下把手机递了过来，说和蒋老太太那边连上了。连的是视频，里面的蒋老太太脸色不好，看上去就像残烛。

上次住在宁城医院的时候，她被检查出癌症末期，顾墨成用韩龙逸的手把她赶出医院，让她受尽了疼痛的折磨。本就恨顾墨成的蒋老太太对顾家更恨了。

顾家的人，她没有一个看得顺眼的，每一个都让她恨。她最恨的其实是苏安安和顾墨成，可是那两个人她动不了，她只能动他们最在意的，那就是苏安安肚子里的孩子。

对付顾家人都期待着的孩子，那样才能让顾家人痛彻心扉。

蒋老太太都想好了，被萧彦的人找到，也在她的预料之内。

“哦，还在呢。”蒋老太太笑着对顾墨成说。

顾墨成没事，她不奇怪。

顾墨成看到蒋老太太脸上的笑容，更加确定了他的想法。蒋老太太要对付的人，是苏安安。

顾墨成没有再和她说话，正打算把视频挂断，便听到蒋老太太嘲讽道：“顾墨成，你现在去找她，太迟了！”蒋老太太嘲讽地笑。

“安安有事，你们整个蒋家都得陪葬。”顾墨成冷声说道。

“顾墨成，我等会儿会再送一份礼给你和你们顾家。”蒋老太太抿嘴一笑，没有惧怕顾墨成的话，她看着被挂断的视频，嘴角的笑容更浓。

让整个蒋家陪葬？顾墨成以为她很在意吗？如果她在意，就不会让蒋家一步步地走向衰败。

没有人知道，她恨的不仅是顾家，还有蒋家。蒋骏留下蒋家给她，不就是让她把蒋家折腾没吗？蒋家人死了，关她什么事！

蒋老太太站起身，慢慢地凑到窗边，她看着外面下着的雨，笑了。

她要让顾家人痛不欲生，让顾墨成、顾臻和韩嫣看着苏安安是怎么死的！

顾墨成的脸色阴冷得让萧彦紧张起来，萧彦一改吊儿郎当的样子，跟着顾墨成离开了大厦。

“放心，安安会没事的。”出去的时候，萧彦说了一句。

顾墨成握紧了拳头，安安现在还怀着两个孩子。他之前就该再狠点，不该听顾臻和顾老夫人的话对蒋老太太手下留情。

顾墨成走后，苏安安在床上翻来覆去，就是睡不着。肚子的宝宝们也不安分，都在踢她，她索性起来不睡了。

她走到客厅，想到安心大厦的开业大典，想起了顾墨成。她低着头，轻轻地拍了拍隆起的大肚子，柔声道：“你们也想爸爸了？”

宝宝们感应到她的手，又动了起来。

苏安安打开电视，扭头看了一眼窗外。

雨刚才停了会儿，现在又下了起来。

苏安安重新看着电视，她的眼睛追随着屏幕里面的顾墨成，突然间她好想他。随后电视里突然传来的巨大的尖叫和骚动。苏安安定睛一看，电视里的画面一片混乱。

她心里咯噔一下，心跳飞快跳动。

陈叔从外面回来，看到苏安安在看电视，连喊道：“夫人！”

他赶紧上前把电视关掉，可是苏安安已经看见了顾墨成不想让她看见的事。

“夫人不用担心，先生已经料到今天的事，他让你在家安心待着。”陈叔说着懊悔起来，他刚才不该出门的，他以为苏安安在楼上睡觉，就没盯着。家里的佣人这会儿也在佣人房休息。

“陈叔，我想给墨成打个电话。”苏安安的手一直放在肚子上，虽然陈叔这么说了，但她还是很担心顾墨成的安危。

如果顾墨成的手机她能打通，她就不会去安心大厦。

电话打不通，这让陈叔很奇怪。之前他还接到家里的电话说家里出了事。

突然打不出去的电话让陈叔有不好的预感，他看着苏安安走向大门，连忙出声阻拦：“夫人，你不能出去！”

“陈叔，我去看一眼。”今天一早起来她就很烦躁，眼皮还跳个不停，肯定是顾墨成出事了。

“夫人。”陈叔唤了一声。

苏安安知道陈叔的担忧，她建议道：“陈叔，我会带上家里留的人。”以往每次出门，她都很听顾墨成的话，带着人出去。

陈叔听苏安安这么说，没有坚持下去。

顾墨成在顾家留了人保护安安，陈叔觉得不会有什么意外。

苏安安和陈叔一离开顾家，车子还没开远，车后就出现了两辆车。保护她的人的那辆车已经被一辆车拦截了，一辆车朝她冲来。

陈叔通过后视镜看到快速追来的车辆，他怕顾墨成的电话打不通，打到了顾家老宅去。接电话的是顾老夫人。

“老夫人。”陈叔唤了一声，他在电话里简单地和顾老夫人说了情况，顾老夫人挂了电话，一边让人打电话给顾墨成，一边把顾家老宅的人调了过去。

谁这么恶毒会对一个孕妇下手？

顾老夫人的脑海里跳出一个人——蒋老太太。

看着身后的车子逼近，苏安安的手紧张地放在自己的小腹上。她的手机响起，陈叔和她对视一眼。是一个陌生号码。

“苏安安。”

苏安安接通了电话，声音经过了处理，她听不出是谁的。

“玩个游戏。”因为戴着变声器，电话那头的声音听上去尖细刺耳。

苏安安努力地让自己镇定下来，她问道：“玩什么？”

“听说你的车技很好，不如比比看。”说着那人笑了起来，“你可以拒绝。”

苏安安瞬间理顺了事情的来龙去脉。

“我有选择吗？”苏安安冷笑，到这个时候，她反而冷静下来。

“你可以求我的。”

恐慌、哭泣，有用吗？苏安安问道：“你是谁？”

这个人戴着变声器，肯定是她熟悉的人。既然想出这种折磨人的法子又不敢说出自己是谁？是怕顾墨成报复？

“开始吧。”那边的人没有告诉苏安安。

电话挂断，苏安安让司机下车。

“陈叔，你下去吧。”苏安安对陈叔说道。

“夫人。”陈叔看着苏安安平静的脸色，很是担心。

“陈叔，是我太沉不住气了，让你跟着我一起遭难。”苏安安语气里满是歉意，这个时候回想起来，她才意识到顾墨成那边是蒋老太太耍的虚招，蒋老太太想对付的人是她。

“我们没有选择。”苏安安冷着脸又说道。她要是不比，连一丝活下来的机会都没有。比了，说不定她能活。

苏安安想着，伸手摸了肚子，说：“放心，我有把握。”其实她哪有什么十足的把握。

苏安安坐到了驾驶座，系上了安全带。怀孕以后她很少开车，技术生疏了不少。她在车里深呼吸，努力让自己镇定。赢了、输了，她可能都活不下去。不过，路线由她来带，她说不定能死里逃生。

顾墨成在赶回顾家的车上接到了陈叔的电话，他听见陈叔惊慌失措的声音：“先生，对不起。夫人她被逼着……”

就在陈叔说苏安安被蒋老太太的人逼着飙车时，萧彦接到了一个电话，电话的内容，让人震惊。蒋老太太竟然想到这么恶毒的方法逼死苏安安。

“蒋老太太逼苏安安飙车，还把视频放到了中心广场上。”

萧彦说着，看到挂断电话的顾墨成手都在颤抖。他从未见过顾墨成这个样子，他们一起面对过生死，顾墨成从没有害怕过。

“蒋家！”顾墨成愤恨地说着这两个字，他恨他留下了蒋老太太的命，导致现在安安陷入了危险。

“我来开车。”顾墨成说完，车便停下了。他从后座出来坐到了驾驶座，萧彦也跟着坐到了副驾驶座，他对萧彦说：“把安安开车的路线报给我。”

萧彦顺着蒋老太太的视频辨认着苏安安车子的行驶路线。

“还好，路线是安安选的。”。

顾墨成专心加速，他必须要把安安救回来，不然，他就陪着她。

飙车的画面传到了中心广场，然后瞬间传到了手机、电视里。

安心大厦开业典礼举办的地方正对着大屏幕，在台上发言的徐清清看到大屏幕上的画面怔住了，她看到顾墨成急匆匆地离开，知道顾家可能出了事，但是不知道出事的是苏安安。

徐老注意到徐清清的目光，也顺着看过去。看到上面的人是苏安安时，他眼前一黑，晕倒在地。

场面顿时慌乱起来，徐清清保持着镇定，她知道这个时候她不能乱。她当机立断中止了大典，并且安排人把徐老爷子送到医院去。

苏安安出事，顾老夫人是暗中命老宅的人赶过去的，她不想顾臻担心。可是回到正厅时，看到刚起来的顾臻正盯着电视屏幕，她站在那里怔住了。

“阿臻，我们不该念及旧情的。”顾老夫人已经急哭了。

顾臻看向她，是他的错，看在蒋骏的分上饶了蒋老太太一次又一次。

车子在飞驰，苏安安从后视镜里看到紧紧咬着自己的一辆车子。

苏安安全神贯注地开着车，她不能大意，否则就会被他们追上，后果……

其实不管苏安安是输是赢，这么一直开下去，对一个孕妇来说都是吃不消的。

正在苏安安失神的时候，她的车尾被后面的车子撞了一下，她赶紧踩油门，把速度提起来。还好顾墨成的车子配置都是顶级的。

这么一直开下去不是办法。苏安安得想个办法把他们甩了。她正想着，看到了前面的路牌。她记得这条路过后有个路口，一条是到机场的，一条正在修建跨海公路，公路还没有建好，路的尽头是茫茫大海。

苏安安突然想赌一把，她被他们追累了，知道再这么下去小命一定难保。她决定了，以命相搏。

顾墨成从视频里看到苏安安开往的方向，他给苏安安打电话，之前一直占线，这下终于打通了。

“安安。”

顾墨成的声音传到苏安安的耳朵里，一直在强撑的苏安安立即红了眼。

“你放心，我在你身后跟着。”顾墨成尽量让自己的声音听上去平静，可是他的手一直在颤抖。

“嗯，我不害怕。”苏安安说，“老公，我会照顾好自己的。”苏安安的眼泪流了出来，很快就模糊了自己的视线。

说完，她抬起手马上擦去眼泪，还没有到最后，她不能哭，不然分了心，她连赢的机会都没有了。

“安安。”顾墨成唤了一声，“你专心开车。”

身边的萧彦插嘴进来：“问问安安，她要去哪里？”

“前面是海。”在蒋老太太传过来的视频里，萧彦看到一个路牌，他记得那条跨海大桥还没有完工。

顾墨成脸色顿时煞白，他着急道：“安安，掉头。”

苏安安故作轻松地说：“老公，你让我拼一次！我赌他们不知道前面是海，我赌他们的车技没我好。”

她的话让顾墨成整颗心脏都快从胸口跳出来：“安安，你别做傻事！”

“老公，这不是傻事！我不试试，你就真的见不到我了。”苏安安认真地说，“相信我，我可以的！”苏安安说完便将电话挂断了。

她不能再和顾墨成聊下去了，不然她会忍不住大哭出声，会忍不住地害怕起来。命悬一线，她上了这辆车就没有机会掉头了。

顾墨成听着电话里嘟嘟嘟的声音，脸色更加苍白，他的眼神阴鸷起来，油门被他踩到底。车子朝着跨海大桥方向飞速开去。

跨海大桥就在前面，苏安安看了一眼后面的车辆，在这之前她故意减慢了速度，在他们逼近时，苏安安一脚将油门踩到底，车速很快地被她拉到了最高点。苏安安透过后视镜看到后面的车子也在加速跟过来，她握着方向盘的手紧了紧。

“顾墨成，再见！”

车子很快到了桥上，车轮碾过维修牌，后面车子里的人根本没有机会看见维修牌上的字。

所有的事都在瞬间发生，车子靠近公路边缘时，她用尽全身力气打着方向盘。车轮在边缘划过，和地面擦出火花。就差那么一点，车子就会掉到公路下的大海里。

后面的车子不知道这条公路在修建，看到苏安安突然换了方向，几乎是在瞬间，身后的车子便飞速地掉进了海里，掀起了水花。

顾墨成和萧彦看到视频里的水花，猛地一怔。他们以为是苏安安出了事，顾墨成开车的速度更快了。

苏安安虽然转了方向，但车速太快一下子减不下去，她紧踩刹车，车子还是撞到了公路上的护栏。

车子停下，苏安安看着前面静止的画面，大口大口地呼吸。她扭头看公路的尽头，那些人的车已经掉了下去。

她赢了，活下来了。

苏安安劫后余生，笑了出来，心里压着的那块石头终于落了地。她拿起手机，打算给顾墨成打电话，电话刚拨出去，她忽然感觉身下湿了，低头一看，羊水正顺着大腿流在驾驶座上。

刚才她一门心思都在飙车上，肚子的异常根本没有注意到。这会儿一看，才意识到羊水在刚才车子迅速掉头的时候就破了。

苏安安害怕起来，她想到书里说的，要马上平躺下来。可是她开车开得太久，身子早已没了力气，没法移动自己的身体。她怀的是双胞胎，羊水这么流下去，肚子里的宝宝会窒息的。

苏安安伸手慢慢解开安全带，她听到后面传来车子的声响。她在后视镜里看到顾墨成的脸一点点地清晰起来，嘴角勾起了笑容。

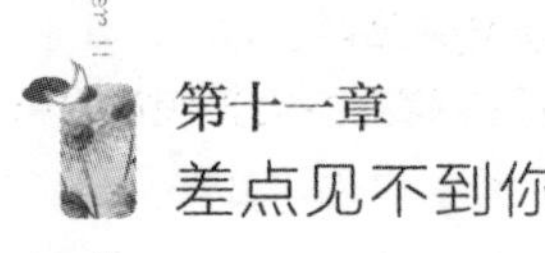

# 第十一章 差点见不到你

医院产房外，顾墨成站在原地一动不动地看着产房门，他的衣服上有几处红，是抱苏安安上车时沾上的血。有洁癖的他这时顾不得身上的衣服，一直守在手术室外不肯走。

走廊里传来慌乱的脚步声，顾老夫人从老宅赶了过来。在电视里看到苏安安的半个车轮滑过公路边缘的时候，她整颗心都快蹦出来了，要不是顾臻一直握着她的手，她已经晕过去了。

顾臻让她来医院看看，顾老夫人就急着赶过来了："安安怎么样了？"

"羊水破了。"顾墨成没敢和顾老夫人说送医院的途中苏安安身下流了不少的血。

"安安是有福气的人，不会有事的。"顾老夫人宽慰。

顾墨成点点头，没看到顾臻，他问："爸怎样了？"

苏安安飙车这幕被蒋老太太传到市中心的大屏幕上，自然也到了电视、网络上，想瞒住顾臻也不可能。

"他在家里休息，让我过来看看安安。"顾老夫人不放心顾臻，又担心苏安安。出来时，她看到顾臻的脸色不好看。

想到顾臻，顾老夫人的心口痛起来。不过在这个紧要关头，她还是先不要让顾墨成知道顾臻的身体状况。

蒋老太太把安安飙车的画面直播到电视里，不仅是要逼安安死，还是要她和顾臻看着他们的孙子在他们眼前死去。这份狠毒没有变过，还变得更毒了。

她和阿臻在当年那件事上就不该因为蒋骏的哀求，对蒋老太婆留情。他们给了蒋老太婆活着的机会，反而让她一次次地伤害到他们的家人。

顾老夫人叹了一声，安安如果有事，她和阿臻要后悔死了。

“妈，这里有我，你回去陪爸爸吧。”顾墨成劝说道。

顾老夫人摇摇头：“让我在这里待着。”她和阿臻对苏安安愧疚，所以她得看到苏安安平安了再回去。

顾老夫人执意守在外面，顾墨成没再说什么。

“墨成，如果孩子和安安只能选一方，你得把安安保住，孩子没了，安安年轻可以再要。”顾夫人想到一件事，同顾墨成交代道。

顾墨成点头，他说：“安安他们会没事的。”

嘴上说着没事，可顾墨成的手还是因为害怕颤抖着。他想掏出烟缓解心里的焦虑，但掏了几次都没有成功，索性不抽了。

没过多久韩龙逸就赶了过来，在苏安安送到医院时，他已经安排市医院最好的产科医生替苏安安接生。然后徐清清也过来了，徐清清刚照顾好徐老爷子，徐老让她过来看看。

手术室外守着不少人，等着产房里的消息。

再等了一个多小时，手术室的门被打开，出来的护士手上抱着两个孩子，她的脸上露出笑容。

看到这情形，陪产的人都松了口气，特别是顾墨成。他一直站着没动，站久了脚好像在地上扎了根，看到孩子被抱出来，他的脚步还是移动不了。

护士走到他的面前说：“恭喜顾先生，是两个小公子。两个孩子的情况暂时还好，不过因为是早产儿，需要进行观察。”

这时候没人关注孩子的性别，他们的心思都还在里面的苏安安身上。

“安安好吗？”顾墨成问道。

顾老夫人看顾墨成站在那里没有动，走上前接过护士手里皱巴巴的孩子。另外一个被徐清清抱了过去。

“医生在给顾夫人查看情况，情况稳定后我们会推出来的。”护士说完，转身进了手术室。

听到这个消息，顾墨成才舒了口气，顾老夫人也放下心来。这次真的是惊险万分，回想起来，每个人都心有余悸。

“墨成，孩子没有足月就出生了，得在医院多住段日子。”顾老夫人抱着孩子，对顾墨成说道，她怀里的孩子出来后一直在哭，徐清清怀里的倒是睡得安稳。

孩子的手腕上绑着他们的出生时间，顾老夫人怀里的是哥哥，徐清清抱的是弟弟，韩龙逸在旁逗着孩子："二哥，小家伙长得和你很像。"

顾老夫人哄着怀里的孩子说："和墨成刚出生时一模一样。"她越哄，孩子哭得越响。

顾墨成过来，看了一眼两个孩子，他们都皱巴巴的，因为是早产儿，又小又瘦，怎么看都不像自己。不过苏安安没有出来，他的心思仍然在手术室里。

孩子已经被顾老夫人和徐清清抱到育儿室那边去做全面的身体检查了，顾墨成一个人等着苏安安出来。顾墨成不安地站在那里，手机忽然响了起来，他心情烦躁，本来不想接的，但是手机持续响着，顾墨成接起来："喂！"

苏安安飙车的事在宁城很是轰动，街头的路人站在大屏幕下看到车子划过公路边缘时，都怔住了，时间好像在这一刻停住了。惊险的这一幕让人回忆起来止不住地慌乱。

事情很快传上了网络，在网络上被热烈地讨论。

苏若初无意打开手机，看到这一幕，吓得站了起来。距苏安安出事已经过了半天，苏若初忙拨下顾墨成的电话询问情况。

对面的霍妈妈看到她的举动皱起了眉头。苏若初顾不得霍妈妈脸上的表情，她拿着手机走到一旁给顾墨成打电话。

"喂！"顾墨成的语气冰冷，熟悉的人都知道他的愤怒到了极点。

苏若初隔着电话感觉得出顾墨成身上的冷意，她直接进入主题："是我，安安怎么样了？"

听到是苏若初的声音，顾墨成缓了语气："她还在手术室里。孩子已经生下来了，暂时没有什么情况。"

苏安安已经生了？苏若初松了口气："那安安呢？"她不等顾墨成回答，急忙说，"我马上赶过来。"

"好的。"顾墨成说。

从虞城到宁城，再到宁城的医院需要四五个小时。路途遥远，但是安安在这个紧要关头，顾墨成没有说不好："姐姐，我安排人在机场等你。"

苏若初还没回答，就听见手机那端传来护士慌乱的声音："顾先生，顾夫人的情况很不好。”

拿着手机的苏若初听到这话，猛地全身冰冷。她屏住呼吸，生怕听到更不好的消息。

顾墨成绷着脸色，忘记了手里的电话，他让自己平静，冷冷地问：“怎么了？”

“顾夫人大出血，急需输血！但是她的血型特殊，这边的血液刚好被其他病人用了，需要调动。”护士说道。

一时半会儿去其他医院调动不知要花费多少时间，而苏安安要是不能及时输血，就会休克甚至没命。

“马上去调！”顾墨成着急道。

“可是得需要时间，不知道顾夫人能不能撑到……”护士的后面声音变轻了。

顾墨成黑着脸色看了她一眼，她连忙闭嘴。

顾墨成心慌起来，他拿紧手机要联系韩龙逸，看到苏若初的电话还没挂，连忙说：“姐姐，我先挂了。”

“墨成……”苏若初唤了一声，她刚想说自己知道哪里有苏安安需要的血，电话已经被顾墨成挂了。苏若初回了座位，把位置上的包包拿起来，她对霍妈妈说：“阿姨，我有急事先走了。”

霍妈妈的脸色更沉，她在苏若初转身时冷声道：“苏若初，你就是这么对长辈的？”她看苏若初的眼里带着冷意。

苏若初已经习惯了：“阿姨，我没有时间和你多说，抱歉。”

看苏若初不搭理自己，霍妈妈站起身子：“苏若初，有句话我今天撂在这里。我是不会同意你和阿笙在一起的，除非我死了！”

苏若初扭头看到一脸愤恨的霍妈妈，她的眼眶酸涩，霍妈妈不喜欢她。来了虞城后，苏若初更加清楚。她现在不是傻子，感觉得出来。

今天霍妈妈请她出来坐坐，话题还没开始，苏若初就从手机上看到了苏安安的消息。她哪有什么心思再坐在这里和霍妈妈聊下去。

“随意。”苏若初淡淡地说，她不喜欢受人威胁，“如果阿姨觉得你拿性命可以逼阿笙把我抛弃，那么请你随意。或许，阿笙真的会因为你和我分手。”

霍妈妈脸色更难看了，霍妈妈冷笑道：“苏若初，安琪说得没错，你配不上阿笙！阿笙为了你耗费了七年的时间，而你竟然对他的妈妈说这种话！我是无论如何都不会接受你做我霍家的媳妇的。”

霍妈妈语气严厉，今天她是来和苏若初谈谈的。阿笙在她面前说了苏若初很多好话，也说了这辈子非苏若初不娶。

霍妈妈心疼自己的儿子，也不想霍笙夹在她和苏若初中间难做，她想和苏若初谈谈，说服自己接受苏若初。谈话还没开始苏若初接了电话就要走，还对她这么个语气。比七年来一直在她身边照顾她的何安琪差得太远了。要说苏若初比何安琪好的地方，也就一张漂亮的脸蛋。

苏若初抿起嘴角笑，她忍着心里的难受："阿姨，我已经说了，请你随意。"她说完，朝着店门口快步走去。

霍妈妈站在那里看着苏若初头也不回地走掉，根本不把自己的威胁当回事，她的脸色苍白起来。她的儿子就为了这么一个无情无义的女人不接受安琪，白白耗费了七年的时间！

霍妈妈不由自主地握紧拳头，对苏若初更加厌恶了。

苏若初一出店就招手打了出租车赶往机场，去机场的途中她想到一件事，立即打了个电话。

不是打给霍笙，而是苏华。

苏安安的事苏华也看到了。

他一看到电视，不知怎么的就要出门。蒋媚正要嘲讽苏安安死不足惜，转身一看苏华离开了家。

蒋媚愣在那里，恨恨地看着走掉的苏华。到底是有血缘关系，苏华知道苏安安不是自己的女儿，听到苏安安出事了还是急着地赶过去。

蒋媚冷笑起来，紧跟着她担心苏安安的身世会被苏华知道。她瞒了二十年，千万不要在这个时候被苏华知道。还有当年何晴的事，事情过得再久，蒋媚也怕被人翻出来。

苏华出门后赶向医院，到了医院门口，找了个位置停车，没有进去。

苏安安不是他的女儿，他进去做什么？但他转念一想，苏安安虽然不是他的女儿，却是何晴的，是他心爱的女人的，他进去看一眼也可以，而且他养了她那么多年。

苏华在医院门口纠结进不进去的事。他就算进去，顾墨成也不会让他见苏安安。

过了很久，苏华在车里抽了半盒烟，他的电话响了起来。电话那头传来熟悉的声音，苏华着急地问："若初，你现在在哪里？"他给苏若初打过电话，没有打通。

苏若初恨苏华把她关到顶楼、逼她嫁人的事，也恨他绝情地对待苏安安。苏若初连一声“爸爸”都懒得喊：“有件事我要和你说一声。我就说一次，你听清楚了。安安现在产后大出血，她的血型特殊，医院里的血库没有了，情况很紧急，如果你现在在医院或医院附近，可以立马给她输血！我想，你给她输了血，顾墨成少说也会给你个几百万。”苏若初嘲讽道。

苏华和苏安安断绝父女关系，从顾墨成那里得了四千万的事，苏若初是知道的。

“若初，你这话是什么意思？”苏华脑袋发懵。

安安的血型也是RH阴性？也是稀有的熊猫血？不对，当初他看到单子，苏安安的血型明明是RH阳性AB型。

“就当我妈对你太过痴情，找个男人都得找一个和你一样血型的吧。”苏若初嘲讽道，“去不去随你，不过，你不要后悔。”苏若初说完就把电话挂了。

她话里的意思苏华肯定听懂了。

苏华认为一直苏安安不是他的女儿。苏安安刚出生的时候，他就为苏安安的事和何晴闹过。苏若初那时年纪小，她只记着当时何晴只是冷眼看着苏华，没有和苏华解释半句，任由苏华的指证和愤怒。

在苏华走后，苏若初问何晴：“妹妹真的是不是爸爸的女儿吗？”

何晴说妹妹和她一样，她们是同一对父母。

苏若初一直记着，她跟苏家人说过苏安安是她的亲妹妹，是爸爸的女儿。可别人都因为她年纪小没有信她的话，包括苏华。后来苏若初懒得说了，不管苏安安是谁的女儿，都是她的妹妹，她要保护自己的妹妹。要不是她后来疯了，她不会任由蒋媚他们欺负安安的。

苏安安的血型苏若初是最清楚的，苏安安受伤、出事，都是苏若初一手处理的。所以，她很清楚苏安安和苏华拥有一样特殊的血型。

苏若初催促着司机快些赶到机场，她的手机又响了起来。不是苏华，是霍笙。

“若初，你在哪里？妈妈晕倒了，你快去医院一趟！”电话里，霍笙焦急地说，“我现在有事走不开。”

霍笙去了别的城市出差，赶回来也得一个小时。

“阿笙，抱歉。”苏若初歉意地说道。

一边是霍妈妈，一边是苏安安，苏若初很自然地选择了苏安安。霍妈妈的身体状况是不好，但还没有处在生死边缘，安安不一样。而且她最在意的也是安安。

“我要去宁城一趟。”苏若初解释，“安安出了事，我必须现在赶过去。”

手机那边的霍笙不悦地说：“若初，马上去医院陪着我妈妈。”他和苏若初的事好不容易才求得妈妈的同意。苏若初离开，妈妈肯定会更恨她的，怎么会同意他们的婚事。

“阿笙，对不起。”苏若初没有多说，直接挂了电话。回去后再同霍笙解释吧。

苏华将手机放进口袋，想着苏若初的话。

安安的血型和他一样？这不可能？

因为知道苏安安不是自己的女儿，她的学习和生活，苏华都交给苏若初或者蒋媚。所以，苏安安摔倒住院或体检身体，他一概不管。

他想着苏若初的话，在车里坐不住了。不管是真是假，他都要上去看一看。苏华走到产房门口，看到顾墨成在打电话，似乎在找血源。

“好，马上送过来。”

输血这种事早一分一秒都好。其他医院很快找来血源，准备送过来。不过路上交通拥堵，不知道要过多久才能送到。

“安安是什么血型？”

顾墨成听到身后传来声音，看到苏华被人拦在电梯门口。顾墨成冷眼看了他一眼，没有理会苏华。

苏华着急地又问：“她是不是熊猫血？是不是？”

顾墨成扭头诧异地看着他。

苏华作为父亲，不，是养父，也该知道自己女儿的血型吧。看顾墨成冷眼瞪着他，苏华撩高自己的衣袖，说：“让我过去。我的血型和安安是一样的。”

顾墨成看了苏华几眼，说：“让他进来。”不管他有多厌恶苏华这个人，但是苏华和安安的血型一样，就能更快地救安安，即使直系亲属之间输血风险很大。

顾墨成喊来护士，让他们安排苏华进去给苏安安输血。

苏安安的血型特殊，应该不是遗传的何晴，苏华和苏安安血型一样，是不是说明苏华就是苏安安的亲生父亲？

想到这么多年苏华都没把苏安安当作自己的亲生女儿，又为了钱和安安断绝了父女关系，这对苏华来说，真是一个巨大的讽刺。

苏华的血型和苏安安的对上了，他很快地输了血给苏安安，紧接着路上的血源也到了医院。

苏华来得及时，如果再拖上几分钟，苏安安的情况就糟糕了。

苏安安被护士从手术室推出来，顾墨成连忙上前，伸手疼惜地摸着苏安安的脸。

进了个手术室，苏安安就瘦了一圈。她耗尽了所有力气，又加上大出血，这会儿已经沉沉地睡去了。

“安安。”顾墨成唤了一声，推着车子送苏安安去病房里。后面出来的是苏华，苏华听到苏安安没事，松了口气。

他的血真的救了苏安安？苏华心想道。他看着被推走的苏安安，心里乱糟糟的。

有人手里拿着一个沾着血迹布条的袋子递给他：“这是我们先生交给你的。”

苏华不解地看着这个袋子。

来人继续说：“先生说，你可以再做一个DNA鉴定。”

这是苏安安的血迹！苏华接了过来，二十年前他就是凭着一份鉴定，认定苏安安不是自己女儿的。要再做一份吗？

苏安安很可能是他的女儿？可是为什么他当初看到的不是。苏华想着走到了走廊的转弯处，他抬起头和正面走来的老人撞上。

有关何晴的记忆，苏华都记得很清楚。面前的老人恨恨地看着他，苏华一下就认出他是何晴的父亲——徐老。

“总裁！”苏华对徐老脱口而出。

徐老冷冷地盯着他。因为苏华，他和珍爱的女儿断绝了父女关系；因为苏华，他白发人送黑发人，失去了唯一的亲生骨肉。

徐老没有理他，他走向苏安安的病房。

苏安安的病房苏华进不去，他被拦在外面。苏华拿着有苏安安血迹的布条离开了医院，到了医院外面，他看了看布条，又掏出了烟点燃。

这一天对很多人来说都像坐过山车。从高空惊险万分地掉下来，又被人稳稳地接住，接着再被抛高，又坠下。

苏安安没事了，顾老夫人安下心来，回去照顾顾臻。

徐老在病房里看了一会儿苏安安，徐清清扶着他回自己的房间休息。

顾墨成不肯离去，他很累，但是他不敢走。他怕他一走，苏安安又出事了。

这一次的事情，顾墨成回想起来就害怕。不管哪一个环节，只要有一点偏离，苏安安都将没命。

要是蒋老太太没有那么丧心病狂，直接把苏安安杀了；要是苏安安开车冲向公路边缘时，没能及时调转方向，人和车掉进茫茫的大海里……怀着孕的苏安安怎么可能还有生还的机会？就算苏安安没死，也会身负重伤；要是苏华不在附近，苏安安没有及时输到血，她就会休克昏厥……

真是庆幸，老天怜惜，让苏安安和孩子活了下来。

顾墨成握紧病床上昏睡的苏安安的手，他该怎么对安安才能弥补自己的过错？

萧彦打了电话过来。在这之前，苏安安没有脱离危险，顾墨成没有心情处置蒋老太太。

萧彦刚接到韩龙逸的电话，说苏安安没事了，他才给顾墨成打了电话过来。

“接下来怎么办？”萧彦说道。

“不是说她活不了多久了吗？”顾墨成冷声说，“我要让她生不如死。”

想到蒋老太太差点要了安安和他孩子的命，顾墨成就恨得入骨。

“让蒋家人聚一下吧。”顾墨成说道。

萧彦不知道顾墨成要做什么，但是很清楚顾墨成肯定不会让蒋家好过。

“好的。”萧彦应道。

就算是把蒋老太太杀了，把蒋家毁了，也难解他心头之恨。他的安安差一点就死了啊！

苏安安睡了一天，睁开眼睛时，她有种恍若隔世的感觉。她以为自己死了，进了天堂。

她没有死，真好。

“老公！”苏安安看到背着对自己，在窗边不知在看什么的顾墨成。

顾墨成听到苏安安出声，慌忙转身。

苏安安一怔。顾墨成身为顾氏掌权者，一向重视自己的仪容仪表，可是这会儿在苏安安眼里的他，下巴冒出胡须来，眼眶有深深的黑眼圈，很是邋遢。

这个样子让苏安安心酸又难受，他肯定是担心自己，一直在床边守着。

看到苏安安掉出眼泪，顾墨成连忙走过去，着急地问：“安安怎么了？是不是哪里不舒服？很痛？”

苏安安是顺产，进医院时她坚持先顺产试试，孩子小，先后出来，相对别人的难产，苏安安还算顺利。后面的大出血其实也不算难事，只是难在她特殊的血型上。

“老公，对不起，让你担心了。”苏安安内疚地说。要不是她不听话跑出去，蒋家的人不会抓到她，她也不会怀着孩子来场生死之战。

“是我！安安，是我没有把你照顾好！”顾墨成疼惜地看着苏安安，伸手摸着苏安安一夜间消瘦下去的脸颊，他看着就心疼、难受。是自己没有照顾好安安。

“老公！”苏安安看到顾墨成眼眶湿润。

顾墨成不记得自己什么时候哭过，可能是四五岁做错了事被顾瑧打过一次，那时候年纪小，一痛就哭，后来随着年纪的增长，他就没再哭过，遇到再大、再难的事，他也能撑过去，但这会儿他看到苏安安的眼泪，他的眼眶跟着湿润起来。

在看到苏安安的视频时，他害怕得全身冰冷，他从没有那么惊恐过。他害怕失去苏安安！

苏安安看着顾墨成红着的双眼，她收了眼泪，想起宝宝们，问道：“宝宝们好吗？”她记得自己把他们生下来，来不及问是男是女就晕了过去。

“他们都很好。”顾墨成笑着说。孩子虽然差几天才足月，不过经过检查暂时没有发现什么不对劲的地方。

“男孩女孩？”苏安安接着问。

“男孩子。”

“两个都是？”苏安安看着顾墨成点头，苏安安不开心地说，“怎么没有个女孩呢？”为什么不是龙凤胎？苏安安有点失落，不过男孩女孩都是她的宝贝，“我想看看他们。”

“好！”顾墨成说，“不过我先打个电话。”

苏安安满眼疑惑地看着顾墨成走到一边打电话，她听到顾墨成说：“她刚醒来，你过来吧。”

“谁啊？”苏安安问道。

顾墨成笑，温柔地看着苏安安，没有告诉她是谁：“你猜。”

孩子抱过来一个，他是一路哭过来的，洪亮的哭声让苏安安连忙伸手接过来。

神奇的是，苏安安接过来后，孩子的哭声就轻了下来。苏安安看着安静下来的小家伙，嘴角不由自主地抿出笑容。

“真乖！”她这话说完，小家伙又扯开嗓子哭了出来。

苏安安无措地抱着孩子哄着，她越哄孩子哭得越厉害。抱孩子过来的月嫂提醒道：“孩子可能饿了。”

之前因为苏安安昏睡着，喂了宝宝几口奶粉，但是哥哥不给面子不肯吃。

苏安安躺了下来，在月嫂的帮助下给哥哥喂奶。哥哥终于安静下来，很认真地喝奶。

可是另外一个去了哪里？

哥哥喝得差不多的时候，门外传来说话声：“爸，你会抱吗？还是我来吧。”

“怎么不会。倒是你，婚都没有结肯定抱不好，还是我来。”

苏安安放下衣服，抬起头看顾墨成。

说话的是徐老爷子和徐清清。

“爸，你能不能少提我没结婚的事！”

“怎么不能提了？你快三十了，我要是不催着，你是不是得四十岁才给我结婚。”声音越来越近，然后听到徐老轻哄孩子的声音。

弟弟怎么在徐老和徐清清手上？

“我结不结婚和抱不抱得好孩子没有关系。”徐清清说，“你把孩子给我吧，自己走都走不稳了，还要逞强抱孩子。”

“你这是嫌我老了？”

苏安安没想到徐老有这么小孩子的一面。

“我告诉你，你今年必须给我结婚去。”走到病房门口的徐老回头对徐清清说了一句。

徐清清反驳：“人都没有我怎么结？”

好不容易看上一个，还被苏安安捷足先登了。男人有这么好找吗？不小心找到萧彦那种，她不得难过死？

“姓韩的可以。”徐老说完抱着孩子进了病房。

“没兴趣。”徐清清回了句，韩龙逸不是她喜欢的风格。

徐老回头瞪了徐清清一眼，这么大年纪还挑三拣四的，存心和他对着干。徐老进门，他抬起头看到苏安安盯着自己手里的宝宝看，不舍地把孩子递过去。

“他真是很乖。”徐老笑着说。

苏安安把哥哥递给顾墨成，自己接过了徐老怀里的弟弟。

弟弟还在甜甜地睡觉，两个孩子的性子相反。哥哥老是哭闹，弟弟很乖，醒来喝点奶粉，喝完后又睡着了，根本不用人操心。

苏安安抱着弟弟时，顾墨成怀里的哥哥感觉到抱自己的人换了，又扯开嗓子哭了起来。

这两个孩子长得一模一样，皱巴巴地像两个小老头。

刚出产房时，顾老夫人说他们和顾墨成很像，后来顾墨成抱着他们看了半天，说了一句：“这么丑！”

苏安安将弟弟放在床边，伸手把哥哥抱过来。两个孩子放在一起，哥哥倒不哭闹了。她看着两个小家伙，心里被幸福感填满了。虽然辛苦，但是把他们两个平安地生下来很值得。

病房里，徐老和顾墨成聊着天，徐清清坐在苏安安的床边逗两个孩子。

徐老和徐清清坐了会儿，怕影响苏安安休息，起身离开。走之前，徐老看了看床上的苏安安，想对她说些什么又吞了回去。还是等安安恢复好了之后再说吧。

“爸，走吧。”

“嗯。”徐老应了一声，和徐清清走出病房。

在病房门口他们撞上一脸惊慌的苏若初。徐老看着这张脸，怔在原地。徐清清先反应过来，笑着说：“苏若初？”

苏若初看着眼前的徐老和徐清清，不知为什么她觉得他们眼熟。但是自己之前肯定没有遇见过。

病房里的苏安安听到徐清清的声音，连忙激动起来：“姐姐！”

苏若初朝徐老和徐清清一笑，快步走进病房。她早就到了宁城，来的时候苏安安还在睡觉，所以没敢吵着她。

顾墨成帮她在酒店订了房间，让她先回去休息，等苏安安醒了再叫她。苏若初一接到顾墨成的电话，手机都忘了拿，就跑了过来。

“安安。”苏若初看到床上的苏安安，“你把我吓死了。”她走过去，严厉地说，“你真是不要命了，以后不许给我开车。”

苏若初想起那些视频画面，眼泪就止不住地掉下来。她扑过去，将苏安安抱在怀里。

病房门口的徐老扭头看到两姐妹抱在一起，听着苏若初的哭声，心里止不住地难受。是他的错，他不该和小晴怄气，连累了两个孩子受苦。

“爸，走吧。”徐清清看到徐老难受，说道。

这个时候徐老过去认人，她们两个人不一定能接受。这么多年，徐老没有管过她们，现在来认回她们，她们不会同意的。

“姐姐。”苏安安拍着苏若初的背，眼眶酸涩起来，“我这不是没事吗。”

苏若初起身看着又哭又笑的苏安安：“你要是出事了，我怎么和妈妈交代？”何晴死的时候，苏若初答应过她一定会照顾好安安的。

“姐姐，我真的没事了。”苏安安笑着宽慰苏若初，“你不用担心我。”

她们聊着天，苏安安身边的哥哥忽然大哭起来。苏若初进来时就看到两个宝宝了，但是心里想着苏安安没能好好抱抱他们。她绕过去，将哭闹得厉害的哥哥抱在怀里。哥哥一被苏若初抱在怀里，就不哭了。

小家伙说哭就哭，说停就停，看得苏安安笑起来：“这小家伙长大以后绝对是个小色鬼。”

弟弟安分多了，被哥哥的哭声吵醒之后哭了几声，又安静下来。

苏若初看着怀里的哥哥，柔软的身体让她舍不得放下，可爱的脸蛋看得她心里暖洋洋的。她也想拥有自己的孩子。

顾墨成看苏若初和苏安安两姐妹聊着，想到蒋家的事还没有解决，现在安安醒来了，他要去收拾蒋家的人了。

“姐姐，你陪安安聊会儿，我有点事出去一趟。”

顾墨成走时，过来吻了吻苏安安。

苏华魂不守舍地回到家里，他出去了大半天，一回来就没了精神，又脸色苍白，不由自主地让屋里的蒋媚担忧。

“老公，你刚去了哪里？给你打电话也没有接。”

苏华抬起头盯着蒋媚。

蒋媚被苏华冷冰冰的眼神盯得心里害怕，她扭开头，房间的门被打开，出来的是苏紫菡。

苏紫菡在电视里看到苏安安出事，欢喜地从慕家跑了过来和蒋媚分享这个好消息。到家之后，蒋媚说苏华出去了。

“爸，你刚才是去看苏安安了吗？”

苏华不说话，从兜里掏出了香烟，抽了起来。

“爸，安安攀上了顾家就瞧不上我们，你管她的死活做什么？”苏紫菡不悦地指责。

她看不惯苏安安，见不得苏安安过得好，特别是现在自己在慕家过得不好。就算在慕家过得不好，苏紫菡也把责任推到苏安安的身上。

“再说，她不是你的女儿。你可不要再做傻事替别人养女儿！”苏紫菡说完这句话后，苏华猛地从沙发上站起来，朝苏紫菡的脸打去。

苏紫菡在慕家被慕瑾瑜打惯了，这会儿挨了苏华一巴掌，她委屈得眼泪直掉。

“你在紫菡身上出什么气！”蒋媚连忙去看苏紫菡的脸。紫菡在慕家过得已经很不好了，三天两头地被慕瑾瑜打，好不容易回来一趟苏华还在紫菡身上出气。

蒋媚以为苏华打苏紫菡，是因为苏紫菡说了苏安安不是他女儿的事。

“安安本来就不是你的女儿，紫菡没有说错！你要怪也该找何晴去。是她背着你找了别人的男人，给你戴了绿帽子！”

蒋媚说着，苏华的脸色更加难看。

“闭嘴！”苏华冷声喝道。

蒋媚被苏华脸上的怒意吓得身子一颤，闭了嘴，哄着怀里哭的苏紫菡，抬起眼皮无意地看着苏华裸在外面的手臂。

她好像瞧到了针孔！

苏华的手上怎么会有针孔？刚才他出去时还没有，最近他也没有去打针输液。

蒋媚看着苏华冷着的脸，又看着他烦躁地抽烟，她不由自主地想到出去很久的苏华是不是去了医院？再联想起苏华刚才动怒打了苏紫菡，难道苏华去给苏安安输血了？

想到这些，蒋媚心里慌乱起来，她忙低下头假装哄苏紫菡。

苏华抽了几口烟，缓解了心里的压抑，他问蒋媚：“安安真的不是我的女儿？”

蒋媚心里“咯噔”一下，果真和她猜的一样，苏华去医院给安安输血了。

“这事你怎么问起我来了？”蒋媚故作不清楚地说。

苏华冷眼盯着蒋媚，蒋媚对上他的眼睛：“是不是出了什么事？你怎么好好的问起安安的事了？”

苏华继续盯着她，把蒋媚看得心慌意乱。

他还要继续问下去的时候，突然传来了急促的敲门声。

蒋媚让苏紫菡去开门，苏紫菡把门打开，进来的是四五个穿着黑色西装的男人。

“蒋媚？苏紫菡？”领头的男人冷声说道。

没等蒋媚和苏紫菡回答，已经有人过来把她们给抓了起来。

“你们是谁？为什么要抓我们？”苏紫菡大声说道，“知道我是谁吗？”她习惯性地说完后，想到现在的苏家和蒋家，苏紫菡又说，“我是慕家少奶奶！”

他们不管苏紫菡是什么身份，“你们是蒋媚和苏紫菡就行。”

苏华上前，被拦在门内：“苏先生最好不要掺和进来。”

蒋媚顿时明白过来。苏安安出事的视频放到网络上，很快被查出来和蒋老太太有关。现在顾墨成动了怒，不管是蒋家大少还是嫁出去的蒋媚，作为蒋老太太的子女，他们都逃不脱。

“阿华，救我！”蒋媚害怕地对苏华说道。

苏紫菡也怕起来，被拉走的时候对苏华说：“爸爸你快给苏安安打电话，让她把我和妈妈放了。该死的苏安安，她凭什么抓我！”

苏华把门给关了，将蒋媚和苏紫菡的叫声挡在门外面。他懒得管顾墨成会怎么对付蒋媚和苏紫菡，他现在只想弄清楚苏安安的身世。

安安到底是不是他的女儿？

为了对付顾墨成，蒋老太太将蒋家大宅卖了。她卖了没多久，大宅就到了顾墨成手里。

蒋家在宁城的地位曾经和顾家一样，蒋骏死后，蒋家大权落到蒋老太婆手里，渐渐地蒋家的地位掉落，直到现在，蒋家被顾墨成彻底踩在脚底下。

萧彦一进蒋家大宅，就两眼放光，他习惯性地骂了句：“蒋家比我们萧家还富贵！”

就拿蒋家园子里的假山来说，那是一块完整的石头雕刻出来的，一座假山就能比过其他家族。这么一个繁荣的蒋家竟然败落了。

“蒋老太婆真不会打理蒋氏。”萧彦说了一句。

要是蒋家出一个顾墨成，或者韩龙逸，蒋家的地位可能和顾家齐平。但是蒋骏去世后，蒋家的后代被蒋老太婆教得没一个成材的。不管是男是女，一个个的都是废物。

萧彦感叹着蒋家无用，然后跟着顾墨成进了蒋家正厅。

蒋老太太已经在里面坐着了。蒋家被她卖了，她回来后看着住了数十年的房子，心里还是有些难受的。蒋家败落到现在的地步，她不后悔自己这些年的所作所为。

顾墨成进来，看到蒋老太太站在正厅中间。

蒋老太太扭头看到顾墨成和萧彦，勾起嘴角冷笑。她倒想看看顾臻和韩嫣的儿子会怎么对付她！

萧彦先一步在沙发上坐下，他跷起二郎腿靠在沙发上，吊儿郎当地说：“墨成，快点吧，我要忙着回去喝酒。”萧彦笑着说。他知道苏安安这次命悬一线，顾墨成肯定不会放过蒋家。

顾墨成没有说话，他坐在萧彦身边，抽着烟。

蒋老太太站在他们面前，看着这两个小子不搭理自己，开始时还觉得无所谓，被晾久了她有些吃不消了。蒋老太太开口道：“我要见顾臻。”

顾墨成瞥了她一眼，没有理她。

蒋老太太想找位置坐下，但是只要她找到位置，椅子或沙发就会被萧彦叫人拿走。

“顾墨成、萧彦，你们两个就这么对待一个老人家？不怕天打雷劈吗？”蒋老太太愤怒地说道。

萧彦发笑：“老人家？我还没见过你这么恶毒的老人家呢！”对一个孕妇下手。

他们说话间，外面传来动静。

顾墨成和萧彦等的人来了。

蒋老太太顺着声音看过去，她看到蒋家的人一个个地进来，愣住了。

“顾墨成，你打算做什么？”死？蒋老太婆不怕，反正她得了病，没多久可活了。

蒋家大少一看到蒋老太太，哭着大喊道：“妈！”他脸上都是伤痕，来的路上他仗着蒋家少爷的身份胡闹，被收拾了一顿。

蒋老太太疼惜蒋盛旭，也疼自己的儿子。她朝他们看去，在人群里看到了蒋媚和苏紫菡。

顾墨成是要把蒋家人全杀了吗？不，顾墨成不敢。他顾墨成再有权势，也不敢把人都给杀了。

“你以为人人都是你啊。”萧彦看出蒋老太太的想法。

“不过，我们把男的阉了，女的卖到越南去，怎么样？”萧彦笑着说。

听到萧彦的话，蒋家人脸色一变，显然是被吓到了。

蒋媚仗着自己是苏华的妻子，出来说道：“顾先生，我和紫菡已经不是蒋家的人了，你放过我们吧。你看在我照顾安安这么多年的分上，放了我们吧。”

顾墨成没说话。

蒋老太太听到蒋媚的话，气愤道：“蒋媚！”

蒋媚哭着对蒋老太太说：“是你要致苏安安于死地，和我，和紫菡没有关系。我们虽然讨厌苏安安，可是没想过她死。你太恶毒了，这种妈妈我不敢要。”蒋媚说着，要和蒋老太太划清界限。

一听蒋媚的话，其他人跟着附和，要和蒋老太太划清关系。

蒋老太太看着自己的子女一个个的将她抛弃，她气得脸色发青，心口一阵阵痛起来。

她是为了谁才对付苏安安的。

正厅里顿时充满着蒋家人骂蒋老太太的声音以及哀求顾墨成的话。

顾墨成冷眼看着他们，看着痛心疾首的蒋老太太。

“吵死了！”萧彦没顾墨成淡定，他实在受不了蒋家人的聒噪，“蒋家人一个个的真是无用。”萧彦嘲讽道，他还没怎么着呢。

蒋老太太冷着脸看着蒋家人哭的哭，叫的叫，觉得丢脸。她转念一想，蒋家这副样子不就是她想要的吗？

蒋家大少跪在地上，大哭求饶：“顾先生，萧爷，求你们放过我吧。你们想要什么？我都给！”

蒋家大少四十多岁，年纪比顾墨成和萧彦大十岁多，竟然吓得跪在地上求饶。蒋家若是没倒，他就是继任的掌权者。如果蒋骏活着，一定会被他给活活气死。

“你们蒋家还有什么东西可以给我？”萧彦冷笑道。蒋家要钱没钱，要地没地，有什么值钱的东西。

跪着的蒋大少想了想，他的目光落在身后的私生女身上。他只有一个儿子，但是外面生的女儿不少。

“萧爷，你要是不……”他的话没有说完，萧彦已经从他谄媚的眼神里看懂他接下来的话了。

当他萧彦是什么！他一脚狠狠踹在蒋大少胸口，蒋大少身子一歪又赶紧爬起来跪好，没敢再出声。

蒋老太太看着自己的儿子求着顾墨成和萧彦，蒋大少懦弱的性格是她故意培养出来的，可是看着儿子跪在地上求比自己年纪小的男人，求的还是韩嫣的儿子，她气得脸色发白。

“你给我起来！”蒋老太太走过去打了蒋大少。

蒋大少连往后退，红着眼睛，愤怒地对蒋老太太说：“妈，要不是你，我们蒋家会成现在的样子吗？是你的错！”

顾墨成冷眼看着蒋老太太和蒋大少吵着。蒋大少一说，蒋媚跟着出来指责着蒋老太太，然后是蒋家其他人。

连蒋大少的几个私生女都跟着在骂蒋老太太。

顾墨成来的时候，没有想好怎么对付蒋老太太。

“你们给我闭嘴！”蒋老太太怒声喝道，“你们一个个胆子肥了、翅膀硬了？我是你们的妈妈、奶奶！”蒋老太太掌管蒋氏多年，身上自然带着令人害怕的气势。她呵斥完，蒋家人的声音变轻了。

蒋老太太转身，看着坐在沙发上抽着烟的顾墨成，她冷笑道：“怎么，没有想好怎么对付我？你老婆命大，这次没死，不代表下次不死！”蒋老太太眼里露出阴毒的光芒。

顾墨成是把蒋家的人叫来了，可是蒋柔呢？顾墨成没有找到蒋柔吧，他搜遍整个宁城也难找到蒋柔。

顾墨成听着蒋老太婆的话，他冷下脸没说一句话，眼神阴鸷可怕。

“顾墨成，你有本事把我杀了！”“不敢吗？”蒋老太太冷笑，“你们顾家人不是很厉害吗？怎么怕了？”

对顾家人，蒋老太太的心里从来没有忘记恨他们。

“把我杀了替苏安安报仇。”蒋老太太怕受病痛的折磨，更怕顾墨成会折磨她。

蒋家人一个个冷漠地看着，他们相互挤成一团，谁都没有出声。有些人心里甚至想顾墨成快些把蒋老太太杀了。老太太死了，顾墨成就不会出手对付他们了。他们盼着蒋老太太去死！

可所有人等了半天，顾墨成都没动手。

蒋老太太诧异地看着顾墨成：“你不敢？”

“确实不敢！”顾墨成冷笑，淡淡地说：“你该进的是监狱。”

萧彦不懂顾墨成在搞什么名堂。把蒋老太婆送到监狱去？这个老太婆这么大岁数了，进了监狱吃得消吗？他转念一想，嘴角勾出了笑意。

论腹黑，还是顾墨成厉害。送到监狱去让蒋老太太受些苦头。一个人没吃过苦，到了吃人的地方肯定会生不如死。而且蒋老太婆的身体不好，时不时还因为病痛难受，进了监狱，够她受的。

“墨成，我和韩龙逸说一声，找些进口的药让她多活些日子。”萧彦说完，坐在地上的蒋老太太脸色更是苍白。

“顾墨成！”她厉声吼道。

顾墨成看了蒋老太太一眼：“放心，我会让你多活几年。看着我顾家发展得更好，看着我和安安幸福。”顾墨成冷声说道。

他走向蒋家大门，蒋家人竟然主动给他让出一条道路。

蒋大少看自己安全了，端着笑容跟在顾墨成身后，说：“顾先生，谢谢！”

蒋家有蒋大少这样的人，不可能再翻身。蒋家？在宁城上流社会甚至是中层阶级，都不会再有蒋家人的身影。蒋家人势必会被顾家踩到脚底。

蒋媚和苏紫菡看着顾墨成被人拥着离开，她拉着苏紫菡走头也不回地走了。

蒋老太太的死活，蒋家人不会管。

蒋老太太看到自己的子女一个又一个地走掉，她大声叫着蒋大少和蒋媚的名字。可是她越叫，他们走得越快。

顾墨成说要把她送到监狱，监狱那个地方……还不如被顾墨成打死！

顾墨成处理完蒋老太太的事，回到医院已经天黑了。他在医院地下车库停好车，遇到探望完苏安安的顾老夫人。

顾老夫人也看到了顾墨：“墨成。”。

顾墨成走过去，看着憔悴的顾老夫人，问：“妈，你怎么这么晚还过来？”

“你爸知道安安醒来，不放心，让我陪他过来。”

听着顾老夫人的话，顾墨成看向她边上的车子，坐在后座的顾臻脸色很差。

“爸爸的身体怎么样？”顾墨成担忧地问。

顾老夫人淡淡地说：“还好。”

有些事她和阿臻知道就好了。苏安安出了这么大的事，把他们两个都吓到了。顾臻身体本来就不好，在电视里看到苏安安飙车的场面，他一直都在硬撑，怕她晕倒。等她去医院看苏安安的情况时，她前脚一走，他后脚就晕倒了。

苏安安出事，顾家已经够乱了，顾老夫人回去时，顾子铭告诉她，爷爷刚醒过来。

顾老夫人心里对顾臻的病情太有数了。他一直在撑，撑到苏安安怀孕，撑到苏安安平安地生下孩子。这后面什么时候走，谁都料不定。

“蒋家那边处理得怎样了？”顾老夫人问。

“把她送到监狱去了。”顾墨成说道。

“监狱？”顾老夫人一愣。

坐在车里的顾臻也听见了，他睁开了双眼。

“她都这么大年纪了，进了监狱，日子不会舒坦。”岂止是不舒坦，是根本没有好日子过，“她当了一辈子千金小姐，又是蒋家夫人，舒服惯了。把她送进监狱，比杀了她还难受。”顾老夫人淡淡地说完，余光看向车里的顾臻。

顾臻、蒋骏和蒋老太太从小一起长大。在韩嫣没有出现前，顾臻该娶的人是她。

“她差点害死安安，我不可能再对她心软。”顾墨成声音淡淡，“你和爸不要劝我！”

顾老夫人看了一眼顾臻，顾墨成的话是说给顾臻听的。

“我们本来也不想对她心软的，你蒋叔叔临走前求你爸不要为难她。这么多年来，我和你爸对她为难顾家的事都是睁只眼、闭只眼。但是人的忍耐都有底线的，她不该对安安动杀心。”顾老夫人冷下声音，“送她去监狱也好，我和你爸也算没有违背诺言，留了她一条命。”

“谢谢妈。”顾墨成说，“你和爸快些回去休息吧。”

顾夫人转身上了车，她挥手让顾墨成去医院病房陪苏安安。

车子启动，顾老夫人看着顾臻，说：“蒋骏当年为了她和我们翻脸。到头来，她把蒋家搞成这副样子。”

顾臻伸手握住她的手：“你是不是怨我因为蒋骏的话，一次次地饶过她。”

“你和蒋骏是出生入死的兄弟。你重视他这个兄弟，所以这些年对蒋家一再容忍。偏偏她不知道珍惜蒋骏，掌控着蒋家大权多年，硬是把蒋家给搞没了。她这次害安安，岂止是恨安安，她是故意做给我们两个看的。要不是因为我，顾夫人的位置是她的。”

蒋老太太原本是顾臻父母给他订下的未婚妻，可惜顾臻一直都只把她当妹妹，后面又遇上了韩嫣。

“没有你，也轮不到她。”顾臻冷冷地说。

“去看看她吗？”顾老夫人又问道。

顾臻说：“不去了！你替我去一趟，告诉她，所有的事都是她自找的。这次她搬出蒋骏，我们也绝对不会心软。”

再心软，顾臻和韩嫣没法对顾墨成和苏安安交代。蒋老太太的结局就是在监狱里待到死。

顾墨成进病房时，苏安安躺在床上合着眼睛，没有睡意。两个孩子被抱到隔壁的房间里休息去了。

顾墨成进来，她一下子睁开了眼睛。

“姐姐走了？”顾墨成没看到苏若初，问道。

“嗯。”苏安安应道，“我让她回去休息，刚刚离开。你碰到爸爸、妈妈了吗？他们刚走。”

顾墨成脱去了外套，应道：“嗯。在停车场遇到了。”

“老公。”苏安安柔声唤道。

顾墨成走到床上，担忧地问：“怎么了？是不是哪里不舒服？”

被顾墨成关心，苏安安红了脸，飙车的事到现在还恍如刚刚发生，让她害怕。

“我想被你抱着睡。”苏安安说。

顾墨成脱了鞋子上床，把手伸出来给苏安安当枕头。

闻到顾墨成身上的味道，苏安安鼻间猛地酸涩，她情不自禁地掉了眼泪。

顾墨成低头，看着她的眼泪，心头一阵慌乱：“安安，怎么了？”

苏安安含着眼泪看着面前的顾墨成，哭泣着说：“我差点以为这辈子都见不到你了。”当车子极速冲向公路尽头的时候，她全身绷紧，脑海里都是顾墨成。她知道，如果自己失败了，这辈子都见不到顾墨成了。

听着苏安安的话，顾墨成也很难受。他看到那幕时，也以为再也看不到苏安安了。

“安安。”他声音温柔，说，“以后我不会再让你受到伤害了。”

“我不怕受伤害。”苏安安知道只要她在顾墨成的身边，只要做他的妻子肯定会再受到伤害。他的仇人、仰慕他的女人，他们会因为恨意害她。她不需要顾墨成保证，不让她受到一点的伤害。

“我要学会更好地保护自己。”苏安安说道。

她身体恢复好后，她要去学些技能傍身。有朝一日遇到危险，不靠顾墨成她也能活下来。

顾墨成一怔，苏安安的话把他心里给填满了，他没有苏安安看得透。

是的，在他的身边他保护得再好，还是有可能被人钻了空子。所以，最好的保护是让苏安安成长，有保护自身的能力。

“好。”顾墨成应道，“等你好了，我带你去学射击、拳击。”顾墨成轻轻地搂着苏安安，他不敢对苏安安用力。

两个人抱在一起，苏安安闻着顾墨成身上的气息很快地闭上眼睛睡去。

顾墨成看着她睡着，吻了吻她的额头：“晚安，我的妻子。”

蒋媚和苏紫菡惊魂未定地回到苏家，苏紫菡的手还冰冷颤抖着，她看得出来，顾墨成真的想把老太太杀了。

“妈妈，我怕。”苏紫菡突然觉得之前顾墨成带人到苏家，打她十巴掌算轻的。她是不是该庆幸自己虽然恨透了苏安安，可是没有想过把苏安安杀了？不然今天……

“紫菡，别怕别怕！”蒋媚拍着苏紫菡的后背安慰道。

她也怕了。

蒋媚自恃是蒋家千金在宁城耀武扬威。她看上一件东西就仗着自己千金小姐的身份，一定要得到手。苏华也是。

苏紫菡怕顾墨成，蒋媚心里也在发颤。

如果苏安安去查十几年前的事，她是不是也会被顾墨成对付？蒋媚想想就害怕，嘴里却还安慰着苏紫菡，念着“不怕不怕”。

“妈妈，以后我们别和苏安安作对了。”苏紫菡说道，比起心里的气愤，还是保命要紧。

不作对苏安安就会饶过她吗？蒋媚没有应下苏紫菡的话，她扭头看着哭得难过的苏紫菡，疼惜道，“紫菡，妈妈做的一切都是为了你，你好，妈妈就好了。”她说着握紧苏紫菡的手。

“妈妈，我知道的。”苏紫菡点头。

“紫菡，你一定不能和慕瑾瑜离婚。”

今天顾墨成把她和苏紫菡叫过去，就是在警告蒋家的所有人。

十几年前的事曝光，蒋媚肯定会被顾墨成对付。苏紫菡只要是慕家的人，顾墨成和苏安安就会顾忌着慕老爷子，给苏紫菡一条活路。

“妈妈。”说到慕瑾瑜，苏紫菡不开心地喊了一声。她也想在慕家待下去，可是蒋家没了，苏家倒了，慕家上下看她不顺眼，想着法子折磨她。

“现在就回慕家去。”蒋媚帮苏紫菡拿起包推着她出去。

苏紫菡不想回去，想到对她冷眼的慕劲，想到对她冷言嘲讽的慕夫人，还有动手打她的慕瑾瑜。苏紫菡不想走。

“妈妈。”苏紫菡的话没有说完，就被蒋媚急着推出了房门。

苏紫菡走后，蒋媚的心跳还是很快，四肢无力。她环视着房间，突然反应过来，苏华呢？

她和苏紫菡回来的时候就没有看到苏华。蒋媚走到卧室，看到床头柜的抽屉打开着，她再看向衣柜。衣柜的门没有关上，蒋媚蹲身从衣柜里拿出一个盒子。这个盒子是苏华的，他一直很珍爱。

蒋媚知道这里面藏的是什么，不就是何晴和苏若初的照片吗？

卖了苏家宅子之后，苏华把锁着的小房子里的照片全放在了里面。

盒子没有锁上，蒋媚从里面拿出一张照片，竟然是苏安安的。

苏安安？

蒋媚猛地想到苏华手臂上的针孔，她心慌起来，苏华是真的疑苏安安的身世了？他现在人不见了，是出去找苏安安了？

不行，她不能让苏华发现苏安安的身世是她搞的鬼。

病房里很热闹，徐老借着身体没好全，赖在医院不走。徐清清由着他去，徐氏是他的，他不急，她也不急。再说，苏安安的两个孩子实在有趣，逗他们太有意思了。

苏安安奇怪，自己住在医院这几天，徐老爷子和徐清清天天往她这里跑。这两个人是徐氏的一把手、二把手，他们不怕他们跑了徐氏倒闭吗？

苏安安更奇怪的是徐老抱着两个孩子就不放手，她想抱都轮不到。

“徐老，徐小姐，你们不需要天天往医院跑，我好很多了。”苏安安拐着弯说。

徐清清一笑，她抱着弟弟，逗着他玩。弟弟乖巧，醒来时就看着她，看得徐清清心底一片柔软，恨不得把他抱回去。

徐老爷子喜欢哥哥，会哭是好事，说明以后什么东西懂得自己争取。

徐清清笑着扭头看向徐老："爸，你该回景城了。景城一堆事等着你处理。"

徐老瞪了徐清清一眼，要回去也是她回去："清清，你回去。"

徐清清不乐意，凭什么老头子在这里抱孩子，她得回去处理一堆烦心事。她继续和怀里的弟弟说着话。

"你这个不孝女，我养了你这么多年，你没见着我身体不舒服吗？还不给我滚回景城去办事。"徐老骂道。

"爸，是你说让我找男人的。你天天给我一堆事，我去哪儿找男人？"徐清清笑着说，"不是你说韩医生不错吗？韩医生最近都在医院里，我这不是打算近水楼台先得月嘛！"

徐老鄙视徐清清，说什么近水楼台，就没有见过徐清清在韩龙逸面前晃："我告诉你徐清清，你再不给我找个男人回来，我把你赶出徐家！"真的是气死他了，苏安安都结婚生孩子了，她连个男人都没有。

"爸！"被徐老嫌弃，徐清清不悦地说，"我总不能因为年纪大，阿猫阿狗都要吧？"

"你再熬下去，阿猫阿狗都不要你。"徐老反驳道。

"好好好。"徐清清咬咬牙，"你再逼我我就去找萧彦。"

这话……

苏安安一怔，萧彦也有这么被人嫌弃的时候。她觉得这徐清清也是厉害。

"就你这岁数，人家萧彦也得要你才行。"徐老到底是老姜，一句话把徐清清堵住了。

徐清清气恼地咬牙，徐老是找到了外孙女，想把她这养女踢开了："得，我回景城把自己活活累死。"

徐老见自己胜利了，对怀里的哥哥露出笑容："宝贝，以后不能像姨姥姥学，这么大岁数还没人要。"

姨姥姥？苏安安觉得徐老爷子说错话了。

徐清清只比姐姐大几岁，怎么也应该是姨吧。她再看着徐老和徐清清吵了起来，连拦道："你们想抱孩子的话，每天来没事的。"

他们两个好像就在等着苏安安这句话，都说好。

徐清清再坐了会儿起身先走了。她得回去处理徐氏的一堆事，徐老不管，她再不管，徐氏过不了几天就得完蛋。

徐清清穿过医院的园子，看到绿嫩的草地上一对男女特别地吸引人眼球。

徐清清是最近一年才知道苏安安的存在的。她瞧上顾墨成那会儿，并不知道苏安安是她那个姐姐的女儿。她被徐老收养回来，代替徐晴过着千金小姐的生活。

徐清清心里很平衡，她本来就是孤儿，得了老爷子这份父爱，又生活得舒适，她已经很满足了。

徐老来宁城的次数多了，再觉得苏安安熟悉，徐清清就联想到死去的徐晴。徐老和她说了实话，苏安安和苏若初是徐晴的女儿，也就是他的外孙女。

苏安安，徐清清见过了。她自恋也自信，自己比苏安安漂亮。但见到苏若初时，徐清清被惊艳到了。

苏若初真的很漂亮，她的五官完全遗传了苏华和徐晴的优点，并且在他们的基础上更加完美。这么漂亮的女人，让人看了一眼就忘不掉。

也难怪，苏若初一来医院，韩龙逸就找各种借口来苏安安的病房。谁都看得出来，韩龙逸是冲着苏若初去的。这两个人怎么瞧都配，可是苏若初对韩龙逸的爱意是视而不见，总在回避。

真的是郎有情妾无意！

徐清清看着丢下韩龙逸朝自己这边走来的苏若初，勾起嘴角笑笑。

苏若初撞上徐清清，她愣了一下。

在这里陪着苏安安，她和徐老、徐清清遇见的机会不少。听苏安安说，徐老是个厉害人物，徐氏在景城的地位很高。苏若初对这些没什么兴趣，不过，苏若初觉得徐老也好，徐清清也好，都给她一种熟悉感。

苏若初朝徐清清点点头，朝外面走去。她包里的手机响起，前两天她在医院里急着陪苏安安，忘记带手机，没有及时接到霍笙的电话。

因为这件事，霍笙生她的气。

苏若初怕再错过霍笙的电话，到哪都带着手机。可是她等了两天，霍笙也没有打来电话，她打回去，接的人不是霍笙，是何安琪。

她以为打电话来的是霍笙，可是看到号码，她皱起了眉头，挂了电话把手机放回包里。

徐清清走后，徐老把哥哥还给苏安安。哥哥最黏苏安安，一到苏安安的怀里就变得安静。

“安安。”徐老看着苏安安，说道。

苏安安抬起头，看着徐老，她总觉得徐老有话对她说。

可是徐老张了口，就是没有把心里话说出来。不是徐老不说，而是徐老很清楚自己没什么资格认回安安和若初。

虽说当初徐晴不惜和他断绝父女关系，一定要和苏华走。可是不管怎么说，徐晴也还是他的女儿。这么多年，他不该对徐晴留下的两个孩子不闻不问的。

“老爷子想对我说什么？”苏安安问。

徐老顿了顿，犹豫了半天，最后问：“你爸爸对你好吗？”

苏安安一愣，奇怪地看着徐老。徐老认识苏华吗？为什么问苏华对她好吗？

“没什么好不好的。”苏安安说，“谁会对一个不是自己的女儿好？”

苏华给她输血的事，顾墨成没告诉她，她不知道自己的血型和苏华是一样的。

“这是什么意思？”徐老厉声问，“他对你不好？”

二十多年来，徐老拒绝从任何人的口中听到徐晴的事，更没有让徐家的人去找徐晴。徐晴病死，徐老是最痛的人。他一连三个晚上都没睡，拿着女儿小时候的照片翻看，后面得了一场大病。他是去年开始，借着和顾氏的合作才来宁城的。

“哼！”徐老哼了一声，他早看出苏华不是好人。一个穷小子，觊觎他的女儿，把他的女儿骗到宁城受苦。在小晴死后没多久，苏华又另外娶了老婆。这种男人有了钱后，就变心出轨。

想到苏华，徐老就恨。

“我不是他的女儿。”苏安安说。

什么？徐老以为自己听错了。是小晴后面想明白了，和其他的男人生下的安安？

徐老不觉得徐晴做了对不起苏华的事，反而觉得他女儿后面总算是长眼了，知道对自己好了。

不过转念一想，他的女儿是个死心眼的姑娘。景城那么多好的男孩子追她，她偏偏看上了苏华，还和他断绝关系跑到了这里来。

“不会的。”徐老说。

苏安安疑惑地看着徐老，她听到徐老很肯定地说：“她不会做对不起苏华的事。除非有人陷害她。”

自己的女儿他最了解，性子和他的妻子一样，都是一根筋的人。

为什么徐老提到了妈妈这么激动？苏安安更加不解。她看着徐老，试探道：“苏华说我不是他的女儿，是我妈妈和其他男人生的。”

苏安安的话说完，徐老气愤地恼道：“他乱说什么！”

徐老的声音很响，把月嫂怀里的弟弟吵醒哭出声，苏安安怀里的哥哥一听弟弟哭了，也跟着扯开嗓子哭。

徐老见两个孩子被自己吓到了，他连忙放轻声音，对苏安安说：“你妈妈不会做对不起他的事。”

这句话，苏安安从苏若初口里也听到过。苏若初了解妈妈，可是徐老也认识妈妈吗？

苏安安以为徐老问她苏华待自己怎样是因为他认识苏华，再聊到现在，苏安安觉得徐老是认识妈妈。

“你认识我妈妈？”苏安安问。

Chapter 12

# 第十二章 从天而降的外公

何晴死得早，苏安安特别想知道她的事。

徐老看着认真问自己的苏安安，很想开口告诉她自己就是她妈妈的父亲，是她的外公。可是这么简单的一句话，他卡在喉咙就是说不出口。

“我很早的时候见过你妈妈。”徐老说，“她对你爸爸的感情很深，她不会做对不起你爸爸的事。”

“苏华不是我爸爸。”苏安安冷冷地说。

不管她是不是苏华的亲生女儿，她是不会再认苏华的。

徐老不生气，赞同地说：“嗯嗯。他不配做你的爸爸。”说完，徐老便决定要去苏家问问苏华，是不是苏华把小晴气死的，苏华是怎么照顾他的两个外孙女的！

徐老让人查了过去何晴在宁城的生活，也查了苏安安和苏若初。

苏若初没什么让徐老心疼的，她嫁了一个有钱人去了国外七年，去年才回了宁城。让徐老生气的是，二十多年前何晴被苏华背叛，苏华婚内出轨，和蒋媚生了一个女儿。还有苏安安不被重视的生活。

这里面肯定有很多他不清楚的事。

徐老很后悔和小晴怄气，他这么多年不愿来宁城这个地方看看她和她的女儿们。如果自己早些醒悟过来，来看看苏安安，他可以把她带到景城去。

苏华和他女儿在一起的时候在他面前发誓，一定会对小晴好，给小晴幸福。小晴人都死了，他说的那些誓言都是屁话。

病房里只留下苏安安和顾墨成两个人，苏安安提起了徐老和徐清清。他们两个频繁出现，苏安安总觉得哪里不对劲。连姐姐都怀疑徐老是不是以前认识妈妈。不然徐老怎么会在她面前提何晴，也在苏若初那边提过。

“徐老是不是很喜欢孩子？清清姐又不肯结婚，所以他才老跑我这里来。”徐老来看苏安安的次数太多，苏安安自己都感觉不对劲。

在苏安安这里待了这么久，徐老也没有同苏安安说实话。

顾墨成含糊地说：“可能是。”

“你不如帮清清姐相亲。”苏安安建议道。

顾墨成笑：“我的身边就韩龙逸和萧彦，你觉得谁好？”

这两个人……苏安安摇摇头，两个都不好。韩龙逸人不错，可是死心眼的他喜欢的是姐姐。萧彦，花花公子一枚，徐清清不止一次嫌弃萧彦了。

“就没别人了？”苏安安问。

顾墨成笑笑：“你呀，再劳心下去成小老太婆了。”他伸手宠溺地刮了刮苏安安的鼻尖。

苏安安顺势倒在顾墨成的怀里：“我是老太婆，你就是老太爷。”苏安安想起徐老提起何晴的事，又问，“老公，徐老好像认识我妈妈。他们以前是朋友吗？”顾墨成摸着苏安安的头发。怀孕后她把头发剪短了，短发的苏安安清爽利落，是另外一种好看。

“你自己可以问问他。”

“哦。”苏安安应道，她是得好好地问徐老，徐老肯定有什么事瞒着她。

顾墨成抿着嘴笑，有些事还是让安安自己发觉才好。徐老不马上认苏安安和苏若初，是怕她们两个觉得太突然，不肯认他自己。

“姐。”苏安安这是第三遍喊苏若初了，可苏若初盯着手中的手机没听见苏安安声音。

苏安安伸手碰了碰苏若初，苏若初才回过神。

“姐，你在想什么？”苏安安问。

“哦，没什么。”

苏若初越说没什么，苏安安越觉得有什么。苏若初盯着手机失神，这不是苏安安第一次发觉了。

“你在想霍笙？”苏安安眼神犀利地盯着苏若初，苏若初在宁城待了这么多天，她都没有看见霍笙打电话，更别说他的人了。反正，苏安安对霍笙就是喜欢不起来。

他让姐姐疯了七年，两个人和好了他还要折腾姐姐。就算不知道姐姐为他疯了那么多年，他怎么可以让何安琪欺负姐姐？

“姐，这次就不要回去了。”苏安安顺势拉住苏若初的手，柔声哀求道。

回了虞城，姐姐连个依靠都没有。

苏若初没说话，皱了眉头。

苏安安看得奇怪，她低头下快速地撩开苏若初的手腕，白皙的手腕上有一片淤青。

“谁打的？”不对，这淤青明显是被人用力抓出来的。苏若初皮肤白皙，稍稍用力就有印子，这上面的淤青可以感觉出那个人用了很大的力道。

“安安。”苏若初解释道，“没什么事。和人起了冲突，他手劲大了些。”她的事自己能解决，手上的淤青真的是意外。

看苏若初不愿意和自己谈，苏安安没再问下去。姐姐肯定有事瞒着她。

和人起冲突？是和阿笙吗？可是他没有来。那是谁？既然姐姐不说，那她就托人去查，顺便给韩龙逸讨好姐姐的机会。

“姐，你真的要回虞城？”苏安安继续回到苏若初回虞城的事上，“他都没来接你，你不要回去了。”

苏若初一愣，笑着说：“暂时不回去，在这里陪你。”

她这次出来，惹霍笙生气了，也不知道他还生不生气。

她对这份感情感到疲惫，可这场爱情犹如饮鸩止渴。

“我不想你走妈妈的路。”苏安安握着苏若初的手，“姐，你应该像公主一样被人呵护。”

苏若初发笑：“公主？”

苏安安是被顾墨成给宠坏了，她只尝到爱情带来的甜蜜，没有像苏若初那样被爱情伤得遍体鳞伤。

“安安，阿笙对我好的。”苏若初知道霍笙是爱自己的。两个人之间就是存在的问题太多，不知道从哪里开始解决。或者，她应该回到虞城和他好好谈谈。

“他要是对你好，就把何安琪赶出虞城。”苏安安不悦道。

就像顾墨成，心里只有她，对其他女人的示好一概视而不见，对初恋情人冷漠绝情，对爱恋他的女人也是。

“姐。”苏安安笑着又说，“我替你考察过了，韩龙逸是个好男人，他肯定会对你很好。”

苏安安提起韩龙逸，苏若初冷下了脸：“安安，爱情不是游戏，也不是菜市场买菜。我没有你幸运，遇到顾墨成那样的。阿笙是我自己的选择，不能因为我们之间有问题我就退却转身爱上别人。”

苏安安低头不敢吭声。她就是觉得韩龙逸好，霍笙老是惹姐姐生气。

苏若初看苏安安低下头，她放轻声音：“我如果轻易地爱上别人，那就不是我了。”

谁愿意在爱情的死胡同里把自己撞得死去活来，苏若初也不想。她也想和苏安安一样，遇到像顾墨成那样的男人，那样的家庭。

顾墨成宠安安，顾家接受安安。可是，已经做出了选择，她不能说变就变。

“姐。”苏安安听着苏若初这话，觉得心里难受，“我就是心疼你！姐，你不要再犯傻了。如果以后他做了对不起你的事，你该怎么办？”苏安安说着红了双眼。

苏若初听着苏安安的话，心头一怔。她心里很明白，爱情这条路上，她一直在一意孤行。

“你现在在坐月子，不能哭的。”苏若初说道。

她们两姐妹正说着话，门外传来了一声响动。病房的门虚掩着，进来的人一推开门就大声骂道：“小野种！”

苏老太太进来，她做好来骂苏安安的阵势，看到病房里面的苏若初时，愣了一下，随即骂道：“你也在这里！你个不要脸的的东西又和哪个男人跑了？”

苏老太太不喜欢女孩，更因为苏安安和苏若初是何晴的女儿，她看不顺眼。在苏老太太眼里，女孩就是为家里的男孩子铺路的。

苏安安的脾气被顾墨成宠得更坏了，她听到老太太骂苏若初，怒声道：“你再说一遍！”

“你们两个赔钱货胆子大了，敢顶嘴！”苏老太太说话间四处寻找东西打苏安安。

苏安安和苏若初是何晴的女儿，苏家养了她们这么多年，她们两个不仅不感恩，还想捞走苏家的钱，休想！只要她活着一天，苏家的钱就只能是小峰的。

苏若初用力地甩开苏老太太，老太太这回是真吃痛了，苏老太太摸了摸自己的手腕，生气道：“好啊，好啊。你们两姐妹有了靠山连我都敢打。真的是上梁不正下梁歪，和何晴那浑蛋一模一样！”苏老太很讨厌何晴。

苏安安看到门口出现的保镖，冷声说：“赶出去！”

苏老太太扭头一看门外的两个保镖，再看看冷着脸的苏安安和苏若初，她牙一咬，往地上一坐哭了出声：“痛死我了，两个没有良心的东西，存心要我把弄死！”

苏老太太和苏二婶一样泼辣，一样蛮不讲理，甚至更厉害。

苏老太太不喜欢何晴就是因为何晴身上的娇贵气质是她没有的。三个儿媳妇里她最喜欢的是苏二婶，苏二婶和她很像，所以在遇到苏二婶时，苏老太太就逼着自己的小儿子娶她。

苏老太太的叫喊声很响，她恨不得把整个医院的人都叫过来，让所有人看看苏安安和苏若初是怎么欺负她这个老太婆的！

保镖上来要去把苏老太太拖出去，苏老太太不肯被他们轻易拖走，她恨恨地骂道：“苏安安，你个野种凭什么要我们苏家的钱！”

她的话听得苏安安恼火起来，苏安安要翻身下床，被苏若初按住。苏安安还在坐月子，不能下床走动。

“姐姐，她说话太难听了。”苏安安怒声说道。

苏若初朝着苏老太太走去：“奶奶别再闹了！你闹得再厉害，丢人的也不是我和安安。”

苏若初站在苏老太太面前，她嘴里喊着“奶奶”，可苏老太太听不见半点敬意。她抬起头看着苏若初，何晴就是这样，嘴里叫着“妈”，心里却对她很不屑。

何晴算什么东西！她是靠阿华才有好日子过的，还动不动给自己脸色看！

苏老太太看到病房门口听到声音过来的人，吸了口气，又哭着说：“快来看啊，她们两个仗着找了好老公就要对我这个老太婆动手！不对！”苏老太太指着苏若初骂，“她没有结婚，她是跟着野男人跑了。家里给她找了老公她不要，背着她老公和其他男人鬼混在一起。”

苏安安一愣，看向苏若初。

苏安安一直以为姐姐是因为阿笙才疯的。苏华对外说姐姐出国嫁人了，她以为是苏华的借口，现在想来，姐姐是真的结婚了，不是和阿笙。

是因为这样姐姐才疯的吗？

苏若初冷着脸，在苏老太太停歇的时候冷冷地问：“你说够了吗！”

“还有她！”苏老太太伸手指向苏安安，“苏安安更不是东西，顾家原来要的是紫菡，不是她，是她不要脸地跑到顾墨成床上的！”

“还有吗？”苏若初冷冷地问。

苏老太太看着苏若初冰冷的眼神，心慌起来，吞了吞口水，鼓起勇气问苏若初：“苏若初，你想打我不成？我是你的长辈，是你的奶奶！”

苏若初的手举起来，苏老太太立马大叫出来：“快点来看啊，孙女打奶奶了！疯子打人了！”

苏安安看着苏若初要打人，连忙阻止：“姐姐！”姐姐不能动手，要是有人把她打人的照片拍下来传到霍家那边……

苏安安喊完后，苏若初气得蹲下身子，伸手拽住老太太的手，威胁道：“对，我是个疯子，疯起来会怎样你应该最清楚！我会疯这件事，奶奶你也有份！”

苏老太太被苏若初的眼神看得害怕，提到苏若初发疯的事，老太太闭上了嘴，她眼里瞬间闪进一个东西，老太婆的脸顿时被这东西狠狠一击。

苏安安和苏若初不好对个老人下手，听到声音过来的徐老帮她们打。

“啊！”老太太痛得叫出声，她再一看突然出现的徐老，看着他发白的头发，愤怒的脸，怒声道，“你敢打我！”

徐老生气，他拿着一只鞋走进来。他在门口找不到东西打老太婆，没多想直接脱鞋砸向苏老太太。

“我打的就是你这个死老太婆！”徐老怒声说道。

还没有见过比她更无赖的死老太婆，仗着自己年纪和辈分大，欺负苏安安和苏若初。她们两个晚辈打不得，他打得。

“你再敢说她们半句不好你试试！”徐老生气地威胁道。

这么一个蛮不讲理的人，小晴和她一起生活，还要伺候她，一定受了不少委屈。想到死去的女儿，徐老又是伤心又是气愤。当年他就该把小晴给关在家里，不许她和苏华走。

“你是什么人？”苏老太婆伸手摸着自己的额头，好痛啊。

徐老穿的是定制的皮鞋，力道又很大，砸得老太婆额头顿时红肿了起来。

“两个小浑蛋还老少通吃啊。”苏老太婆接着骂，她看看面前的苏若初，又看看病床上的苏安安，“你们两个不要脸的，连个老头子都要！”

苏老太太话音刚落，她的脸又被徐老的另外只皮鞋给打中了：“要你个头！你个老不死的东西再敢多一句话，我打死你！”

徐家是百年家族，徐老的父辈创下了徐氏。从不骂粗话的徐老这会恨没有多学些粗话，不然也不会词穷到骂不了老太婆：“死老太婆，我看你就是找抽！”

苏老太太被打得发痛，从地上爬起来大喊大叫道：“打人了，打人了！她们两姐妹欺负我这老太婆，还找了个姘头来。”

这种话气得徐老脸色发青：“死老太婆！”徐老转身对自己的保镖说，“你们把她给我揍一顿再扔出医院。”

两姐妹不能出面，他替他们做主。

苏老太太看到又进来两个保镖，还是像上次一样往地上一坐。可这次没等她坐下，就直接被徐老的人架了起来。

“两个狐狸精，都和她们妈妈一样不要脸，到处勾引男人。”

这话听得苏若初忍不住了，她学徐老脱下自己的高跟鞋，狠狠地砸到苏老太太的身上。再任由苏老太太叫嚣下去，把妈妈的名声诋毁了不说，还会害得安安被人指指点点。

“狐狸精？”徐老沉下脸色，他示意保镖们停下动作。他冷着脸走过去，看着苏老太太被苏若初的高跟鞋砸得大哭，他沉着声音说：“你说她们的妈妈不要脸？你说她勾引男人？”

老太婆听出徐老话里的意思，这老头子认识何晴？苏老太太生气道：“原来你是来替那浑蛋出头的！你是何晴的什么人？姘头是不是？苏安安是不是你和何晴的女儿！”

苏若初和苏安安听到苏老太太的话，都看向了徐老。

徐老看她们两姐妹的眼神怪异，好像在她们的身上找什么人的影子。现在想来，是找何晴的。

徐老真的和妈妈认识？苏安安和苏若初对视一眼。她们相信自己的妈妈绝对没有做对不起苏华的事，更不是苏老太太嘴里骂的那种女人。

徐老冷着脸盯着苏老太太，他和妻子就小晴一个女儿，她是徐氏的大小姐，他们夫妻两个对她宠得很。除了苏华的事上他们骂过她，从小到大没有骂过打过她。她来了宁城后要伺候这样的婆婆，她的日子肯定不好过！

徐老想着，眼里噙着泪花，他举起手朝着苏老太太的脸上扇了过去。

苏老太太想闪躲，被徐老的保镖拉住了。

“我的女儿就是这么被你们苏家给糟蹋的对不对！”他情绪到了极点，克制不住地又打了苏老太太一巴掌。

听到“我的女儿”四个字，苏老太太愣住了，没反抗也没有大骂回去，任由徐老又打了一巴掌。

苏若初和苏安安也怔住。

“你的女儿？”苏老太太感觉到脸上的痛感，她看着含着眼泪的徐老，“你是何晴的爸爸？”

“是！”徐老声音凌厉，“我是小晴的父亲，也是她们的外公！”

这个“她们”指的是苏若初和苏安安。

苏老太太从徐老的衣着和他带着的保镖看出来他的身份不一样。可何晴不是孤儿吗？她家里不是很穷吗？

“怎么可能？”苏老太太摇头，“何晴家里很穷的。要不是我家阿华，她连饭都吃不起。”

这是苏老太太自己猜想的。

苏华把何晴带回家的时候，因为何晴和家里脱离了关系，所以她没有和苏老太太说自己的父亲是景城徐老。苏华也没有说过，他告诉苏老太太何晴是个孤儿，希望苏老太太能够对“身世可怜”的何晴好些。

可是苏老太太是个嫌贫的人，看不惯何晴。后面何晴又因为苏华和蒋媚的事闹得苏家不和，老太太更是记恨何晴。

“屁！”徐老骂了声粗话，他看着苏老太太的嘴脸，说，“给我把人拖到角落里打一顿再丢出医院去。”徐老冷声说道。

他的身份隔壁病房的人知道，看徐老出面打苏老太太，他们没人敢出声，更知道今天的事没有经过徐家和顾家的允许谁都不能传出来。

苏老太太被徐家的保镖拖了出来，她回过神来，一路叫骂：“快来人啊，有钱人要打死我这个老太婆啦！”

她的声音渐渐远去，徐老站在原地想起了何晴。

这么多年他真的错了，怎么能丢下小晴一个人在宁城不管不顾的。明明知道她脾气倔，和自己断绝了关系，他不去找她，她是不会回家的。可他还和她怄气，就是不肯来宁城看她。

徐老心里懊悔、难受着，他回过头看到苏若初和苏安安盯着自己看，愣了一下。

突然说出自己是何晴的父亲，是她们的外公，不知道她们是怎么想的。会不会恨他多年来的不管不问？

徐老没有勇气上前去，连一句话都不敢说，他赤着脚直接走出了病房。

“姐姐。”苏安安喊了一声同样在发愣的苏若初。

苏若初看着地上的三只鞋子，她过去先把自己的高跟鞋穿上，然后捡起徐老的鞋子走了出去。

走廊上，徐老慢慢地走着，他的背弓着，年纪大了，两鬓处都是白发。

苏若初追上前，说：“你的鞋子。”

徐老转身，他看到面前和小晴相似的苏若初，眼泪顿时流了出来。

“地上凉，你还是把鞋子穿上吧。”苏若初把鞋子放在徐老的脚边。

徐老看着蹲下身子的她，喉间酸涩难受。

苏若初起身后看了一眼徐老，转身朝苏安安的病房走去。

徐老看着离开的苏若初，连一句恨不恨他的话都问不出口。

苏老太太一闹，苏若初和苏安安知道了徐老是自己的外公，这个消息对她们来说太意外，两个人谁都没办法消化这件事。

苏安安问苏若初：“姐，他真的是妈妈……”

叫外公？她们喊不出口，“外公”两个字对她们来说太陌生。

“应该是。”苏若初若有所思地说，小时候何晴提过徐老，说自己不懂事，对不起宠她的父亲。

“可是他姓徐，妈妈姓何。”苏安安疑惑地说完后摇摇头，“妈妈可能改了姓。”苏安安双眼看着苏若初，又伸出手握住苏若初的手。

“姐，你真的不要回虞城。”苏安安很担忧，她说着也觉得这不可能，她改了口，“要是霍笙不来接你，你就别回去。”

苏安安怕的是姐姐会步入何晴的后尘，她为了阿笙离开宁城，以后阿笙像苏华一样爱上别的女人怎么办？

看着苏安安这么担忧自己，苏若初点头答应了。

苏若初陪苏安安坐了会儿，看她累了，起身离开。

和苏安安谈了很多，又知道徐老是自己外公的事，她的心情很复杂。

何晴和苏华的事，苏若初那时候年纪小，但还是有印象的。她记得苏华和何晴吵架，记得蒋媚怀着身孕上门，记得何晴被她们气得卧病在床。

那些事让苏若初难受心痛。

她也怕自己会步何晴的后尘，如果有那么一天，霍笙背叛了她，她想自己不会像何晴那样忍受着，病死在床上。她会先把阿笙给杀了。

苏若初到了酒店，大堂经理认识她。

这么漂亮的女人是个男人见了都记住的，而且她在这里住了短短几天，看到不同的男人送她、和她纠缠，这不，今天又来了一个，在大堂里一直从早上等到现在，这男人还是个瘸脚的。

“苏小姐，有人在等你。”经理上前对苏若初说道。

苏若初应了一声，没在意，继续往前走。她已经和他说得很清楚了，这婚不是她自愿结的，她一定要离掉。

她说完，继续往前走，走到电梯时，电梯门打开，苏若初从电梯里的镜子看到身后跟着的男人。

她一愣，嘴角边浮出笑意。

“阿笙！”她扭头唤了一声，后面的话还没说完她的手就被霍笙抓住，他带着她进了电梯。

苏若初很惊讶霍笙来了，霍笙冷着脸，苏若初都瞧不出他心里在想什么。以前的阿笙阳光明朗，现在的霍笙总给她捉摸不定的感觉。

到了苏若初住的楼层，苏若初被霍笙牵着手出来，他们两个一前一后地走在酒店走廊上。霍笙走得急，皮鞋和地毯碰撞出沙沙沙的声音。

苏若初感觉到他身上的冷意，不敢吭声，快步跟在他身后。

“是这个房间？开门。”霍笙扭头冷冷地说。

苏若初听着他冷漠的语气，心里酸酸的。这几天他不接她电话，不给她发微信，一到这里就对她冷着脸。

门刚打开，苏若初的身后多出一只手，她的人很快地被带到房间里去。房间里还没有开灯，没有拉全的窗帘处透出一丝丝光亮。

苏若初被霍笙一把压着贴在墙上。

昏暗的房间里，苏若初抬起头看到霍笙深邃的眼睛，她被他盯得全身怪异，要开口时，霍笙俯身过来直接吻住她的嘴。他的气息瞬间窜到苏若初的鼻间，霍笙吻得急切，好似要把她整个人吞没掉。

苏若初被他吻得脸色发红，气喘吁吁，她双眸盈盈地盯着他：“阿笙！”

她不用这种泛着水光的眸子看他还好，一看，霍笙根本把持不住。

她是他的劫，是他这辈子入的魔。在她来宁城的这几天，他没有一天睡得安稳，特别是看到那些照片。

她打来的电话，发来的微信，他虽然不接不回，可是心里还是念着她。在妈妈病好些后，他从医院直接到机场买了机票来找她。

“阿笙！”苏若初看他黑色的眼瞳里只有自己的影子，心不由自主地发痛，她伸手主动抱住霍笙的腰，人扑在他的怀里，“你怎么来了？”

她的下颚被霍笙用手指勾起，她的眼睛对上他的眼睛。

“找你。”霍笙淡淡地说，他接着把苏若初抱起，让没有防备的苏若初连忙勾住他的脖子。

他想她，想了好些天，胸腔里的心狠狠痛着。

七年的时间，他对她日思夜念，那时候是靠着对她的恨活着。重新遇到她，他明明知道她有毒，还是一步步地靠近她，迷恋上她。

何安琪说，苏若初是他一直想要的，等他得到了、玩腻了，他会发现对苏若初的爱恋不过是因为得不到。

霍笙不认同何安琪的话。以后他对苏若初的感觉会不会像现在这么浓烈他不知道，但是起码现在能确定，他这辈子放不开她了。

苏若初伸手摸着霍笙的脸。

他是个俊美的男人，大学时他就带着古代书生的书卷气息，现在他身上没了雅致的味道，他沉着脸的时候总让苏若初想到地狱里的恶魔，满身的戾气。

这七年来，他身上发生了什么事？

“嗯……”苏若初想得认真时，她的嘴被霍笙咬住，痛得她叫了出来。

霍笙抿着一笑，说：“这是给你不认真吻我的惩罚。”

想到苏若初在宁城和一个个男人见面纠缠，他的心烦躁起来，对她不再是温柔的亲吻，改为啃咬。

她是他的女人！

“阿笙。”

霍笙原本好好的亲吻突然变成啃咬，苏若初感觉到他身上传来的冷意和愤怒。

她诧异于霍笙的转变，温柔的阿笙变了样，眼睛聚满冷意地看着她。苏若初喜欢温和的阿笙，不喜欢现在的他。他的心难以让人捉摸不透。

到最后苏若初被他折腾得疲惫，她懒懒的被霍笙抱着，不想再动。

霍笙喜欢这么乖巧听话的苏若初，床头的灯开着，他低下头看到的是若初漂亮的侧面。她的漂亮总让霍笙一次次惊艳，霍笙忍不住咬了咬苏若初的耳垂。

苏若初翻过身看着他，“阿笙，安安出事了。”

霍笙一愣，紧接着明白过来苏若初是要向他解释她突然丢下霍妈妈跑来宁城的原因。

苏安安的事，霍笙已经知道了。

霍笙没有阻止苏若初继续说下去，他听着她的解释。

“我和阿姨聊天的时候在手机里看到安安出了事，一着急没有和阿姨解释，让阿姨生气了。”

“嗯。”霍笙应着。

这件事，是苏若初没有考虑仔细。霍妈妈难得约她吃饭，她再担心安安当时也应该和霍妈妈解释一句。只是当时听到霍妈妈说不让她和阿笙在一起，她来了脾气，心里又着急，就没有理会霍妈妈。

“回去后和我妈道个歉。”霍笙看着苏若初，放轻声音，“有我在，我替你说好话。”

苏若初心里没底，她去了虞城，很清楚霍妈妈喜欢的人是何安琪，不是她。苏华把霍笙的腿打瘸了，霍妈妈只有霍笙一个儿子，怎么会不恨苏家？

“好。”苏若初应道。

霍笙的嘴角勾起了笑容，他摸着苏若初的头发，说：“若初，妈妈是因为我才把身体给搞垮的。她为我付出了很多，我不想你们两个把关系搞得那么僵。”

“我知道。”苏若初说着猛然想到了何晴。

心突然揪起来，难受得要命。

“阿笙。”她看着霍笙，“会不会有一天阿姨不同意我们的事，而你听了她的话把我给甩了？”

“不会。”霍笙没有多想，直接说道，他放在苏若初肩头的手用了力，“若初，你想退却？你怕我妈不同意我们的事，你想离开我？”

他们两个谁都没有安全感，霍笙过了七年没有苏若初的生活，那种煎熬的日子他怕了。

“若初，你不能离开我！”

“阿笙，你会对我好吗？”

“会！”霍笙轻轻地摸着苏若初的脸庞。

“你会护着我？”

“会的。”

苏若初的问题，霍笙有耐心地一一回答她。他说的，苏若初都信。

“我听你的，回去跟阿姨道个歉。阿笙，你要帮我说好话。”苏若初笑着说。

她的笑容让霍笙怔住，他点点头，将苏若初带到了怀里。

“若初，上次妈妈是同意了我们的事。你突然走掉，她才生气又改了口。你那么好！我喜欢的人，妈妈也会喜欢的。”

霍笙记得他第一次带苏若初回家时，霍妈妈就很喜欢苏若初，说这个女孩子长得漂亮，让他对她好。所以霍笙相信，霍妈妈会再接受苏若初的，只是时间问题。

可是霍笙忘记了，人会变的，人的喜好也会变。一个人可以很快地讨厌一个人，再喜欢一个人却很难。

苏老太太被徐老的保镖丢在医院门口，苏老太太怕被再打，从地上爬起来走人，苏老太太把账记到苏安安和苏若初身上。想到苏华想把钱分给苏安安和苏若初，那钱是她宝贝孙子的，绝对不能被外人抢走。苏老太太来了力气，她踩着她的小碎步走到公交车站等车子回去。

蒋媚是蒋家小姐，老太太虽然偏心儿子，但是对蒋媚这个亲生女儿还是可以的。做饭、洗衣服这种事蒋媚自小就没有碰过。

苏氏破产，苏华将苏家卖了后，蒋媚还是请了佣人回来照顾她和苏华。

苏华年轻的时候吃过不少的苦，家务活他会做。

和何晴开始时，他们的条件不好。何晴的十指比蒋媚更金贵，徐家的财富不输给蒋家，而且何晴是徐老夫妇的掌上明珠。嫁给苏华后，何晴学习做家务，和苏华两个人一起收拾家里，做菜。他们一起工作，一起生活，一起为了未来打拼。

那种一起奋斗的生活，苏华知道自己找不回来了。

苏老太太来的时候，苏华和蒋媚正打算吃饭。老太太一脸的伤痕看得苏华皱起了眉头。

蒋媚一愣，听到老太太嘴里骂着“小浑蛋”明白过来了，老太太是真的去找苏安安算账了。

“妈，你去了哪里？”一口一个“小浑蛋”听得苏华心里很不舒服，他问：“你能不能不要搞事？”

苏老太太听到苏华指责自己，立即跳起来：“我怎么搞事了？我帮你去教训那两个浑蛋。”

“妈，你去找安安干什么？”苏华冷声质问。

“我怎么不能去找了！”苏老太太拔高音量，嚷道，“苏华，我告诉你，小峰是我们苏家的独苗，你的钱都得留给他。”

这话，老太太不是第一次说。

“我没有钱。”苏华冷声道。

从四千万的事后，苏华更加厌恶老太太了。

“你不要骗我了。”苏老太太得意地说，“我知道你把苏家卖了，留了一笔钱。苏华，你是不是打算把钱留给那两个小浑蛋。”苏老太太恼火，她开始责备苏华，“我告诉你，你想都别想，钱是小峰的！”

苏华没把苏老太太的话听进去，他扭头看到身后的蒋媚勾起嘴角在冷笑。

“真是痛死我了。”苏老太太摸着好几处被打痛的地方说，“那个老头子说什么是她们的外公，我看就是她们两姐妹的姘头，说不定是何晴的也不一定……”

“你在胡说什么！”苏华听到这话，脸色更加阴冷。

被苏华猛地呵斥，苏老太太吓到了：“你这么大声说话干什么！何晴背着你和其他男人勾搭生下个野种，你到现在还想着她！没看到今天她那个姘头用皮鞋砸我。”苏老太太大声说道。

苏华知道苏老太太说的老头是徐老，他懒得和苏老太太解释。

“真是痛死我了！苏华，我告诉你，你得听我的，苏家的钱必须给小峰。”苏老太太再次强调道。

二十多年前，苏老太太也是在苏华面前大哭大闹。她说：“我养了你这么多年，把你培育成材，你不能为了一个女人犯糊涂。蒋家小姐倾慕你那是好事。你现在刚办公司，需要她的帮助。何晴能帮你什么，她一个什么都不懂的女人只会拖累你！她要是真为你好，就应该同意你和蒋小姐在一起。”

这一句句的话不断地在苏华的脑海里重复着。

“够了！”苏华回过神来，声音冰冷地对苏老太太说。他表情冰冷，看得在说话的苏老太太莫名害怕地闭上嘴。

“阿华，我是为了你好。”苏老太太继续说，“女儿嫁出去是泼出去的水。她们一个不听你的话，一个不是你的女儿，小峰不一样。你可别犯糊涂。”

苏华听不下去了，冷着声音说：“你回去吧。”

苏老太太张了张口看着苏华，想问苏华要钱。可是看着苏华冰冷的眼神，她闭上了嘴。还是等苏华想通的时候再问他要吧。

苏华冷眼看着苏老太太走了，老太婆什么都不知道。她以为何晴娘家无权无势，什么都没有，帮不到他。其实，徐家比蒋家更有钱。

是苏华把何晴给拖累了，如果不是他，何晴会过着富裕的生活，做一个优雅的有钱太太。

“老公。”蒋媚看苏老太太走了，她走到苏华面前，温柔地说，“刚才妈妈说有个老头打她，那个人是不是苏安安的亲生父亲？”蒋媚没有见过徐老，不过那个老头帮苏安安，肯定和苏安安有关系。

苏华冷着眼盯着蒋媚，吓得蒋媚后退了一步。

“你知道个什么！”苏华气愤地说，他用力地抓住想再后退的蒋媚，挥手朝着蒋媚的脸颊狠狠地打了过去。

蒋媚捂着被打的脸，含着眼泪看着苏华，质问道：“是妈妈说的！”

“蒋媚，别以为我不知道你在我背后搞了什么鬼！”苏华阴着脸说，“我的钱爱给谁就给谁！”

“老公！”蒋媚伤心地唤道。

“闭嘴！”苏华怒声道，他猛地伸手扼住蒋媚的脖子。

这不是苏华第一次愤怒地想把蒋媚掐死：“听到你叫我‘老公’两个字我就恶心，就后悔！当年我怎么就着了你们的道，让你们得逞了！”

要不是蒋媚，他不会把何晴给气死。

蒋媚被苏华扼得难受，在苏华松开时，她哭着说：“苏华，我嫁给你这么多年，为你生了紫菡，现在为了你连蒋家没了，你做人不能没有一点良心！”

提到“良心”，蒋媚笑了。

苏华对自己深爱的女人都没有良心，别说是对她了。可是为什么她还是爱上苏华这样的男人？

看似重情重义，其实自私自利，不然何晴怎么会对他失望透顶。

当然，没有人知道，何晴突然死去，和她有关系。

“蒋家没了是你们蒋家自作孽。”苏华恨恨地说道，他扼蒋媚脖子的力道重了些，“还有，不要让我听到苏安安不是我的女儿的话。”

他已经重新去医院检查DNA了，鉴定结果两天内就会出来。

苏华觉得苏安安就是自己的女儿，他被人给骗了。

蒋媚被苏华扼得难受，连连咳嗽，她看着回房间去的苏华，慢慢地蹲在地上。

苏老太太去医院找苏安安是她暗中唆使的。

苏华想和苏安安做DNA鉴定？她二十年前能换鉴定报告，现在也能。

苏安安有顾墨成护着，她不能明着对付。可是她不甘心被何晴压着，她要让何晴偷汉子的罪名永远都摘不掉。

苏安安看到霍笙跟着苏若初过来，愣了一下。霍笙主动来找姐姐了？

和霍笙问好后，苏安安拉着苏若初，轻声问："姐，他是自己跑来的？"

"嗯"，苏若初应道，"他来接我回去，顺便陪我来看看你。"

听到苏若初这么说，苏安安拔高音量："这还差不多。"她看着霍笙说，"你要对我姐姐好点，姐姐为了你遭了很多罪。"

霍笙对苏安安说的"遭了很多罪"没怎么在意。

他应道："会的。"

"安安，等宝宝们满月的时候我再过来。"

苏安安握着苏若初的手，舍不得她走。

该走的时候还是得分离。

苏若初和霍笙出病房时，顾墨成正好过来，他们在走廊上遇到。

"姐姐。"顾墨成喊了一声。

"安安拜托你了，我和阿笙现在回虞城。"

"好的。"顾墨成看了一眼苏若初身边的霍笙。

对霍笙，顾墨成知道他在虞城开了家公司。公司规模不大，没法和顾氏相比。但这么一个不大的公司却能撼动在宁城扎根了二十年的苏家。

霍笙搂着苏若初离开，顾墨成站在走廊上看着楼下他们远离的身影。

韩龙逸正好气喘吁吁地跑过来："二哥，安安说她走了。"

"她男人来接了能不走吗？"顾墨成说道。

韩龙逸难受起来："我早来一步就能送送她了。"

顾墨成淡淡地看着韩龙逸，怎么觉得韩龙逸的智商直线下降了。他要是来送苏若初，不被霍笙恨死？

男人的占有欲都很强，霍笙又和苏若初分开了七年，可以想象得出霍笙是一刻都难容忍苏若初离开自己的。不然怎么会大老远从虞城赶来着急带苏若初回去。不就是因为宁城有韩龙逸这样觊觎苏若初的男人。

“二哥，她走了多久？”韩龙逸问着想转身去追人。

顾墨成拦住他：“回来。霍笙亲自来接的，你去是想让她难堪吗？”

韩龙逸自动忽略了霍笙，他声音变得冷淡：“哦。”

人一谈恋爱智商就直线下降，说的就是韩龙逸。

顾墨成看着盯着医院外的韩龙逸摇了摇头，还是第一次觉得他和自家的顾子铭一样蠢笨。

苏安安在医院里住得烦闷，而且她的身体状况都还好。

出院前徐老来了她的病房，顾墨成也在。

从苏老太太来她这里闹过之后，徐老是第一次来苏安安这里。其实徐老来了好几次，每次到了苏安安的病房门口，脚下的步子好像被定住一样，又迈不进去。

徐清清说他是害怕。

是的，他不知道怎么面对苏安安和苏若初。他更不知道她们能不能接受自己这个突然出现的外公。

徐老进去，躺在床上的苏安安看到他，愣了一下。

昨天还在和顾墨成说徐老的事。她问顾墨成，徐老是不是真的是她的外公？顾墨成说是。

“徐老。”顾墨成站起身唤道。

不管苏安安认不认这个外公，在顾墨成心里，徐老都是值得他尊敬的长辈。

“嗯。”徐老应了一声看向苏安安。

苏安安不敢和徐老对视，她扭开了头，气氛顿时尴尬起来。

“你姐姐呢？”

“她回去了。”苏安安说道。

苏若初有个男朋友在虞城，徐老室通过资料知道的。

“我也打算回景城了。”徐老说，“出来太久了，那边一堆事需要处理。”

徐老要走了？

不等苏安安说话，顾墨成先一步说：“徐老不在宁城再住段时间，等孩子们满月再走？”

“不用了。”徐老笑，他的目光看向苏安安。

苏安安点头，她实在不知道说什么。突然出现的外公，她还没有做好准备去认。

徐老收回看苏安安的视线，他看着顾墨成说："墨成。我让清清在这里负责安心大厦的事，你帮忙看着她些。"

顾墨成不清楚徐老把徐清清扔在这里的意图。徐清清跟着徐老学习管理徐氏多年，已经可以独当一面，让徐清清负责安心大厦的事，太过大材小用了。

顾墨成想了想，还是应下来了。

"谢谢了。"徐老说完转身离开了病房。

徐老走后，苏安安才敢抬起头，顾墨成过来，坐在她的身边："还没有想好？"

苏安安点点头："我不知道该不该认。"

苏若初走时对苏安安说，自己要是想认这个外公就认，不必考虑她的想法。

"想认就认，不想认也没事。"顾墨成笑着说，"不过徐老年纪大了，他很想享受天伦之乐。"顾墨成提醒道。

这么久了，徐老才来找苏安安和苏若初，是他的不对。不过徐老年纪大了，也没多少年了。

顾臻的身体不好以后，顾墨成更懂这个道理。

离开医院前有人过来找顾墨成，顾墨成走到旁处和他说话。

"顾先生，蒋媚来医院，去了检验科。"

"哦。"顾墨成应道，他让人盯着检验科那边，果真来了消息。

"由她去吧。她想作假就让她作假。"顾墨成冷笑，"把那份真的结果拿过来给我。"

"好的。"

顾墨成和苏安安出院时，正好碰到前来拿结果的苏华。

想到苏安安可能是自己的女儿，苏华不由自主地过去，他露出笑容，喊："安安。"

安安和顾墨成都看到了苏华，他们瞥了他一眼，谁都没有搭理苏华。

顾墨成知道苏华是来做什么的，他既然已经和苏安安断绝了父女关系，那么他就算是安安的亲生父亲也不是了。

苏华看着顾墨成和苏安安从旁离开，他心里揪痛。

结果出来了，就算安安是他的亲生女儿，他也已经失去这个女儿了。

苏若初和霍笙出了机场，来接他们的叶凡看到被霍笙拉着的苏若初，脸色顿时冷了下来。

先生真是的，又把这个害人精给接回来了！何小姐多好，先生怎么看不到她的好。

叶凡在心里为何安琪抱屈，霍笙和苏若初走近看到他脸上的恨意。霍笙将苏若初的行李递给他，叶凡恨恨地看了一眼苏若初，冷着脸把行李重重地放到后备厢，以示对苏若初的不满。

苏若初早就看出霍笙助理对自己的敌意。这个叶凡偏向何安琪，对她很不满。

苏若初直接上了车，霍笙将她搂到怀里贪恋地闻着她的味道。分离了几天，让霍笙每时每刻都想抱着她。

“去和园。”霍笙说道。

叶凡一愣，和园是霍妈妈住的地方，何安琪有时候也会住在那边，那边可是主宅。

“先生，你要安排她和老夫人住？”叶凡不悦地问。先生怎么可以带着狐狸精上门让何小姐难堪？

“叶凡。”霍笙生气地说，“和园。”

叶凡透过后视镜恨恨地瞪着后座的苏若初，镜子里的苏若初朝他挑衅的一笑。

苏若初本来就很漂亮，挑衅的笑里还有几分魅力。叶凡生气抬手打了方向盘，骂了一句，“狐狸精！”

叶凡的声音很小，苏若初没有听见，但通过他的嘴型知道他骂自己什么。她懒得理他。

霍笙带着苏若初到了和园，霍妈妈已经回到家里，正在教何安琪熬汤。

汤是霍笙喜欢喝的，何安琪对霍笙真的很用心。凡是霍笙喜欢的事，她都会去做。凡是霍笙喜欢吃的菜，她都会用心学。

“笙哥喜欢吃清淡点，对吗？”何安琪问霍妈妈。

霍妈妈开心于何安琪记着霍笙的喜好，她笑着说：“对。你这骨头炖了那么久，汤汁的味道肯定很好。”

何安琪抿着嘴笑，刚才叶凡打了电话说去机场接霍笙了。她这汤熬好，霍笙应该刚好到家。

她们说话间，霍笙和苏若初就进来了。

霍妈妈最先看到霍笙，随即看到了霍笙旁边的苏若初。

“妈！”霍笙喊了声冷下脸的霍妈妈。

霍妈妈冷冷地看着苏若初，问：“你把她带回来做什么？”

苏若初抿嘴笑着，对霍妈妈唤道：“阿姨好。”

苏若初的笑容甜美，霍妈妈却更加气愤。这个女人把阿笙害得那么惨，阿笙怎么还对她这么好！

厨房里的何安琪听到外面的动静，想是霍笙回来了，连忙端着熬好的汤出来。

“笙哥，你回来了。”她笑着出来，看到苏若初时怔住了。

苏若初怎么会来和园？

和园是霍家在虞城的主宅，她跟了霍笙这么多年也只是作为客人偶尔在这里住几天。霍笙为什么要带她来？苏若初应该住外面的别墅，她这只金丝雀应该被霍笙金屋藏娇着才对啊。

“我带若初过来吃饭。”霍笙忽略掉霍妈妈的不悦，牵着苏若初的手走到餐厅。霍笙笑着拉开椅子让苏若初坐下，“妈，今天的菜真好。”

苏若初看了霍笙一眼，她看着霍妈妈冷着脸坐了下来。

苏若初与生俱来的修养和气质，哪怕疯了七年也不会改变。

何安琪看着坐在霍笙身边的苏若初，她不甘地端着汤碗到桌上，然后站在一旁委屈地含着水雾盯着霍笙。

霍妈妈看到还杵在一边的何安琪，说：“安琪，你都忙了半天了，快坐吧。”

何安琪没有坐，她仍然看着霍笙。她想要霍笙开口让她坐下。

“阿笙。”霍妈妈看着在给苏若初夹菜的霍笙，提醒了一声。

霍笙抬起头，看向何安琪，说：“一起吃饭吧。”

何安琪看到霍笙专注地给苏若初舀汤，还是自己做的排骨汤，她气得直咬牙。

苏若初知道这碗汤是何安琪做的，她不想喝何安琪的东西，甚至有把何安琪做的东西给砸了的冲动。

“这是安琪给你熬的。”霍妈妈看不惯霍笙对苏若初好。她的儿子已经因为苏若初瘸了一条腿，现在苏若初又出现了，是要把她儿子另一条腿也搞残了才肯离开吗！

“哦。”霍笙应了一声。

苏若初在何安琪的恨意下尝了口汤。她喝完当着何安琪的面吐了出来。

霍笙紧张地问："怎么了？"

"太淡了。"苏若初笑着对霍笙说。

霍笙一听，连忙让佣人换了个碗过来，再把何安琪做的汤端回厨房去。

汤淡不淡霍笙不知道，他知道苏若初不喜欢何安琪做的东西。

她是在吃醋！

这个认知让霍笙心情大好，他伸手轻掐着苏若初的腰。

霍笙当着霍妈妈和何安琪的面挑逗自己，苏若初红着脸瞪了他一眼。

霍笙和苏若初的小动作到了对面何安琪的眼里。何安琪愤怒地瞪着苏若初。

苏若初感觉到不善的目光，不但不怒，反而朝着何安琪露出了一个挑衅的笑。何安琪越生气，她越开心。

何安琪看着苏若初脸上的笑意，恨得握紧自己的拳头。

霍生对霍妈妈说："妈，以后若初住在和园。"

"和园？"霍妈妈故作不懂，"我们家的客房堆着乱七八糟的东西，还没有收拾出来。苏小姐住在这里不方便吧。"

"妈！"霍笙握着苏若初的手，严肃地看着霍妈妈，"若初住我的房间。"

"胡闹！"霍妈妈生气道，"你没有结婚，怎么能和别人的妻子住在一起。"

苏若初结过婚的事霍妈妈是从何安琪和何妈的嘴里知道的。在她儿子被苏家人打断腿后，苏若初转身就嫁给了别人，去了国外七年。现在突然出现在她儿子的身边，苏若初的目的怎么会单纯！

霍笙黑了脸色，不悦地对霍妈妈说："若初已经在和他办离婚了。"

"是吗？"霍妈妈反问。她冷冷地看着苏若初，苏若初的脸蛋太漂亮，连看过来的眼神都让霍妈妈惊艳。这样的女人太过漂亮，害了阿笙一回，就会害阿笙第二回。

"阿姨，上次的事对不起。"苏若初对霍妈妈说。

霍妈妈没有回苏若初的话。

霍笙说："妈，我想和若初结婚！"

这件事，霍笙之前和霍妈妈提过，当时霍妈妈就反对，不过这次的反对更强烈。

霍笙当着何安琪的面提出和苏若初结婚，何安琪内心不由自主地酸楚起来，她低下头红了眼睛。她在笙哥身边七年，为了他做些她不愿做的事。苏若初一回来，笙哥看都不看她一眼，眼里就只有苏若初。

“阿笙，你知道自己在说什么吗？”霍妈妈生气地用冷漠的目光盯着苏若初。

苏若初反握住霍笙的手，霍笙扭头朝苏若初笑了笑。

苏若初抬起头，嘴角抿起笑容，她尽量忽略霍妈妈的厌恶：“阿姨，上次我妹妹出了事，我着急地赶到宁城去才冲撞了您，对不起。”苏若初解释道。

霍妈妈冷笑：“苏小姐，我的儿子那么喜欢你，就算我不同意他也会跟你在一起。”

霍妈妈说了苏若初两句霍笙就急着替苏若初解释：“妈，若初知道自己错了，你原谅她吧！”

霍妈妈笑：“你要娶她，我没有意见。”

听到这话，一旁的何安琪紧张地看着霍妈妈，她以为霍妈妈真的同意霍笙和苏若初在一起了。正当她担忧时，又听霍妈妈道：“但是，我绝对不会认这个儿媳妇的，在我的心里只有安琪才是我的儿媳妇。”霍妈妈把话说得狠绝，看苏若初的眼神全是厌恶。

霍妈妈清楚霍笙在意自己的想法，不然不会把苏若初带到和园来。

听到霍妈妈这么坚决，霍笙着急地说：“妈妈，你给若初一次机会！若初住在和园，你们相处相处，你一定会喜欢她的。”霍生说着看了一眼苏若初。

霍妈妈和苏若初都是霍笙在意的人，苏若初知道住进和园后必定受到霍妈妈的厌弃，可是为了阿笙她都来了虞城，迟早是要和霍妈妈在一起相处的。

霍笙的话一说完，对面的何安琪待不下去了，她站起身对霍妈妈和霍笙说：“阿姨，笙哥，我有些事先走了。”

霍笙没有阻拦，他很清楚自己对何安琪的感情。

何安琪七年来的陪伴和付出，他感激又内疚，但那绝对不是爱情。如果苏若初没有回来，他可能会为了报答娶何安琪。但是没有如果，苏若初回来了。

霍妈妈看何安琪起身走了，忙对霍笙说：“阿笙，还不去送送安琪。”

霍笙看了一眼身边的苏若初，苏若初笑，说：“去吧。”

他出去后，霍妈妈看着在认真吃东西的苏若初，嘲讽道：“你竟然同意阿笙去送安琪。”

苏若初放下筷子，用纸巾擦了擦自己的嘴角：“阿姨，他是去和何安琪把话说清楚的，我没有什么不放心的。”

霍妈妈一愣，惊讶于苏若初的聪慧。这女人比她想象的聪明，不光是长了一张漂亮的脸。

“阿姨，您让阿笙去送何安琪，是有话要对我说吧。”苏若初笑着说。

霍妈妈再次怔住，苏若初猜中了她的心思。

“苏若初，你和阿笙的事，我不会同意。你配不上阿笙。”霍妈妈态度坚决。

“不管我配不配得上，阿笙现在想娶的只有我。”苏若初看着霍妈妈，说，“阿姨，你越是反对，阿笙越是执着。”

就像当初的她，苏华强烈地反对，她就强烈地反抗。

“不如给我个机会在和园住下。在和园，你可以找更多的理由把我从阿笙的身边赶走。”苏若初看着霍妈妈吃惊的神情慢慢地说，说完后，苏若初重新拿起筷子吃起来。她吃得慢，也吃得优雅，不像何安琪学了那么多年的礼仪，还是给人一种虚假的样子。

霍笙送何安琪出去，何安琪问他是不是真的要娶苏若初？霍笙的回答和以前一样，是的。

霍笙很快就回到餐桌，霍妈妈说：“让她住下吧。”

霍笙诧异，他不知道她们谈了什么，怎么出去一趟霍妈妈就同意了苏若初住在和园？不过，霍妈妈同意苏若初在和园住下，霍笙心里高兴。他相信霍妈妈和苏若初会和平相处的！

霍笙奇怪地问苏若初：“你和我妈说了什么？”

苏若初朝他笑，没有告诉他：“你猜。”

霍笙凑到苏若初的耳边，轻笑着说：“等下你说给我听。”

霍妈妈看到他们两个这样，她打量着他们的脸，两个人脸上都带着笑容。她已经很久没有看到霍笙和这样明朗的笑容了。

这个苏若初给阿笙带来了七年的痛苦和折磨，却也只有她能给阿笙带来这样明朗的笑容。

霍妈妈看着霍笙给苏若初夹菜，说着哪些菜好吃，哪些是霍妈妈做的，霍妈妈不动声色地吃着自己的饭菜。

苏华从医院拿到DNA鉴定结果回到家，他没有勇气打开。他拿起又放下，挣扎了很久之后，他慢慢地打开，在看到下面的结果的时候，他怔住了。

"怎么可能？"鉴定的结果和二十年前的一样！

不可能！

苏华摇摇头，二十年前他看到结果时也不相信。那时除了不相信，更多的是愤怒。就这么一份结果，他确信何晴出轨背叛了自己。

这次，他带着怀疑去验证，想得到和二十年前不一样的结局。可是鉴定结果竟然和以前的一样。

安安怎么会不是他的女儿！

苏华觉得奇怪，安安和他都是特殊血型，难道只是凑巧？难道和苏若初说的一样，何晴很爱她，找了个血型都和他一样的男人？

这个可能性太小了！

或者是何晴当初出轨的男人凑巧和他的血型一样，何晴真的背叛了他！

蒋媚很清楚苏华拿回来的是什么。看着苏华回了房间，还不忘把房间给虚掩上，蒋媚过去，站在门口看着苏华是拿出里面的单子，但是他翻来翻去，过了很久才把单子打开。

在看到苏华眼里的震惊和疑惑时，站着门口的蒋媚冷笑了一下。

鉴定结果已经被她提前换了。苏华手中的结果和二十年前她给医生的一模一样。何晴这个出轨的罪名在苏华心里再也抹不掉了。

卧室里的苏安安在坐月子，她刚喂完兄弟俩，顾墨成走进来。两个小家伙喝饱了，月嫂看到顾墨成过来，便把孩子抱去婴儿室了。

苏安安不解地看着顾墨成递过来一张单子，她接过来打开一看，是她和苏华的DNA鉴定比对结果。她看到单子最下面的结果，写着比对结果99.9%。

对于这个数据，苏安安很惊讶。

她是苏华的亲生女儿！那为什么这么多年来苏华一口咬定自己不是，一定要说她是何晴在外面和其他男人生的？

“安安，认不认这个父亲你自己决定。”顾墨成坐在她的床边。

苏安安将单子还给顾墨成，她淡淡地说：“认什么？”

“苏华是你的亲生父亲。”顾墨成说。

苏安安冷笑：“你不是给了他四千万吗？他把我从苏家的户口本上给剔除了。”

苏安安的话让顾墨成心里难受，他伸手摸着苏安安的脸：“真不认？”

谁都想要自己的父母，何晴早逝，苏华对苏安安又不好，苏安安从小缺失的就是亲情。在苏华要她拿钱的那一刻，苏安安就完全不想认苏华这个父亲了。

顾墨成之前也在犹豫要不要把这份真的鉴定结果告诉苏安安，他怕苏安安知道这个结果后心里会难受。

“不认了。”苏安安扬起笑容说，“老公，有你就够了。”苏安安嘲讽地说，“要认也可以，让苏华把四千万还给你。”

顾墨成笑，握着苏安安的手。

“苏华还不知道你是他的女儿。”

“嗯？”苏安安没有听懂，这份DNA鉴定是谁做的？

“上次你生孩子失血过多，你的血型特殊，医院的血库里的刚好没了。是苏华过来说他的血可以救你。”

“给我输血的人是他？”苏安安当时昏迷过去了，但是从医生的口中知道有人给她输血救了她。她还在想那个人是谁，打算好好谢谢他。尚未来得及问顾墨成，顾墨成先告诉她了。

救她的人不是别人，就是苏华。

“是我让他拿去做鉴定的。”顾墨成摸着苏安安的手看着她，“你们的血型特殊，应该不会是个巧合。”

“妈妈没有对不起他。”苏安安想到了何晴，红了眼眶。

她的眼泪被顾墨成伸手擦掉了：“安安，不哭。”

按照老习俗，月子里的苏安安不能掉眼泪。虽然都是老习俗，但顾墨成很当真，他怕苏安安在月子期间落下病根。

苏安安收住眼泪，对顾墨成笑笑：“老公，你继续说。”

苏安安情绪稳定下来，顾墨成接着说：“苏华心里肯定也奇怪，所以他听了我的建议到医院里做了DNA鉴定。不过……”

苏安安想起顾墨成刚才的话……苏华还不知道她是他的女儿？鉴定结

果已经出来了，苏华还不知道，是不是说明有人在鉴定结果上搞鬼？

顾墨成的话印证了苏安安的猜想：“蒋媚知道苏华在做DNA鉴定，她跑到医院里买通了关系，把假的结果给了苏华。”

“是她！”苏安安说道，原来是蒋媚在搞鬼！

“对，我顺了蒋媚的意，让医生把假的结果给了苏华，真的结果在这里。”所以，苏华看的是假的鉴定结果。

顾墨成说完看着苏安安，怕他这么做惹苏安安不高兴。

苏安安没有半点责怪顾墨成的意思，她看着顾墨成突然想到一件事：“老公，你说可不可能二十年前也是蒋媚搞的鬼？”

苏安安想了想，觉得肯定和蒋媚有关。

“苏华口口声声说我不是他的女儿，肯定以前也是做过鉴定的。那时候蒋家的势力很大，她作为蒋家小姐，换一份鉴定结果很简单。”

苏华就凭着一份鉴定结果，就认定了和自己私奔、陪他吃苦多年的何晴出轨了。何晴是被苏华的行为弄得心凉，本就劳累过度的她心力交瘁，最后死在医院里。

“肯定是这样。”苏安安睁大眼睛问顾墨成，“老公，你觉得呢？”

顾墨成握着她的手，声音温柔：“嗯。”

二十年前的事他没有仔细去查，但是苏安安的分析应该很对。苏华怀疑苏安安不是自己的女儿，就是因为一份假的鉴定结果。

“妈妈临死前肯定很恨自己，恨自己为什么有眼无珠看上了苏华，还为了苏华和家里断了关系，为了他在宁城吃尽了苦头，又为他生了两个孩子。最后，苏华拿着一份假的鉴定结果，就怀疑妈妈对他的忠诚。”苏安安为何晴心痛。

“这样的父亲，我永远都不会再认。”苏安安坚决地说。

“嗯，我懂你的意思。”顾墨成说，“这样的父亲，我也不想你去认。不过安安，这事就这么算了吗？”顾墨成说完，看着苏安安的双眼。

苏安安的视线落在他手中的鉴定结果上，突然想到二十年前因为她身世被苏华怀疑的事让妈妈伤心，最后妈妈因为这件事病死在床上。

如果这件事就这么算了，不是就让蒋媚的阴谋得逞了吗！妈妈在地下怎么瞑目啊？

顾墨成接着说：“我把这份结果拿回来给你看，就是想为我们的妈妈讨一个公道。”

苏晚安看着顾墨成，嘴角勾起了笑容。顾墨成为她考虑得周全，她的心里暖和起来："老公，你想怎么做？"她反握住顾墨成的手。

顾墨成空出一只手摸着生完孩子瘦下去的苏安安，笑着说："我们不如让苏华知道你是他的女儿，而且让宁城所有人都知道二十年前苏家人说你不是苏华的女儿的原因！"

"好。"虽然不知道顾墨成具体要做什么，但是苏安安懂顾墨成的意思，知道他是在保护自己，不让自己受任何委屈。

两个宝宝满月前，顾瑧给两个孩子取了名字，哥哥叫顾景行，弟弟叫顾景睿。顾家添了两个孩子，得摆酒席，顾瑧让顾墨成列好宾客的名单，到时候在顾氏酒店摆满月酒。

顾墨成也有这个意思，顺道借这次孩子的满月酒替安安做件事。

顾瑧在顾家吃完饭早早地回去了，离开前顾瑧对顾墨成提起了蒋老太太。顾墨成以为老爷子念及蒋骏又想对蒋老太太手下留情。

顾瑧对感情专一，对朋友、兄弟间的感情也很重视。

"上次你和你妈说的话我都听见了。"

顾瑧话没说完，顾墨成就说："爸，蒋老太太差点害死安安……"

顾瑧抬手示意顾墨成听他把话说完："墨成，我没有其他的意思。蒋家的事你处理得对，不需要再看我的颜面对蒋老太太手下留情。"

蒋骏虽然是他兄弟，但苏安安是他的儿媳妇，怀的是他的亲孙子，孰轻孰重顾瑧心里清楚得很。

顾瑧接着说："蒋老太太在监狱里关着，别让她死得太快。"

监狱那边来了消息，说蒋老太太已经病入膏肓。他和韩嫣去了监狱，蒋老太太是死到临头还不知道自己错了，恶毒地嚷着他们顾家人不得好死。这样的蒋老太太，顾臻和韩嫣不会有丁点儿的怜惜。

"我知道了。"顾墨成说，"我会联系韩龙逸给她用最好的药，让她在监狱多吃些苦。"

顾瑧点点头，没有觉得自己对蒋老太太过分了，如果不是他的手下留情，蒋家也不会爬到顾家头上来，她更没有机会伤害苏安安。

顾瑧跟着咳嗽起来，顾墨成刚才就发现顾瑧的脸色很差，他问道："爸，你还好吧？"

"没事，还能撑段时间。"顾瑧伸手拍着顾墨成的肩头，"墨成，替我照顾好你妈。"

这句话听得顾墨成心里一紧，"爸！"

顾臻笑：“生老病死是常态，我的身体状况大家都清楚。现在我最不放心的就是你妈妈。她还年轻，身体也很好，怎么可以早早地跟我去了。”

顾墨成的喉间酸涩，他看着顾臻，说：“我知道了，爸爸。”

顾臻一直是强撑着身体，他撑到苏安安怀孕，撑到苏安安生下孩子，现在的他是油尽灯枯了。看着顾臻慢慢地上车，顾墨成站在那里一动不动。

顾老夫人看完两个孙子后，不舍地走了出来，看到顾墨成站在外面吹着风，她问道：“你爸呢？这老头子做事越来越糊涂了，外套又丢在客厅里了。”

顾墨成看到她手臂上的外套，看着顾老夫人说：“爸已经在车里了。”

深夜下，天色昏暗，可是顾墨成还是看到了顾老夫人眼尾的皱纹以及她两鬓的银丝。

他结婚生子，韩嫣和顾臻老了。

“妈。”顾墨成唤了一声。

韩嫣疑惑地看着顾墨成，在顾墨成过来抱住她时，韩嫣的身子一怔。顾墨成成年后就没有主动抱过自己了。这个拥抱让韩嫣莫名其妙，眼眶竟然泛起水光来。

“这孩子！”韩嫣说，“是不是有了自己的孩子，知道当父母的不容易了？”

顾墨成放开韩嫣，点头：“是的。”

韩嫣笑笑。以前顾墨成也和景行、景睿一般大小，一晃三十年，顾墨成都有孩子了，而自己已经老了。

韩嫣回过神来，对顾墨成说：“我先上车看你爸去了。”现在，她一会儿看不到顾臻，心里就很担心，总怕自己不在的时候他合上了眼。

“好。”顾墨成站在原地，看着韩嫣上了车，再看着他们的车子远离了自己的视线。他忽然觉得，好像有什么东西不一样了。

<未完待续>

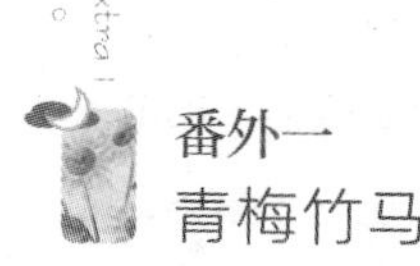


# 番外一 青梅竹马

萧琛四岁的时候，萧彦就告诉他要看好自己的老婆。可能这句话萧彦说得还要早些，只不过萧琛在四岁这年才开始有了记忆。

“老婆？那是什么？”萧琛迷茫地看着萧彦，不懂他说的是什么意思。

“陪你一起睡觉，一起吃饭的人。”萧彦笑着说。

其实早在萧琛出生时，萧彦就盯上顾墨成的小女儿顾宝宝了。虽然顾宝宝比萧琛大一岁，但那又怎样！就算再大个几岁，萧彦也会怂恿儿子去追。他这辈子被顾墨成压了那么久，能不能翻身可就靠自己的儿子了。

“你不想宝宝陪你一起睡觉吗？”萧彦再问。

宝宝！萧琛最喜欢顾宝宝了，虽然宝宝很凶，但是他觉得凶凶的宝宝好好看。

“你想宝宝陪别人睡，和别人一起吃饭吗？”

萧琛这下听懂了，他摇摇头，不想。

“以后，宝宝就是你老婆，你要保护她，照顾她，不能让她和其他男孩子一起，知道吗？”

这后半句话才是重点。

萧彦说完，萧琛郑重地点点头。

晚上徐清清回来，萧琛背着自己的书包说要去顾家。徐清清一脸迷茫地看着萧彦父子两个，说：“这么晚了，去人家家里不是很方便吧！”

“没什么不方便的，和苏安安说好了。”萧彦一本正经地说道，白天已经给萧琛洗脑了一遍，还不趁机把儿子送到顾家去。这种事情，早点定下来比较好。

“明天正好和宝宝一起去幼儿园。”

顾宝宝去幼儿园时，萧彦就急着把两岁的萧琛一并送过去。老师不肯收，说萧琛的年龄太小了，会被其他小朋友欺负的。萧彦是用尽了方法，后来甚至拿着徐清清的银行卡直接给幼儿园再造了一幢房子，萧彦才成功地将儿子送进幼儿园，还让老师安排萧琛和顾宝宝在一张桌子，睡在一起。

再说，谁敢欺负他萧彦的儿子！

“这样啊。”徐清清犹豫着，不知道萧琛已经被萧彦成功洗脑。

“我要陪老婆！”

萧琛跟着来了句，徐清清猛地明白过来，她不悦地沉下脸色瞪向萧彦。她就知道，把儿子丢给萧彦照顾迟早会出事。这才多大，就知道找老婆了。

“我要和宝宝睡。”萧琛再次说。

徐清清看着萧彦，气得要命。

萧彦嘻嘻笑着讨好着徐清清：“顾墨成的女儿很抢手的，咱们先下手为强。再说，感情得从小培养。”

徐清清知道，和顾家联姻不错。两家关系好，顾宝宝长得又可爱又漂亮。但是不能这么早就培养，会教坏孩子的。

“都说好了，我先把小琛送过去，不然宝宝睡了。”

萧彦嬉皮笑脸道。送走萧琛，今天老婆就是他一个人的了。这个世上也没谁比他更聪明了，既能帮儿子讨到老婆，也能让自己天天抱老婆。

幼儿园里萧琛记着萧彦的话，天天跟着顾宝宝。老婆要时刻在自己的视线里，不能让老婆和其他男孩子一起玩。

但是爱玩的顾宝宝怎么能做到。在她的眼里，小朋友都一样，男孩女孩没什么区别。对跟在身后的萧琛，她也只觉得这是自己的小跟班，而且小跟班爱黏着自己，晚上白天都在一起，她很烦。

这个班里的小朋友，萧琛最小。还好他很乖，老师们都喜欢这个乖宝宝。

做游戏时，萧琛去上了个厕所，回来看到小朋友们手牵着手围着一起，而顾宝宝两边都是男孩子。

他走过去，看着顾宝宝。

“你去别的地方。”对小跟班，顾宝宝说的话就是命令。

“我不要。”萧琛固执道，他看着顾宝宝和其他男孩子牵着手，很难受。

“我也不要。”

顾宝宝在家里就是小公主，在幼儿园人漂亮又活泼，很多小朋友围着她玩。朋友多的她，一个萧琛可有可无。

萧琛不一样，他只有顾宝宝。

见顾宝宝不搭理自己，还和其他小朋友牵着手，他恼火地把他们的手扯开。

宝宝是他的！

“你干什么？”顾宝宝见自己的小朋友被欺负了，连忙一把推开萧琛。

萧琛到底比顾宝宝小一岁，冷不防地顾宝宝一推就摔倒了。

“你是我老婆，你只能和我牵手。”摔在地上的萧琛大声地说。

老婆是什么谁知道啊，反正他不能让宝宝牵别人的手。

小朋友们也不知道老婆到底是什么，但是知道这是个“羞羞”的词，有个小朋友笑出声来，其他人都笑了。

顾宝宝察觉到其他小朋友在笑自己，她气恼地说：“我才不是你老婆！”

“我爸爸说是就是。”萧琛肯定地嚷道。

其他小朋友笑得更厉害了，顾宝宝气得扑过去，抡起拳头打萧琛。

萧琛也不是打不过，在顾宝宝气势汹汹地骑在身上，打他的时候，他想到萧彦的话——不能打老婆！再痛也忍下来了，由着顾宝宝打了这一顿。

老师过来阻止，看到萧琛脸上挂彩了，这顾宝宝和萧琛都是幼儿园里的重点人物，心想着这下糟糕了。萧家肯定不依不饶。

顾墨成苏安安和萧彦徐清清同时接到电话，说自己的孩子打架了。

四个人在幼儿园门口遇到，相互看看，觉得事情有些奇怪。

进去后，看到在校长室的顾宝宝和萧琛都蒙了。他们怎么都没有想到，是自己家的孩子打起来了。

萧彦来的时候接到老师的电话，说孩子被打了，是憋了一肚子的火，见打萧琛的人是顾宝宝，他笑得眼睛眯成一条缝。

校长以为萧彦心里很愤怒，故意这么笑，他忍着惊慌，把事情说完。

这萧家不能得罪，顾家也不能。

“没事！”萧彦笑笑，很好说话，听得校长和老师都傻了，怎么自己家孩子被打了，还这么高兴？

那边苏安安训起顾宝宝来：“怎么能和弟弟动手？”

“他说我是他老婆，我才不是。”顾宝宝很委屈地说道，她看到被自己打得脸肿的萧琛，心里有些害怕。

“老婆！”

顾墨成很快明白过来是怎么回事了。女儿这么小，萧彦就让他儿子打自己女儿的主意。

“从小培养嘛！”萧彦笑着说。他多聪明，早早地让自己儿子把顾墨成的女儿抢到手。

“儿子，被老婆打不是什么丢脸的事！”萧彦拍拍萧琛的肩头，要是今天挂彩的是顾宝宝，他是要收拾萧琛的，“以后，宝宝打你，你都得忍着。”

徐清清听完萧彦对儿子的教育，不知该说什么。但萧琛没还手这件事，她觉得没错。

“怎么能忍啊！”苏安安不满地说。萧琛这孩子比她家的两个乖巧多了，宝宝把他打成这样，他竟然没还手。萧彦不靠谱，但儿子倒是不错。

“宝宝，下次不许对小琛动手。”苏安安训斥道。

顾宝宝委屈地抽泣，她走到顾墨成身边伸手要抱抱。

顾墨成觉得自己女儿做得对，萧琛再敢占他女儿便宜，还得揍。

“小琛被打成这样，我们没心思做饭了，去顾家吧。”萧彦说着牵着萧琛的手出门。

这件事情，就这么搞定了。

校长看着离开的两家，觉得好是怪异。转念想想，对老师说：“下次他们两个打架，拉着点就好了。”他是看出来了，顾宝宝打萧琛根本不会有什么问题。只是萧家这么教儿子，确定好吗？

在顾家吃完饭，脸痛的萧琛打算回家睡觉。宝宝太凶残了，他怕。

顾宝宝却忘了打萧琛的事情，她坐到萧琛身边悄悄地问：“我藏了好吃的，晚上给你吃哦。”

“嗯嗯。”萧琛点点头，也忘了被打的事。

不过萧琛没在顾家住多久，随着年纪的增长，萧琛知道自己是男孩子，顾宝宝是女孩子，不能在一起睡。

他的认知没有错，却把萧彦给气到了。

好在萧琛一直记着萧彦的话，要对顾宝宝好。他保护顾宝宝，做顾宝宝的小跟班，不知不觉地让顾宝宝走到他的心里去。

顾宝宝习惯了萧琛对自己好，不管什么时候，不管在哪里，只要一回头就能看到萧琛在自己的身后。她不觉得他有多重要，所以她也喜欢其他男孩子。后来有一天，她在梦里梦到自己一转身没有看到萧琛在身后，醒来后，她才发现自己哭了。原来在那些相伴的岁月里，萧琛早就成了不可替代的人。

Extra 2

# 番外二
# 生死相随——萧彦、徐清清

徐清清走的那天，医院窗外的天空黑压压地让人慌乱，闪电时不时划过半空，照得整个宁城忽亮忽暗，伴随着的阵阵雷声又添上几分恐怖的意味。

本该在病房里陪着徐清清的萧彦，坐在医院走廊上的长椅发呆。身旁的人过来劝他进去看看，他没有回应，只是抬头看向在变天的窗外。不知道过了多久，坐在那里坐得僵硬的他听到不远处病房里传来萧琛的叫声：“妈妈！”

这一声像什么?

是尖锐的刀锋或是箭头，往他胸口最柔软的地方一扎到底，痛得他整个人颤抖不已，他习惯性地从西装内兜里掏出烟捏在手心，点火。

冷风从窗口吹进来，吹灭了打火机的火，他再点，又灭了，反反复复不知道多少次始终没有点燃，最后那一下，“铛”的一声，打火机砸在地上，在寂静可怕的医院里发出了清响，随着风吹来的哭声听得萧彦眼眶猩红干涩，泪珠从眼眶滚落。

他萧彦这一辈子从没想过会爱上谁，也没想过能和谁相约到老。到最后，他爱上了徐清清，但白头偕老却成了一场空梦。

独自坐在长廊上落泪的他努力回想着关于徐清清的一切，然而，他们的初见、他们一起经历过的故事，竟然没有随着时光的流逝消失，反而在他的脑海里越来越清晰。

萧彦有任性张狂的资本，一双桃花眼，一张俊美的面容，还有着可观的财富。

但人生在世，他并没有想过找一个人，择一个地方，相伴到老。

遇到徐清清后他后悔了。他们遇见太迟，在一起的时间太短太短了。

徐家大小姐，萧彦早闻其名。

他在安心大厦的开业庆典上看到她。漂亮精致的妆容，干净利落的套装，尖细的高跟鞋，她跟着徐老带着徐氏的人面带微笑地走来，像一个女王，整个庆典上再漂亮的女孩子在她面前都失去色彩。

萧彦看到她时并不喜欢。太过高傲强大的女人很难掌控，他喜欢娇弱的、会讨好他的，不需他费什么心神。

面对那时的徐清清，他也只是瞧了一眼后就移开了视线。

只是在顾墨成介绍他们认识时，他握住她的手，感觉到她身体的僵硬，再抬头看她，她满是微笑地看着他，而深邃的眼底却冷冰冰的，哪有什么笑意。

再后来，站在人群中的他无意看到她问助理要了湿巾，将自己的手心手背擦得干干净净。

他悄悄地靠过去，听到助理问她："怎么了？"

她轻蔑一笑，说的那句话萧彦到现在都记在心里："太脏了。"

他低头看了看自己的手，白皙的手指干干净净，哪里脏了？这女人分明是嫌弃他。

因为这个事，萧彦记恨上她了。

第二次遇到她，是在一家静吧。

比起静吧，萧彦更喜欢劲爆的音乐。动感十足的节奏可以把人内心的烦躁消除得干干净净。去静吧，完全是他走错了门。

一进去，他听着台上伤感的乐曲，转身就要走。踏出门口时瞥见坐在卡座上的女人。

昏暗的灯光照得她的面容朦朦胧胧，站在门口的萧彦不知怎的竟然一眼认出这个披着头发买醉的女人是徐清清。

女人太多，他哪能一一记清她们的脸。

徐清清是个例外。

看到徐清清，他想到安心大厦庆典上她的"羞辱"，于是勾起嘴角朝她走过去。

有时候不得不相信命运，就这么一次，他和徐清清扯上关系。

他记得很清楚，他走到徐清清身边帮她倒满酒的时候，她抬起头迷茫地看着他，根本没有认出他是谁。

萧彦难得很清楚地记得一个女人，这个女的反而一脸醉意地问他：“你是谁？”

向来张狂的他第一次受挫，他看着不搭理他的徐清清，脑海里闪过一个荒唐的主意。就是把人骗到手，让她伤心，让她痛哭流涕。

最后却是她站起身子跌跌撞撞地走到他的身边，从包里掏出一叠钱来，塞到他的西装口袋里。

“够吗？”她像个高傲的女王抬头看着他。

他把钱从口袋里拿出来一张张地数，足足有一万多。谁的身上会带这么多的现金！看来她今晚就是带着钱来找人陪的。

他的心里当场涌出一股莫名火，一把将她搂在怀里，笑着说：“徐小姐真是大方，这些钱足够了。”

许是他叫了她声“徐小姐”，她满是醉意的双眼里多出一丝清明，仔仔细细地凝视着他。不过最后，她还是问了声：“你是谁？”

他很恼火，从未有过的恼火。他把徐清清记得清清楚楚，她却把他忘得干干净净，很好！

徐清清不是一般的女人，要是醒来后要他负责怎么办？

在他忐忑不安、想着怎么面对即将醒来的徐清清时，身旁的人睁开双眼，吓得他连忙闭眼装睡。

他听到身边传来窸窸窣窣的声音，听到徐清清蹑手蹑脚起床穿衣服。徐清清没有大嚷大叫，似乎想溜。

他撑不下去了，睁开眼看到她拿上包准备走人。

“徐小姐，你不打算对我说些什么吗？”他坐起身子，一把抓住她的手。

徐清清扭过头看到他，冷漠地问：“你是谁？”

她觉得眼前的男人有些熟悉，但依然没有认出来。萧彦不知道她是故意的，还是真的没有认出来。

“萧彦。”他笑着报出自己的名字。徐清清的脸色更冷漠了，再看他时眼里闪过了一丝厌恶。

这是……嫌弃他？

怒意冲上脑门，他俯身吻下去，这个心狠的女人不知什么时候从床头柜拿了烟灰缸，冷静地在他吻住她时，狠狠砸了他的脑袋。

血跟着涌出来，痛得萧彦发昏，他伸手捏住她的脖子，还没有女人敢砸他！

“徐清清，你好得很啊！”

见他没晕，徐清清又朝着他流血的伤口砸了下去，这下，他晕了。昏倒前，他晕乎乎地看着她将自己推到床上，然后她冷漠地瞪了他一眼，转身去浴室，不急不慌地洗干净了才离开。等着他醒来时，哪里还有她的影子。

无论如何，徐清清在他心里留下了不可磨灭的印象。

知道徐清清离开宁城，萧彦坐立不安，萧彦从来没有这么强烈地想念过一个女人。

所以知道徐清清从景城来宁城时，他直接去机场堵人。

后面发生的一切，萧彦回想起来就觉得有意思。他的人生因为徐清清而变得色彩斑斓，也因为失去她，将变得苍白一片。

“爸爸！”

耳边传来萧琛的声音，萧琛蹲在他的面前正静静地看着他。

萧彦看着萧琛，看到他眼底通红一片，心猛地剧痛起来。

萧琛的眼眶为什么那么红？他为什么在哭？

萧彦知道发生了什么，但是仍然不愿意相信。

“你妈醒了，我进去看看！”萧彦站起身子，窗外的暴风雨终于来了，暴风吹得窗户噼啪作响。大雨倾盆，在雷声和闪电下将整个宁城笼罩在一片灰暗当中。

萧彦朝着徐清清病房的方向走去，没走几步，他的手就被萧琛抓住了。

“爸爸，妈已经走了。”萧琛说着，眼眶猩红。

“她出院了怎么不和我说声？”萧彦严厉斥责。

就在刚才，他独自一个人坐在走廊里时，躺在床上的徐清清永远地闭上了双眼。

徐清清也在等，等着萧彦来看她最后一眼，后面，她知道了。他不进来，是想让她多在这个世上留一秒，可她已经留不住了。

萧琛他们说要把萧彦请进来，陪她最后一程，她拒绝了。她不想让他看到自己离开的样子，她不想看到他绝望。

“不是出院！”萧琛眼泪流了下来，“没了。她已经离开这个世界了。”

萧彦身子一怔，这个结局他比谁都清楚，在送徐清清来医院时，不，是在徐清清怀上萧琛时他就该知道，她会比自己先走一步，但是没想到她走得这么快，走得这么令他猝不及防。

“我去陪陪她。”

萧彦没再和萧琛争论，在他心里，她依然还在。所以，在暴风雨来临时，他一步步慢慢地走向徐清清所在的病房，走到门口，他停住脚步，先将自己收拾得干干净净。

她不喜欢邋遢的他，更不喜欢一个懦弱的他。

外人都说徐清清是女强人，萧彦被她吃得死死的，却不知道在徐清清的心里，他是她心里能依靠的那座大山。

门推开，里面的哭泣声断断续续，萧彦当没听到，他走进去，微笑地看着床上像是睡着的徐清清说：“清清，我来了！”

孩子，萧彦自然是想要的。眼见着顾墨成有了两个儿子，苏安安又有了身孕，他怎么能不羡慕。

徐清清把他的想法看在眼里，如果他知道孩子是要用徐清清的性命来换的话，他宁愿这辈子不要孩子。

徐清清很忙，徐老爷子老了，徐氏的工作都是她在打理。顾墨成管理顾氏都那么累，何况徐清清！

后面他才从徐老爷子那里知道徐清清是孤儿。在孤儿院时，她营养不良，身体从小就不好，徐老收养她后，在长时间的精心调理下，她的身体才好了起来。只是后面她拼命工作，又把自己给累倒了。

徐老爷子告诉徐清清不需要那么拼命工作，徐氏过得去就好，稳不住在景城的地位也没有关系。

但是徐清清不许自己轻松。她觉得自己被徐老爷子收养，很幸福也很幸运，她必须让自己更努力，把徐氏发展得更好，才对得起老爷子的恩德。这种压力也让她郁结，她怀上萧琛时三十五岁，不算高龄产妇，但是她还得忙徐氏的事情。尽管有萧彦的帮助，也还是很累。

生萧琛的时候，顺产不成又剖腹，之后又大出血，精力被消耗了大半，后面怎么补也补不回来。

她的劳累是日常积累的，当医院宣布她得了绝症的时候，已经迟了。

萧彦很后悔没有早些认识她，没有早早把她娶回家照顾。他现在看着闭着双眼，再也醒不来的徐清清，痛不欲生。

“你们出去吧，我想和清清单独说说话。”

病房里的人，有他的挚友，有他的亲人，一个个瞧着看似正常的萧彦，都不放心。

“老子和自己老婆聊天，你们站旁边干什么！”

萧彦恼火发了脾气，一屋子的人才慢慢地走出去。顾墨成是最后走的，他拍了拍萧彦的肩头，说：“清清不让他们叫你进来，是想走得安心些。”

萧彦听懂了，可现在听懂了又能怎样！人都走了。

萧彦站在病床边看着被病痛折腾得很瘦的徐清清。

生老病死谁都逃不了，这点萧彦很早就知道。但是老天对他太过残忍了，明明说好的他会一辈子听她的话，守着她一辈子，她却两眼一闭先走了。

“你呀！”

萧彦坐在床边，伸手去摸徐清清的面容。她微笑着，犹如睡着了，只是当他的手触到冰凉的皮肤时，心里一阵恐惧钻进来，还有剧烈的痛意，先是刺进心脏，再慢慢遍布全身，让他整个人愣在原地。他的手指在徐清清的脸上方一点点停下，他看着她的笑容，轻轻地笑了。

“对不起，跟着我，让你受累了。”

她本来就是很能干的女人，嫁给他后，说是他挺她、照顾她，但在这段婚姻里，却是她陪着他。因为他，徐氏被人暗中针对，她三天三夜没睡过一觉。

年轻时的萧彦谁都不怕，有了徐清清之后，他才知道过去的自己是多么的荒唐。每次和徐清清去应酬，总会碰上几个胆大的女人上来和他打招呼，也有暗里偷偷耍花招想再和他扯上关系的。

谁都不相信他萧彦会变成另外一个人，不再对那些莺莺燕燕有兴趣，连徐清清都不信。

没有萧琛时，有时徐清清出差，他就窝在他们的家里刷剧喝酒，徐清清打来电话问他在做什么。

“刷剧！这个电视剧太搞笑了。”

他的回答让徐清清愣了一下，她调侃他：“萧爷怎么没出去玩了？”

他是真的不想去了，那点念头在和她一起后消失殆尽。

后来有了萧琛，徐清清不在的时候他就带娃。带着萧琛出去溜达，以前和他有过关系或对他有兴趣的女人都离他远远的，知道他变成“家庭煮夫”，知道他心系徐清清一人，更知道他家里有只强势的母老虎。母老虎凶残，哪个不要命的敢靠近！

如今，他只喜欢自己家的清清。

想到这些年和徐清清的点点滴滴，萧彦忍不住笑起来，他笑得身子发颤，手指不经意再次落在徐清清的脸上……

这次，他没有办法逃避了。

徐清清面容的僵硬，她的冰冷充斥着他的大脑，然后浸入他的心脏。有东西很快从眼眶里流出来，酸涩难受。

呵呵，他萧爷什么时候会哭了！

“老婆，你怎么还不醒？你要是不醒的话，别怪我做傻事啊。”

这是医院的最高层，从这里到地面有八层的距离，人摔下去不死也难。

萧彦说完，扭头看向窗外。

外面的暴雨下得很激烈，劈劈啪啪地敲打着窗户，一切显得嘈杂纷乱。

他走过去，伸手把窗户打开，豆大的雨全随着风扑向他的脸，冷冰冰的，压下他心里的悲痛。

这种自虐的感觉很爽。

他睁开双眼瞧着外面的大雨，真的一脚踩上了床边的桌子上。他就站在窗边，只要他再往前一步，就能跳下去了。

萧彦是谁！

在宁城叱咤风云的萧爷，谁会想到有一天他会站在窗户上，动了轻生的念头。

风呼呼地吹来，非但没有让萧彦害怕，反而他再往前挪了一步。底下雾蒙蒙的一片，像深渊一样看不见。

“清清！”他唤了声，扭头看向身后的病床。

床上的徐清清没有醒来的迹象，她沉沉地睡着，无视他准备跳下去的动作，更听不到他的呼唤。

萧彦笑。既然这样，陪她去了又何妨！

生死就在一瞬间，他闭上双眼，一脚准备跨出去的时候，身后传来哭声：“爷爷！”

孩子稚气的声音传来，萧彦转过头，看到女孩子满脸是泪地站在自己身后，她懵懂地看着萧彦，不懂他要做什么。

这是萧琛的小女儿。她年纪小，不懂生死，也在医院陪着徐清清，最后她困了，被顾宝宝安置在隔壁的休息室里。

她被暴风雨吵醒，吓得哭着找妈妈，出来时看到萧彦爬得很高站在窗边，她很害怕，哭得更厉害了。

萧彦看着小孙女哭得撕心裂肺，看到她的面容有徐清清的影子，整个人怔住了。

外面的人一直都在，他们以为萧彦也就和徐清清单独说说话，听到孩子的哭声时，顾宝宝想到小女儿，赶紧推门进来。

“爸！”她一眼看到站在桌上的萧彦，慌乱震惊地叫道，“小琛，快进来！”紧跟着萧琛进来，看到萧彦后立即扑了过去把萧彦抱住。

门外的人听到动静都进来了，见萧彦要跳楼，一个个都过去帮忙把他抱下来。

“你这是做什么？”

顾墨成最生气，他和萧彦相交多年，怎么都想不到一向对什么都无所谓的萧彦会在徐清清走时，想轻生。

“清清不喜欢这样的你！”

“爸，你这样跳下去只会让妈妈走得更难受。”

身边的人气恼地指责着萧彦，萧彦扭头看着被关上的窗户。就差那么一点儿，他就真的跳下去了啊。如果不是小孙女醒来，如果不是她叫了自己一声，他怕是……

冥冥中自有安排，萧彦猛地想到了什么。

小孙女见爷爷被人围着骂，以为他犯了错，和自己一样不听话，趁着没人注意的时候，她掏出棒棒糖，递给萧彦，奶声奶气地说：“爷爷你别哭，凝凝给你糖吃。”

糖果是小孙女的宝贝。

萧彦红着眼眶从她手中接过糖果，剥开后真的一口一口吃了起来。

糖很甜，甜到心坎里去。

人死不能复生，他再怎么不能接受，也确定了一点，徐清清真的离开自己走了。而他的人生还不知道有几年！或许是一年，或许还有二十年。在以后的日子里，应该过着他们两个想要的生活才对得起自己和清清。

萧琛见着萧彦慢慢地吃着棒棒糖，他正色道：“爸爸，别做傻事。”

萧彦抬起头看着关心自己的人，笑着说：“清清想看看外面的天，我开个窗户而已。”

他的话没人相信。

之后，徐清清下葬，萧彦虽然很痛苦，但表现得很正常。

葬礼结束后，萧彦提出要出去走走。他想去很多地方，这些年徐清清太忙，他没能陪着她出去走走。

萧琛不放心，生怕萧彦又跑到外面去寻死。

家里没人同意，萧彦把小孙女抱在怀里，说：“我带上凝凝一起，这下你们总该放心吧。”

小孙女救了他一命，萧彦觉得这是徐清清在暗中不希望他跟着走。

萧彦执意要出去晃荡，又要带上萧凝，萧琛和顾宝宝两个人考虑了一番，没什么理由拒绝。

就这样，萧彦带上萧凝去他想去的地方。

临走前，萧彦去和顾墨成告别。

徐清清这一死，对萧彦的影响太大，顾墨成看在眼里同样很难受。爱得太深，分离的时候特别难受。

“我那天真的是开窗。”提起那天他要跳楼的事情，萧彦死不承认。

“嗯。”顾墨成没说什么，他能理解那种心情，“去吧，照顾好凝凝。”老友之间不需要说太多，他们大半辈子都在交心，告别的时候倒没有什么话好说了。

两个人没有聊很久，顾墨成送萧彦离开，默默地看着最好的朋友上车，离开了。

谁都不知道以后会怎样，能知道的，只是过好当下的生活。